이선구 소설집

옥탑을
팔너다

청어

욕망을 팝니다

이선구 지음

발행처 · 도서출판 청어
발행인 · 이영철
영 업 · 이동호
홍 보 · 최윤영
기 획 · 천성래 | 이용희 | 김홍순
편 집 · 방세화 | 이서윤
디자인 · 김바라 | 서경아
제작부장 · 공병한
인 쇄 · 두리터

등 록 · 1999년 5월 3일(제22-1541호)

1판 1쇄 인쇄 · 2014년 2월 15일
1판 1쇄 발행 · 2014년 2월 25일

주소 · 서울시 서초구 효령로55길 45-8
대표전화 · 586-0477
팩시밀리 · 586-0478

홈페이지 · www.chungeobook.com
E-mail · ppi20@hanmail.net
ISBN · 979-11-85482-07-1 (03810)

작가의 말

　이번에 단편소설 아홉 편과 중편소설 한 편을 모아 새 창작집을 내게
되었습니다. 소설 출간으로썬 여섯 번째이고 창작집으로썬 두 번째입
니다. 2009년『유리병 속의 코끼리』란 제목을 붙여서 첫 창작집을 냈을
땐 여러 면에서 너무도 부족했습니다. 지금도 생각해보면 참으로 면구
스러운 부실 건축물 같은 작품을 너그러이 넘겨 읽어주신 독자분들께
이 자리를 빌려 정중히 고개 숙입니다.
　대학시절 하룻밤 사이 갈겨쓴 단편소설이 뜻밖의 상을 받은 일이 있
었습니다. 하지만 그때만 해도 제가 훗날 소설을 쓰리라고는 생각하지
않았고, 그러다 보니 2006년 첫 장편『시의 갈레누스』를 출간하기까지
제법 긴 시간적 터울이 있었습니다.
　저는 종종 하늘을 쳐다보면서 고독한 비행사 생텍쥐페리를 떠올리곤
합니다. 수많은 야간비행과 군말 없이 그를 실어 나른 프로펠러기를 생
각하면 아무리 구시대의 유물이었다 할지라도 눈물겨운 비효율이 느껴
집니다. 시선을 좀 돌려보면 문학 역시 얼마나 비효율적인 영역인가요.
효율의 극대화만 추구하는 현대인의 삶에서 과연 문학은 어떤 역할을

할 수 있을까요? 미국 뉴욕에서의 일입니다. 부랑아 집단을 아무리 교화시키려 해도 거듭되는 실패 끝에 인문학적 교육 프로그램을 통해 비로소 성공할 수 있었다는 소위 클레멘트 운동을 아실 겁니다. 그들의 교도소 출입을 끊게 한 것은 성직자의 침 튀기는 설교가 아니라 호머의 오디세이 같은 고전문학과 현대시, 여행, 세계사 강의였습니다. 세상에! 최첨단 도시 뉴욕에서, 그것도 범죄자들을 대상으로 한 인문학 프로그램이 성공한 것입니다. 이것 하나만 보더라도 사람에게 왜 비효율이 중요한지는 너무나 자명합니다. 바로 꿈을 공급하는 여유라는 영양가 때문이겠지요.

꿈을 꾸기 위해 오늘도 저는 글을 쓰는지 모릅니다. 더불어 독자들도 이런 여유 덕에 더욱 더 풍요로움을 누릴 수 있다면 행복하지 않을까요?

흔쾌히 작품해설을 써주신 평론가 이덕화 교수님과 이 책을 탄생시켜주신 청어출판사 이영철 대표님께 깊이 감사드립니다.

눈 내린 은파호수공원에서 靑馬를 기다리며

이선구

Contents

작가의 말 _ 4

내게서 냄새가 난다 _ 09

빛나라 나의 별이여 _ 31

보리장마 _ 57

어둠 속에도 거울이 있을까 _ 81

유다 일기 _ 105

욕망을 팝니다 _ 131

접시꽃 _ 157

즐거운 유람선 _ 185

폭설 _ 219

망해사(望海寺) 가는 길 _ 245

작품해설_이덕화(평택대학교 교수, 평론가) _ 311

욕망을 팝니다

내게서
냄새가 난다

"계장님, 혹시 무슨 냄새 안 나십니까?"
이두삼의 말에 나조차 덩달아 쿵쿵거렸지만
냄새는커녕 바람결 한 줌도 없는 걸 어떡하
랴. 순간 내가 왜장을 치고 나선 건 놈의 야
코를 죽이기 위해서였다.

사무실 책상에 결재서류 파일을 내려놓고서도 나는 아까의 흥분에서 쉬이 돌아오지 못했다. 조금 전 화장실에 숨어서 확인한 노란 금박 봉투 속의 백만 원짜리 상품권이 여전히 눈앞에서 둥실둥실 떠다녔고 심장은 쉬지 않고 콩닥거렸다.

'서류를 찾아보니 입사한 지 12년이나 되었더구먼. 그동안 회사를 위해 얼마나 애썼나? 적지만 호의로 알고 넣어두게'

호랑이 같은 최 상무의 입에서 나온 말이라고는 도무지 여겨지지가 않았다. 이 무슨 황당한 일인가. 호의든 뭐든 간에 상무와 계장 사이에 이런 선물이 과연 정당한 것인지, 따질 겨를도 없이 받아든 고액 상품권에 나는 이미 제정신이 아니었다.

아직도 마음을 추스르지 못한 사이 사무실에서는 이두삼 차석을 위시해서 계원 세 사람이 코를 계속 킁킁거렸다.

"계장님, 혹시 무슨 냄새 안 나십니까?"

이두삼의 말에 나조차 덩달아 킁킁거렸지만 냄새는커녕 바람결 한 줌도 없는 걸 어떡하랴. 순간 내가 왜장을 치고 나선 건 놈의 야코*를 죽이기 위해서였다.

"과장이 출장가고 없으니까 이것들이 계장한테 장난질이네. 어디서

---

*야코: '콧대'를 속되게 이르는 말

냄새가 난다고들 지랄이야?"

걸핏하면 사사건건 태클을 걸어오는 이두삼 차석을 한번 손봐주려 벼르던 터였다. 놈은 계원들 가운데서 나이가 가장 많지만 분명히 나보단 다섯 살이나 아래다.

자판기 커피를 자주 사주는 다른 계원이 내 눈치를 살피며 계면쩍어했다.

"계장님, 어디선가 솔솔 이상야릇한 냄새가 나긴 하거든요."

놈들 하고는! 눈을 흘긴 나는 간부답게 목에 힘을 바짝 주고서 부하 직원들이 작성해서 올린 기안서류들을 천천히 그리고 품위있게 펼쳐 들었다.

7년 내내 나는 계장 자리에서 맴돌았다. 이놈의 회사를 박차고 나갈까 말까 절치부심하면서 작년 한 해 365일을 진급 스트레스로 고스란히 날려 보냈을 때도 나를 주저앉힌 건 마누라였다.

"조금만 더 진득하게 기다려봐요. 회사에서 당신의 진가를 알아줄 날이 반드시 올 테니까."

드디어 오늘 그 진가를 인정받은 것인가? 생각할수록 최 상무의 선물은 단순한 의미를 뛰어넘어 어깨에 힘이 들어가도록 나를 격려해주고 있었다. 오늘은 보통 의미 있는 날이 아니다 싶어 다시금 슬그머니 코를 킁킁거리면서도 머릿속에선 온통 상품권 생각뿐이었다.

아까 나는 4층 최 상무의 책상 위에 결재 파일을 올려놓고 그의 눈치만 살피고 있었다. 내가 몸을 사리며 자기 앞에 서있는 걸 아는지 모르는지 그는 시선을 아래로 내리깐 채 몽블랑 만년필로 서류마다 쓱쓱 이름을 휘갈기며 거드름을 피웠다. 학력으로 따진다면야 야간대학을 졸업한 게 전부인 그가 어떻게 상무 자리까지 올라갔을까? 항상 짚는 대목이지만, 그 의문부호를 다시 떠올린 순간이었다. 그가 우리 자재과 파일을 집어 들면서 호랑이 같은 눈빛으로 나를 쓱 올려다보았다.

"자네, 자재과 계장 아냐? 과장은 어디 가고 계장이 왔지?"

나는 긴장한 나머지 허투루 넥타이를 매만졌다. 곤궁할 때마다 늘 하던 습관을 반복한 것은 그 짧은 시간에 그럴듯한 변명을 잽싸게 찾을 수 있기 때문이다.

"과장님은 오늘 사장님 심부름을 가셨습니다. 그래서 제가 직접……."

순간 나는 느꼈다. 사장과 친척관계인 최 상무가 자신도 모르는 어떤 일에 과장이 불려갔다는 사실로 한순간 긴장했다는 걸. 스트레스가 엷게 스쳐가는 그의 표정을 내가 읽는 동안 그는 그 심부름에 대해 더 이상 아무런 질문도 하지 않았다. 무척 궁금할 테지만 그는 크음, 하고 헛기침만 한 차례 내뱉었을 뿐이다.

"오늘 계장급 이상 회식이 있다는 건 알고 있겠지? 과장 들어오걸랑 빠지지 말라고 해. 간부들 모두 모였을 때 할 말도 있고 하니까."

최 상무의 말투가 조금은 부드러웠다. 그는 서류 제목만 흘끔 보고는 즉시 사인을 해주었다. 서로 아삼륙인 경리과의 서류라면 몰라도 오늘따라 그가 자재과 서류를 꼼꼼히 읽지 않았다는 사실이 나를 더욱 긴장시켰다. 항상 꼬장꼬장한 그가 단번에 사인을 했다는 것은 무슨 의미일까? 나는 몸이 굳어진 채 그의 눈치를 살폈다. 혹시? 앞으론 자재과를 완전히 믿겠다는 의미일까? 하지만 나는 도리머리를 흔들었다.

'오늘은 왜 끝까지 읽어보지 않으십니까? 환율인상 효과가 국제시세에 모두 반영되어 2/4분기부턴 원자재 가격이 전 분기 대비 70~80% 인상되었습니다. 대책으로 수입선을 미국에서 인도네시아로 바꾸는 방법을 생각하고 있는데요. 그럴 경우 원자재비 인상효과가 20%선에 그칠 것입니다. 좀 더 안정적인 공급자를 고려한다면 일본의 나카무라 상사 같은 오퍼를 생각해볼 수도 있습니다.'

이렇게 사전에 준비했건만 나는 단 한 마디도 입 밖에 꺼내지 못했다. 묻지도 않았는데 미주알고주알 떠들다가 괜한 핀잔만 들을 필요는 없었다. 회사 생활이란 게 봉건시대 며느리 처신과도 같이 귀머거리 삼 년, 벙어리 삼 년, 봉사 삼 년이라고 하지 않던가.

"박종만 계장, 요즘 개인적으로 많이 힘들지?"

서류 파일을 막 집어 드는데 갑자기 최 상무의 목소리가 내 귀를 의심할 정도로 살근거렸다. 순간 피부 전체에 닭살이 싹 돋아 올랐다. 그따위 물음은 어차피 하나마나한, 귀에 걸면 귀고리 코에 걸면 코걸이 같은 질문이다. 환율은 날마다 천정부지로 신기록을 갱신하고, 100만 개 일자리 창출이라는 대선 공약과는 달리 서민의 일자리 불안감은 날로만 커져가는 마당에 웬만한 직장인 치고 생활이 어렵지 않은 놈이 어디 있을까?

"예. 조금은……."

파일을 옆구리에 낀 채 헤벌쭉 웃음을 흘리면서 나는 의도적으로 삶에 지친 멍청한 표정을 지었다.

"서류를 찾아보니 입사한 지 12년이나 되었더구먼. 그동안 회사를 위해 얼마나 애썼나? 적지만 호의로 알고 넣어두게."

최 상무가 노란 금박 봉투를 불쑥 내밀었다. 이게 무엇이냐며 인사치레로 물어볼 법도 했는데 염치없는 내 손이 어느새 그것을 받아 챙기고 있었다. 이러다 되레 책잡히는 것은 아닐까, 그의 표정을 살피는 순간 반지빠르게 그가 먼저 내 입을 막아버렸다.

"그거 상품권이야. 자넨 청렴해서 현금은 받지 않을 것 같고 해서……. 작은 성의니까 오늘 회식 끝나고 부인을 위해 선물이라도 하나 사라고."

허리를 구십도로 굽히고 돌아섰다. 끈적끈적한 최 상무의 시선이 문까지 내 뒤를 따라 나왔다. 오늘 회식은 언제 결정된 거지? 도무지 알 수가 없었다. 국제 알루미늄 시세가 뻔한 이상 자재과 계장이 하는 일이란 게 오퍼를 만나서 자료를 수집하고 세계시장 가격과 선물시장 장세를 분석하여 매주 월요일 업무회의 때 보고하는 것이다. 오늘은 수요일이고, 따라서 저녁식사는 틀림없이 오퍼와의 약속일 것이다. 황급해진 나는 엘리베이터를 기다리는 대신 계단을 빠르게 뛰어 내려갔다. 책상 위의 일정표를 재빨리 확인하고, 혹시나 약속이 있다면 얼른 전화를 걸어 얼렁뚱땅 미룰 생각이었다.

황급히 내려가다 말고 3층에서 우뚝 멈춘 나는 곧바로 3층 화장실로 달려갔다. 2층보다 훨씬 깨끗하고 조용해서 종종 애용하던 그곳에서 최 상무가 건넨 봉투를 열어볼 생각이었다. 출입문을 잠근 채 봉투를 개봉한 순간, 입이 떡 벌어지고 말았다. 거기서 나온 백만 원짜리 상품권, 그 믿을 수 없는 액수 때문에 숨이 멎을 것 같은 나는 절로 군침을 삼켰다. 동그라미가 몇 개인지 두 번이나 세는 동안 최 상무의 얼굴이 어른거렸다. 도대체 무슨 꿍꿍이일까?

이런저런 생각들이 어수선하게 스쳐가면서 아내 몰래 꿍치는 걸 잠시 꿈꾸었지만 곧 뒤가 두려워 핸드폰을 꾹꾹 눌렀다. 전화를 받은 아내가 화들짝 놀라며 반가워했다.

"어머나, 여보! 당신이 회사를 위해서 얼마나 정직하게 근무했는지 증명된 거야. 최 상무가 정말 사람 볼 줄 아네!"

"그냥 돌려줄까보다."

나도 모르게 뱉어버린 말에 아내가 펄펄 뛰었다.

"어이쿠, 당신이? 흥! 내가 뭐랬수. 받을 땐 항상 두꺼비가 파리 낚아채듯! 윗분 모실 땐 항상 마당쇠처럼! 전에 가르쳐준 말 벌써 잊었어요? 그 돈이면 뭘 살지 모르는데, 허튼소릴랑 하지도 말아요. 그리고 퇴근하면 곧장 집으로 와요. 알았죠?"

계장급 이상 회식이 있다는 말을 꺼낼 틈도 없이 통화가 끊어져 버렸다. 퇴근 즉시 귀가하라는 아내의 명령이 귓바퀴를 뱅뱅 돌았다.

오늘 간부 회식이 있어서 조금 늦을 듯.

얼른 문자를 보내고 2층 사무실로 내려와 책상 위의 일정표를 거듭 확인했다. 다행히 오늘 저녁은 아무런 선약이 없었다.

직원들이 올린 기안서류들을 하나하나 읽는 동안 두근거렸던 가슴이 많이 진정되었다. 하지만 여전히 들떠있던 기분을 강타한 것은 갑자기 튀어나온 이두삼의 목소리였다.

"누가 썩은 생선탕 먹고 온 것 아냐? 아, 이 참을 수 없는 냄새의 가벼움이여!"

코를 좌우로 휘휘 저으며 내뱉는 이두삼의 타령에 나는 화가 치밀었다.

"두삼아, 고약한 냄새가 날 땐 말이야. 누구보다 자기 자신부터 살피는 게 신사야. 이런 밀폐된 공간에서 악취의 제공자는 기껏 우리 넷 가운데 하나 아니겠냐?"

나는 항상 발 냄새 때문에 과장한테 지적을 받는 이두삼을 흘겨보았다. 하지만 그는 얼굴을 붉히며 곧바로 대들었다.

"모르면 가만이나 계십시오. 아까 계장님 나가신 사이 냄새의 출처를 찾느라 소동을 한 번 부렸잖습니까?"

"그렇다면 나는 아닌 게 분명하군. 내가 없는 동안에도 냄새가 사무실에 가득했다는 뜻 아냐?"

"그게 아니죠. 계장님이 냄새를 뿌려놓고 나갔을지도 모르잖습니까."

"이 자식이 시방 더위 먹었나?"

"계장님도 참! 스멀스멀 올라오는 냄새에 머리가 지끈거려서 집중이 안 될 정돈데. 바른 말 좀 했다고 이 자식이 뭡니까?"

"이 자식이? 관둬!"

지는 척도 안 하는 이두삼을 쏘아준다고 냄새가 없어지는 것은 아니다. 계장답게 사무실 분위기도 진정시킬 겸 내가 근엄한 표정을 지으며 의자에 엉덩이를 깊숙이 집어넣었다. 순간 손목시계가 10시를 가리키고 있어 아이디어가 반짝 떠올랐다.

"두삼아, 구두닦이가 오면 한번 물어보사. 냄새의 확실한 범인을 찍어달라고."

하필이면 그 순간 이월 출장비 이백만 원씩을 나눠 쓴 작년의 일이 생각났다. 작년 3/4분기 교통비 예산이 천만 원 넘게 남아 있었다. 가짜 출장서류를 떼어서 보고서까지 그럴 듯하게 남겨놓으면 아무도 모른다. 애초에 이두삼이 거짓 출장서류와 보고서까지 올린 걸 내가 발견하고 호통을 쳤지만 이두삼은 페이지를 넘겨보라며 슬그머니 웃었다. 놀랍게도 다음 페이지엔 가지도 않은 내 출장서류와 결과 보고서, 그 다음 페이지엔 최 상무 서류들까지 버젓이 끼어 있었다. 이두삼과 내가 이백만 원씩, 김 과장은 삼백만 원, 최 상무는 오백만 원이라고 여백에 연필로 적혀 있어 어안이 벙벙했다. 얼굴이 화끈거렸지만 계원 둘은 자기 일만 하느라 바쁜 모습이어서 빨리 결정을 내려야만 했다. 나는 어차피 가운데 끼어 있었다. 위아래에서 빵이 입을 크게 벌리고,

그 가운데에 고기와 야채가 들어간 샌드위치 상태라고나 할까. 나는 두 눈을 딱 감고 사인을 해버렸다. 다만 나머지 계원 둘에게 각각 이십만 원씩 주자고 내가 얼른 메모지에 써서 제안하자 이두삼은 고개를 끄덕이며 흔쾌히 따르기로 했다. 하지만 분통 터지게도 이두삼이 이백만 원을 챙기고 내겐 백육십만 원만 돌아왔다. 놈이 땡전 한 푼 내놓지 않은 채 나만 부하들 몫으로 거금 사십만 원을 날린 것이다. 야비한 놈! 하고 속으로 욕설을 퍼부었지만 그런다고 이두삼은 삼킨 돈을 내놓을 위인이 아니다. 뒷이야긴 서로 나눈 바 없지만 아마도 자기가 아이디어를 냈으니까 그 값을 계산했다는 뜻일지도 몰랐다. 제 돈 들이지 않고 상납하는 요령도 가지가지구나. 손 안 대고 코 푼다더니 참 짱구가 대단한 놈이었다.

10시만 되면 꼭 나타나는 구두닦이가 드디어 사무실에 올라왔다. 출입문을 슬쩍 열고서 목만 디밀고 딱! 딱! 두 번만 외치고 고개를 거두는 구두닦이를 불러 세웠다. 하지만 호흡이 막히는지 별안간 녀석의 표정이 우지거상으로 변했다.

"어이쿠 계장님, 이게 무슨 냄새죠?"

하지만 내 손에 든 만 원권에 굴종하여 덜컥 미션을 부여받은 녀석은 내 책상부터 냄새를 맡기 시작하더니 옷과 의자, 다리 쪽까지 천천히 킁킁거렸다. 녀석의 표정이 야릇하게 바뀌며 미소를 씩 짓기도 하고 심각하게 굳어지기도 했다. 그리고는 이두삼의 책상으로 가서도 눈을 지그시 감고 킁킁 냄새를 맡아댔다. 우리 모두는 그의 일거수일투족에 집중하느라 입 속의 침도 크게 삼키지 못했다. 이윽고 다른 계원들에게 간 그는 거기서도 마찬가지로 아주 심각한 미소를 짓거나 뭔가 단서를 잡은 형사마냥 우뚝 멈추어 킁킁거리기도 했다.

"어떻게 됐냐? 지금 이 방에서 이상야릇한 생선 비린내가 나기는 하

냐? 그리고 우리 가운데 누구한테서 그 냄새가 나는 거냐? 빨리 말해
봐."

돈을 받아 챙긴 구두닦이는 한참 뜸을 들이더니 마지못해 입술을
떼었다.

"오늘 과장님 어디 가셨어요? 콜록 콜록."

"야, 그걸 왜 물어? 지금 냄새가 누구한테서 나는지만 말해!"

"내 참, 잘 모르겠슈. 제가 지금 코감기 걸렸걸랑요? 콜록."

말끝마다 연거푸 재채기를 해대는 그 녀석을 더 이상 나무랄 수가
없었다. 그럴 거면 아깐 왜 심각한 표정을 지어 사람 애간장을 녹게 했
는지 다그칠 일이었다. 하긴 전공이 구두 닦기인 녀석에게 소믈리에
역할을 맡긴 것부터가 잘못이었다. 일이 이렇게 된 이상 이 모든 것이
순전히 저 이두삼이 때문에 일어난 소동이다 싶어 내가 바짝 째려보자
이두삼은 갑자기 컴퓨터를 들여다보는 척 딴청을 피웠다.

"두삼아, 너만 잘 씻으면 우리 사무실은 항상 쾌적해. 난 네 발모가
지가 가장 불안하거든. 오늘은 중요한 회식도 있고 하니 내가 이쯤해
서 참겠다. 앞으론 조심해."

내 말에 모두가 고개를 주억거렸다. 하지만 채 오 분도 못되어 하나
둘 코를 다시 벌름거리기 시작했다. 어쨌거나 나는 백만 원짜리 상품
권을 잊은 채 업무에 집중했다. 미국에서 알루미늄을 선적한 날짜와
도착 예정일시를 워드로 작성하는 동안 문자가 날아왔다.

당신, 점심 때 꼭 전화해요.

아내는 줄곧 그 상품권 사용처만 생각했던 모양이다. 무슨 전화를
하란 거야? 나는 핸드폰을 책상에 탁 내려놓고 업무에 다시 열중했다.

18

이윽고 점심시간이 되어 구내식당에서 점심을 뚝딱 해결하고서 예의 3층 화장실로 달려갔다. 신호가 가자마자 즉각 받은 아내가 마치 콩을 볶듯이 쏟아냈다.

"상무님께 정식이 납품 건 부탁드렸어요?"

임정식이란 이름을 가진 아내의 사촌 남동생은 일본에서 적응한 사람이다. 구리, 알루미늄, 아연 등 금속을 수입도 하고 수출도 하는 회사에 입사하여 근면성실을 밑천삼아 열심히 일했고 그 능력을 인정받아 계장까지 올라갔다.

"그동안 틈이 없었어."

"틈이 없긴. 처남 일에 관심이 없으니까 그랬겠지. 제발 정신 좀 바짝 차리고 오늘은 꼭 말씀드려요. 상품권까지 주셨으니 오늘 같은 날이 진지하게 건의하기엔 딱이에요. 0.01%를 누나한테 떼어 준다는데. 그 가운데 절반을 뚝 잘라 상무님께 바치면 되잖아. 더구나 미제보다 몇십 프로나 싸다면 누이 좋고 매부 좋은 일 아냐? 성사만 된다면 우리도 교회에 십일조 한 번 보란 듯이 내봅시다. 아파트도 60평대로 이사 가고. 생각 좀 해봐. 우리 나이에 지금 32평짜리가 가당키나 하우?"

0.01% 제안에 대해서는 진즉 들어 알고 있었지만 그간 엄두를 못 내다가 이제야 윗선에 말을 꺼낼까 말까 하던 참이었다. 나는 전화를 끊은 후에도 변기 앞에 오도카니 서 있었다. 급기야 배가 아파오기 시작했고 당황한 내가 배꼽 위에 손바닥을 넓게 펴고 천천히 쓸어내리자 그제야 복통이 완화되는 듯했다. 그것도 잠시, 이번엔 신트림이 올라왔다.

갑자기 딴 생각이 들었다. 고환율로 허덕이는 이런 때에 만일 수입선을 인도네시아로 바꾸면 50%나 이득인데, 회사에선 왜 모를까? 나는 아랫배를 자꾸 쓸어내리며 기왕지사 내친 김에 오늘 최 상무께 딱 부러지게 건의를 해야겠다, 작심을 했다. 어쩌면 아침에 상품권 봉투를 받을 때가 가장 좋은 기회였는데 그냥 날려버린 셈이다.

오후 근무가 시작되자마자 하늘이 도왔는지 최 상무가 내게 다시 전화를 했다. 즉시 4층으로 올라오라는 지시였다.

허허, 일이 좀 풀리려나보다. 어젯밤 꿈이 뭐였더라? 자세하지는 않지만 꿈에서 내가 배를 타고 어디론가 간 것만은 확실했다. 좋은 꿈일까? 풍선처럼 가슴이 잔뜩 부푼 채 엘리베이터를 타고 올라가는 동안 온갖 소설을 썼다. 수입선을 바꾼다고, 회사방침이 결정되어 혹시 현지 출장을 지시하려는 것은 아닐까? 그리고 오늘 회식도 수입선 바꾸는 일 때문에 급히 결정된 것은 아닐까?

"잠깐 앉아."

최 상무의 얼굴이 그리 험악하지 않아 나는 조신하게 소파에 앉으면서 그의 표정을 계속 곁눈질했다. 이윽고 그가 비서에게 허브차를 시키고는 맞은편에 앉아 나를 그윽하게 쳐다보았다.

"박 계장, 수입선 다변화가 필요하다고 생각하나?"

순간 가슴이 쿵쾅거렸다. 수입선 다변화란 게 따로 있을까. 환율 등 국내 사정과 외국의 실정을 감안해서 수입선을 바꾸는 게 수입선 다변화지, 속으로 뇌까리면서 나는 천천히 고개를 끄덕였다.

"아, 예. 환율만 안정적이라면야 번거로울 것 없이 미국과 계속 거래하면 되겠지만, 환율이 워낙 고공행진이어서 중국이나 남아프리카, 아니면 호주로 바꾸는 것이 어떨까, 하고 생각해왔습니다."

나는 은근히 정식이네 일본 회사를 뺀 나머지 국가들 이름부터 주워섬겼다.

"잘 보았어. 사실 사장님도 결심이 서셨어. 오늘 김 과장이 사장님 모시고 만난 오퍼도 중국에서 온 오퍼라는군."

순간 가슴이 철렁 내려앉았다. 중국의 시세를 모르는 바 아니지만 정식이네 회사 같은 일본 중개무역상을 통해서 사는 것이 차라리 장기적 공급에 더 안정적일 것이다. 더구나 정식이가 약속한 0.01%면 백분의 일인데, 우리 회사가 일 년에 600억 내지 1,000억 원어치 알루미늄을 사서 절반은 계열사 알루미늄 휠 생산에 쓰고, 나머지 절반은 맥주나 음료수용 캔을 만드는 자회사에 넘기므로, 그 70% 가격으로 중국에서 원자재를 사올 수만 있다면 수입선을 중국으로 스위치하는 건 당연하다. 그래서 나는 은근히 브레이크를 걸었다.

"상무님, 중국의 오퍼 말을 그대로 신뢰하기에는 복병이 있습니다. 사실 아침에 물으시면 대답하려고 자료까지 준비했습니다만, 중국이 2011년부턴 알루미늄 순 수입국으로 바뀐다는 이론이지요. 그만큼 지금 중국 국내 수요가 꾸준히 늘고 있거든요. 따라서 중국산 알루미늄이 세계시장 1/3을 차지하던 시대는 다시는 안 온단 분석입니다."

하지만 최 상무는 예상과 달리 껄껄껄 웃어버렸다.

"박 계장, 그것은 이론일 뿐이야. 사실 중국의 수요만 증가하는 게 아니고 생산량도 가파르게 증가하고 있잖아."

나는 밀리지 않으려고 다른 이론을 재빨리 꺼내들었다.

"두 번째 복병은 중국의 공급이 불규칙해질 수 있다는 것입니다. 국내사정 때문이죠. 국제 시세가 불안정해지면 어떤 이유로든 중국도 금세 영향을 받을 겁니다. 작년에 우즈베키스탄이 천연가스 값을 인상하자 타지키스탄의 알루미늄 수출가가 급상승하고 국제가에 금세 반영되었습니다. 타지키스탄의 보크사이트 제련에 우즈베키스탄의 천연가스를 사용하기 때문이죠. 그런 점에선 장기공급을 약속할 수 있고 보험까지 확실히 가입해 있는 회사와 계약하는 것이 더 안정적이지 않을까요?"

"허, 그럴듯하군. 그런 회사가 있을까? 향후 5년 정도 일정한 가격으로 공급해줄 수 있는 회사 말이야."

최 상무가 나의 말에 귀를 기울이는 자세를 취했다는 사실 하나 만으로도 뛸 듯이 기뻤다. 나는 이미 빅 찬스를 맞이했다고 확신했다. 축구에서 골키퍼가 뛰어 나온 사이에 문전까지 깊숙이 공을 몰고 들어간 느낌, 바로 그 노마크 찬스라고나 할까.

"당연히 있습니다. 제가 국제 오퍼들과 주고받은 이메일 자료를 여기 가져왔습니다. 그 가운데 일본의 나카무라 상사는 50년 역사를 가지고 있고 전 세계에 납품 실적이 제법입니다. 만일 10년 계약을 한다면 납품가격이 훨씬 더 할인되더군요."

"일본은 자기네 쓰기도 부족할 텐데?"

최 상무가 딴죽을 걸었지만 나는 절대 밀리지 않을 자신이 있었다.

"이 회사는 중개무역회사입니다. 비철 금속 여러 가지를 수입하고 비축도 하면서 국제시세에 맞추어 내다파는 것이죠."

"사업을 제법 크게 하는군. 하긴 생각이 제대로 박힌 규모 있는 회사라면 그렇게 해야지. 사실 우리 회사도 이 기회에 다른 비철을 수입하려고 하네."

그의 입에서 회사의 비밀이 흘러나왔다. 알루미늄 한 가지만 수입하는 기존 방식에서 벗어나 새로이 비철을 수입하는 것은 자재과 직원 누구라도 한 번쯤은 생각해봄직한 방법이었다.

"납을 생각하시나 보죠?"

"허, 대단해. 족집게처럼 어떻게 짚어냈나?"

"상무님도 아시다시피 국제 시세에 있어 납과 알루미늄은 서로 반비례하는 경향이 있잖습니까. 알루미늄 가격이 폭등해서 손해를 볼 때면 납이 떨어져서 이득을 만회해줄 수 있거든요."

"허허, 그렇지 않아도 아까 점심 때 사장님께서 중국의 차이나 메탈 트레이드와 호주의 MTM 컴퍼니, 일본의 나카무라 상사 이 세 군데 중 하나와 한 달 내에 계약을 하시겠단 말씀을 하셨지. 박 계장, 어서 가서 최근 10년간 중국의 알루미늄 수입량과 수출량 변화를 분석해서 자료를 만들게. 자료가 좋으면 사장님께 내가 직접 보고하겠네."

최 상무는 은근히 중국의 차이나 메탈 트레이드를 신뢰하는 듯 보였다. 최 상무의 생각인지 아니면 사장으로부터 어떤 언질을 받은 것인지 알 수 없는 마당에 나카무라 상사의 0.01% 리베이트 이야기를 꺼낼 수는 없었다. 이런 경우의 일처리가 늘상 그렇듯 지휘관의 의중을 잘못 짚어 까불다간 다 된 밥에 재를 뿌리는 건 말할 것도 없고, 자칫 자기 모가지까지 위험해지고 만다. 다만 사장의 친척인 최 상무를 지렛대로 사장의 의중을 짚어내는 게 우선 당면한 과제로 떠올랐다.

또 3층의 화장실에 들어가 아내에게 문자를 보내자 즉각 답장이 돌아왔다.

이런 바보! 0.005% 리베이트를 낚시로 던졌어야지! 나카무라 상사로 낙점만 되었다 하면 나머지 0.005%는 우리 몫이잖아. 에휴, 당신같이 기회를 속속 놓치는 위인이 어떻게 과장, 국장까지 올라갈지 모르겠어.

순간 속이 확 상했지만 항상 참는데 이골이 난 나다. 나는 즉각 회신을 보냈다.

현재 상무의 마음이 흔들리고 있음이 확실해. 걱정 마. 한번 힘껏 만들어 볼 테니까.

처남 사업에 도움을 주는 게 목적인지 아니면 자기 몫을 챙기는 게 목적인지 구별이 되지 않았지만 아내의 불도저식 압력은 집요했다. 하지만 사장이나 최 상무가 이미 중국 회사를 심중에 두었다면 내가 어떤 재주를 부린다 한들 무슨 소용이 있으랴 싶어 한참 머리를 굴렸다. 아예 백분의 일이라고 속 시원히 보고하고 그 가운데 다만 10%라도 수고비로 던져주면 군소리 없이 받아 챙기는 게 나을지도 모를 일이다.

자리를 비운 사이 사무실에서는 막내 계원이 에프킬라를 찍찍 뿌리고 있었다.

"신참아, 지금 뭐하는 짓이냐?"

"계장님, 비린내가 영 가시질 않아요. 이럴 때 행여 과장님이라도 들이닥치시면 불벼락이 떨어질 텐데요?"

모기를 쫓느라 뿌렸다고 둘러대면 그만이다. 내 지엄한 눈초리에 밀려 막내 계원은 행동을 즉각 멈추었지만 에프킬라 특유의 기름 냄새는 어김없이 코청을 타고 넘어왔다.

"야! 창문 좀 열어. 과장님이 들어와서 에프킬라 냄새 빨리 빼라고 난리치면 어떡할래?"

과장을 들먹이며 부하들을 위협하는 게 스스로 객쩍어져 자료들을 찾기 시작했다. 중국뿐 아니라 일본과 호주까지, 내가 가진 자료들과 인터넷에 오른 비철 수입상들의 가격표를 찾아내어 비교 그래프를 그렸다. 퇴근시간을 30분 남기고 나는 30페이지가 넘는 분석표를 만들었고 나카무라 상사가 우리 회사에 가장 유익하다는 결론이 적힌 파일을 옆구리에 낀 채 흐뭇한 표정으로 엘리베이터에 올랐다.

"상무님, 나카무라 상사 있잖습니까. 아까 이메일로 넌지시 물어보니까 성사만 된다면 0.005%, 그러니까 천 분의 오를 리베이트로 상무님께 드리겠답니다."

"허!"

최 상무는 더 표현하지 않았지만 흠칫 놀란 표정이었다. 고개를 천천히 끄덕인 그가 손짓으로 내게 물러가란 표시를 했다. 뭔가 내가 준비한 서류에서 특이한 점을 발견했음이 틀림없었다.

여섯 시가 다 되어 책상 위 서류들을 대충 정리하고 컴퓨터 전원도 껐다. 회식 자리에 가기 위해 사물함에서 양복을 꺼내어 입는 순간 이두삼이 이죽거렸다.

"계장님, 생선 비린내가 여전해서요. 에프킬라도 효과가 없습니다. 내일도 계속 그러면 상무님께 보고해서 특단의 조치를 취해야겠어요."

"내 코엔 아무 냄새도 안 나는데 어째서 자네들만 느끼는 건가? 자네들 모두 내일 아침 출근길에 이비인후과부터 들러야겠군."

"갑자기 생각난 건데, 여차하면 청소반을 따로 불러 우리 사무실만 대청소 한번 시킬까요?"

"우라질, 그 문제는 좌우지간 내일 아침에 생각해보자!"

드디어 간부급 30명이 모인 가운데 회식이 시작되었다. 나카무라 상사로 결정된 걸까? 아니면 중국의 차이나 메탈 트레이드로 낙점된 걸까? 나는 상무와 다른 이사들 그리고 사장님의 표정을 훔쳐보며 태연한 척했지만 가슴이 뛰는 걸 억누를 수가 없었다. 사장의 인사말이 끝나자 최 상무가 일어섰다.

"오늘 회식은 솔직히 어젯밤에 결정되었습니다. 단체생활에선 개인을 얼마나 죽이느냐에 따라 그 단체가 사느냐 마느냐 결정되는 경우가 많아요. 사실 이 느닷없는 회식 결정은, 오백여 명 직원 가운데 가장 중추적인 역할을 하는 우리가 한 사람도 빠짐없이 일사분란하게 사장님의 명령에 복종할 준비가 되어 있는지 시험하기 위한 것도 있고, 다음 분기부턴 비철 수입선을 다변화시킨다는 구상을 발표하기 위한 것도 있습니다."

최 상무의 말에 모두가 주변 사람들과 서로 시선들을 주고받았다. 그가 잠시 멈추었던 말을 계속 이어갔다.

"민주주의 사회에서는 개인을 위해 사회라는 조직이 있습니다. 물론 자본주의에서도 이 말은 통합니다. 그렇지만 자본주의적 경쟁에 있어서는 그 반대가 성립되죠. 즉 조직을 위해서 개인이 있다는 뜻입니다. 오늘부터 국가 경제가 원상회복될 때까지 계장급 이상만 월급을 10% 줄이도록 이 자리에서 사장님께 건의하고자 합니다. 이것은 순전히 애사심 하나 때문이며 이와 동시에 원자재 단가를 줄이기 위해 알루미늄 수입선을 미국에서 일본으로 바꾸실 것까지 사장님께 건의하고자 합니다. 저희 간부들의 충심을 헤아려주셔서 이 두 가지를 허락하여 주시기를 충심으로 앙망하면서 오늘 회식이 뜻 깊고 기분 좋게 끝맺을 수 있도록 모두 협조해 주시기 바랍니다. 감사합니다."

수입선을 일본으로 바꾼다는 대목에서 나는 정말 가슴이 터지는 줄 알았다. 내가 올린 보고서 내용이 결국 그의 마음을 사로잡았구나, 하고 정말 어깨를 으쓱했다. 최 상무는 회식 자리에서 내게 단 한 번도 시선을 주지 않았지만 나는 이미 그의 마음을 읽었다는 쾌감에 빠져 있었다. 800억이면 8억이 떨어지고 그 가운데 최 상무에게 4억 그리고 내게 4억이 돌아오는 이런 기분 좋은 계약이 어떻게 실현될 수 있었을까? 간밤에 꾼 꿈이 용꿈임에 틀림없었다. 배를 타고 가는 것이야말로 꿈 많은 마도로스처럼 한 몫 크게 히트한 것을 의미하는 게 아니라면 미상불 무엇이란 말인가. 꿈을 해몽하면서 나는 오금도 제대로 펴지 못했다.

술잔이 오고가고 최상급 한우 꽃등심이 벌건 숯불 위에서 지글거렸다. 모두들 기분이 알딸딸한 표정이었다. 인원감축뿐 아니라 20%나 월급을 자진반납하기로 한 회사도 전국적으로 허다한 터에 겨우 10% 삭감이 얼마나 다행이냐 싶은 얼굴들이었다. 더구나 4억 원이란 거금은 10% 삭감을 몇 백배 보전하고도 남는 어마어마한 액수가 아닌가. 그러다가 용코*로 걸리면 쇠고랑을 찰 거란 염려 따윈 그 순간만큼은 전혀 하지 않았다. 소주가 목구멍을 넘어갈 때마다 나는 구름 위를 한 걸음 한 걸음 산책하는 기분이었다. 집에 가면 마누라가 얼마나 기뻐할 것인가. 그동안 내게 쏘아붙인 핀잔과 타박을 삼키며 얼마나 속을 졸여왔던가. 나는 간간히 어깨를 으쓱이며 최 상무를 쳐다보았다.

얼마나 흘렀을까. 최 상무가 갑자기 일어나서 사람들 앞에 봉투 하나를 흔들어댔다.

"잠깐 주목해주십시오. 이게 뭔지 모르실 것입니다. 자, 우리 가운데 누가 행운의 사나이가 될 것인지 이 속에 들어있거든요! 오늘 같이 간부들이 100% 참석하여 단합한 날엔 한번 로또 복권을 긁어보는 것도 좋겠다 싶어 제 개인 비용으로 샀는데, 모두 한 장씩 긁어보십시오."

머슴을 자청한 내가 벌떡 일어나 복권을 한 장씩 돌리고 이번 기회에 사장님 눈도장도 찍어볼 겸 사장 주변에서 조금 더 얼쩡거렸다. 모두들 왁자지껄하며 지난밤 꿈 이야기들을 꺼내기 시작하면서 잠시 분위기가 시끄러워졌다.

'그래 잘들 놀아라. 잘들 로또 맞히라고. 난 이미 쓰리 스트라이크

---

*용코: '영락없이'를 속되게 이르는 말

완봉승했어. 흐흐흐. 일 년에 4억이 공돈으로 들어온다고! 이것이야말로 진짜 로또를 맞힌 거 아니냐.'

그 가운데 1억만 뚝 떼어내 과장과 임원들에게 로비를 하면 승진 길도 저절로 열릴 것 같아 나는 입 끝이 귀에 걸릴 정도였다.

요의를 느껴 화장실에 달려갔을 때였다. 뭐가 급했는지 내 바로 뒤를 최 상무가 따라 들어왔다. 그와 나란히 서서 지퍼를 내리면서 기분 좋은 표정을 짓는데 갑자기 최 상무가 아무도 없는지 좌우를 살피더니 나직이 속삭였다.

"박 계장, 사장님 오케이가 떨어졌다. 그동안 내가 계속 건의한 노력이 드디어 빛을 보았네. 나카무라 상사 말이야. 다음 주에 자네와 김 과장이 계약하러 도쿄에 갔다 와야겠어. 그리고 실은 진즉부터 내게 0.006% 리베이트를 약속하더군. 그 가운데 5%는 자네한테 떼어줄게. 그동안 애도 썼고, 또 자네가 손위 매제라면서?"

헉, 정신이 번쩍 들면서 가슴이 철렁했다. 0.006% 가운데 5%? 취중에도 계산이 절로 되면서 눈앞이 깜깜했다. 자기 몫이 한순간에 4억원에서 이천사백만 원으로 팍삭 줄어버렸는데 누군들 술이 깨지 않으랴. 더구나 최 상무가 계속 건의했었다니. 나는 완전히 사기를 당한 기분이었다.

"상, 상무님, 혹시 그쪽에서 매제란 말도 했습니까? 나카무라 상사 하루켄 상이 귀화한 일본인이거든요. 원래 이름은 임정식. 그곳과 계약이 확실히 결정되면 그때 말씀드리려고 아껴두었었는데……."

처남이란 놈이 매형을 갖고 놀다니. 상무와 더 낮은 리베이트로 직거래를 트면서 나머지를 제 놈이 삼키려 한다고 밖에 해석할 수 없었다. 여러 번 다시 생각해봐도 내가 최 상무한테 속고 처남에게까지 돌린 것이 확실했다. 순간 어지럼증이 엄습하면서 오줌발이 옆으로 휘어져 바짓가랑이를 적시고 말았다.

"젊은이가 무슨 오줌을 그리 오래 싸나?"

휘청거리는 날 알아보았는지 최 상무가 내 어깨를 다독여주었다.

"아, 그게 오늘 수입선이 나카무라 상사로 결정돼서 좋다고 마구 마셨더니만……. 상무님, 처남한텐 상무님 좀 잘 모시라고 거듭 당부해놓겠습니다."

그가 먼저 나가고 뒤에 남은 내가 오줌으로 얼룩진 바지를 내려다보며 분통을 터뜨렸다.

"으이구, 이 병신! 느림보! 멍청이! 루저(loser)!"

입 밖으로 튀어나온 온갖 욕설이 화장실의 대리석 벽에 의미 없이 부딪히고 있었다. 그렇다면 아침에 준 상품권이 밑밥이었단 말인가? 멍해진 머리통을 주먹으로 한 대 탁 갈기고 지퍼를 올리는 순간 트림이 끄윽 올라왔다. 분명히 한우를 먹었는데 이상하게도 소주 냄새와 함께 생선 비린내가 후끈 올라왔다.

"오, 하느님!"

잇새로 신음소리가 흘러나왔다. 어젯밤에 배 타고 물을 건넜으니까, 물 건너 간 것이 됐군. 그 꿈이 결국 오늘 이렇게 될 거란 의미였나!

"우라질! 복도 더럽게 없는 놈이 로또는 무슨 개뿔!"

나는 아까 최 상무가 나눠준 복권을 와이셔츠 호주머니에서 꺼내어 발기발기 찢어버렸다.

욕망을 팝니다

빛나라
나의 별이여

세 사람은 묵직한 돌덩이를 하나씩 품에 안
고 더 깊은 곳으로 발을 내딛었다. 들어갈수
록 해류의 흐름이 거세져 떠내려갈 듯 몸이
심하게 흔들렸다. 그때 갑자기 날카로운 총
소리가 하늘을 갈랐다.

민주도(民主島)**는** 어디를 둘러봐도 쓰레기 천지였다. 버려진 물건들이 아무렇게나 쌓여 군데군데 높고 낮은 봉우리를 형성한 그곳은 마치 제3세계 국가의 수도 외곽에 형성된 끝이 보이지 않는 쓰레기 투기장을 연상시켰다. 규칙성이 상실된 곳에 걸맞게도 냄새 역시 장난이 아니었다. 그것은 각종 가전제품과 플라스틱류, 온갖 의류들, 가구에서 떨어져 나온 나무 조각들, 쇠붙이 나부랭이, 골판지, 동물 뼈다귀 따위가 애당초 무슨 용도였는지 모를 흐물흐물한 물질들과 함께 뒤섞여 종합적으로 만들어내는 악취였다. 더구나 냄새는 바람의 방향에 따라 해감내가 되었다가 때론 분변 냄새, 혹은 도축장 하수관 냄새 따위로 뒤바뀌곤 했다. 섬 주민들은 가까운 육지인 뉴헤븐에서 버려진 쓰레기 더미가 이곳으로 도착하는 족족 열심히 뒤적이며 쓸모 있는 걸 찾는 일로 하루하루를 보내고 있다.

열두 살배기 절름발이 일만은 난생 처음 맡는 냄새에 오만상을 찡그렸다. 평소엔 아예 얼씬도 안 하는 섬의 북쪽 끝 공동묘지 구역에서 날려 오는 냄새였다. 매달 활동 구역을 바꾸는 제도에 따라 3주 전에 이곳 북(北) 구역으로 옮겨온 그는 요 며칠 북풍을 타고 날아드는 악취를 참다못해 직접 가보기로 했다. 아니나 다를까 일만은 잡목 사이에 처박힌, 표면이 온통 파리 떼로 뒤덮인 시커멓고 섬뜩한 덩어리에 소스라치고 말았다. 얼핏 노랗게 빛나는 금붙이가 보였지만, 역겹다 못해 띵한 두통을 일으키는 냄새에 떠밀려 일만은 넝마 바구니를 짊어진 채 남쪽으로 마구 도망쳤다. 하지만 마음만 앞설 뿐 바구니는 자꾸만 모로 요동치며 그의 뒤뚱거리는 달음박질을 방해했다.

"쩔뚝아, 어디서 불났냐?"

가까운 봉우리의 그늘에서 백만이가 일만의 팔뚝을 낚아채는 바람에 일만은 무게 중심을 잃고 데굴데굴 뒹굴었다. 바구니에서 튕겨져 나온 내용물이 여기저기 흩어졌고 땟국으로 얼룩진 일만의 얼굴 한 가운데서 눈자위만 허옇게 도드라졌다.

"형, 냄새가 너무 독해서 머리통이 깨지려고 해. 그리고, 그리고……."

"그 냄새를 너도 맡았구나. 반짝이는 건 그대로 붙어 있던?"

사실 백만이도 아침에 그 금붙이를 보았지만 악취가 너무 심해서 더 가까이 다가가지 못하고 몇 번이나 토악질을 한 끝에 도망치고 말았다. 돌고래 비슷한 동물 사체 같은 시커먼 덩어리에 붙어 있던 반짝거리는 금붙이, 그것이야말로 이 섬에서 가장 금기(禁忌)로 여겨지는 터부*다.

언제가 칠룡이가 북 구역 주민들을 모두 모아놓고서 누런 이빨을 드러내며 음흉한 웃음을 씩 웃었던 일이 있었다.

"노란 금붙이에 대해 말하겠는데, 누구든 그걸 발견하는 즉시 내게 신고해야 한다. 알았나? 평등을 깨는 놈은 절대 묵과하지 않겠다!"

설명은 없었지만 칠룡이가 말하는 평등은 이 쓰레기 섬 민주도를 지배하는 이념임에 틀림없었다. 누가 그리고 언제 칠룡이를 섬의 대표

---

*터부(Taboo) : 미개한 사회에서 신성하거나 속된 것, 또는 깨끗하거나 부정하다고 인정된 사물·장소·행위·인격·말 여위에 관하여 접촉하거나 이야기하는 거을 금하거나 꺼리고, 그것을 범하면 초자연적인 제재가 가해진다고 믿는 습속.

로 뽑았는지 아무도 묻는 사람은 없었다. 오늘 백만이 형제가 칠룡이의 얼굴을 떠올리며 걱정부터 한 것은 그의 검고 늙수그레한 뱀 같은 얼굴이 주는 음산한 분위기 때문이었다. 칠룡이는 항시 꾸부정한 꼽추 모습을 하고 있어 흡사 등딱지가 되똥한 거북이가 서서 걷는 것처럼 걸을 때마다 몸 전체가 불균형을 일으켰다. 생김새가 유별스런 그가 우악스런 힘을 가진 것만은 확실했다. 칠룡이로 말하자면, 과거 언젠가 북 구역에 순시를 와서 한 중년 남자와 맞장을 뜰 때 사람들의 응원과는 달리 상대를 한 주먹에 때려눕힌 적이 있었다. 바로 그 힘으로 그는 이 섬을 휘어잡고 빨간 모자 특무대원들을 뽑아 지휘하는 것이다.

대략 일 년 전쯤 종식이가 금시계를 주워 꼬불치다가 뒈지게 두들겨 맞은 사건이 있었다. 그 후로 종식이의 모습은 섬에서 영영 사라지고 말았지만 그날 칠룡이가 거느린 특무대원들이 떼거리로 몰려와 종식이를 어찌나 팼는지 모른다. 종식이가 온 몸이 피범벅이 되도록 차이고 맞는데도 누구 하나 감히 나서서 말리는 사람은 없었다. 쓰레기 섬의 평등을 깼다는 게 폭력의 이유였다. 그날 삼백 명도 넘는 북 구역 주민들은 달덩이만 한 전등 불빛 아래서 종식이가 규칙을 어긴 대가를 어떻게 치르는지 두 눈으로 똑똑히 보았다.

"형, 어서 대장한테 알리러 가자."

일만이의 말에 백만은 고개를 끄덕이면서도 걱정부터 했다. 자칫 일이 꼬이거나 꼬투리를 잡혀 종식이처럼 늘씬하게 얻어맞지나 않을까 더럭 겁부터 났다. 더구나 대장은 항상 섬의 남쪽 끄트머리에 위치한 별장에서 지내고 있다. 그래서 대장의 얼굴을 볼 기회가 드물어 백만이도 일만이도 썩은 잇바디* 말고는 칠룡의 얼굴에서 정확히 떠오

---

*잇바디: 치열

34

르는 게 없었다.

"그래. 어서 대장한테 가보자. 나중에 걸려 뒈지게 맞는 것보다야 훨씬 낫겠지."

한 나절을 걸어야 겨우 닿을 대장의 근거지를 향해 막 길을 떠나려던 참에 깜짝 놀랄 얼굴이 형제의 앞을 가로막았다. 정말 뜻밖이었지만 종식이가 틀림없었다. 죽은 줄만 알았던 그의 등장에 백만이 형제는 뒷걸음질을 쳤다. 종식의 떡 벌어진 앞가슴부터가 그가 더 이상 야리야리한 수평아리가 아님을 드러내고 있었다.

"니들 살인을 일삼는 그놈들한테 정말 갈 거냐?"

백만이 형제의 사정을 죄다 꿰뚫고 있는 듯했다. 그가 여전히 절름거리는 걸로 보아 작년의 아픔이 아직도 그의 몸에 굵은 흔적으로 따라다니고 있음이 확실했다. 그동안 그가 어디서 어떻게 지냈는지 아무도 모른다. 주민들 대부분은 그날 종식이가 곤죽이 되도록 맞아 필경 죽고 말았을 거라 믿고 있었다. 백만이가 우물거리자 종식이가 헛웃음을 쳤다.

"하하하하, 자유를 찾기가 말처럼 쉬운 일인가? 내가 죽었단 소문이 짜하게 났을 텐데, 난 그렇게 쉽게 사라지지 않아. 놈들이 내 다리를 불구로 만들긴 쉬웠을지 몰라도 나의 의지까진 꺾진 못해. 백만아, 금붙이를 놈들에게 넘기면 절대 안 돼!"

'의지'라는 단어가 심오한 의미를 더해 형제의 가슴에 울려 퍼졌다. 그것은 흡사 예전에 특무대원에게 빼앗긴 구리종이 낸 소리와도 같았다. 쓰레기 더미 속에서 우연히 발견한 바가지만 한 구리종, 그것이 울리면 백만이 형제는 아련한 느낌에 빠져 마음을 홀딱 빼앗기곤 했다. 해맑게 우는 종소리가 좋아서 몇 번씩이고 때려보며 음미하던 습관도 얼마 못가 특무대원에게 들키는 바람에 끝장이 나고 말았다. 그자에게 즉각 빼앗기고 만 것이다.

백만이 형제는 본인들 말고 그 새까맣게 썩은 냄새 덩어리와 거기 붙은 반짝이는 금붙이를 종식이도 보았다는 사실에 깜짝 놀랐다.

"오랜만이야, 종식이 형. 하지만 모든 금붙이는 대장한테 보고하는 게 규칙이잖아?"

"웃기고 있네. 규칙은 무슨 개뿔!"

종식은 후배들한테 섬의 부조리에 대해 어디서부터 이해시켜야 할지 난감했다. 그래서 우선은 살인자들이 만든 규칙은 법이 아니라 폭력일 뿐이라는 설명을 했다. 대표성도 없는 자들이 섬을 송두리째 장악하여 동서남북, 네 구역 주민들이 뼈 빠지게 수거한 고물을 말도 안 되는 헐값으로 빼앗아 엄청난 폭리를 취하는 것부터 잘못된 구조라고 설득했다. 백만이 형제는 종식이가 하는 말 가운데 '계약기간이 30년'이란 표현은 알아들었지만 '섬 주민들 모두가 30년치 임금을 선불로 받았다.'는 말은 처음 들었다. 섬에 주민이 모여들어 25년이나 흐르는 동안 아무도 군말을 하지 않은 이유가 바로 거기 있었다. 그렇다면 이 주민이 아닌 종식이나 자신들처럼 섬에서 태어난 세대에게 돌아온 몫은 무엇인지, 자신들의 부모는 이미 공동묘지에 묻혔는데 부모가 받은 선불금은 다 어디로 갔는지, 정말 궁금했다.

종식이가 불만을 계속 터뜨렸다.

"핸드폰만 우리 맘대로 처분하도록 허가한 것도 잘못된 조치야. 칠룡이가 무슨 자격이 있다고 금붙이는 자기가 갖고 주민에겐 썩은 핸드폰만 던져주는 거야? 우리가 개새끼가?"

개 이야기가 나오자 백만이 형제는 얼른 주변부터 살폈다. 대장이 특무대원들을 대동하고 으스대며 나타날 때면 항상 맹견들을 데리고 왔기 때문에 백만이 형제는 개가 그림책에서 본 사자나 호랑이라도 된 듯 믿어왔다. 날이 선 눈빛에 날카로운 이빨을 드러내며 혓바닥을 삐죽이 내밀고 헐떡이는 까만 도베르만들……. 하지만 종식이는 두 사람의 경계심을 한순간에 무너뜨렸다.

"뉴헤븐에 가보니까 개들이 온순하기 짝이 없더군. 오히려 사람을 무서워하더라고. 그리고 거기선 낡은 핸드폰을 휴지 버리듯 해. 알겠어? 우린 여기서 어쩌다 하나 찾아내기라도 하면 라면 10개와 맞바꾸기 땜에 감지덕지지? 거기선 남아도는 게 핸드폰이야. 그리고 금붙이 말이야. 그걸 가지고 뉴헤븐에 가면 목돈을 받을 수 있어. 왜 그토록 오랫동안 칠룡이가 가로채왔는지 이젠 알겠지?"

금붙이를 가져오는 사람에겐 칠룡이가 자기 본부에 있는 여자와 잠자리를 허락하는 유인책이 있음을 종식은 차마 밝힐 수 없었다.

"뉴헤븐?"

백만은 그 단어를 입 밖에 내지 못하고 입술로만 우물거렸다. 섬에선 뉴헤븐이란 말도 금붙이와 더불어 금기어다. 더구나 뉴헤븐은 가본 적이 없어 상상도 되지 않았다. 살랑거리는 봄바람처럼 그저 입에서 입으로 소문에서 소문으로 은밀히 전해져 막연하게나마 꽃이 피고 숲이 우거진 아름다운 도시, 부자들이 사는 곳 정도였다. 가슴이 콩닥거리고 입이 바짝바짝 타들어오는 백만이와는 달리 종식의 눈에서는 쌍심지가 섰다.

"알다시피 섬의 남쪽 끝 칠룡이네 본부 앞바다 건너에 그 도시가 있잖아. 뉴헤븐을 이곳 주민들만 모른 체하고 있어. 바보들 같이."

바다 건너에 뉴헤븐이 있다는 설명에 열아홉 살, 열두 살 배기 형제는 전에 종소리에 취했을 때처럼 그저 몽롱한 표정을 지을 뿐이다. 종식의 말이 이어졌다.

"뉴헤븐은 정말 가까이에 있어. 우리 섬을 에워싼 공기가 항상 흐리멍덩해서 그곳이 지척에 있는데도 잘 보이지 않을 뿐이야. 너희들은 단 한 번도 밤하늘의 별을 본 적이 없을 거야. 물론 달도 본 일이 없겠지. 원래 하늘은 파랗고, 동그스름한 빨간 해는 새벽에 동녘에서 떠올랐다가 오후 늦게 서녘으로 지거든. 그리고 밤이 되면 은하수가 흘러. 반짝이는 수정을 흩뿌려놓은 듯 별들이 하늘에 가득하고……. 뉴헤븐에 가면 이 모두를 볼 수 있어."

백만이와 일만이는 마치 꿈을 꾸는 기분이다. 그곳이 마치 환상 속에 반짝이는 불멸의 유토피아처럼 느껴졌다. 그곳에선 매일매일 해맑은 종소리가 울려 퍼질 것이라고, 형제는 상상했다. 사실 특무대원이 상주하는 각 구역의 수거 센터 마당에 우뚝 선 철탑의 동그스름한 가로등이 밤 동안 달 노릇을 해왔다. 섬을 에워싼 먼지와 메케한 공기 때문에 하늘이 항상 희뿌옇고, 흐리멍덩한 태양만이 뜨고 질 뿐 밤이 되어도 별이든 달이든 볼 수가 없다. 별이 어떻게 생겼는지 보름마다 달이 어떻게 변하는지 따위의 지식은 쓰레기에 섞여 나딩구는 그림책에서 보아 어렴풋이 아는 정도다.

금붙이를 뉴헤븐에 가져가면 목돈을 받는단 사실에 백만이 형제의 마음이 들썩였다. 잡목 사이에 처박힌 그 시커먼 덩어리가 내뿜는 골때리는 냄새를 어떻게든 꾹 참고서 금붙이를 손에 넣을 수만 있다면, 그리고 대장 몰래 뉴헤븐에 갈 수만 있다면 목돈을 받을 수 있다는 점에서 백만이와 일만이의 가슴이 마구 두근거렸다. 용기가 스멀스멀 솟아올랐다. 오래 전에 아버지가 주워 오신 그림책에서 본 해가 뜨고 달이 지는 자유의 땅이 눈앞에 그려지면서 어렴풋이 아버지의 모습이 떠올랐다. 아버진 그때 그림 한 장을 손으로 가리키며 우울한 표정을 지었었다.

"너희 엄마와 아빠는 민주도에 오기 전에 이렇게 생긴 곳에서 살았단다.”

삐—익.

갑작스레 호루라기 소리가 크게 울려 퍼졌다. 북 구역을 책임지는 특무대원 만풍이 주민들을 부르는 소리였다. 그 소리가 들렸다 하면 누구든 하던 일을 멈추고 그동안 수거한 걸 넝마 바구니에 담아 짊어진 채 센터로 모이게끔 되어 있다. 종식이는 황급히 몸을 숨겼고, 백만이와 일만이도 일단은 센터로 향했다. 철조망이 둘러쳐진 센터에는 종류별로 분류된 재활용 쓰레기들이 산더미처럼 쌓여 있고 맹견들이 컹컹거리며 수시로 경비를 한다. 역시나 도베르만들이 으르렁거리며 사나운 눈초리를 번득이고, 만풍이 이빨로 시가를 꽉 문 채 2층 높이의 사무실에서 사람들을 거만하게 내려다보고 있었다. 주민들이 모두 모였는지 확인하기 위해 만풍은 빨간 모자 챙 너머로 날카로운 시선을 던졌다. 점심시간도 되기 전에 너무 일찍 호루라기를 불었다며 사람들이 구시렁거리자 만풍은 오늘도 심사가 꼴린 표정이다. 고깃국 냄새가 마당을 맴도는 걸로 보아 특식이 있을 낌새였다. 한 사람도 빠짐없이 다 모인 걸 다시 확인한 만풍이 훈시를 시작했다.

“모두 모였으면 대장님의 지시사항을 전달하겠다. 요즘 생산량이 현저하게 떨어졌다. ‘뼈 빠지게 일해서 목돈 만들어 돌아가자!’ 가 우리 섬의 구호가 아닌가? 특히나 이번 달 우리 북 구역의 생산량이 네 구역 가운데 제일 꼴찌다.”

이래가지고 어느 세월에 목표가 달성될 것이며, 어떻게 편안한 노후를 맞이하겠느냐고 마치 자신이 앞장서서 희생을 각오한 양 침을 튀겼다. 분필을 들고 넓적한 칠판에 그래프를 그려 보여준 그는 민주자치의 실천이 주민들의 태만으로 한층 어려워졌지만 그럼에도 불구하고 희망은 있다고 이빨을 깠다. 모두들 통장에 수천만 원씩 적립하지 않았느냐는 대목에서 사람들의 표정이 밝아지자 그는 현명하신 대장께서 격려차원에서 특식을 보내주셨다며 너스레를 떨었다. 백만이 듣기에도 만풍이 뻔한 거짓말을 지껄이는 것 같았다. 달근달근한 말과는 달리 만풍의 눈 그늘에선 여전히 아니꼬운 표정과 거드름이 역력한 것이 그 증거였다. 백만이 형제도 그렇지만 그의 훈시를 듣는 주민들 모두 먼지를 수북이 뒤집어쓴 채 지친 모습들이었다. 그중에는 피부병으로 얼굴 한쪽과 목덜미에 알록달록한 지도가 그려진 사람도 있고, 귀에서 노란 물이 흘러내리는 사람, 등이 굽었거나 어깨나 팔뚝이 균형을 잃고 제 위치에서 벗어난 사람도 있었다. 그들이 입고 있는 낡고 구멍이 숭숭 뚫린 러닝셔츠에서는 하나같이 땟물이 흘러내렸다. 쿨럭쿨럭 기침을 하던 50대 영감 주영만이 불쑥 건의를 하고 나섰다.

"만풍이, 요즘은 음식도 형편없고 호흡이 어려워서 일할 힘이 안 나네."

사람들 시선이 죄다 주 영감에게로 쏠린 사이 만풍의 말대꾸도 만만치 않았다.

"영감은 담배부터 끊어. 골백번도 더 말했잖아? 비싼 담배를 왜 자꾸 피우냐고. 밥값, 방값 빼고 담배값 제하면 저축할 게 없잖아. 기왕지사 말이 나왔으니 말인데, 모두들 잘 들어. 섬에 문제가 생겼어. 평화로운 우리 민주도에 첩자가 들어왔다. 동남서 구역에선 이미 신고가 들어왔는데 우리 구역에서만 신고가 없어서 내 체면이 말이 아니다. 내가 오늘 아침 대장께 죽도록 책임추궁만 당했잖아. 그 첩자 놈이야말로 섬의 평등을 깨뜨리는 반동분자니까 보는 즉시 신고하라고. 그자와 몰래 접촉하는 자도 한 패로 여길 테니까 잊지 마."

모자의 그늘 속에서 만풍의 안광이 번쩍였다.

"그자가 누구야? 인상착의와 이름이 무엇인지 알아야 신고를 하든

말든 하지."

주 영감이 다시 나서서 따지자 만풍은 그제야 표정을 누그러뜨리며 빨간 모자를 벗어 홀라당 벗겨진 이마빡에서 땀을 훔쳤다.

"첩자의 이름은 최종식이다. 전에 이곳 주민이었지. 원래는 성실했던 놈인데 어쩌다가 도둑놈이 되었는지……. 그때 처벌을 받고 섬에서 사라졌는데 일 년 만에 다시 나타났다."

만풍은 종식이가 뉴헤븐에서 실종된 여기자를 찾아 섬에 잠입한 사실을 말해주지 않았다. 아무튼 주민들은 모두 깜짝 놀랐다. 작년에 있었던 종식이 폭행 사건으로 한동안 가슴앓이를 해야 했던 아픈 기억 때문이었다. 도둑이 제 발 저린다고, 백만이는 진즉부터 오줌보가 팽팽했지만 관심을 돌리기 위해 다른 질문을 했다.

"질문이 있어요. 요즘 자주 숨이 차서 그러는데 의사 선생님은 언제 오시나요?"

"호흡하기 어려운 놈들이 왜 이렇게 많아?"

만풍이 마뜩찮게 중얼거리며 백만을 흘깃 쏘아보았다. 사실 작년에 왔던 늙은 의사는 천 명이 넘는 섬 주민들을 대강대강 살펴보고는 신체검사를 서둘러 마무리했다. 얼렁뚱땅 눈 감고 아웅한 신체검사의 결과를 아는 주민은 아무도 없었다. 의사 이야기가 나오자 여기저기서 불평이 쏟아져 나왔다. 두통으로 잠 못 잔다는 사람, 팔다리가 저린다는 사람, 허리가 아파서 반듯이 누울 수 없다는 사람, 눈이 흐려서 핸드폰인지 비철금속 조각인지 구별이 안 된다는 사람, 어지럽고 귀가 들리지 않는다는 사람 등.

"조용, 조용! 모두 알아들었으니 대장께 건의하겠다."

특무대원 만풍의 설명이 끝나자 사람들은 줄을 서서 대장이 하사한 특식을 타기 시작했다. 식판에 삶은 닭고기가 수북이 얹어졌다. 철조망 근처 수거물 더미 그늘에서 몇 명씩 펑퍼짐하게 모여 앉아 특식을 먹기 시작했다. 백만이 형제는 음식을 먹는 동안 자꾸만 공동묘지 쪽을 흘끔거렸다. 누구든 행여 금붙이가 있는 곳에 접근할까봐 안심이 안 되었다. 특식을 늦게 탄 주 영감이 식판을 들고 백만이 옆에 앉았다가 형제의 썰렁한 눈길에 떠밀려 조금 뒤로 옮겨갔다.

"내 얼굴에 뭐라도 묻었냐?"

"아뇨."

"내가 아무 말이나 내뱉어도 놈들이 날 내치지 못하는 이유가 뭔지 알아? 그동안 금붙이 신고를 내가 가장 많이 했기 때문이야."

주 영감은 백만이와 일만이의 친구인 아들과 딸을 잃은 후론 거의 웃음을 잃은 채 살아왔다. 하지만 백만이 형제는 그의 잔뜩 찌푸린 인상 때문에 그동안 그를 멀리해왔다.

"그때마다 상을 받았나요?"

"상은 무슨! 닦달당하지 않은 것만도 감지덕지지. 우리에겐 애당초 금붙이가 애물단지야."

금붙이를 가져오는 여자에겐 생닭 한 마리를 상으로 주고 남자에겐 칠룡이네 별장의 여자들 가운데 하나와 잠자리가 허락되는 사실을 알려주기엔 형제는 아직 어리다. 주 영감은 한 달 전쯤에 금목걸이를 발견하고 헐레벌떡 대장을 찾아갔다가 못 볼 꼴을 보고 말았다. 같은 패거리가 아닌 한 젊은 여자를 칠룡이 일당과 다른 여자들이 마구 때리고 희롱하는 장면이었다. 그것도 잠시, 한 졸개 특무대원이 나와서 목걸이를 내던지며 시큰둥하게 소리쳤다.

"모범생이 이번엔 실수했군. 이거 짝퉁이야, 가짜라고. 영감 애인한테나 주고 한 번 하자고 해."

"젠장, 정말이야?"

영감이 목걸이를 받아 돌아서는데 하필 칠룡의 방에서 여성의 울부짖는 소리가 흘러나왔다. 순간 특무대원이 어서 꺼지라고 떠밀며 내뱉은 말이 있었다.

"영감, 대장이 지금 재미 보고 있으니까. 관심 두지 마. 기자란 년이 우리 섬에서 뉴헤븐으로 가는 금 루트를 캐겠다고 거기 노숙자들을 들쑤시다가 잡혀왔거든."

"이보게, 그건 그렇고. 내 사정 때문에 계약기간 만료 전이지만 해지하고 그동안의 저축금을 받아갈 순 없을까?"

"해지라니. 지금 장난하나? 계약기간은 꼭 지켜야 해. 목숨을 걸고서라도! 그리고 영감은 지금 받아봤자 공소시효가 아직 안 끝났을 텐데?"

공소시효란 말에 아따 뜨거워라, 하고 돌아섰지만 주 영감은 등골이 오싹하고 말았다. 처음부터 자신의 뱃속까지 투시 당해온 느낌이라고나 할까. 25년 전 뉴헤븐에서 사기를 치고 이 섬으로 도피한 그였기에 짝퉁 금목걸이 사건이 있던 그날부터 그는 더욱 더 좌불안석이 되었다.

특식을 반이나 남긴 영감이 숟가락을 내려놓고 얼른 손가락셈을 해보고는 백만이를 돌아다보았다.

"내가 너희들 같이 젊기만 했어도 진즉 뉴헤븐으로 탈출했을 거야."

"어떻게 가는데요?"

백만이 미덥지 않은 듯 쳐다보자 영감이 식판을 바닥에 내려놓고는 희뿌연 하늘을 올려다보았다. 그의 눈앞에 그가 처음 도착했을 때인 25년 전의 민주도 풍경이 스쳐갔다. 맑은 하늘과 막 바다에서 솟은 붉은 태양, 바람결에 우수수 이파리가 쓸리는 싱싱한 나무들, 밤하늘의 달과 별. 모두가 지금은 다시 볼 수 없는 것들이다.

"이젠 다시 돌아갈 수 없어."

고개를 절레절레 흔드는 주 영감을 향해 백만이와 일만이가 동시에 달구쳤다.

"영감님은 거기 가는 길을 알고 계시죠?"

"당연하지. 너희들은 여기서 나고 자랐지만 난 뉴헤븐 출신이잖아. 쿨럭 쿨럭!"

주 영감은 기침을 하느라 더 이상 말을 잇지 못했다.

"그러면 왜 지금이라도 섬을 떠나지 않으세요?"

주 영감이 몇 차례 더 쿨럭이고는 누가 들을세라 나직이 넋두리를 했다.

"도시가 싫어서 섬으로 왔잖아. 그리고 아내를 만나 자식을 낳고 통장에 돈이 불어가기 시작했어. 하지만 민주도는 점차 황폐해져만 갔어. 도시에서 버린 온갖 쓰레기와 폐기물이 쌓이면서 맑은 하늘은 뿌옇게 변했고 태양조차 흐려졌어. 나무들도 죽어버리고 달과 별이 사라졌어. 이젠 숨 쉬는 것조차 힘들어. 하지만 아내가 묻혀있고 자식들이 묻혀있는 이곳을 어떻게 떠나겠나?"

백만이 형제는 희미한 기억을 되살렸다. 오래 전 그러니까 자신들이 지금보다 훨씬 더 어렸을 때 영감의 아들과 딸이 1년을 간격으로 공동묘지에 묻혔다.

"영감님, 30년 계약이라면 5년만 더 버티면 나갈 수 있잖아요?"

"그 전에 쓰러질지도 몰라. 나와 함께 들어온 사람들 태반이 이미 공동묘지에 묻혔잖아."

사람들이 계약기간을 채우기도 전에 황천길로 간다면 그분들이 선불로 받은 임금은 누가 관리하는지 백만이 형제는 등줄기가 서늘해졌다.

"여기서 태어난 저희들은 계약서를 쓴 일이 없어요."

"썼다 해도 의미 없는 일이야. 계약서든 공동묘지든, 그리고 특식까지도 무슨 의미가 있겠어. 모두가 놈들이 제멋대로 독재를 하기 위해 만든 장치인 걸."

"그렇담 처음부터 무슨 맘으로 이런 곳에 오셨죠?"

"나같이 솔깃한 사탕발림에 넘어가 노예 계약서에 발목이 잡힌 사람이 어디 한둘이겠나? 도시에서 빚에 팔려온 사람이나 범죄를 저지르고 도망쳐온 사람들도 드물게는 있겠지. 어떻게든 이유가 있어서 이섬을 떠날 수 없는 사람들이 있다는 생각을 해봤어?"

삐—익!

호루라기 소리가 다시금 매캐한 공기를 갈랐다. 휴식이 끝났으니 식판을 원위치에 내려놓고 원래의 일터로 돌아가야 한다. 영감이 바구니를 걸쳐 메고 일어서면서 형제에게 한마디 남겼다.

"부디 조심해. 대장과 만풍이가 큰일을 꾸미고 있어. 희생양을 찾아 본보기로 삼으려는 게 분명해."

형제는 아까 일하던 위치로 돌아왔지만 일이 손에 잡히지 않을 뿐더러 가슴이 자꾸만 콩닥거렸다. 뜨거운 불덩이가 날아와 가슴에 박힌 듯 목이 바짝바짝 타들어가는 기분이랄까. 꼬챙이로 구석구석 들치는 척했지만 그 반짝이는 금붙이와 뉴헤븐을 향한 열망 때문에 온 신경이 자꾸만 그 시커먼 냄새 덩어리 쪽으로만 쏠렸다. 남들의 이목이 멀어졌다 싶을 때 두 사람은 약속이라도 한 듯 공동묘지 구역으로 달려갔다. 격한 냄새가 소용돌이치는 그곳에 이르러 둘은 움찔했다.

어떤 나직한 노랫소리가 종소리보다 더 황홀한 음색으로 날아오고 있었다.

빛나라, 빛나라 나의 별이여. 기쁜 사랑의 별이여! 너는 나의 소중한 별. 다른 것은 대신할 수 없어. 내 별이여, 내가 죽는다 해도 내 무덤을 밝게 비춰다오. 내 별이여, 내가 죽는다 해도 내 무덤을 밝게 비춰다오.

종식이가 노래를 부르고 있었다. 아니, 노래는 그의 핸드폰에서 흘러나오고 있었다. 항상 먹통인 흙투성이 핸드폰만 만져온 그들의 눈앞에서 종식의 핸드폰은 살아서 움직이는 생명체였다. 백만이 그들에게 보여주기 위해 플립을 열 때마다 그 노래는 반복적으로 시작되었다.

"자, 여기 있다. 이걸 찾으러 왔지?"

언제 채집했는지 종식이가 동그란 금붙이를 백만이 손에 쥐어주었다. 틀림없는 누런 금반지였다. 희망과 금기를 동시에 상징하는 그 애물단지를 받아든 백만은 불안감에 떨었다.

"종식이 형, 어서 도망쳐. 조금 전에 만풍이가 입에 거품을 물었어. 형을 발견하면 즉시 신고하라고. 동, 서, 남 구역에선 이미 신고가 들어왔다면서."

종식이는 쓸쓸히 핸드폰을 열어 슬픔으로 가득한 그 음악을 다시 흐르게 했다.

빛나라, 빛나라 나의 별이여. 기쁜 사랑의 별이여! 너는 나의 소중한 별.

감정이 북받친 그가 눈물을 흘리며 중얼거렸다.

"한 달 가까이 전화를 받지 않는 이유가 뭘까? 그녀에게 무슨 일이 일어났다면 틀림없이 나 때문일 거야. 아무리 뒤져도 민주도엔 없는 것 같은데 도로 뉴헤븐에 돌아가야 할까봐."

백만과 일만은 종식이가 하는 말도 왜 눈물을 흘리는지도 이해할 수가 없었다. '그녀'라는 말과 '뉴헤븐'이라는 단어 때문에 백만의 가슴이 뜨거워진 건 그가 때늦은 사춘기에 접어들었기 때문이다. 가끔씩 쓰레기에 섞여서 들어오는 여성잡지를 보면서 예쁜 소녀들을 얼마나 그리워했는지 모른다. 민주도에서 태어난 꾀죄죄한 처녀들과는 비교가 되지 않았다.

이제 백만이는 칠룡이를 만나러 가는 일을 포기할 용기도 생겼다. 뉴헤븐에 갈 수만 있다면, 민주도를 안전하게 떠날 수만 있다면 무슨 짓이든 할 수 있을 것 같아 백만이는 아직 코흘리개에 불과한 열두 살배기 절름발이 동생을 걱정스레 내려다보았다.

종식이 설명했다. 작년에 그 일이 있고서 민주도를 탈출하여 뉴헤븐에 갔고 거기서 노숙자 생활을 하면서 여기자를 만났다고. '빛나라'라는 이름을 가진 그녀가 노숙자 조합을 취재하면서, 쓰레기 섬 민주도의 금 밀매 루트와 노예계약에 노숙자 조합이 깊숙이 연루된 사실을 캐다가 조합 간부들에게 테러를 당하기까지 했다고. 종식은 자신도 그들과 몸싸움을 하다 다쳐서 입원한 일도 있다고 했다.

"김 선생님이라고 있어. 작가인데 노숙자들의 대부거든. 어쩌면 노숙자 문제를 가장 깊이 아는 사람일 거야. 내게 도움을 많이 주셨지."

"형, 언제 뉴헤븐으로 돌아갈 거야? 갈 때 우릴 데려가줄 수 있어?"

"너희들이 결심만 섰다면 지금이라도 바로 가지! 그런데 요즘 혹시 이 섬에서 죽은 사람이 있었냐?"

"아니."

백만과 종식의 시선이 밝게 빛난 것도 잠시, 어떤 불안한 예감이 번득 스친 종식이가 주섬주섬 가방을 챙기기 시작했다. 그는 이미 긴장한 표정이었다. 그의 손놀림이 자꾸만 빨라지며 서두르는 모습에 나이 어린 일만은 오줌을 벌벌 지렸다. 아니나 다를까 갑자기 컹컹컹, 하고 귀에 익은 도베르만들의 소리가 먼 데서 들리기 시작했다. 그것은 사실 세 사람에겐 나쁜 의미였다. 종식이가 후닥닥 앞장서고 소쿠리를 짊어진 백만과 일만이 뒤따라 달리기 시작했다.

이로써 세 사람의 탈출이 시작되었다. 절름거리면서도 종식이는 그림책 속의 장애물 달리기 선수처럼 묘지와 잡초 더미들을 지그재그로 날래게 피했다. 한참을 달리던 종식이 우뚝 서며 뒤따라오는 백만이 형제를 돌아보았다.

"지긋지긋하지도 않냐? 니들 언제까지 소쿠리를 둘러메고 있을 거야? 정말 뉴헤븐에 가고 싶다면 당장 벗어던져!"

형제는 넝마 소쿠리를 용감하게 벗어 휙 던져버렸다. 종식은 진로를 해안가로 틀었다. 커다란 바위가 하나 회똑* 틀어박힌 곳에서 멈춘 세 사람은 잠시 숨을 돌렸다.

"종식이 형, 뉴헤븐이 어느 방향이지?"

종식은 칠롱이네 별장이 있는 남단을 가리켰다. 뉴헤븐에 가려면 섬의 남쪽 끝에서 바다를 건너야 한다. 이들이 조금 전 역방향 즉, 북쪽으로 도망친 이유는 추적해오는 빨간 모자 특무대원들과 도베르만들의 허를 찌르기 위해서였다. 셋은 황소숨을 몰아쉬며 더 이상 개 짖는 소리가 들리지 않는 사실을 확인했다. 어느새 땅거미가 지고 있었다. 종식이 핸드폰을 열자 예의 슬픈 노래가 다시 흘러나왔다.

빛나라, 빛나라 나의 별이여. 기쁜 사랑의 별이여!

종식이 노랫말을 문자로 그대로 써서 여기자에게 보냈다. 대답 없

---

*회똑: 갑자기 넘어질 듯이 한쪽으로 조금 쏠리거나 흔들리는 모양

는 메아리처럼 단절된 채 답장이 오지 않은 지가 벌써 한 달 가까이 되었건만 위험에 빠져있을 그녀에게 그렇게라도 해서 용기를 주고 싶은 것이 종식의 심정이었다. 땅거미가 완전히 져버려 이젠 옆 사람의 얼굴도 식별하기가 어려웠다. 이럴 때가 이동하기엔 가장 좋다며 종식이 막 일어서는데 갑자기 인기척이 났다.

"여기들 있었구먼! 냄새나는 덩어리가 실은 송장이었지?"

주 영감이었다. 호흡이 힘들어 말끝마다 색색거리는 영감의 목소리에 백만이와 일만이가 놀라 벌러덩 나자빠졌다. 오래 살았기 때문에 그는 어쩌면 민주도의 구석구석을 모두 외우고 있는지 모른다. 야광체가 발광하듯 어둠속에서 그의 턱수염이 희미한 빛을 발산했다. 살랑거리는 밤바람을 등진 종만이 주 영감에게 쏘아붙였다.

"영감님도 알고 계셨군요? 완전히 썩어버린 시체란 사실을."

백만이 형제에겐 충격이었다. 돌고래 사체처럼 부풀어 오르고 색깔조차 시커먼 덩어리는 상상만 해도 구토를 유발시켰다. 백만이는 메스꺼움으로 휘청거리면서도 금반지를 손바닥에 꽉 움켜쥐었다. 조금 전 북 구역 사람들이 특무대원들과 함께 백만이 형제를 찾으러 다녔단 말을 주 영감이 전하자 종식이가 냉정하게 대꾸했다.

"형제들을 막지 마십시오. 나와 함께 민주도를 떠나 뉴헤븐으로 갈 겁니다."

"서로 의혈단 맹세라도 한 분위기구먼. 그리고 이렇게 깜깜할 때 도망치듯 떠날 거라면 애당초 왜 기어들어왔나? 자네 부모가 묻힌 이곳을 정말로 떠날 건가?"

미상불 영감도 젊어서 탈출에 성공한 일이 있었다. 말하자면 섬에 처음 들어와 5년 정도 지났을 때 금목걸이를 주워 뉴헤븐에 갔고 그걸 마약에 투자해 큰돈을 벌었지만 모두 사기당하고 빈털터리가 되어 다시 기어들어온 비운의 주인공이다. 사기 전과자가 사기를 당한 것이야 말로 흔해 빠진 막장 드라마의 법칙일지 모른다.

영감은 막연하게나마 감을 잡고 있었다. 종식이가 섬에 다시 나타난 것이 전에 짝퉁 금붙이 사건 때 칠룡이네 본부에서 있었던 일과 왠지 관련되었을 것만 같았다. 쿨럭, 하고 기침이 나오려 하자 영감은 후닥닥 자기 입을 틀어막았다. 어둠 속에선 빛 다음으로 소리를 가장 경계해야 한다.

"금반지를 어쩔 셈인가?"

"채집했으니 도시로 가서 돈으로 바꿔야죠. 민주도로 다시 돌아올 일은 없을 겁니다."

어둠에 가려 종식의 표정은 드러나지 않았다. 김 선생님이 여기자의 행방불명을 뉴헤븐 경찰국에 신고한 지도 벌써 한 달이나 되었다. 그동안 종식은 도시를 구석구석 뒤진 끝에 그녀가 낯선 사내들에게 납치당한 사실을 알아냈다. 그것이 종식이 어젯밤 섬에 잠입한 이유였다. 종식이 여기자의 얼굴을 영감에게 보여주기 위해 핸드폰을 열자 애절한 노래의 첫 소절이 다시 튀어나왔다.

빛나라, 빛나라 나의 별이여. 기쁜 사랑의 별이여!

"영감님, 이 얼굴을 한번 보세요. 제가 실은 이 사람을 찾으러 온 겁니다."

"미인이군. 어서 닫아. 빛이 새어나가면 나까지 잡혀."

언뜻 칠룡의 방에 있던 여성의 실루엣이 떠올랐지만 주 영감은 고개를 갸웃했다.

"영감님도, 혹시 도망칠 생각이슈?"

"잘 보았네. 20년 전엔 실패했지만 이젠 아냐. 반드시 성공할 거야. 비록 반지는 자네들이 먼저 차지했지만 빈손일지라도 뉴헤븐에 가고 싶어. 자유가 얼마나 소중한지 팍삭 늙어버린 요즘에야 새삼 깨달았거든."

일행이 넷으로 늘었다. 그곳에 가려면 섬의 남쪽 끝, 칠룡이가 부하들과 지내는 별장을 우회하여 바다를 건너야만 한다. 하지만 현재 네 사람 모두 그곳과는 정반대 쪽 바닷가에 있다. 가슴 위만 밖으로 내놓고 물속을 걸어 놈들의 별장 가까이까지 가야한다는 아이디어를 종식과 영감이 제시했다. 그것은 사실 전에 자신들이 써먹은 방법이기도 했다. 그러면 도베르만들이 냄새를 맡지 못할 것이고 상대적으로 특무대원들의 감시도 피하기 쉬울 것이다.

네 사람은 얼굴과 상체에 검댕을 칠하고서 행동을 개시했다. 그들은 러닝셔츠를 찢어서 길쭉한 끄나풀을 만들어 각자의 몸에 묶었다. 행여 떠내려가기라도 하면 붙잡기도 쉬울 뿐더러 상어의 공격을 피할 목적도 있었다. 백만이가 손에 꼭 쥐고 있던 금반지를 맡기자 종식은 그걸 손가방에 넣어 가슴팍에 단단히 묶었다. 종식이 먼저 물에 들어가고 뒤이어 세 명도 따라 들어갔다. 줄을 지어 한 걸음 한 걸음 해안선을 따라 내려가는 동안은 다행히도 수온이 따뜻했다. 천우신조라고 했던가. 해수가 따뜻한 건 물에 가라앉은 쓰레기가 썩으면서 열을 내준 덕분이다. 나이 어린 일만이도 잘 따라왔고 느릿느릿 밤새 이동하여 섬의 최남단에 거의 도착했을 쯤엔 동녘이 희붐해지면서 먼빛으로 칠룡이네 하얀 별장이 보였다.

"저게 칠룡이네 본부지?"

갯바위 뒤에서 주 영감이 소곤거리자 종식이 고개를 끄덕였다. 종식이 손가락으로 뉴헤븐 방향을 가리켰다. 섬을 에워싼 매캐한 안개 때문에 도시가 보일 리 없지만 백만이 형제는 막연한 설렘으로 한동안 그쪽 방향을 응시했다. 종식의 목소리가 비장한 톤으로 바뀌었다.

"뉴헤븐에 가기 위해선 극복해야할 문제가 하나 있어요. 거센 물살, 그 거센 해류 때문에 자칫 떠내려가기 십상이죠."

주 영감은 오래 전 자신도 마구 떠내려가 죽을 둥 살 둥 헤엄을 쳐서 탈출했던 일을 떠올리며 잔뜩 긴장했다. 바로 눈앞에서 일렁이는 파도를 본 백만이 형제도 머리털이 곤두서고 말았다. 밤새 물속을 걸었던 탓에 기진맥진한 데다 눈에 보이지 않는 도시에 대한 막연한 불안감까지 더해졌다. 백만이의 목소리가 덜덜덜 떨렸다.

"형, 도시가 여기서 얼마나 떨어져 있어?"

"아주 가까워. 이 지독한 먼지와 공기가 가로막지만 않는다면 요 앞에 바로 보일 정도야. 그런데 진짜 난관은 뉴헤븐에 도착하고 나서 시작해. 도시인들이 얼마나 인정머리가 없고 냉혹한지 모를 거야. 돈이 없으면 그야말로 땅바닥 신세지. 하지만 돈보다 더 중요한 건 난관을 이겨내겠다는 용기야. 바다를 건널 용기만 있다면 그곳에서 적응하는 일은 그리 어렵지 않아."

이들의 소곤거림도 잠시, 갑자기 종식의 핸드폰이 울렸다.

빛나라, 빛나라 나의 별이여. 기쁜 사랑의 별이여!

액정 화면에 빛나라의 핸드폰 번호가 떴다.

"아! 드디어 빛나라한테 전화가 왔구나."

너무 놀랍고 반가워 종식이 얼른 모자 속에서 핸드폰을 꺼내어 열어젖혔다. 하지만 거기서 소름끼치는 칠룡이의 목소리가 흘러나왔다.

"최종식, 놀랐냐? 공동묘지 근처에서 네 애인을 보았겠지? 처음엔

52

네 놈이 잡힐 때까지 그렇게 계속 처박아 두려고 했다. 잡히면 함께 묻어주려고. 하지만 주먹다짐까지 한 우리가 보통 사이냐? 그래서, 자비를 베풀기로 했으니 목숨만이라도 부지하고 싶다면 즉시 손을 들고 뭍으로 나와라."

분명히 칠룡이었다. 그자의 가증스런 목소리에 종식이와 주 영감, 백만이 형제, 모두가 치를 떨었다. 게다가 공동묘지 근처에 처박아 둔 여기자, 라는 말과 새까맣게 부패한 덩어리의 모습이 순식간에 연결되었다. 무너질 듯 휘청거리는 종식을 영감이 부축하며 탄식했다.

"저런 두억시니* 같은 놈들! 종식아, 지금은 어서 도망치는 길 뿐이다. 우릴 옭아매려는 수작에 넘어가선 안 돼."

주 영감은 시커멓게 썩은 사체의 모습과 한 달 전 칠룡이네 본부에서 들은 여성의 신음소리를 연결 지어 생각하며 거듭 탄식했다. 하지만 종식의 가슴엔 극심한 고통이 엄습했다. 그게 정말 빛나라라면 종식은 사랑하는 여자에게서 금반지를 억지로 채집한 것이 된다. 그녀의 생일선물로 자신이 주었던 금반지를 사체를 훼손까지 하면서! 단말마*로 종식은 갈피를 잡지 못했다. 지금 심정으론 당장 칠룡이네 본부로 달려가 사실 관계를 확인하고, 그게 사실이라면 놈들의 소굴을 발칵 뒤엎어버리고 싶었다. 그러다 죽으면 죽으리라. 종식의 흐느낌이 꼭 다문 잇새로 흘러나왔다.

"흐흑. 백만아, 일만아, 그리고 영감님, 옆에 큼직한 돌덩이들 있죠? 그걸 꼭 껴안고 물을 건너야 쉽습니다. 전에 김 선생님이 '천국에도 십자가가 있다'는 말을 하신 적이 있는데 그 의미를 요즘에야 좀 깨달았습니다."

---

*두억시니: 모질고 사나운 귀신의 하나
*단말마: 숨이 끊어질 때의 모진 고통

'천국'이란 말도 '십자가'란 말도 백만이 형제에겐 난생 처음 듣는 어려운 개념이다. 대충 눈치를 챈 주 영감만이 애매모호한 표정을 지으며 되물었다.

"김 선생님이 누군데?"

"뉴헤븐에서 활동하시는……."

다시금 컹컹컹, 개 짖는 소리가 들리자 종식이 어서 건너가자고 손을 들어 세 사람을 독려했다. 사실 종식이가 전수한 물을 건너는 방법은 전에 자신이 건너면서 터득한 그만의 비법이었다. 몸무게가 가벼워야 헤엄을 잘 칠 수 있다는 평범한 상식과는 백팔십도 달랐다.

또 다시 컹컹컹, 개 짖는 소리가 사납게 울려 퍼지더니 서치라이트 불빛이 갯바위를 비추었다. 이어서 드드득, 총소리가 울렸다.

"이 쥐새끼 같은 놈들! 빨리 나오지 못해? 빛나라의 금반지 땜에 네 놈들은 줄줄이 엮었다. 하지만 반지를 가지고 나오면 이 자비로운 사람이 너희들 목숨만은 살려주마! 이번 것은 경고사격이지만 앞으로 3분 내에 나오지 않으면 인정사정없이 갈겨버릴 것이다. 그동안 살아서 민주도를 나간 사람은 아무도 없다."

백만이 형제는 그만 오줌을 지렸고 주 영감은 신음소릴 냈다. 주 영감은 5년 남은 계약기간을 끝까지 채우고 저축금을 찾아 뉴헤븐으로 돌아가는 꿈을 꾸어왔지만, 한 달 전 짝퉁 목걸이 사건으로 심통을 부글부글 끓여왔다. 더구나 공소시효 운운하면서 자신의 '마약류 관리법 위반죄'와 '사기죄'를 칠룡이가 낱낱이 꿰고 있다는 사실에 속이 완전히 뒤틀려버렸다.

종식은 피눈물을 흘렸다. 흑흑흑흑, 종식이 계속 울어대자 백만이 형제도 따라서 눈물을 흘렸다. 그런데 순식간에 일이 벌어졌다. 주 영감이 갑자기 종식의 가슴에 묶인 손가방을 낚아채더니 그걸 들고서 마구 풍당거리며 뭍으로 내뺐다.

"저 영감태기가 그냥!"

백만이가 벌컥 화를 내며 쫓아가려하자 종식이 붙들었다.

"내버려둬. 도시에서 자주 경험할 일을 미리 공부했다고 생각해. 처음엔 힘들겠지만 돈이 없어도 도시생활은 시작할 수 있어. 내가 도와줄게. 그리고 김 선생님도 계시잖아."

확성기에서 음흉한 목소리가 다시 울려 퍼졌다.

"주 영감은 아주 훌륭한 선택을 했다. 자, 이제 20초 남았다. 최종식! 즉시 투항하라. 그리고 천백만, 천일만! 너희들도 최종식한테 속지 말고 투항해. 뉴헤븐에 가봤자 개 취급만 당할 텐데 그땐 후회해도 늦다."

더럭 겁이 난 백만이 형제는 투항을 해야 할지 아니면 기어이 용기를 내어 바다 가운데로 뛰어들어야 할지 도무지 헷갈렸다. 그때 종식이 백만의 등을 다독였다.

"언제까지 노예로 살 순 없어. 고귀한 인격체로 태어났기 때문이지. 너희들 아까 용기 있게 소쿠리를 떼어냈잖아. 자, 자유를 찾아 어서 떠나자꾸나!"

백만이가 드디어 결심을 했다.

"맞아. 뉴헤븐은 원래 우리 부모님의 고향이야."

세 사람은 묵직한 돌덩이를 하나씩 품에 안고 더 깊은 곳으로 발을 내딛었다. 들어갈수록 해류의 흐름이 거세져 떠내려갈 듯 몸이 심하게 흔들렸다. 그때 갑자기 날카로운 총소리가 하늘을 갈랐다.

탕!

종식이가 목에 총을 맞고 피를 흘리며 앞으로 풀썩 고꾸라졌고 백만이 형제는 혼비백산했다. 숨을 헐떡이면서도 종식이가 그들을 격려

했다.

"앞만 보고 어서가! 빨리!"

형제는 바다 한가운데로 뛰어들었다. 깊이는 일만의 목 부위가 잠길 정도였고 해류의 흐름이 매우 빨랐다. 하지만 묵직한 돌덩이 덕분에 두 사람은 정말로 떠내려가지 않았다. 그들이 성큼성큼 걷기 시작했을 때였다. 등 뒤에서 요란한 사이렌소리가 허공을 갈랐다.

에엥- 에엥-

"백만아, 일만아. 모든 걸 용서할 테니 어서 돌아와라! 너희 부모님 뼈가 이곳 민주도에 묻혀있는 한 너희는 결코 탈출할 수 없어! 너희들 계약기간이 끝나면 부모님이 저축했던 돈까지 함께 모두 돌려주겠다."

"돌아보지 말고 어서 가! 꼭 김 선생을 찾아가. 허-헉."

종식의 목소리가 물속으로 빨려 들어갔다. 형제는 칠룡이의 사악한 사탕발림에 흔들리지 않았다. 딱 한 번 민주도의 공동묘지 방향을 돌아본 형제는 고개를 바로한 채 앞으로 앞으로 나아갔다. 헤엄은커녕 걸어서 건널 정도로 바다는 결코 깊지 않았다.

보리장마

춘실의 울먹이는 소리에 나가려던 명철이
되돌아섰다. 용규는 땀을 닦는 척 타월을 당
겨 자기 눈을 가렸다. 주체할 수 없이 흘러
내리는 눈물을 그렇게라도 가릴 수밖에 없
었다.

이장(里長)이 송아지의 턱을 외양간 가로대에 옭걸어 매자 그렇게 치받던 놈이 제풀에 지친 듯 스르르 몸태질을 멈추었다. 용규가 목에 둘렀던 타월로 후딱 놈의 눈을 가렸다. 내처 끝이 뾰족한 나무 송곳을 코청에 찔러 넣은 순간 녀석이 외마디 울음을 토해내며 머리통을 거칠게 뒤틀고 발길질까지 해댔다. 용규는 뻘건 피가 쿨쿨 흐르는 코 점막에 코뚜레를 끼우고 이마에 고정시키는 일까지 일사천리로 해냈다. 이윽고 동아줄을 풀어주었다. 얼마나 아팠는지 아랫눈시울을 눈물로 흠뻑 적신 녀석이 혀를 내밀어 피 섞인 코푸렁이를 연신 훔쳐냈다. 때마침 이장이 손가락으로 가리키는 곳, 앞산 허리쯤에 무지개가 멋들어지게 걸렸나 싶었는데 눈 깜박할 사이 송아지가 뛰쳐나가 개울을 건너더니 어느새 무지개를 타고 있었다.

"순식이 아직 멀었슈?"

순식이는 지금 산실(産室)에 누운 암소 이름이다. 춘실의 목소리에 용규가 말뚝잠에서 퍼뜩 깨어 자세를 고쳐 앉았다. 순식이의 코뚜레를 수월하게 했던 20년 전 일이 방금 꿈으로 나타난 건 무슨 까닭일까? 눈 그늘에 붙은 생생한 장면을 떼어내려 용규는 연신 눈을 껌벅였다. 외양간 벽에 기대어 깜빡 잠이 든 데다 밤비까지 추적추적 내리고 있어 정말이지 용규는 아내의 기척을 알아차리지 못했다. 갑자기 용규가 경계하는 눈빛으로 모기장 밖에 서있는 아내를 획 돌아보았다.

"시방 부정 타라고 여기 온 겨? 언넝 들어가!"

아내는 불임의 상징이었다. 그녀가 아이를 갖지 못하는 석녀란 건 이젠 갈티리(里) 주민 누구도 기억하지 못하는 오래 전 추문이지만 어쨌거나 산실에 출입 금지를 당한 역사는 솔찬히 길다. 하지만 오늘 춘실은 한 손엔 우산을 받쳐 들고 다른 손에 들린 타월로는 모기를 탁탁 털어내면서 어둠을 등진 채 꼿꼿하니 대드는 태세다.

"타박 좀 그만 혀유. 오늘만큼은 나도 힘을 보태야 허는데."

용규의 나이는 이미 칠순을 바라보고 있다. 순식이가 죽느냐 사느냐, 이 절체절명의 순간에 옳은 소릴 하는 아내에게 대거리하기도 뭣해서 그는 어깨에 두른 타월을 휙 벗겨내 목덜미와 이마의 후줄근한 땀부터 훔쳐냈다. 참으로 이상한 일이었다. 묘한 일이 하고많은 게 세상이라지만 암컷으로서 기능을 상실한 줄만 알았던 순식이 녀석이 생각지도 않게 새끼를 뱄으니 이걸 뭐라고 해석해야 한단 말인가.

보리장마가 시작되었음이 확실했다. 순식이 녀석이 숨을 수월찮게 내쉬기 시작한 그저께부터 찌뿌듯하던 하늘이 오늘 새벽에 이르러 기어이 비를 쏟기 시작했다. 콤바인이 들어가는 수로 옆 열 두락 밭만 보리가을을 마쳤을 뿐, 부무골 보리밭은 탈곡기를 끌고 갈 순식이가 산기를 보인 바람에 그대로 남겨두고 말았다. 아니, 이장네처럼 얌전한 베트남 며느리라도 있었다면 그마저 진즉 끝냈을 것이다. 작년 겨울 구제역이 인근을 강타하여 군청에서 국도에 방역초소를 설치하고 농가마다 백신을 공급할 때도 이장네 아들 내외가 얼마나 앞장섰던가. 용규는 얼굴도 몇 번 보지 못한 서울 사는 며느리가 떠올라 그만 속내가 불편해졌다. 아들놈조차 벌써 3년째 부모를 찾지 않는데 하물며……. 마음을 돌린 용규가 잡념을 털 듯 고개를 세차게 흔들었다. 부무골 두 두락 밭이 여전히 걱정스런 그는 어두운 빗속을 마뜩찮게 흘겨보았지만 하늘의 처사는 어쩔 수 없는 일. 용규는 이내 시선을 거두며 타월을 당겨 이마를 쓱 닦았다. 그는 지금 모기에 뜯기며 밖에 서 있는 아내 때문에 속이 더 꿰진 상태다. 그는 아내가 타월을 휘둘러 달려드는 모기떼를 털어내는 모습을 곁눈질하다가 지질하게 내리는 비를 향해 심통을 부렸다.

"우라질! 무슨 놈의 비가 이렇게 종일 온댜?"

순식이가 온종일 바동대는 모습에 춘실도 맘속이 몹시 시끄럽다. 그녀는 타월로 연신 모기를 쫓으며 채마밭 너머 어둠 속에 덩그러니 남은 백 평짜리 축사를 흘겨보았다. 거기서 애면글면 고되게 키워온 한우 서른 마리를 지난봄 30%나 깎인 헐값에 처분한 일이 떠올라 그녀는 그만 속이 홱 뒤틀려버렸다. 그것은 출하시기를 놓친 농가에서 한우를 한꺼번에 내놓는 바람에 공급이 수요를 몇 배 웃돈, 이른바 전국적인 '구제역 파동' 후유증이었다. 빚만 남긴 채 먼지만 푸석거리고 떠돌이 참새와 쥐새끼만 들랑거리게 된 축사는 이 밤에 지적지적 내리는 비를 맞으며 허리를 납작 엎드린 모양새다.

"저 망할 놈에 보리장마 때문에……. 에잇!"

용규의 넋두리가 떨어지자마자 춘실이 어기뚱하게 대들었다.

"비 온 담에 속앓이하면 뭐혀유!"

이 비가 지난달부터 방송에 예보된 6월 장마의 시작이란 걸 어찌 용규가 모르랴. 순식이가 출산기미를 보여 거기다 신경을 집중한 것이 깜빡 이렇게 되어버렸다. 공달* 때문이라고, 공달을 만든 하늘 탓을 하는 것도 어쭙잖은 일이다. 지덕 사나운 부무골 보리밭이 가뜩이나 걱정되는 판에 용케도 안에 들어온 몇 마리 모기조차 악패듯 성화를

---

*공달: 윤달

댔다.

"들어올 테면 언넝 들어오지 않고!"

밖에서 모기에 사정없이 물렸을 아내를 향해 용규가 에둘러 속내를 드러냈다. 용규도 붉게 부풀어 오른 자기 팔뚝 몇 군데를 손톱으로 꾹꾹 눌러댔다. 해마다 반복되는 꼴이지만 모기들 극성이 보통 소증사나운 게 아니다. 외양간을 빙 둘러친 파르스름한 모기장 바깥 면에 새까맣게 들러붙은 모기떼가 오늘따라 진저리치도록 증상스러웠다. 벌떡 일어난 그는 도루묵이란 걸 알면서도 에프킬라를 집어 들고 치익 치익 두 바퀴나 뿌렸다.

"내 참, 눈을 허옇게 뜰 땐 언제고……."

그제야 춘실이 우산을 접어 주춧돌에 대고 뿌리자 모기들이 나 살려라 사방팔방 흩어졌다. 그녀는 모기장 끝자락을 들치고 어기적어기적 들어와 용규 옆에 바짝 쪼그리고 앉았다. 산실에 들어오기도 난생처음이어서 그녀는 이내 묘한 흥분과 어색함에 휩싸인 채 남편을 흘끔거렸다. 갈티리 새마을 지도자였던 젊은 시절의 까만 더벅머리와 팽팽한 구리빛 얼굴은 사라진지 오래고 희멀건 갓등 아래 듬성듬성 드러난 반백의 머리가 측은하기만 했다. 앓는 숨을 거칠게 몰아쉬며 자꾸만 뒤척대는 순식이 때문에 우거지상이 된 용규가 아내에게 도리머리를 흔들자 그녀는 차마 저녁 먹으란 말도 꺼내지 못하고 눈만 흘겼다.

"그러니께 황가네 집 가까이 매지 말라고 했잖어유! 여편네 말은 꼭 삼켜버린다니께."

재작년에 순식이에게 폐경이 온 걸 알았을 때다. 너도 기어이 내 꼬락서니가 되었구나, 하고 그녀는 녀석의 늘어진 쇠잔등을 철썩 때려주었다. 하긴 암소가 스무 살이면 사람으론 칠순 할망구 나이다. 사달이 난 건 작년 팔월. 그러니까 찐 더위로 산천초목이 축축 늘어지는 계절이었다. 싱싱한 꼴을 먹일 셈으로 녀석을 담빡 황가네 집 근처에 맨 게 화근이었다. 날벼락도 유분수지 일 년 내 멀쩡했던 녀석의 뒤가 불그데데하게 부풀어 오른 걸 미처 보질 못했다. 하필 고삐가 풀린 황가네 수소가 순식이 등에 기어오른 걸 콩밭에서 발견한 춘실이 고래고래 소릴 지르며 달려 나왔을 땐 일이 끝난 다음이었다. 전에도 꼴을 먹이러 가느라 순식이를 끌고 그 앞을 지나갈라치면 황가네 소가 앞발로 바닥을 긁어대며 콧김을 푹푹 뿜어낸 걸 모르는 배 아니지만 하필이면 그날 그 우직한 태풍이 놈의 고삐가 풀릴 줄은 꿈에도 상상하지 못했다. 용규가 고추밭에 탄저병 약을 뿌리다가 분무기를 팽개치고 달려와 황가네 소를 얼른 제자리에 붙들어 맸다.

용규는 그제야 아내가 편히 앉도록 공간을 만들어주며 툭 내뱉었다.

"태풍이가 사실 보통 황소는 아녀. 소싸움에서 장원까지 올라갔잖여. 그동안 씨를 받아간 집이 어디 한둘이었남? 무주에서도 왔었는데. 요새야 기세가 좀 꺾였지만 예전엔 정말 대단했다니께."

용규가 황가네 수소를 태풍이라고 마치 사위 이름 부르듯 호칭한 데는 이유가 있었다. 한참 전의 일이지만 앞이마에 화환을 두르고 마을에 금의환향할 땐 동네 사람 모두가 쌍수를 들고 환영했다. 사람으로 치면 꼭 장원급제하고 어사화에 금의환향하는 모양새였다. 태풍이가 보은, 의령, 청도, 진주 소 싸움터를 온통 휩쓸고 다닐 땐 소백산맥 정기를 받은 소네, 어쩌네 하며 모두가 호들갑을 떨었다. 순식이도 그동안 서너 번이나 태풍이 씨를 받았다. 하지만 세월 앞에 장사 없다고, 5년 전 진주 대회에 나갔던 태풍이가 한 쪽 뿔도 빠지고 고개를 수그린 채 돌아온 것이다. 그리고 그때부터가 내리막이었다. 놈의 기력이 세월과 함께 시들해져버렸다.

"명철이 아부지, 그러다 턱 빠지겠슈. 언제 나올지 모르는 새끼만 무작정 기다릴 게 아니라 내게 맡기고 저녁밥 먼저 먹지 그래유? 벌써 아홉 신데."

춘실은 점심부터 내리 굶은 채 묵묵히 자릴 지키고 있는 남편이 안쓰러웠다. 곁두리를 내올까 낮부터 몇 번 물었지만 그때마다 용규는 금세 나올 것 같다며 손사랫짓을 했다. 용규가 아내의 숫저운 눈길을 애써 외면하는데 하필 박덕만의 모습이 시야에 겹쳐졌다. 박덕만, 그 뜨내기가 어찌어찌하여 보은군 갈티리까지 흘러들어온 것은 35년 전의 일이다. 훤칠한 체격만 보고 선뜻 써주었는데……, 거칠고 무뚝뚝하게 머슴을 살더니 딱 일 년 만에 날새경을 받고 사라져버렸다. 그자의 야반도주를 떠올린 용규가 구석에 가래를 내뱉으며 찜부럭을 부렸다.

"퉤, 우라질 놈의 자식!"

"워째 불쌍한 순식이한테 욕설이유?"

덕만이 놈한테 내지른 욕설이 춘실의 귀엔 순식이를 욕하는 소리로 들렸다.

"임자는 가만히 있어. 나 혼자 하는 말이니께."

"굶다 굶다 헛뵈는 모양이유. 명철이 아부지, 어서 밥부터 먹고 하시유. 내가 두 눈 크게 치켜뜨고 볼 테니께."

채근하는 춘실의 주름투성이 얼굴이 용규의 시선에 잡혔다. 도대체 불임이란 게 얼마나 큰 재앙인가. 가슴 깊이 묻어 둔 33년 전 일이 자꾸만 고개를 쳐들자 용규는 그걸 떨쳐버릴 요량으로 코를 연거푸 킁킁거렸다. 하긴, 하늘에서 금덩어리 떨어지듯 뚝딱 생겨난 아들이 춘실을 석녀란 구렁텅이에서 구해낸 그때 일은 생각할수록 기적이었다. 늦둥이 동생 용순이가 숨을 거둔 33년 전 그날도 장맛비가 지독하게 퍼부었었다. 그때 용규는 사경을 헤매는 용순이를 태우고 급히 갈티리를 빠져나와 청주의 종합병원까지 찾아갔지만 영영 살려내질 못했다. 청주에서 자취생으로 재수학원을 다니던 용순이가 가출한 지 1년 만에 돌아왔을 때 어머님은 두 번 놀라셨다. 순박한 티를 모두 벗어버리고 꼭 기지촌 양색시 같은 모습을 하고 있어 놀라셨고, 또 하나는 쌀자루 같이 불룩 튀어나온 아랫배 때문이었다.

"아이고, 내 신세야. 우리 집 귀한 딸년이 워찌케 이 모냥 이 꼬라지가 된겨. 아이고, 서울서 외대머리* 짓이라도 한겨?"

비명에 가까운 어머니의 울음소리가 깜깜한 갈티리 골짜기에 울려 퍼졌고, 그 시각 용규는 영농후계자 자격으로 군청에서 단감 종자 개량 교육을 받고 막차 버스에서 막 내린 참이었다. 신발 벗겨진 줄도 모르고 내달린 용규가 온 몸이 퉁퉁 부은 용순이 앞에서 봉두난발* 하고 통곡하는 어머니와 맞닥뜨렸다. 용순이가 가장 먼저 한 일은 밥부터 먹는 것이었다. 얼마나 굶었는지 고봉밥으로 두 그릇이나 먹어대더니 급기야 배가 아프다며 방바닥을 뒹굴기에 이르렀다.

"어이구. 집안 망신살이 뻗쳤나, 이년이 불뚝이 배를 하고 나타나더니 걸신 든 년처럼 쳐 먹고는 배가 죽게 아프다니, 이 밤중에 워쩌커면 좋은겨!"

어머니는 방바닥을 치며 목을 놓아 우시면서도 그 뜨내기 박가 놈과 함께 한밤중에 사라진 이유를 캐묻지 않았다. 어쩌면 이미 금기가 되어버린 그 일을 다시 꺼내고 싶지 않았을 것이다. 아버지는 화병으로 드러누우셨고 사태가 급박했다. 몇 시간째 퍼붓는 비를 뚫고 용규가 용순이를 후송했다. 임신으로 인한 경기로 밝혀졌지만 어쨌든 용순이는 영 정신을 차리지 못하고서 핏덩이만 남긴 채 돌아오지 못할 길을 떠나고 말았다. 가족 모두가 듣고 싶었던, 미안하다는 말 한 마디도

---

*외대머리: 기생이나 몸을 파는 여자를 이르는 말
*봉두난발: 머리털이 쑥대강이같이 헙수룩하게 마구 흐트러짐

64

남기지 않았다. 임신중독이란 게 그렇게 무서운 병인지, 용규는 처음 알았다. 어쩐지 배가 너무 부르고 몸도 탱탱 부어 숨 쉬기 조차도 힘들어 하는 게 이상했다. 몰골로 보아 병원에 한 번 가볼 여유도 없었음에 틀림없었다.

도대체 무슨 업보로 용순이가 가족사에 그 고통의 획을 그었는지 용규는 지난 33년 동안 틈틈이 생각해왔다. 부모님은 그 후 삼 년을 못 넘기셨고 그 사건은 용규의 가슴에 큰 대못으로 남았다. 딱 한 가지, 용순이가 남긴 핏덩이를 자기 자식으로 둔갑시킨 용규의 기지 덕분에 춘실은 애 못 낳는 여자란 굴레에서 벗어날 수 있었다. 묫자리를 잘 못 썼다는 둥, 내외간에 합이 안 들었다는 둥 춘실의 불임에 대해 갈티리에 떠돌던 모든 입담들이 일시에 정리되었다.

"왜 나오라는 새끼는 안 나오고 비만 자꾸 온댜?"

용규가 퉁명스럽게 내지르는데 이미 두 끼나 건너뛰어 무척 허기진 춘실은 시선을 망연히 플라스틱 위생 박스에 고정시켰다. 후드득 우둑 툭툭, 빗줄기가 더욱 거세게 농기계 창고의 함석 차양을 질서 없이 두드렸다. 어쩌다 한 번씩 뱃가죽 아래서 새끼가 꿈질거리는 것에 맞추어 순식이가 음매 음매 울며 몸을 뒤척일 때마다 행여 뒤가 열릴세라 춘실이 반색을 했다가 도로 울상을 짓곤 했다.

"벌써 9시간째 이러는데, 거참, 워찌케 될 셈판인지……."

"명철이 아부지, 밥부터 먹고 하라니께! 당신 덕분에 나조차 굶어 뒈지겠슈."

상황이 아무래도 심상치 않았다. 음매, 음─ 음. 순식이가 통증을 참아내느라 몸을 틀고 연신 끙끙거리는 걸 용규가 불안스런 눈으로 보고 또 보았다. 용규의 눈엔 순식이의 뱃가죽이 삐죽이 올라올 때마다 춘실이 들썩대는 모습이 여간 아니꼽살스럽지 않았다. 그저께 오후 처음으로 분만 기미가 보여 수의사에게 문의했을 때다.

"20년 된 놈이요? 허허, 장담할 수 없겠는데? 그렇게 늙은 암소가 새끼를 낳았다는 소린 내 생전 처음이오."

이듭* 때부터 16년 동안 단 한 번도 거르지 않고 새끼를 낳아주었고 새마을 지도자로서 매번 자기 손으로 받아낸 용규가 수의사에게 전화하기도 처음이었다. 과연 수월하게 새끼를 낳을 수 있을지 큰 걱정이 온전히 용규 내외의 몫으로 떨어져버렸다.

휴우— 하며 춘실은 올 초에 닥친 소 값 폭락 사태를 다시 떠올렸다. 구제역이 오기 전인 작년 가을 사, 오백만 원씩 갈 때가 서른 마리 한우를 팔아넘길 최적의 기회였다. 춘실은 나름의 세상 원리를 생각해냈다. 순식이의 임신은 생명을 잉태케 하여 세상에 나오게 하려는 자연 법칙일 뿐이라는…… 보리장맛비가 이렇게 줄기차게 쏟아지는 것도, 남편의 머리가 정수리부터 벗겨지고 있는 것도 그리고 용순이가 애비 없는 자식을 낳은 것까지도 모두가 자연의 엄연한 법칙에 따르고 있는 모습일 거라고…… 춘실이 타월 끝으로 눈가를 닦아내는 걸 본 용규가 지청구했다.

"거참, 어린애처럼 울긴. 울지 말라구! 재수 복 달아나니께."

"아무리 말 못하는 짐승이지만 불쌍혀유. 전엔 참말로 수월했는데."

아내의 훌쩍거림에 용규도 코끝이 찡했다. 순식이는 그동안 열일곱 배나 새끼를 낳아 명철이 학비를 대는 데 크게 기여했다. 녀석이 영 새끼를 못 낳고 목숨을 다할 수도 있다는 방정맞은 생각이 불쑥 든 게 그때였다.

작년 여름 순식이를 팔라고 채꾼이 찾아왔을 때 마음이 잠시 흔들

---

*이듭: 말이나 소의 나이를 셀 때, 두 살을 이르는 말

렸지만 막상 팔 수가 없었다. 가족과도 같은 녀석으로 말하면 제 어미를 닮아 코뚜레도 수월했고, 첫 배 새끼를 암컷으로 낳은 그날도 명철이가 초등학교를 수석으로 졸업하여 겹경사를 맞았었다. 게다가 어찌나 힘이 좋은지 녀석 없인 부무골 농사는 작파나 다름이 없다.

밤이 깊어갈수록 춘실도 용규도 지쳐서 나가떨어질 정도였다. 뱃구레도 포기를 했는지 꼬르륵 소리가 더는 올라오지 않았다. 용규가 타월 끝을 잡아당겨 얼굴과 눈가를 닦아내는데 그때 동네 모종 쪽에서 자동차 소리가 났다. 대밭 사이로 난 길을 따라 담배 한 대 참 정도 떨어진 곳에서 들려온 소음에 춘실이 고개를 휙 돌렸다. 혹시 이장네 며느리가 둘째 애 산기로 급히 병원에 가는 소리일지도 몰랐다.

"비까정 내리는 오밤중에 웬 차 소리유? 이장네 찬가?"

이장과는 서로 너나들이로 지내기 때문에 숟가락 수까지 훤히 아는 터다. 헤아리는 순간 어둠 속에 사람의 몸맨두리가 어른거렸다.

"아버지, 지금 뭐 하세요? 순식이가 새낄 낳았어요?"

상기된 명철의 목소리에 용규 내외가 벌떡 일어섰다.

"워메, 이게 누구여?"

명철의 길찬 허우대에 춘실은 손에 쥔 타월을 놓쳐버렸다. 파김치가 되도록 지치고 힘겨운 고통도 잠시, 그녀의 얼굴에 화사한 미소가 피어나고 황망하게 서 있던 용규도 그제야 정신을 차려 소리쳤다.

"언녕 들어오지 않고 뭐햐? 모기가 사정없이 무는데."

춘실이 모기장 귀퉁이를 훌쩍 들어 올리자 아들이 우산을 접고 안으로 들어왔다. 어이구, 명철아! 하면서도 춘실은 선뜻 아들을 껴안지 못한다. 자신의 후줄근한 옷에 묻었을 오물 때문이다. 울컥 솟구친 반가움이 용규 얼굴에도 주름으로 가득 퍼져나갔다.

"이게 도대체 얼마 만이여?"

용규가 딸막인 말이 감탄사인지 넋두린지 확실치 않았다. 서울의 잘 나간다는 집안으로 장가들고서 3년 동안 한 번도 내려오지 않아 아예 고향을 잊은 줄 알았다.

"그동안 어떻게 지내셨어요?"

명철의 인사에 용규는 대답 대신 아들의 발끝과 머리끝부터 훑어보았다. 물 찬 제비처럼 빼입은 양복과 번득이는 구두가 외양간과는 영 어울리지 않았다. 어딘지 모르게 아들에게 드리워진 그늘을 읽었건만 용규는 우선 당장 할 말을 찾지 못했다.

"가까이 오지 마라. 뭐라도 묻을라."

한눈에 사태를 파악한 명철이 사투리도 섞이지 않은 서울 토박이말로 핀잔했다.

"작년에 팔아버리지 그랬어요. 올해는 구제역 여파로 한우가 헐값이잖아요."

용규가 타월로 목덜미 땀을 훔치는 동안 명철도 알싸한 암모니아 냄새를 견디느라 코를 킁킁거렸다. 순식이가 배를 틀어 빼며 다시 움직거리자 명철이 나서며 팔을 걷어붙였다. 정말 3년 만이다. 서울에서 내로라하는 로펌에 다니는 명철이 마지막으로 집에 온 것이 벌써 3년 전이었다. 용규는 그 넓은 세월의 간격을 헤아리다가 아들에게 물었다.

"저녁은 먹은겨?"

"괜찮아요. 보아 하니 두 분 다 저녁도 안 드시고 이 일에만 매달리셨죠? 새끼가 언제나 나온답니까?"

보기에도 아까운 아들의 매끈한 모습에 용규는 왠지 가슴이 막막했다.

"글쎄다. 그제부터 이상하다가 오늘 벌써 열 시간짼데 이러다 죽이는 건 아닌지 몰러."

순식이를 향한 부모님의 필사적인 눈빛에 명철은 고개를 수그렸다. 이 와중에 착잡하기만 한 자기 심중을 부모님께 뭐라고 설명해야 할지 몰랐다. 아니, 3시간을 승용차로 내려오는 동안 무슨 말을 어떻게 꺼내야 할지 온갖 궁리를 다 해보았지만 아무런 결론도 내리지 못한 채 집까지 오고 말았다. 어쨌든 지금은 기회가 아닌 듯싶어 명철은 은근히 속을 졸였다.

"임자, 명철이 얼굴을 보니께 쫄딱 굶은 모양인데, 어서 밥부터 먹여야겠네."

"그랴, 언넝 일어나자. 속히 차려주마. 우리도 사실 두 끼나 건너 뛰었다야."

"아버지도 함께 드시죠."

"아니, 먼저 먹어라. 지금 초를 다투는 참인데."

식사할 때가 대화하기에 가장 좋은 기횐데 그조차 날아가고 있었다. 우물가에서 함께 손을 씻으면서도 모자는 세월의 간극만큼이나 말이 없었다. 잠시 딸그락거린 끝에 춘실이 개다리소반을 마루에 올려놓았다.

"쥐코밥상이지만 배불리 먹어."

"어머니도 어서 올라와요."

소반을 가운데 두고 아들과 마주 앉은 춘실은 장떡이라도 부칠 걸 그랬나 싶어 은근히 마음을 앓는다. 명철이 외양간 쪽으로 자꾸 시선을 던지다가 숟가락을 들었다.

"말도 말어. 느네 아부지, 일이라면 정신을 잃는 사람이여. 이러다간 소 새끼 나오기도 전에 주인이 먼저 굶어 뒈지겠어."

"참, 어머니두. 별 말씀을 다 하시네."

일 년에 두어 차례 전화만 하던 아들이 도대체 무슨 바람이 불어이 빗속에 온 걸까? 숟가락을 든 춘실의 생각이 그쪽으로 뻗치기 시작했다.

"어머니, 진즉 팔아서 빚이나 좀 갚지 그랬어요?"

순식이가 얼마나 소중한 존재인지 모르는 아들에게 춘실은 다른 대답을 했다.

"순식이가 저렇게 자빠져버린 통에 부무골 보리가을을 못했는데 오늘은 아무래도 느낌이 안 좋아야. 워쩌커면 좋댜? 저것이 아무래도……, 아무래도 이상혀."

순식이보다 당신 아들이 더 안 좋은데, 하고 속으로 뇌까린 명철은 우울하기만 했다. 한참을 외양간 쪽만 보던 춘실이 느릿느릿 시선을 거두는데 겨우 서너 숟가락을 뜬 명철이 고개를 설레설레 저으며 들릴락 말락 중얼거렸다.

"가는 날이 장날이라더니……."

"윤채 아범아, 내일 아침에는 새 반찬 만들어줄 테니께. 오늘만 이렇게 먹어."

명철은 아들 윤채가 벽에 붙은 돌 사진 속에서 환하게 웃으며 자신을 쳐다보고 있어 속이 한 움큼 더 우울해졌다. 돌 때도 내려올 형편이 못되어 사진만 보냈던 것이다.

"어머니두. 내일 새벽에 올라가야 해요. 중요한 회의가 있어서."

그렇게 바쁜 사람이 왜 이 빗속에 왔는지 더 더욱 알 길이 없어 춘실은 머리를 갸웃했다. 설마하니 몇 달 안 남은 자신의 회갑 문제를 상의하러 온 것 같지는 않았다. 산실 쪽에서 부스럭 소리가 들려온 바람에 그녀는 숭늉을 마시는 둥 마는 둥 외양간으로 내달렸지만 순식인 여전히 감감무소식이었다.

"언넝 저녁 드슈. 이젠 내가 지켜볼 테니께. 그리고 명철이는 내일 새벽에 간답디다."

"그럼 뭐 하러 이 빗속에 온 겨? 좋은 날 놔두고."

"직접 물어 보슈. 자세한 이야길 나눌 새가 없었으니께."

대체 무슨 일인지 궁금한 용규가 그제야 엉덩이를 털면서 부스스 일어나 외양간을 나섰다. 명철에게 무슨 일이 있는 건지 용규는 우물가에서 손을 씻으며 떨떨하니 되게 긴장되었다. 마루에 엉덩이를 털썩 내려놓으며 용규는 아들의 표정부터 살폈다.

"죄송해요. 먼저 먹어서."

온 집안에 진동하는 쇠죽 끓이는 냄새가 역겨워 명철이 어느새 수저를 내려놓고 숭늉으로 목을 축이고 있었다. 밥은 절반이나 남겼고 뭔가 긴장한 표정이 역력했다.

"많이 먹지. 입맛이 없는 겨?"

"아버지두. 고향에 오니까 너무 좋아서 밥이 잘 안 들어가는데……."

아들의 대답이 마음에 없는 억지란 걸 알면서도 용규는 도대체 무슨 일이 있는지 궁금해서 속이 탔다. 사법고시에 합격하고 연수가 끝나자마자 이름난 로펌에 채용되어 뻑적지근하게 잘 살고 있는 명철에게서 용규는 여전히 이질감이 느껴졌다. 기저귀 채우고 호호 불어 먹이며 키운 자식이지만 어쩐지 멀기만 했다. 게다가 며느리 얼굴도 도무지 그려지지가 않았다. 번갯불에 콩 튀듯 일사천리로 진행된 혼사여서 제대로 보지 못한 탓이겠지만, 텔레비전 드라마의 되바라진 여주인공처럼 거칠 것 없고 자유분방한 태가 줄줄 흘렀던 며느리의 얼굴이 오늘따라 좀체 떠오르지가 않았다.

명철은 숭늉 주전자를 내려놓았다. 그래도 이 밥엔 정성이라도 담겨 있었다. 명철은 아내의 손으로 지은 밥을 언제 먹었는지 도무지 기억이 나지 않았다. 아침은 그렇다손 치고 점심은 회사에서, 저녁도 주로 업무와 관련된 외식이었다. 그녀와 헤어질 마당에 이젠 더 이상 문제 삼을 필요도 없지만 가슴 한복판은 왠지 허전하고 찬바람만 맴돌았다.

"서울 밥이 훨씬 맛있쟈?"

"서울 밥, 시골 밥이 따로 있나요? 그런데 이렇게 비가 오면 보리가을은 어떻게 되는 거죠?"

얼굴 잊어먹을 뻔한 아들이 불쑥 나타나서 별 걱정을 다한다고 용규는 속으로 타박했다.

"글쎄다. 이러다 싹 나는 수가 있는겨. 허지만 설마 지가 보리장만데 길면 얼마나 길겠냐. 어서 해만 쨍 나봐라, 후닥닥 베어버릴 테니께."

소송이 그렇게 많으냐? 자식농사를 윤채 하나로 끝낼 거냐? 등 부자 간 대화치곤 겉도는 이야기만 오고갔을 뿐이다. 용규가 밥상을 밀어내고 숭늉을 마시는데 명철의 목소리가 나직해졌다.

"실은 아버지를 서울로 모셔가려고 왔어요."

뭣이야? 깜짝 놀란 용규가 목소리를 떨었다. 이 빗속에 들이닥친 것이 좀 이상했는데, 순식이한테 매달려 정신이 없는 부모를 돕지는 못할망정 그 따위 소릴 하려고 왔나 싶었다. 쌀쌀맞은 며느리의 얼굴 윤곽이 이제야 희미하게 떠오르자 용규는 더더욱 고개를 내저었다.

"난 여기가 좋다. 고향 놔두고 왜 서울로 간단 말이냐?"

"허허, 아버지도. 서울이 훨씬 좋습니다. 이참에 아예 여길 정리하시죠."

하지만 용규의 얼굴이 심각하게 굳어지는 모습에 명철은 기가 좀 꺾였다. 부모 주소지만 옮겨가려 짱구를 돌린 말이지만 자신이 이혼하기로 한 사실을 어떻게 꺼내야 할지 막막하기만 했다. 못난 자식이란 자괴심이 자꾸만 그의 목을 짓눌렀다.

"나이도 있고 하니께, 이젠 여길 떠날 수 없어."

대답하는 용규의 목소리가 넋두리처럼 무겁기만 했다. 칠순을 바라보는 그는 태어나서 자란 이곳을 떠난단 생각을 애당초 해본 적이 없었다. 하지만 명철은 유명 로펌의 변호사답게 온갖 말로써 부모를 설득하느라 깜냥에 분주했다. 서울 아들네 집으로 주민등록을 옮긴 시골 부모들이 아주 많다는 설명과 함께 새로운 정부정책 때문에 어쩔 수 없는 일이란 말까지 덧붙였지만 용규는 여전히 묵묵부답이다.

"하나밖에 없는 아들이 세금 중과세에서 헤쳐 나도록 도와주는 것이 그렇게 어려우세요?"

잔뜩 긴장한 용규는 아들의 볼멘소리 가운데 특히 중과세란 단어에 가슴이 덜컥했다. 기실 세금의 질곡에서 아들이 빠져나오겠다는데 도와주는 게 무엇이 그리 어렵단 말인가. 명철의 설명이 이어졌다.

"집을 하나 더 사려고 하는데, 그렇게 되면 제가 '일 가구 이 주택'이 됩니다. 집 두 채부턴 세금이 많아지거든요. 36%에서 60%로."

'일 가구 이 주택'이란 말은 뉴스시간에 자주 들어 알고 있지만 60% 중과세란 말을 처음 들은 용규는 얼떨결에 고개를 주억거렸다. 아들이 곤궁한 상태란 점에서 그의 가슴도 콱 막힌 느낌이었다. 명철은 지금 살고 있는 아파트를 위자료로 통째 넘겨주게 되었고, 아내 몰래 숨긴 비자금 약간에 대출을 좀 많이 받아서 새 집을 장만하려는데 부모 이름으로 등기를 해야 이혼할 아내에게 추적당하지 않을 거란 내용을 어떻게 이해시켜야 할지 보통 난감하지가 않았다. 용규가 서울의 부동산 흐름을 이해하지 못하고 있는 것이나, 명철이 한낱 미물인 순식이에게 혼신의 힘을 쏟아 붓는 부모를 이해할 수 없는 것이나 매양

한가지랄까.

명철의 찐득한 시선에 용규는 그저 맹한 눈으로 아들을 보았다.

"그런다고 워쩌케 서울까지 살러 가냐? 문전옥답을 다 워쩌케 하구."

"아버지, 저도 언제까지 로펌에 다닐지 모릅니다. 잘 벌 때 실물자산을 가지고 있어야 나중에 물가가 오르거나 통화량이 급격하게 증가할 때 유리하거든요. 그동안 알뜰하게 모아놓은 돈도 좀 있고 해서 아파트를 하나 더 장만할까 하는데, 아버지가 이름만이라도 올려주시면 아버지 앞으로 등기를 할까 해서요."

이해할 수 있도록 이야기를 만들다 보니 맘에도 없던 알뜰이란 말을 꺼낸 것에 대해 슬픔이 울컥 가슴께로 올라왔다. 용규는 판단했다. 듣고 보니 알뜰하게 재산을 늘린 며느리가 가상하기도 하지만, 아들의 말은 정말 서울로 모셔가고 싶다는 뜻이라기보다, 이름이 필요하다는 뜻이라고. 그는 가려운 귓구멍을 새끼손가락으로 두어 번 후비다가 입김으로 후, 하고 불어버렸다. 평소에 담배질이라도 배웠더라면 정말 답답한 이런 때 한 모금 쭉 빠는 건데 가슴 한 구석이 꽉 막혀버린 느낌에서 헤어나기 위해 용규는 순식이를 핑계로 일어서고 말았다.

"아버지, 그러면 내일 당장 이름만이라도 서울로 옮길게요."

명철의 말이 채 끝나기도 전에 외양간에서 춘실의 외마디 고함과 함께 송아지 울음이 메에- 터져 나왔다. 어이쿠! 하고 용규가 맨발로 쏜살같이 내달리고 명철도 허둥지둥 뒤따라 달려갔다. 막 태어난 송아지가 양수를 잔뜩 뒤집어쓴 채 어미 옆에서 부들부들 떨며 자빠지기를 반복하고 있었다. 순식이가 혀를 내밀어 연신 새끼를 핥아주다가 태를 널름 삼켜버렸다.

"어? 태를 또 순식간에 삼켜버렸네?"

어려서 한두 번 본 적이 있지만 명철은 감탄하며 놀랐다. 이 생생한 현장 체험으로 말하면, 맹수가 오기 전에 자기 자리를 청소하는 야생 시절의 습관이 남은 때문이라는, 책에서 터득한 지식과는 견줄 수 없는 것이었다. 진력을 뺀 춘실이 자기 얼굴이며 목과 가슴팍에서 땀을 닦아냈다. 분만 순간에 땀을 어찌나 많이 쏟았는지 그녀는 막 한증막에서 나온 느낌이었다. 춘실은 모기장을 들치고 나와 처마 밑 가마솥으로 걸어갔다. 거기서 삶고 있는 특별한 쇠죽을 가져올 차례였다. 사료로 대체된 10여 년 전까지 먹였던 쑥대와 담배풀, 칡넝쿨 따위에 특별히 당귀를 듬뿍 넣고 메주콩을 한 말이나 부어 아침부터 정성껏 삶았다. 한여름이라고 해서 이제 막 해산한 녀석에게 찬 걸 먹일 수는 없는 일이다.

"어머니, 쇠죽은 내가 풀게요."

팔을 걷어붙인 명철이 함지박을 번쩍 쳐들었다. 바가지로 퍼 올린 쇠죽에서 한약재 냄새가 후끈 피어올랐다. 연봉이 6억이나 되는 잘 나가는 로펌 변호사인 그는 오늘 부모를 설득하고 내일 아침 꼭두새벽에 서울로 돌아가야 한다. 이혼 수속과 재산 정리 등 할 일이 태산 같은 그는 쇠죽을 퍼 올리면서도 온통 그 생각뿐이었다. 그런 이유가 아니라면 진즉 떠난 이 갈티리 촌구석에 다시 돌아와 쇠죽을 손에 묻힐 이유도 없다. 3년 전 결혼하고 로펌에 들어가 서울에 삶의 터전을 잡으면서 명철은 고향을 완전히 잊고 싶었다. 자신의 출생에 대한 마을사람들의 수군덕질은 오래 전에 그쳤지만 병이 도지듯 그 아픈 기억이 한 번씩 되살아날라치면 숨이 턱턱 막히곤 했다. 하지만 오늘 쇠죽을 푸면서 떠오르는 게 있었다. 마치 자기 존재의 그림자인 듯 떼어버릴 수 없는 추억이었다. 친구들과 가댁질을 하다가 지치면 유월엔 오두개를 한 움큼씩 따서 입아귀가 터지도록 밀어 넣었고, 여름이 무르익어

백로가 새낄 칠 때쯤엔 골짝에서 가재를 치고, 그것도 지치면 멱을 감은 일이 그것이었다. 그것 말고 로펌의 또래들이 전혀 해보지 않은 자기만의 어릴 적 놀이가 또 있었다. 군불에 그을린 설익은 보리를 서로 먼저 먹느라 손이고 얼굴이고 검댕이 시커멓게 묻어도 즐겁기만 한 보리 서리……. 사실 로펌 생활 3년 동안 눈을 감으면 언제나 떠오른 게 수로 옆 보리밭이었다.

명철은 제법 무거운 함지박을 한순간에 불끈 들어올렸다.

"아예 통째 코앞에 바짝 놓아줘."

아버지 말대로 명철이 순식의 코앞에 여물을 바짝 밀어놓는데 순식이가 왠지 이상했다. 녀석은 잠을 자는 듯 꿈쩍도 하지 않았다. 길고 긴 몸부림 끝에 분만을 했으니 휴식이 필요할 거란 생각에서 명철은 괘념하지 않았다.

"아버지, 분만이란 게 퍽 고통스러운가 봐요?"

"낳는 것도 고통스럽지만 키우는 건 더 힘들지."

순간 춘실의 시선이 재빨리 용규의 표정을 훔쳐보았다. 얼떨결에 대담한 용규도 33년 전 새빨간 핏덩이를 낳고 숨을 거둔 동생 용순이 생각에 눈시울이 붉어졌다. 그 아픈 기억은 잊으려 한다고 잊히는 것도 아니고 어떤 측면에선 새록새록 기억의 틈새를 비집고 올라오곤 했다. 친자확인이라도 해서 속 시원히 알아내고픈 욕망에 얼마나 시달렸던가. 도대체 박덕만의 씨인가, 아니면 다른 놈의 씬가? 가출한 지 일 년 만에 돌아온 배불뚝이 동생을 부모님이 얼마나 차갑게 내치셨던지……. 하지만 용규는 차마 자신조차 용순이를 내칠 수 없었다. 게다가 그 감벼락 같은 상황을 동네 누구에게도 하소연할 수가 없었다. 용순이가 뜬 후 집안 위신은 땅에 떨어졌고 부모님은 얼굴을 들 수조차 없어 바깥출입을 포기했다. 덕만의 씨가 틀림없을 것 같아 용규는 갓

등 불빛 아래 번들거리는 명철의 얼굴을 흘깃했다. 전체적으론 용순이를 닮았지만 윤곽과 눈매에서 덕만의 흔적이 느껴졌다.

볼수록 귀여운 송아지가 걸음마 몇 발짝에 넘어지곤 했다. 이 신기한 새 생명의 탄생이란 얼마나 축복받을 일인가 싶어 명철은 순식이를 보다가 아버지, 어머니를 보았다. 그의 눈에 어머니의 희끗희끗한 머리칼과 부석한 피부가 들어오자 목이 멘 명철이 두 분 다 서울로 모시고 싶은 열망에 잠시 빠졌다.

"어머니, 이 생활이 지치지도 않으세요?"

"야가 지금 무슨 소릴 하는겨? 손때 묻은 내 터전이고 대대로 살아온 집인데 여기보다 더 좋은 곳이 어딨댜?"

"아버지 어머니, 아예 이 기회에 서울로 갑시다. 새로 장만할 집에서 두 분 모시고 나와 윤채와…… 우리 넷이서 따로 살죠."

갑작스런 제안에 용규 내외는 말문이 막혔다. 처음엔 서울로 가자고 했다가, 이름만이라도 가져가겠다고 했다가, 이젠 새 집에서 따로 살자니. 며느리는 어떻게 하고? 여기까지 생각이 미친 용규가 일단은 명철을 나무랐다.

"싫다. 네 어머니도 같은 생각일겨. 낯설고 물 설은 곳에서 무슨 좋은 일이 있겠냐. 난 정들고 편안한 이 생활이 좋아. 아들이 성공해서 서울서 변호사가 되었는데, 보은 땅에서 나보다 행복한 놈이 있으면 나와 보라고 혀!"

"적응이 되었다는 뜻이지 이 외양간 냄새에 흙투성이인 곳이 좋단 말씀은 아니겠죠?"

"왜? 너는 싫으냐?"

명철은 선뜻 대답할 수가 없었다. 싫어서 고향을 아예 잊고 지냈다는 말을 어떻게 꺼낼 수 있으랴. 순간 잔뜩 겁에 질린 춘실의 목소리가 터져 나왔다.

"어? 명철이 아부지, 순식이가 이상혀!"

재작년에 마지막 분만을 할 때만 해도 녀석은 쉽사리 일어섰고 특식 여물을 잘도 먹었다. 춘실의 말처럼 정말 괴이했다. 순식이가 자세를 흩뜨린 채 함지박 테두리에 턱을 괴고만 있어 춘실이 자꾸만 눈물을 찔끔거렸다.

"이러다가…… 이러다가 뭔 일 나면 어쩐대유?"

"어쩌긴. 설마하니……."

하지만 순식이의 호흡이 정말 이상해지고 있었다. 녀석이 눈을 끔벅이는 짬이 자꾸만 길어지고 있었다. 용규가 화들짝 일어서자 명철이도 일어났다. 하필 그쳤던 빗줄기가 다시금 굵어지면서 우두둑 툭툭 툭, 함석 차양에 빗방울 떨어지는 소리가 더욱 커졌다.

"아버지, 제가 얼른 가서 읍내 수의사를 모셔올까요?"

"그랴. 언넝 갔다 와. 명철아, 언넝 수의사 모시고 와!"

춘실이 질러 대답을 하고 나서며 아들을 부추기는데 용규는 우뚝 선 채 꿈쩍도 하지 않았다. 그는 용순이의 죽음을 생각하고 있었다.

"명철이 아부지, 지금 우는 거유?"

춘실의 울먹이는 소리에 나가려던 명철이 되돌아섰다. 용규는 땀을 닦는 척 타월을 당겨 자기 눈을 가렸다. 주체할 수 없이 흘러내리는 눈물을 그렇게라도 가릴 수밖에 없었다. 생전 처음 보는 남편의 눈물 앞에 춘실은 맥이 풀려버렸다. 용규의 목소리가 떠듬떠듬 흘러나왔다.

"아까부터 눈을 안 뜨는 놈을 수의사가 워쩌케 살리겠어."

"아니, 그래도 한번……."

춘실이 바투 다가앉아 순식이 얼굴을 더듬어보지만 녀석은 정말로 눈을 뜨지 않았다. 그녀는 포기하지 않고 또다시 콧잔등을 쓰다듬었다. 하지만 용규가 그녀를 제지했다.

"그만 혀. 순식이만 더 괴롭히는 일이여. 이쯤에서 그만 둡시다."

순식이 녀석의 가슴께에서 들썩거림이 완전히 없어진 걸 발견한 그녀가 눈물을 왈칵 쏟아버렸다. 순식이가 숨을 쉬지 않는 게 분명했다. 명철도 녀석의 배에 귀를 대어 움직임이 없는 걸 확인하고 고개를 저었다. 흑흑흑흑. 그녀는 소리를 삼키며 어깨를 움츠리고서 자꾸만 늘컸다. 후득 후드득 후드득. 보리장마 빗줄기가 거센 밤중에 순식이는 소리 없이 갔다. 식구들 모두에게 행복을 주었던 든든한 짐승이 영영 오지 못할 길을 떠나다니. 가족을 잃은 것만 같아 춘실은 울음을 그칠 수가 없었다. 용규가 어두운 허공을 향해 처연히 넋두리했다.

"아까 전에 꿈을 꾸었는데 순식이란 놈이 무지개를 타고 올라가는 거. 무지개 꿈은 좋은 것이잖여?"

"참, 아버지두."

"왜 작년에 팔지 못한지 아냐?"

"값을 너무 후려치는 바람에 안 파셨죠?"

명철의 대답에 용규는 천천히 도리머리를 흔들었다.

"20년을 함께 살았잖여, 한 식구로……."

순식이 덕에 농기계가 들어가지 못하는 부무골 보리밭도 20년 간 너끈히 지어냈다. 주인을 잃은 쇠죽이 부글부글 소리를 내며 김을 모락모락 피워 올리고 있었다. 어미의 죽음을 알 까닭이 없는 송아지만이 한두 발짝씩 걸음마를 떼었다.

"아버지, 송아지는 어떻게 되는 거죠? 다른 농가에 주어버려야 하나?"

"무슨 소리야? 여기서 키워야지."

용규가 송아지를 품에 안았다. 어린 녀석은 발버둥을 치다가 이내

잠잠해졌다. 송아지의 해맑은 눈망울에 눈부처가 보였다. 소를 부리지 않고선 부무골 보리밭을 지을 재간이 없는 용규로선 녀석이 건강하게 나와 준 것만도 퍽 대견했다.

"그놈 참, 아버지 품이 따뜻한가 보죠?"

"명철아, 이 늦은 밤 빗속에 온 것이 아무래도 서울서 뭔가 꼬인 건 아녀?"

급작스런 질문에 명철은 흠칫 빗서며 말을 더듬거렸다.

"아, 그게 아니라 실은⋯⋯."

아들의 목소리에 힘이 없자 용규가 다독였다.

"신작로 건너편 산 있잖여. 수로 옆 보리밭도 논배미도, 어차피 물려줄 것들이니께 가져가도록 혀. 윤채 어미가 윤채 키우느라 고생 많이 허쟈?"

값으로 치면 가장 헐값인 골짝 깊이 숨은 부무골 보리밭을 쏙 뺀 이유인즉슨 용규 부모 적부터 땀과 피가 녹아든 곳이기 때문이었다. 바로 그때 명철의 눈에서 울컥 눈물이 흘러내렸다.

"죄송한데 아버지, 저⋯⋯ 이참에 인생⋯⋯ 새로 시작해야할까 봐요."

가슴이 철렁한 용규가 할 말을 잃었다가 겨우 목청을 가다듬었다.

"그래서 아까 우리 넷이서 살자고 한겨?"

명철이 대답 대신 고개를 끄덕이자 용규도 춘실도 억장이 무너지고 말았다. 용규의 품을 빠져나온 송아지가 갓등 불빛 아래서 비틀비틀 걸음마를 하는데 추적추적 내리는 비는 도무지 멈추지 않을 기세였다.

어둠 속에도
거울이 있을까

은사님의 쩌렁쩌렁한 고함에 정신이 번쩍
들면서 멧돼지도 사라지고 옆구리 통증도
사라져버렸다. 하도 신기해서 벌떡 일어나
허공에 손을 저어보았다. 주기만도 일어섰
는지 지팡이 짚는 소리가 들렸다.

암흑 속에 갇혔다는 게 도무지 믿기지 않았다. 두 다리 멀쩡한 내가 굴러 떨어지다니. 놈들의 장난이 지나치다 싶었지만 이미 때늦은 후회였다. 세상에서 가장 믿을 수 없는 게 눈이란 사실을 처음 알았다. 밝은 데서 그토록 총명했던 그것이 깜깜한 데서는 아무짝에도 쓸모가 없었다.

"거기 아무도 없어요? 여기 사고가 났어요! 사람이 죽어간다고요!"

나는 깊은 동굴 바닥에 널브러진 채 고함부터 질렀다. 하지만 메아리만 웅웅 돌아왔다. 어디 다친 데는 없느냐고, 조금만 더 참고 기다리면 곧 구조해주겠다고, 하는 소리 따윈 일절 들리지 않았다. 인생 경험이 어쩌고 저쩌고, 알바하는 녀석이 아까 나이에 어울리지 않게 같잖은 소릴 지껄일 때부터 꺼림칙했지만 이건 체험이 아니라 틀림없는 안전사고였다. 지급받은 흰지팡이는 놓쳐버렸고 바로 옆이 천 길 낭떠러지일지 몰라 꿈쩍도 할 수가 없었다. 수십 번도 더 고함을 치고 또 쳐도 목만 아팠지 완전히 적막강산이었다.

긴장된 시간이 자꾸만 흘렀다. 그 자식이 나를 이 꼴로 만들어 놓고 내빼버린 건 아닐까? 의도성을 생각하자 스릴러 영화 몇 장면이 겹쳐지면서 불길한 느낌이 엄습했다. 사이코패스라면 어디선가 숨어서 숨을 죽인 채 낄낄대고 있을 지도 모를 일이었다. 그럴 경우 나는 꼼짝달싹 못하게 갇힌 희생물일 뿐이다. 무슨 일이 벌어질지 모를 공포의 시간이 흐르는 동안 등에선 식은땀이 주르륵 주르륵 흘러내렸다. 하지만 놈의 숨 쉬는 소리라든지 슬그머니 움직이는 어떤 미동도 전혀 감지되지 않았다.

사지가 팽팽한 긴장감으로 벌벌 떨리기 시작했다. 나는 완벽하게 고립되었고 놈들이 안전사고를 방치했다는 판단에 신경질이 폭발했다. 내가 할 수 있는 행동은 우선 제자리에서 두 팔로 허공을 마구 휘젓는 일이었다. 만일 옆에 놈이 있었다면 잡히는 즉시 숨통을 끊어놓았을 것이다. 상처 입은 야생동물처럼 나는 마구 구시렁거렸다. 망할 자식! 찢어 죽일 놈! 갈아 마셔도 시원치 않을 놈! 하지만 내뱉은 욕설마다 메아리로 웅웅 돌아오곤 하는 게 마치 내가 내 자신에게 욕설을 퍼붓는 꼴이었다.

놀이기구를 잘못 타다 황천길로 간 사람도 있다는데 그나마 다행이라고 자위하기엔 길고 긴 절망의 시간이었다. 몇 바퀴를 굴렀는지 허리는 욱신거리고 무릎팍이며 깨진 얼굴 부위가 쑥쑥 쑤시는가 싶더니 일순간 피비린내가 코청을 찔렀다. 눈물이 흘러내리고 있었다. 50년 만에 운 건 메마른 땅에 생수가 터진 격이었다. 그토록 오랫동안 눈물 주머니가 말라비틀어진 줄로만 알았던 나는 적이 놀랐다. 울음은 나의 내면 깊숙한 곳에서 발원하여 밖으로 크게 퍼져 나오는 듯 했다.

아아아악! 나는 널브러진 채로 시악을 썼다. 하지만 메아리가 또 다시 웅웅 돌아와 어김없이 귀를 후볐다. 세상에 믿을 놈이 없다더니. 안내한답시고 손을 잡아끌었고 눈가리개가 벗겨지지 않도록 나를 조심조심 다룬 놈을 믿은 게 이 꼴이 되어버렸다.

"대단하십니다. 오늘 큰 비용을 부담하고 '장님 체험행사'에 참여하신 용기에 칭찬을 드립니다. 이 길은 천 길 낭떠러지가 숨어 있는 길이죠. 위험을 무릅쓴 선생님의 결단력이 정말 멋있으십니다. 물론 전혀 걱정하지 않아도 됩니다. 떨어져도 즉각 구조될 테니까 두려움은 날려버리십시오. 이 혹독한 불경기를 걷는 인생길이라고 생각하시면 일생일대의 아주 색다른 체험이 되실 겁니다."

낮도깨비 같은 놈의 이빨 까는 소리를 들으면서 내가 한 걸음 한 걸음 깜깜한 천연 동굴 속으로 들어갔다. 초장에 작은 돌부리에 걸려 넘어질 뻔했을 때도 도우미 녀석이 후닥닥 부축하며 천연덕스럽게 웃었다.

"선생님, 조금 놀라셨죠? 하지만 아무런 위험한 일도 일어나지 않았습니다. 어차피 삶이란 그런 것이 아니겠습니까? 겁을 내고 움츠러들지만 결국엔 별 것도 아닌 것 말입니다. 아까 드린 지팡이를 꽉 붙잡는 것 잊지 마십시오. 참, 지금이라도 체험을 취소하시면 원래 자리로 가실 수 있습니다. 물론 환불도 해드리죠."

거기까지였다. 10분이면 끝날 거란 도우미의 말을 철석같이 믿고 안으로 안으로 더 깊숙이 들어갔다.

"이제 다 울었소? 분노로 가득 찬 사람이군!"

갑작스런 목소리에 나는 화들짝 놀랐다. 그 깜깜한 공간에 나만 있는 게 아니었다.

"간 떨어질 뻔했네. 누구시죠? 너 도우미지?"

목소리의 주인공은 쉬 대답하지 않았다. 사람을 만났다는 것이 오히려 공포심을 증폭시켰다. 등골이 오싹한 순간 그 목소리가 다시 말했다.

"울음도 가슴속의 분노를 표출시키는 것 아니오?"

틀림없는 남자의 음성, 나이가 듬직한 목소리가 분명했다. 그제야 공포가 누그러졌다. 누군가 가까이 있다는 사실에 일단은 희망이 생겼다.

"도우미라면 진즉 말하지, 왜 이제야 인기척을 하는 거요?"

화가 치밀어 벼락같이 소릴 질렀다.

"허허, 당신의 분노가 어디까진지 보고 싶었소. 그리고 인내심까지도."

진즉 쉬어버린 내 목소리와는 달리 그의 음성은 카랑카랑하기만 했다.

"비싼 참가비를 받은 행사가 이렇게 부상 사고까지 냈다는 걸 고발하고야 말겠어. 당신들 각오하라구! 이런 당찮은 곳에 돈을 퍼주고 오다니, 내가 미쳤지!"

소락떼기*를 또 질렀다. 나는 아마도 그가 극적인 효과를 내기 위해서 도우미 신분을 숨긴 채 장난을 치는 것이라 믿고 싶었다. 하지만 그의 말대꾸에 기대가 와르르 무너지고 말았다.

"나도 돈을 내고 온 사람이오. 당신 말대로 나도 미쳤나보오."

희망이 물거품이 되자 이제는 그의 하오체 말투가 역겨웠다. 귓바퀴에 쥐가 날듯이 거슬려 내가 욕설을 내뱉었다.

"시러베아들* 놈들!"

"당신은 여전히 자신에게 화를 내고 있소."

영감이 높낮이 없는 소리로 다시 지적했다. 화를 내봤자 소용이 없다는 걸 알면서도 덫에 친 멧돼지마냥 나는 거친 숨을 푹푹 내쉬었다.

"이봐, 꼰대 아저씨! 나이가 몇인데 훈장 선생처럼 말씀하시나?"

"제 앞길도 건사하지 못하는 주제에, 묻기는! 망팔의 나이라오. 됐소?"

가는 방망이에 오는 홍두깨였다. 번데기 앞에서 주름을 잡아도 유

---

*소락떼기: '소리'를 속되게 이르는 말
*시러베아들: 실없는 사람을 낮잡아 이르는 말

분수지, 이제 겨우 쉰을 넘긴 내 나이를 그 자리에서 들먹일 수는 없었다. 개구리 뻗듯 돌투성이 바닥에 여전히 드러누운 채로 있던 내가 그제야 상체를 반듯이 세우기 시작했다.

세상에는 밟아선 안 되는 자리가 있음이 번뜩 떠올랐다. 30년 전 강원도 골짜기에서였다. 철책을 마주보는 전방 GOP(전초기지)에서 수색을 나갈 때마다 행여 지뢰를 밟을 새라 얼마나 신경을 곤두세웠던가. 그때만 해도 장마 끝에는 지뢰가 원래의 매립지에서 이탈하여 한참 먼 데로 떠내려가곤 했다. 선임하사가 새까만 위장 크림으로 떡칠한 얼굴 한복판에서 매서운 눈초리를 번득였다.

"죽고 싶은 놈은 아무 데나 밟아도 돼!"

저승사자에게 끌려가지 않으려고 우리 소대원들은 앞 사람이 짚은 발자국을 그대로 밟으며 느릿느릿 한 걸음씩 전진했다. 등골이 바짝바짝 곤두서는 수색조의 긴장감, 그것이 결국 추석 전날 사고로 이어졌다. 펑! 앞산을 기어오르던 1소대 쪽에서 들려온 굉음에 우리 2소대원 모두 기절초풍했다. 소대장은 CP(지휘부)에 무전연락을 취했고 즉시 우리 소대가 투입되었다. 귀신이 곡할 노릇이었다. 다친 전우가 하나도 없었기 때문이다. 얼이 빠져있던 1소대원들을 대피시키고 우린 즉시 포위망을 구성했다. 풀숲을 헤치던 내가 하필 현장을 가장 먼저 발견했다. 군용 플래시 불빛 아래 드러난 것은 이백 근 남짓한 멧돼지였다. 그놈은 앞다리 하나는 날아가고 다른 하나는 부러진 채 도망도 못치고 나를 물어뜯을 듯 웅그리며 황소숨만 거푸 내쉬었다. 상처 입은 동물의 눈동자, 그것이 나를 노려보았다. 다음날 중추절 체육 행사 중에 나는 연병장 한복판에서 졸도를 하고 말았다. 의무대에 입실을 했고 마주 보이는 천정에서도 씩씩거리는 멧돼지의 눈빛이 어른거렸다.

오늘도 밟아서는 안 될 자리를 밟은 걸까? 그렇다면 잊혀진 그 금기를 30년 만에 다시 범해서 이 모양 이 꼴이 되었다는 추리가 가능했다. 바로 그때였다. 다행스럽게도 마침 손끝에 바위 같은 것이 만져져 우선은 등을 좀 기대고 숨을 고르기 시작했다. 손등으로 코를 훔치는데 엉긴 피가 묻어나며 다시금 피 냄새가 진동했다. 혀를 내밀어 터진 입술을 어루만지자 얼굴과 몸 여기저기가 합창을 하듯 욱신거리기 시작했다.

"에이 시팔!"

"당신의 분노는 자신을 향한 분노 같소."

재수가 옴이 붙었나. 지랄 같은 늙은이를 만나 기분이 완전히 잡쳐 버렸다. 분노면 분노지 자신을 향하고 말고가 어디 있단 말인가.

"왜 매번 콩놔라 팥놔라야?"

쏘아붙이면서 어둠 속을 꼴아보았다. 하지만 즉각 튀어나온 노인의 대꾸가 나를 주저앉혔다.

"어둠 속에도 거울이 있다는 걸 모르나? 이 동굴은 소리가 잘 울리도록 되어 있소. 내뱉은 말이 금세 자신에게 돌아온단 말이오."

어쩐지 욕설이 매번 내게로 돌아오는 게 이상했다. 칠흑 같은 데서 무엇을 분간하기란 애당초 불가능했지만 나는 노인 쪽을 향해 오감을 집중했다. 제주도나 충북의 동굴과는 달리 요상 망측하게도 이곳에선 단 한 줄기 빛도 없었다. 나는 일단 목소리를 가다듬었다.

"이런 완벽한 어둠에 갇히긴 처음입니다."

"정말 그럴까?"

노인의 삐딱한 말발에 또 가로막히고 말았다. 그의 말에 최면이라도 걸린 듯 어릴 적 일이 떠올랐다. 그때 놀이터에 버려진 냉장고에 갇혔을 때도 이렇게 깜깜했었다. 술래잡기를 하고 있었고, 냉장고에 들어가면 안 된다는 엄마 말을 깜박했다. 완벽하게 숨을 수 있는 기가 막힌 장소를 찾은 기쁨도 잠시, 도무지 밖으로 나갈 수가 없었다. 아무리 밀어도 문은 열리지 않았고, 발로 마구 차고 쿵쾅거려도 아무도 나를 꺼내주지 않았다.

"어릴 때 술래잡기를 하면서 어둠 속에 몸을 완전히 숨긴 적이 있었습니다. 하지만 밖으로 나갈 수가 없었어요."

"거봐. 도움의 손길로만 나올 수 있는 그게 진짜 어둠이라오. 세상과 완전히 단절된 때가……."

알쏭달쏭한 그의 말을 들을 때마다 복장에서 분란이 일어났다. 분란은 쉬 가라앉지 않고 좌충우돌 제멋대로였다. 노인이 태연하게 물었다.

"왜 119에 전활 하지 않고 욕설만 퍼붓나?"

핸드폰은 동굴에 들어오기 전 안내원이 보호자나 매표소에 맡기라고 해서 무심코 아내에게 맡긴 터다.

"영감님, 그걸 말이라고 하세요? 핸드폰이 있었다면 진즉 119에 전화했지, 이런 비참한 꼬라지로 처박혀 있겠냐구요!"

내가 성질을 부리며 발을 내지르자 빈 깡통 하나가 여지없이 나뒹굴었다. 텅, 통, 통, 덜그럭!

"실컷 욕하고 실컷 차버려!"

"영감님, 지금 남 약 올리는 거요, 뭐요?"

"그것만이 자네가 할 수 있는 유일한 반항이네. 그 깡통, 아깐 내가 차낸 것일세. 그게 지금 도로 내게 돌아왔어."

노인의 목소리는 여전히 높낮이가 없었다. 인생을 많이 살아서일까. 이런 상황에서 왜 화를 내지 않는 걸까. 노인은 내게서 그리 멀지 않은 곳에 있었다. 깡통 덕분에 우린 겨우 몇 발짝 떨어져 있음을 알게 되었다.

"영감님과 내가 아주 가까이 있는 것 같습니다."

"사람은 서로 멀리 떨어져 있는 것 같지만 실은 아주 가까이 있다네."

노인의 철학이 내게서 무엇인가를 하나둘씩 앗아가고 있었다. 할 수만 있다면 나도 내면에서 자꾸만 끓어오르는 분노에 품위 있게 저항하고 싶었다. 얼른 생각해낸 게 노인과 나의 공통점을 찾아내는 일이었다. 생각을 하나둘 정리하기 시작하자 함정에 빠졌다는 점과 핸드폰이 없다는 점, 그리고 같은 깡통을 찼다는 점이 먼저 떠올랐다.

순간 번쩍 스치는 게 있었다. 주머니 어디쯤엔가 있을 라이터였다. 나는 후닥닥 겉옷을 더듬었다. 아! 앙증맞은 그것이 겉에서 만져진 순간 나도 모르게 입이 찢어질 뻔했다. 오백 원짜리 라이터를 가지고 있다는 사실 하나만으로도 이렇게 행복할 수가 있다니. 나는 가슴이 부풀어 잘난 체하고 싶어졌다.

"영감님, 혹시 라이터 있으세요?"

"선생은 있나?"

나는 대답 대신 실물을 보여줄 셈으로 라이터를 꺼내들었다. 이제 우리가 탈출하는 일은 보장을 받은 거나 다름없었다.

"당연히 가지고 있죠! 하하, 이제 라이터로 불을 비추면 지옥 같은 이곳이 도대체 어떻게 생겨 먹었는지, 그리고 우리가 어떻게 여길 빠져 나가야 할지 알 것 같아요. 잠시만 기다리십쇼."

재수가 더러운 놈은 뒤로 넘어져도 코가 깨어진다고, 나는 그만 라이터를 놓치고 말았다. 아까 코피를 훔칠 때 손에 묻은 코푸렁이 때문이었다. 탁, 덜거럭 탁 탁! 그 소중한 보물은 속절없이 손아귀를 빠져 나가 근처에 처박혔다. 나는 소경이 동전을 찾듯 허겁지겁 바닥의 돌밭을 더듬기 시작했다. 일이 꼬이려고 그랬는지 라이터가 바닥에 떨어져 구르는 소리조차 메아리로 돌아왔기 때문에 위치를 점찍는 건 애당초 불가능했다. 등줄기에서 식은땀이 또 흘러내렸다. 그걸 도로 찾는 일이 점차 어려워지고 있었다. 담뱃불을 붙여본 사람은 안다. 첫 마찰에서 실패하면 여러 번 시도를 해야 한다는 걸. 아까 첫 마찰에서 조그만 부싯돌 섬광만 있었더라도 그 짧은 순간에 우린 서로의 위치라든지 동굴의 모양이라든지 뭐든 눈에 담을 수 있었을 텐데……. 손바닥이 벗겨지고 쓰라릴 때에야 나는 돌바닥 헤집는 짓을 포기했다. 그렇게 믿었던 희망이 허무하게 사라져버린 데서 나는 지독하게 절망했다.

"젊은이, 더 분노하지 마오. 자신만 상하게 할 뿐이오."

"이런 시팔. 지금 화 안 나게 생겼어요? 유일한 기회를 놓쳐버렸는데!"

억눌렸던 욕설이 또 튀어나왔다. 노인의 말처럼 내가 정말 자신에게 화를 내고 있는지도 몰랐다. 생판 처음 본 도우미란 놈을 너무 쉽게 믿었다는 사실에 골이 났고, 내가 자신을 구할 수 없는 사람이라는 점에 역정이 났을 것이다. 아마도 화내는 일은 내 삶의 습관이었다. 그때 노인이 끼어들었다.

"나도 사실 라이터를 놓쳐버렸지. 선생이 오기 전에 말이오."

옆에 있다면 한 대 갈기고 싶었다. 그림자놀이를 하는 것도 아니고 장난 민화투도 분수가 있지, 아무리 나이가 많기로서니 말끝마다 얄미운 하오체에 남의 심사를 달챙이*로 박박 긁어대는 언사가 나의 오장을 뒤집었다. 그래도 참기로 했다. 나와 함께 나락에 떨어진 동료로서 의지할 유일한 사람이고, 품위를 찾기 위해 하나둘 공통점을 찾아가는 중이니까. 하여튼 라이터를 떨어뜨렸다는 또 다른 공통점이 추가되었

---

*달챙이: 끝이 다 닳아서 무디어진 숟가락

다. 적어도 우린 담배쟁이었다. 담배를 피울 줄 안다는 건 인생을 돌아볼 줄 아는 것이라고 오래 믿어온 나는 노인에게 진한 동질감을 느끼기 시작했다.

"이럴 때 한 대 쭈욱 빨면 뭔가 뾰족한 수가 떠오르지 않을까요?"

금연으로 멍해진 나머지 생각 없이 튀어나온 말이었다. 길 것 같은 영감의 흡연 경력에 비하면 내 애연의 역사란 게 일천하기 짝이 없을 것이다. 노인이 다시 간섭했다.

"그 해로운 걸 이럴 때 한번 참아보지."

나는 대꾸를 포기하고 마지막으로 담배를 피운 게 언제였나, 기억을 더듬기 시작했다. 행사장에서 줄을 설 때였고 너끈히 50m는 될 장사진에서 빠져나와 후미진 곳에서였다. 제 발로 어두운 동굴에 들어가는 장님 체험을 하고 싶은 사람이 그렇게 많다는 데 놀랐고 두억시니처럼 속에서 마구 아우성치는 흡연욕구를 참을 수가 없었다. 하지만 대신 줄을 선 아내가 자꾸만 내 쪽을 흘끔거려 제대로 피우지도 못 했다.

아내가 카페테리아 파라솔에서 기다리기로 한 사실이 나를 슬프게 했다. 차라리 이 고통도 체험 코스의 한 부분이라고 믿고 싶었다. 특별히 선택된 사람 몇으로 하여금 이런 극한 체험을 하게 한 다음 푸짐한 상품을 안겨주는 프로그램이었으면 했다. 나는 남극대륙이나 K2 봉에서 낙오되는 상상으로 위안을 찾아볼까도 했다.

"쌍, 우리가 짜식들한테 당한 겁니다. 완전히 둘렸단 이야기죠."

나도 몰래 넋두리가 터져 나오는데 갑자기 이상한 생각이 들었다. 얼추 두 시간은 지났을 텐데, 아내는 왜 날 찾지 않는 걸까? 어떻게 이 긴 시간 동안 신고도 하지 않을 수 있단 말인가? 온갖 생각들이 목을 자꾸 조여 왔다. 아내가 커피를 마시다가 우연히 몇 십 년 만에 만난 학창시절의 짝꿍과 이야기꽃을 피우느라 깜박했을지 모른다거나, 지루함을 땜빵하러 근방에 산책을 나섰다가 이 범죄조직에 납치되었을지 모른다는 생각 따위였다.

"영감님, 오늘 누구랑 오셨죠?"

"아무하고도."

예감이 적중했다. 아무렇지 않다는 듯한 대꾸로 보아 그러고도 남을 위인 같았다. 혼자 살면서 혼자 밥 먹고, 혼자 TV 보고, 혼자 잠자는 사람······. 어느 자리에서건 잘난 체를 하는 그런 영감쟁이가 세상엔 반드시 있기 마련이다.

"저는 마누라가 기다리고 있습니다. 입구 가까운 커피숍에서."

그 말을 하는데 이상하게도 슬픔이 밀려와 그만 말끝을 흐렸다.

"내게도 그런 행복이 있었지. 누군가를 기다리고, 누군가가 기다려 주는 사람들만 느끼는 행복. 그걸 잃었을 땐 견디기 어려운 고통이 오지. 하지만 생각해 보오. 최종적으론 누구나 이별을 하고 만다는 걸. 본능적으로 우린 항상 누군가를 기다리고 있지만 실은 아무도 기다린 사람이 없다는 걸 깨닫는 순간 허무해지지. 그게 인간의 실존이요."

갑자기 울컥, 욕지기가 일더니 뱃속의 응어리가 역류했다. 웩, 웩- 그 자리에 쏟아낸 토사물에서 아내와 함께 점심으로 먹은 생선탕의 비린내가 풀풀 풍겨왔다. 어디서든 빛이 한 줄기만이라도 들어온다면 살 것 같았다. 뱃속이 가라앉기를 기다려 영감께 말을 붙였다.

"아주머니가 안 계신가 보죠?"

"세상 뜬지 7년 되었지. 나는 드넓은 세상을 마구 휘젓고 젊음을 맘껏 누리면서 시행착오를 많이 한 사람이야. 아내가 말없이 진득하게 기다려 주지 않았다면 어떻게 되었을까? 어느 날 대취하여 실족을 했는데 내가 쓰레기 더미에 앉아있더군. 그때 뭔가 번쩍했어. 아내에게 잘해주어야겠단 생각이 들어 벌떡 일어나 정신없이 달려갔지. 뒤늦게 행복을 찾았는데 그것도 잠시, 아낸 영영 떠나고 말았네. 날 기다리다 병이 든 거야. 이런 비참한 일도 있나? 사랑을 줄 수 있을 때 하필 그 사랑을 잃어버린 걸세."

"거참! 그래서 어떻게 되셨죠?"

나조차 가슴이 아프고 조바심이 났다.

"천신만고 끝에 빛을 찾았는데 그 순간 어둠의 나락에 떨어진 꼴이 아닌가. 그래서 울부짖었어. 내 운명에 대해서, 내 삶에 대해서 고함을 지르며 반항했어. 그때부터 마구 떠돌아 다녔어. 발길 가는 대로 걷고 또 걸었지."

나도 숙연해져 고개를 주억거렸다. 그는 아무나 붙들고 자신의 운명을 물었다고 독백했다. 자신의 삶이 빛에 속한 것인지, 어둠에 속한 것인지 그것을 알고 싶다고. 어둠을 청산한 순간 가혹한 심판을 받아 꼭대기에서 굴러버린 이유를 기어이 찾아내고 싶었다고, 그는 지난 7년 동안 그렇게 운명을 비관하면서 굶주린 당나귀처럼 살아왔다고. 그런데 마침 이 장님 체험행사 플래카드가 눈에 들어왔다는 것이다.

"하여튼 영감님과 내가 어둠의 나락에 떨어진 것만은 분명합니다."

"빛과 어둠은 공존하는 것. 자넨 굴러 떨어졌을 때 운명에 분노하고 반항을 했지만 나는 받아들였어. 오히려 내가 원했던 곳이란 점에서 기뻐했지. 두근거리는 가슴을 안고 이 칠흑 같은 어둠 속에서 거울을 보듯 나는 과거를 비춰보았네. 그렇게 해서 내가 빛을 향해 열망하고 있다는 걸 다시 확인했어. 빛은 어둠 속에서만 가장 확실히 가치를 드러내는 것이 아닌가."

가끔씩 회가 동할 때면 그는 어두운 곳을 찾아 나서곤 했다. 어둠에 빠졌다가 다시 빛을 보아야만 카타르시스에 이르는 습관성은 마약과도 같이 매번 그를 유혹했다. 단양의 동굴, 농촌 폐가의 벽장, 은수자가 떠나간 산골짝 바위틈 심지어 공동묘지까지! 그곳에서 만나는 새벽의 여명은 그에게 무한한 신비와 기쁨을 주었다. 그게 점차 중독이 되면서 그는 더욱 극적인 체험을 소원했고 완벽한 어둠에 갇혀 허둥대는 질곡의 순간을 연출하고 싶어졌다. 극적으로 만난 빛이 극도의 환희를 안겨줄 거라 기대하면서.

"맙소사! 그게 바로 중독증입니다. 모르셨어요?"

바로 그때 반대쪽에서 와장창 소리가 났다. 웬 둔탁한 물체가 데굴데굴 구르며 떨어졌다. 어이쿠, 하는 사람의 비명소리로 보아 새로운 낙오자가 도착한 것 같았다. 이 불행한 이웃도 처음 한 동안은 아무 소리도 내지 않았다. 혹시 크게 다쳤거나 죽은 건 아닐까 가슴이 철렁했다. 정말 숨소리도 들리지 않는데 마냥 기다릴 수 없어 내가 큰 소리로 물었다.

"여보세요! 어디 다치지 않았나요?"

"몇 군데 벗겨진 것 같습니다만, 댁들은 괜찮나요?"

대꾸가 희한했다. 나 말고 제삼자가 있다는 걸 어찌 알았을까. 노인이 나섰다.

"아무 소리도 안 나서 행여나, 하고 걱정했다오. 그런데 우리가 둘이란 걸 어떻게 알았소?"

"다 아는 수가 있지요. 제 특기에 해당합니다만. 정말 선생님들은 괜찮습니까?"

내가 어둠을 향해 대답했다.

"몇 군데 다치고 코피가 터졌지만 뼈는 괜찮은 것 같아요. 하여간 반갑수다. 난 김명철이란 사람입니다. 우리가 사고를 당한 것이 틀림없죠?"

"나는 주기만입니다. 이건 당연히 안전사고죠! 언제부터 여기 계셨

94

어요? 혹시 구조를 요청해봤나요?"

"죽어라 고함을 쳐도 감감무소식이오. 하필 핸드폰도 밖에 놓고 왔고. 마누라도 날 찾지 않으니 완벽한 고립이 아니겠어요? 혹시 핸드폰 가지고 있음, 어서 119에 전화하시죠."

하지만 주기만이 곧바로 사과했다.

"미안해서 어쩌죠? 난 핸드폰이 없어요. 오래 전엔 보기 좋게 목에 걸고 다녔는데 앞을 못 보는 사람이란 걸 알고 누군가 훔쳐가 버렸어요. 그 후론 마누라가 더 이상 사주질 않더군요."

"당신, 장님이오?"

노인이 외마디 소릴 지르고 나도 놀라 입조차 벙긋하지 못했다. 주기만의 입에서 흘러나온 마누라란 단어 때문에 내 머릿속이 복잡해졌다. 도대체 아낸 무엇 하느라 아무런 조치도 취하지 않는 걸까? 아낼 탓하고 있는 사이 주기만이 입을 열었다.

"영감님, 제가 아까 처박혔을 때 맨 먼저 떠오른 게 뭔지 아십니까? 마누라가 날 유기하지 않았나, 하는 생각이었습니다."

"천박하기 짝이 없군."

노인이 시큰둥하게 토를 달았다.

"비싼 입장권을 사주고 조심해서 갔다 오라는 말까지 하면서 내 등을 토닥였는데. 20년이나 함께 살아 온 이내가 고무신을 거꾸로…… 그럴 리 없겠죠?"

주기만이 소리 죽여 울었다. 깜깜한 데서 전달되는 그의 흐느끼는 소리가 그렇게 처연할 수가 없었다. 천덕꾸러기였을지 모를 그의 삶이 그려졌다. 돈을 보고 살아 주었다면 그의 아내는 결혼생활 내내 많이 참았을 것이다. 만일 상속 받은 재산도 다 까먹어 빈껍데기만 남은 처지라면 더 이상 무엇을 바라고 그의 곁에 있어줄까. 말마따나 소경 남편을 깜깜한 동굴에 처넣은 게 유기가 아니면 무엇이란 말인가. 연민으로 인해 가슴이 쑥쑥 아파왔다.

"마누라가 시퍼렇게 살아있는 놈들이 처울긴!"

나도 찔끔거린 모양이었다. 노인의 질타가 창피했지만 어찌 보면 장님과 내가 지금 인생의 낭떠러지에 떨어진 꼴이나 진배없었다. 이 어처구니없는 돌발 상황의 이유는 도저히 모르겠고 그 냉혹한 결과 앞에 내 자신이 불쌍한 모습으로 서 있다는 것만은 분명했다. 그러면 나의 분노는 도대체 무엇을 향한 분노인가? 노인의 말처럼 울음이 분노의 표출이라면, 내 복장에 아니면 뼛속에 오랜 세월 갇혀있던 무엇이 분노했다는 말인가?

"노인장, 벌써 열 번도 더 구조되고 남을 시간이 흘렀습니다."

"말마다 날을 세우는 꼬락서니하고는! 나도 실은 유기되었다, 그렇게 말하고 싶은가?"

"그래요. 이 칠흑 같은 어둠에 갇힌 채 공포의 시간이 자꾸만 흘러가는데, 마누라가 나서지 않은 게 날 포기해버린 것이 아니면 뭡니까?"

"마누라쟁이들을 탓하기에 앞서 자기 탓부터 해봐."

쯧쯧, 혀를 찬 노인이 갑자기 깡통을 걷어찼다. 텅, 통, 통, 덜그럭! 깡통조차 반항하듯 소음과 메아리를 내뱉고는 주기만 앞에 떨어졌다. 하지만 주기만은 그것을 되차는 대신 조용히 집어 옆에 세웠다. 깡통이 조용해지자 세 사람도 모두 조용해졌다.

"나야 이젠 늙어 그렇지만, 내 머리에서 떠나지 않는 게 있다면 바로 사람의 이중성이네. 신사인양 하는 태도에 숨은 야비한 모습 말이야. 친절한 손에는 숨겨진 비수가 있을 수 있고, 따뜻한 말 뒤에는 약탈의 욕망이 도사리고 있지. '장님 체험'이라니, 이 얼마나 배부른 환상인가! 남을 이해한답시고 체험에 나선 것부터가 교만이 아니라면 무엇이라고 해석을 해야 하나? 그러니 자신을 먼저 알아야하는 게 순서가 아닐까?"

"어르신은 미쳤군요. 무슨 말씀을 그리 거칠게 하십니까?"

속이 뒤틀린 내가 덤벼든 순간 장님이 끼어들었다.

"다툴 게 아니라, 어르신 존함이나 알려주십시오. 이것도 인연이고 뭔가 심오한 것이 숨어있음에 틀림없어요."

"나광득, 별로 특별할 것도 없는 이름이지."

"혹시 몇 년 전에 신문에 났던 분 아니세요?"

"앞도 못 보는 사람이 언제 신문을 읽었어?"

"마누라가 매일 아침 신문을 읽어줍니다. 그러니 저는 마누라를 잃으면 안 됩니다. 선생님께선 혹시 태백 탄광 매몰사고 때 구사일생으로 살아나신?"

"그래. 바로 맞혔네. 작년이었지. 속이 뜨거워지더니 갑자기 눈이 휙까닥 돌아서 어둠을 찾아 나섰어. 폐광이었고 은퇴한 50대 광부를 하나 사서 함께 들어갔지. 산소통까지 짊어지고."

"일종의 출애굽 사건이었군요. 의도적으로 기획한…… 쯧쯧."

노인은 바로 나의 은사님이셨다. 주기만이 혀를 끌끌 차는 동안 나는 서너 차례나 전율했다. 자기 최면에 걸려 이상한 고백을 한 이분이 광명고등학교 나광득 선생님이시라니. 졸업 30주년 행사 이후로 연락이 영영 끊긴 나광득 선생님의 소식이 태백의 폐광에서 울려 퍼졌을 때 정말로 동창회가 발칵 뒤집혔었다. 당시 신문에 이렇게 일면을 장식했다.

암흑을 뚫고 기적적으로 생환하다!

대서특필만큼이나 교사 시절 강의법도 기이했다. 수업시간 내내 독단과 파격으로 일관했으니 오죽하면 별명이 나폴레옹이었을까. 아들을 따라 미국에 이민을 떠난 것으로 알려졌던 선생님이 광산에서 구출되는 장면은 한동안 세간의 화제였다. 나는 기억력을 총동원하여 그때의 기사를 떠올렸다. 은퇴한 광부 둘이서 어려웠던 시절 자신들이 일했던 폐광 갱도에 들어갔다가 뜻하지 않은 매몰 사고를 당한 것이라며 기사에서 추켜세웠다. 우리나라가 OECD에 가입도 하고 세계 10위 경제대국을 이룩한 것은 바로 이런 산업역군의 희생이 있었기 때문이라고 열심히 미화시켰다. 어쨌든 내가 기억하는 뉴스는 그랬다. 하지만 그런 쇼가 세상에 어디 그것 하나뿐이랴. 주기만도 나도 나광득 선생님의 인생편력에 주눅이 들어 놀란 자라새끼 마냥 잔뜩 움츠렸다. 나는 난생 처음 기도를 했다. 은사님을 이런 데서 만나지 않아도 좋으니 제발 이 험한 체험에서 어서 빨리 벗어나게 해달라고. 선생님의 목소리가 이어졌다.

"그놈들은 날 전리품 다루듯 했어. 나를 담요에 싸서 앰뷸런스에 태우더군. 눈치 챈 나도 조금은 쇼를 했어. 기자들이 라이트를 내 얼굴에 비추며 사진을 찍어대더니 대문짝만 한 사진이 다음날 신문 1면을 장식했어. 내가 보아도 치켜 뜬 내 눈초리가 야생동물처럼 매섭고 생생하더군."

순간 멧돼지의 날카로운 눈이 또 나타났다. 이 고립된 어둠 속까지 따라온 그놈의 끈덕진 시선을 도무지 피할 수가 없었다. 내가 그놈의 멱을 따버리든지, 아니면 그놈이 나를 떠받아 황천길로 보내든지 해야 끝장이 날 것만 같았다.

밟으면 안 되는 자리를 30년 만에 밟은 대가치곤 너무나 혹독한 이곳에서 나폴레옹 은사님을 만난 것은 무슨 의미일까? 내 쉰 목소리가 폭발하고 말았다.

"아, 지금 이건 선생님이 소원한 사고였군요! 우린 그저 들러리를 선 꼴이구요. 아무런 이해관계도 없는 우리를 왜 이 일에 끌어들이셨습니까?"

"그 무슨 꼴같잖은 소릴! 나도 헷갈리는 판에 속단하지 말라구."

"아닐 겁니다. 선생님, 세상엔 의도한 대로 상황을 끌고 가는 사람들이 있어요. 정신세계가 독특한 소수의 사람들 말입니다. 혹시 나폴레옹 선생님이 그런 분 아니신가요?"

내가 항의하자 은사님은 딴소리를 했다.

"무시기 소리야? 우린 모두 불행한 사람들이고 희망에 목말라 있는데. 판도라 상자에서 마지막까지 남은 게 바로 희망이 아니었나? 그리고 자넨 내 제자임에 틀림없어. 내가 나폴레옹임을 아는 사람이라면 특히나."

나는 밝은 곳에서 수인사하려던 당초의 생각을 바꾸었다.

"인사가 좀 늦었습니다. 광명고등학교 10회 김명철입니다."

"10회 김명철? 아, 수업시간에 종종 애먼 생각에 잠겨 창밖 먼 곳을 바라보곤 했었지?"

선생님은 나를 너무도 정확히 기억하고 계셨다.

"아아, 예. 아마도 제가 그땐……."

"철학자가 꿈을 잃으면 욕쟁이가 되나? 세월만 무심하구먼."

"죄송합니다."

"아무래도, 우린 서로 기이한 인연이야."

대화가 끊겼고 시간은 속절없이 흘러갔다. 침묵으로 일관된 몇 십분 동안 정말 아무도 우릴 찾지 않았다. 완벽한 어둠에 갇혔다는 사실이 두렵고 무서웠다.

주기만이 체념한 듯 시를 외우기 시작했다.

나는 홀로 길을 가네.

돌투성이 길은 안개 속에서 어렴풋이 빛나고,

사막의 밤은 적막하여 신의 목소리마저 들릴 듯한데,

별들은 다른 별들에게 말을 거네.

무엇이 내게 그리 힘들고 고통스러운가.

나는 무엇을 기다리고 있는가.

내가 후회할 만한 것이 있던가.

나는 이미 삶에서 아무것도 바라지 않으며,

과거에 한 점 후회도 없네.

그저 자유와 평화를 찾아 다 잊고 잠들고 싶을 뿐. *

"시구마다 외로움이 너무 많이 묻어나는군!"

은사님의 논평에 주기만이 대들었다.

"앞에 무엇이 있는지도 모른 채 발을 내딛는 기분, 그 모험을 아세요? 매순간순간 생사의 경계선에서 오들오들 떠는 심정을 이해나 하시냐구요!"

그가 시에서처럼 정말 아무 것도 바라지 않는지, 정말 후회가 없는지 궁금했다.

"그걸 삼목 형벌이라고 생각하진 말게. 축복일지도 모르니까."

은사님이 제안하자 주기만도 이상스런 대답을 했다.

"오랜 세월 저는 제 자신으로부터 자유로워지는 연습을 해왔습니

---

*러시아 민요. '나 홀로 길을 가네'

100

다. 불구의 몸뚱이에 갇혀버린 자유의지를 해방시키는 훈련이었죠. 매일매일 저는 새장에서 새를 꺼내어 푸른 하늘에 날려 보내는 연습을 해왔습니다."

"눈 먼 사람치고 범상한 사람 없다더니, 자네야말로 눈은 잃었어도 빛까지 잃진 않았구먼! 오, 하느님. 드디어 내가 큰 철학을 만났네!"

"그래서 손에 쥔 줄을 이 구렁에서 놔버려 드디어 제가 자유롭게 되었습니다."

"줄이라니?"

"마누라죠. 어쩌면 이곳에 기어들어온 것도 제가 선택한 것 같습니다. 아까 한동안은 마누라가 날 밀어 넣었다고 원망했죠. 하지만 이건 내가 선택한 길임에 틀림없어요. 내가 줄을 놓았으니 이젠 마누라도 자유로워졌을 겁니다."

그의 처절한 말이 내 가슴에 울렸다. 그건 내게도 해당되는 말이었다. 만일 아내가 내심 그걸 소원했다면 나는 여태껏 무엇을 인식하며 살아온 걸까. 순간 은사님이 나무랐다.

"왜 그 따위 말을 하나? 멋진 철학이 막판에 샛길로 빠져버렸어."

"마누란 아마도 날 결코 찾지 않을 겁니다."

내가 주기만의 말에 공감한 순간 그 멧돼지가 날카로운 주둥이로 내 옆구리를 들이받았다. 별안간 엄습한 통증에 나는 숨이 막혀 악 소리도 거의 내지 못 했다.

"자네들은 그걸 바라나? 그건 대단히 위험한 사상이네! 여자는 그 끈을 잡고 있을 때 비로소 자유를 느끼는 경우가 많거든. 내가 고통스러운 건 마누라쟁이에게 그 끈을 들려주고 싶어도 너무 늦어버린 때문일세. 아둔한 자들이여, 정말로 마누라들이 찾지 않는다고 하자. 어쩔건가? 영영 이대로 암흑에 흡수되어버릴 건가, 아니면 자네들이 직접 나서서 마누라를 찾아갈 건가?"

은사님의 쩌렁쩌렁한 고함에 정신이 번쩍 들면서 멧돼지도 사라지고 옆구리 통증도 사라져버렸다. 하도 신기해서 벌떡 일어나 허공에 손을 저어보았다. 주기만도 일어섰는지 지팡이 짚는 소리가 들렸다. 찾아나서야 한다는 말이 우리 둘에게 힘을 주었다. 그것은 메마른 땅에 떨어지는 단비였다. 잠시 어둠에 막혀 멈칫거릴 때 주기만이 지팡이로 바닥을 세게 두드렸다. 탁 탁 탁, 세 차례 연거푸 울린 그 소리는 판사의 의사봉처럼 어둠 속에서 거룩하게 메아리쳤다. 그의 용기 충천한 목소리가 이어졌다.

"두 분 다 날 따라 오십시오. 빛을 찾으러 갑시다. 아니 마누라를 찾으러!"

"젠장, 형씬 앞이 안 보이는 사람이잖아?"

"형씨도, 지금 누가 장님이오? 사실인즉 여기선 나만이 나갈 수가 있소. 이 지팡이와 청력, 발끝의 촉감으로 말이오. 원래 이것들이 내 눈이 아닌가요? 그 점에서 선생들과는 다르죠. 마누라가 날 버렸다는 절망감으로 포기할 뻔한 이 감각들을 다시 이용하면 되오. 어서 날 따르시오!"

주기만이 당당하게 앞장을 섰다.

하하하하. 하하하하. 나광득 선생님이 크게 웃더니 벌떡 일어서며 외쳤다.

"드디어 자신들의 길을 찾았군. 김명철, 자네한테서 반항과 욕설을 빼면 뭐가 남을까? 그리고 주기만, 자네는 나가걸랑 마누라한테 큰 절을 올리게. 우리 모두를 구했으니 큰 절로도 부족하지만. 자, 출발하자구! 아까 자네들 울음이 인상적이었어. 중년의 남정네가 어느 때 우는지 내 영원히 잊지 못할 것이네. 자 가세!"

나도 한 발짝 짚으며 화답했다.

"은사님, 왜 어둠이 존재하는지 이젠 알 것 같습니다. 어둠 속에 있을 때에야 비로소 뭔가 깨닫기 때문이겠죠? 거기 숨은 거울에 자기를 비춰본다든가……."

"그딴 위험한 사상은 나가는 즉시 잊어버려!"

나광득 선생님이 즉각 내치셨다. 눈먼 주기만이 지팡이로 더듬거리며 맨 앞에 걷고, 다음엔 그의 옷자락을 부여잡은 나광득 선생님이, 맨 끝에선 은사님의 다른 손을 잡은 내가 발걸음을 힘차게 내딛었다. 엉덩이가 들썩이며 어깨춤이 저절로 추어졌다.

욕망을 팝니다

유다 일기

가슴이 찢어지고 오장육부가 터져 나오는
단말마의 고통이 그를 휩쓸고 넘어뜨렸다.
유다는 울부짖다가 정신을 잃다가를 반복하
였고, 가야파는 미쳐버린 그를 뒤뜰의 외진
방으로 옮기게 했다.

가리옷 사람 유다는 자신을 흔드는 손길에 번쩍 깼다. 가위눌린 채 식은땀에 흠뻑 젖은 그는 지끈거리는 두통을 참으며 겨우겨우 상체를 일으켰다. 바로 옆에 사람이 있음을 발견한 그는 순간 겁을 먹었다. 하지만 상대방이 먼저 손사래를 쳤다.

"유다, 무엇이 두렵나?"

"……."

"그자는 죽었고 예루살렘엔 다시 평화가 깃들었다."

얼굴이 온통 수염으로 덮인 그 사람을 유다는 멍청히 쳐다만 본다. 수염 속의 입술이 말을 이었다.

"너는 큰일을 해냈다. 그래서 추가 사례금도 준비해 놓았다."

유다는 반항을 했다.

"다 필요 없습니다. 30냥 은돈도 돌려드렸지 않습니까?"

"그 30냥은 시종이 보관하고 있다. 네가 정 받지 않는다면 이 거래는 첨부터 성립이 되지 않는다."

"대사제 님, 거래고 뭐고 저는 돈이 필요치 않습니다."

"너의 변덕이 우리에게 아니 우리 민족에 큰 승리를 안겨주었는데 이젠 그 변덕으로 나를 괴롭히려 드는가?"

"그 30냥도 제가 요구한 것이 아니었잖습니까?"

"하지만 이미 끝난 거래다. 그래서 시종에게 지시했다. 그 돈으로

도성 밖에 밭을 사 주라고."

유다는 두 눈을 치켜뜨고 가야파의 얼굴을 쳐다보았다. 이 종교지
도자는 얼굴 어느 구석에도 덕망의 빛이 없고 골 깊은 주름만이 가득
하다. 주름들은 출세만을 집요하게 추구해온 세월을 말해주는 듯했다.
조상대대로 쌓아온 사두가이들의 종교적 자부심의 이면에는 종교 수
장의 자리까지도 사고파는 세속적 흥정의 어둠만이 짙게 드리워져 있
을 뿐이다. 셈에 빠른 유다의 눈에는 그것이 너무도 뚜렷이 보였다.

가야파가 억지웃음을 짓는다.

"허! 힌놈계곡에 있는 그 밭은 우리의 역사적인 거래에 있어 증거가
될 것이다. 네가 나의 관저에 도피한 요 며칠 동안 나는 정말 오랜만에
다리를 뻗고 잠잘 수 있었다. 얼마 전부터 무슨 유명 인사나 되는 것처
럼 네 이름이 지도자들 사이에서 회자되는가 싶더니 이젠 이상한 소문
까지 덧붙여져 예루살렘을 휩쓸고 있다는 걸 아느냐?"

"······?"

"안식일 다음날 그자가 되살아났다고 하는 소문 말이다. 하긴 해가
지면 전갈이 고개를 드는 법이지. 그래서 널 찾아 온 건데, 실은 네가
할 일이 하나 더 남아있다."

"······?"

"하인과 경비병들에게 조사를 시켜보았다. 여러 정황으로 보아 누
군가가 그자의 시신을 훔쳐간 게 틀림없지만 훔쳐간 사람을 못 찾았으
니 증거가 없지 않느냐?"

"······."

"이쯤이면 눈치를 챘을 텐데, 네가 시신을 훔쳐간 사람이 되어줄 수
있겠느냐?"

"······."

"베드로나 요한의 이름을 끌어들이면 더욱 좋다. 함께 시신을 빼돌렸다고……. 존경하는 스승을 넘겨준 죄책감으로 고민한 끝에 시신을 사람들의 시선이 닿지 않는 은밀한 곳에 옮겨 매장했다고 하면 어떨까? 지금 성전 경비병들과 로마병사들이 온 예루살렘을 샅샅이 수색하고 있으니 시신을 찾아내는 건 사실 시간문제다. 찾는 순간 너의 주장은 인정받을 것이고 네가 스승을 판 것도 정당화될 것이다. 네 스승이 아도나이*의 아들이 아닌 평범한 사람이었을 뿐이란 증거가 될 테니까."

유다는 다시 정신줄을 놓고 침대에 쓰러졌다. 그가 꾸어온 '왕국의 꿈'은 산산조각이 났고 자기 자신을 지키지 못한 스승은 너무도 큰 대가를 지불했다. 하지만 이것은 또 무엇인가? 삶은 어째서 의도한 길을 가지 못하고 이탈되고 마는 걸까? 오순절을 앞두고, 희망찬 신혼의 꿈은 맥없이 꺾여버렸다. 피워보기도 전에 벌레에게 먹힌 꽃봉오리처럼. 오순절에 카산드라와 결혼하려던 계획은 그렇게 바닥에 떨어져 박살이 난 물동이 꼴이 되어버렸다. 이렇듯 엄청난 소용돌이가 몰아치리란 예상을 그는 전혀 하지 못했었다. 스승은 본때 나게 세상을 평정하지 못했고 무지렁이들에게 기적을 적선하다가 결국엔 부러진 마법사의 지팡이나 다름없이 되고 말았다.

유다는 미몽에 뇌까려본다.

"제가 당신을 넘겨준 게 아닙니다. 주님, 다만 당신을 만나고 싶어 하는 가야파의 요청을 들어준 것뿐입니다. 혁명당을 따라다니는 친구들한테 그 제안을 전해 듣고서 가야파의 집무실에 찾아갔고, 당신의 가르침에 경탄하는 그에게 당신을 소개할 절호의 기회가 왔다 싶었습

---

*아도나이: 경건한 유다인들이 부르는 하느님의 이름

니다. 그래서…… 덫을 알아차리지 못했습니다."

유다는 누운 채로 눈물을 흘리며 계속 주절댄다.

"행여 덫이라 해도 당신께선 능히 뛰어넘을 수 있는 분이시기에 제가 그날 밤 길라잡이들과 함께 겟세마네 동산에 간 것입니다. 교활한 자들이 간음하다가 잡힌 여인을 데려와 의견을 물었을 때도 그랬고, 카이사르의 동전을 가져와 세금을 내야할 지 물었을 때도 놈들의 빈틈 없는 올가미를 보기 좋게 비켜가지 않으셨습니까? 그래서 제자들까지도 승리의 기쁨을 함께 누렸지 않습니까? 도대체 당신의 지혜는 어디로 갔고 능력은 모두 어디로 가버렸습니까? 왜 아도나이조차 당신을 외면하신 겁니까? 혹시 제가 당신을 시험한 게 아니라 당신이 저를 시험하신 건 아닌가요? 주님께서 그들의 올가미를 순순히 받아들여 제물로 바쳐진 어린양처럼 그렇게 맥없이 돌아가실 줄은…… 추호도 몰랐습니다!"

유다는 약속 장소인 올리브 동산 아래에 몽둥이를 든 성전 경비병들과 가야파의 하인들이 나타났을 때 자신이 나서서 그들을 제지했던 기억을 되살렸다. 그들은 무기는 다만 자신을 보호할 용도라고 둘러댔었다. 하지만 은돈 30냥을 받았던 일은 정말이지 실수였다. 별 생각 없이 받았다고나 할까. 셈에 밝았고 스승의 신임을 받아 전대를 관리하면서 갖게 된 나쁜 습관 때문이랄까. 그는 다시금 눈시울을 적신다.

"수고했다! 자, 이 돈을 받아 넣거라."

가야파의 목소리가 환청이 되어 다시 한 번 귓전을 때리자 유다는 손사래를 치며 벌떡 일어나 침대에서 튀어 나왔다. 벌써 나흘 째 아무 것도 먹지 않고 혼절과 헛소리를 반복하고 있었다. 방안을 서성이던 그는 햇빛이 무척이나 두려웠지만 커튼 사이로 조심조심 창밖을 내다본다. 가야파의 관저 뜰 한편에선 무화과 잎이 무성하고 편도 나무들도 예쁜 열매를 주렁주렁 매달고 있다. 새 한 마리가 편도 가지에 앉았다가 시끄러운 세상일에는 관심이 없다는 듯 푸드덕 날아가 버린다.

때마침 누군가가 방문을 열고 들어왔다. 애꾸눈 경비대장 바르나바다.

"엄청 갑갑하지? 밖에 나가고 싶은 모양인데 지금은 위태로우니까 현명하게 행동하는 게 좋아. 그리고 일이 좀 더 복잡하게 되었다. 예수의 제자로 의심되는 자들이 새벽녘에 시신을 훔쳐갔잖아. 분노에 찬 그들이 널 보면 사생결단 죽이려 들 거야. 그날 밤 칼을 휘둘러 말쿠스의 귀까지 자른 놈들이니까. 더구나 그자들은 벌써 예수가 부활했다고 소문을 퍼뜨리기 시작했다."

유다는 표정 없이 그의 입술에 묻은 거품을 쳐다보다가 그만 침대에 쓰러져버린다.

"유다, 현재로선 이곳이 네게 가장 좋은 피신처다. 얼마 안 있으면 소문은 모두 가라앉을 것이고 그때 이곳을 떠나거라. 어쨌든 지금은 때가 아니다."

유다는 속으로 항변한다.

'결국 날 내칠 거면서 생각하는 척 하지 마시오.'

눈물이 가득한 유다의 눈에 가리옷에 계신 부모님의 얼굴이 어른거렸다. 대추야자 그늘 아래 낡은 의자가 있고 거기 앉은 아버지와 옆에서 손 바느질감을 들고 있는 어머니. 일찍이 배를 타고 알렉산드리아로 떠나버린 큰아들이 못내 그리워 하루 세 번의 기도와 매주 두 번의 금식과 매주 성전예물을 바쳐가며 아들의 성공과 무사함을 기원했던 부모님이다. 유다의 형은 심한 다혈질이어서 앉아서 기다리는 바리사이 방식을 견딜 수가 없었다. 정혼만 해 놓은 채 형이 사라져버려 유다가 형 대신 형수와 결혼을 해야 할 처지가 되었다. 하지만 결국 이루어지지 않았다. 너무도 아름다웠던 그녀는 다른 부잣집 아들에게 훌쩍 가버렸다. 유다는 아내가 될 뻔했던 여인을 그리워하지도 않았고 따라서 별반 감정도 없다. 그저 유다 땅 어딘가에서 잘 살고 있으면 되는 것이다. 그의 곁엔 착하고 영리한 카산드라가 있다.

하지만, 형의 강렬한 영향력은 아직도 그의 가슴에 뜨겁게 소용돌이치고 있다. 언젠가 함께 혁명당 모임에 처음 나갔을 때 형이 말했다.

"우리 힘으로 로마놈들을 몰아내고 조국을 반드시 되찾아야 한다."

형은 마카베오를 영웅처럼 여기고 있었다. 마카베오는 그리스 놈들의 손아귀에서 예루살렘을 되찾은 난세의 영웅이다. 알고 보니 그 믿음은 형만의 것이 아니었다. 혁명당원 모두의 목표였다. 그들에 휩쓸려 유다는 청년시절 상당 부분을 이글거리는 증오심으로 보냈다. 그들은 모여서 기도도 하고, 로마군 동향에 대한 새로운 정보를 교환하여 로마에 충성을 하는 귀족이나 정치 지도자를 응징하는 계획을 세우기도 했다. 어떤 때는 암살에 성공하여 이를 자축하는 모임을 가지기도 했다. 형의 목소리가 다시 들렸다.

"안티오쿠스 에피파네스를 무찌르고 예루살렘을 탈환하여 조상들 앞에 떳떳한 무공을 세운 요한 마카베오를 생각해라. 그는 아도나이께 받은 신통력으로 적을 섬멸하고 성전을 되찾아 하느님께 봉헌하였다."

하누카라고 불리는 봉헌절은 바로 마카베오가 하느님께 성전을 봉헌한 역사를 기념하는 겨울철 축제다. 온 이스라엘 사람들은 기쁨에 들썩이며 집집마다 8일간 환하게 등불을 밝혀 가히 빛의 축제가 되는 것이다. 작년 봉헌절 기간이었다. 스승은 예루살렘에 상경하여 성전의 솔로몬 행각을 거닐다가 유다인들과 입씨름을 하시게 되었다.

"당신은 아도나이를 모독했소. 한갓 사람이면서 아도나이 행세를 하고 있지 않소?"

그들이 돌을 집어 스승을 치려고 했다.

"내가 아도나이의 아들이라고 한 말 때문에 모독했다고 하느냐? 아버지와 내가 하나라는 걸 너희가 몰랐구나. 아버지께서는 아무도 빼앗아 갈 수 없는 소중한 것을 내게 맡기셨다. 내가 아버지의 일을 하고 있지만 너희는 내 양이 아니기 때문에 나를 믿지 않는다. 하지만 내 양들은 내 목소리를 알아듣는다. 그래서 나는 내 양들을 알고 양들도 나를 따라온다."

분노한 유다인들이 개떼로 덤벼들었고 스승은 몸을 피하여 요르단 강 건너편으로 가셨다.

"그때 왜 그자들을 제압하지 않고 피하셨습니까?"

지금 유다는 항의하듯 뇌까려본다. 스승의 도피행각을 이해할 수 없다. 스승은 삼 년간 제자들과 함께 여행을 다니면서 숱한 밤들을 기도로 지새우셨다. 새벽 미명에 이슬에 젖은 채 자신들 곁으로 돌아오시는 스승의 모습을 잠결에 발견하곤 했다. 처음엔 의아해 했지만 익숙해진 후론 방해 받았던 잠을 계속 잘 수 있었다. 함께 있어 기쁘고 기분이 좋았던 공동체는 수많은 사건에 부딪히곤 했다. 매번 스승의 승리로 마무리되어 제자들이 어깨를 으쓱일 때가 많다 보니 사건이 불거질 때마다 은근히 스승의 초능력을 기대했다. 이번엔 어떤 능력을 선보일까? 자신들이 스승의 공동체에 속한 일원인지, 아니면 기적을 기대하는 구경꾼인지 구별이 안 될 때가 많았다. 어쩌다 스승이 안 계실 때엔 자신들이 기적을 일으키려다 실패를 맛보기도 했다. 한번은 제자들이 나서서 악령 들린 아이를 고치려다 실패하고 그 아버지한테 심한 항의를 받아 궁지에 몰린 적이 있었다. 그들은 스승을 흉내 냈지만 어림없다는 듯 악령은 아이를 더 심하게 괴롭혔다. 아이가 땅에 뒹

112

굴며 거품을 물고 있을 때 스승이 돌아오셨다. 사정 이야길 들은 스승은 되레 핀잔을 하셨다.

"내가 언제까지 너희와 함께 살며 이런 성화를 받아야 한단 말이냐? 이 세대가 왜 이다지 믿음이 없을까!"

스승은 제자들과 아이, 그 부모의 믿음 부족을 질책하셨다. 스승은 즉시 그 아이를 악령의 고통에서 건져내셨다. 제자들은 왜 자신들이 악령을 쫓아내지 못했는지 물었다. 스승의 이름을 도용하려다가 들켜 뒷덜미가 잡힌 심정이었던 제자들은 다시금 혼쭐이 났다.

"기도하지 않고서는 쫓아낼 수가 없다."

아, 기도! 이처럼 부드럽고 사랑스러우며 힘 있는 단어가 또 있을까? 제자들은 스승의 가르침을 깊이 새겼다.

유다는 아직도 미몽에 헤매고 있다. 그가 영 깨어나질 않자 경비대장 바르나바는 애꾸눈을 씰룩거리며 방을 나가버린다. 뒤뚱뒤뚱 걸음걸이 또한 기묘한 사람이다. 얼마나 흘렀을까. 석양의 빛이 창가에 한 줌 걸려있을 쯤 한 소녀가 들어왔다. 아주 조심스런 걸음이었다. 누가 볼세라 빠끔히 열린 문 앞에서 뒤돌아 사방을 살핀 다음 들어왔다. 침상에 바짝 다가선 그녀는 유다를 내려다보며 한숨을 지었다. 유다는 아직도 깊은 잠에 빠져 있다. 한참을 기다리던 그녀가 유다를 흔들어본다.

실눈을 뜬 유다의 눈에 들어온 소녀의 모습에 유다는 신음 섞인 목소리로 묻는다.

"누구요?"

"절 알아보시겠어요?"

"로데?"

로데는 마르코의 모친 마리아를 시중들던 몸종 이름이다. 그녀는 고개를 가로 저었다. 유다가 자기를 알아볼 리 없다. 그녀로 말하면, 베드로가 가야파의 관저 안뜰에서 사람들 틈에 끼어 불을 쬐며 잡혀가는 스승의 뒷모습을 쫓고 있을 때 베드로를 알아보고 예수와 한패라고 했던 소녀다.

"유다 님, 식음을 전폐하면 세상을 뜨시게 됩니다."

유다는 눈만 껌벅거릴 뿐 그녀의 말을 듣는 것 같지 않다. 유다는 그녀가 어릴 적 한동네에 살던 소녀라는 착각에 빠진다. 로마식 문화 때문에 자기 이름을 두 개씩 가지던 시절이건만, 작은 시골 마을 가리옷에서는 그리스식 이름이나 로마식 이름을 따로 가진 사람이 많지 않았다.

"수산나!"

유다는 자신과 함께 놀았던, 그러나 사춘기가 시작되면서 먼발치에서만 맴돌던 동네 소녀의 이름을 겨우 기억해냈다. 가야파의 여종은 손을 가로 저으며 한 발짝 더 가까이 다가섰다.

"유다 님, 제발 정신 좀 차리세요. 랍비께서 살아나셨습니다."

순간 유다는 두 눈을 번쩍 떴다. 그리고는 상체를 벌떡 일으켰다.

"뭐라구?"

"예수께서 다시 살아나셨다구요!"

자신이 팔아 넘겨 십자가에서 숨진 스승이 다시 살아나다니. 아니, 만들어진 각본에 따라 자신이 시신을 훔쳐 다른 곳에 매장했다고 소문을 퍼뜨리기도 전에 다시 살아나다니. 죽은 사람이 되살아나기도 하는 건가? 유다는 몸을 부르르 떨었다. 스승은 경이로운 사람임에 틀림없다. 세상 어느 누구보다도 놀라운 사람이었다. 뭐랄까? 특이함으로 처음부터 유다의 마음을 온통 사로잡은 그였다. 다시 말해 자신이 갈망해온 새로운 세상을 이 땅에 반드시 세울 분이었다.

"너는 누구냐? 그리고 왜 내게 온 거냐?"

그제야 유다는 그녀를 똑바로 보았다.

"저는 대사제 님의 여종입니다. 이 소식을 꼭 전해야만 할 것 같아서요."

"가야파 대사제께서 심부름을 시킨 것이냐?"

그녀는 고개를 가로 저었다.

"대사제 님은 제가 여기 온 걸 모르십니다."

그녀는 허리춤에서 염소젖 요구르트와 잘 익은 잠두 한 줌을 꺼내어 그에게 내밀었다. 유다는 공복감이 엄습한 듯 두 가지를 덥석 받아 잠두부터 입에 넣는다. 그리고는 허겁지겁 씹어 삼킨다.

"너도 예수를 따라다녔느냐?"

"아닙니다. 전에 먼발치에서 보기만 했을 뿐입니다. 가까이 가보고 싶었지만 사람들이 너무 많아서 그게……."

자세히 보니 그녀는 어린애가 아니었다. 이제 막 사춘기에 접어든 그래서 어쩌면 정혼이라도 했을 나이쯤의 곱살스런 소녀였다. 갓 피어나는 꽃봉오리를 연상시키는 그녀의 두 볼은 수줍음과 용기로 붉게 물들어 있었다.

"다시 살아나신 걸 어떻게 알았지?"

"누가 가르쳐 주었습니다. 이름을 말할 순 없지만……. 랍비께서 마지막 입으셨던 옷, 아시죠?"

"그 옷과 네가 무슨 상관이냐?"

"제 아버지가 제비뽑기로 차지했거든요. 그 옷을 집에 가져온 날 어머니의 피부병이 깨끗이 나아버렸습니다. 선생님은 그분을 오래토록 따라다니셨으니 제 말을 믿으시겠죠? 우리 가족 모두 의아해서 베로니카라는 분을 찾아갔어요."

베로니카, 예수를 따른 여인들 가운데 한 사람으로 예수가 십자가의 무게를 못 이겨 쓰러졌을 때 얼굴에 범벅된 땀과 침을 수건으로 닦아준 용기 있는 여인이다.

"베로니카와는 전부터 알던 사이냐?"

"네. 한 동네에 사니까요. 하지만 서로 내왕하지는 않았죠. 과부라서 마을 사람 모두가 피했거든요. 그녀가 우리 어머니의 몸을 수건으로 닦아주었답니다. 바로 그 수건으로요! 그러자 오랜 병치레로 마음에 그득 쌓인 무거운 짐이 감쪽같이 사라져버렸습니다. 날아갈 듯 가벼운 몸이 되셨어요. 우리 가족 모두 예수님을 새롭게 바라보았습니다. 저는 믿어요. 그분이 아도나이의 아들이시라는 걸."

어리둥절하여 아무런 생각도 떠오르지 않는 유다에게 그녀가 채근하듯 말을 이었다.

"유다님, 예수님이 지금 어디 계시는지 궁금하지 않으세요?"

그는 그녀의 질문이 들리지 않는다. 황당한 표정으로 마냥 멍하니 침대에 앉아있을 뿐이다. 소녀가 그의 이름을 다시 한 번 더 부르자 그는 그만 혼절하고 말았다.

유다는 어린 시절 동네 개울가에서 흙장난을 하며 친구들과 놀고 있다. 한 친구가 피리를 부는 흉내를 내며 입술로 피리소리를 내자 다른 친구들이 거기에 맞추어 춤을 추는 동작을 해댔다. 이제 다른 아이들이 통곡을 하는 시늉을 하자 나머지는 상여 나가는 동작을 했다. 한 아이가 흙으로 빚은 떡을 유다의 손바닥에 놓았다. 유다가 떡 조각을 집어 들어 신기하게 들여다보는데 뱃속에서 꼬르륵 소리가 흘러나왔다. 한 녀석이 흙으로 개똥을 만들어 다른 아이들에게 나누어 주었다. 어른들을 골려줄 놀이가 시작된 것이다. 의회에서 죄인으로 판결 받아 개똥을 줍는 벌을 받는 어른들이 있었다. 빵을 굽는 데 쓸 나무가 부족하여 가난한 이들은 흔히 마른 개똥도 썼다. 화력이 좋은 마른 개똥이 불타나게 수거되는 바람에 아직 덜 마른 것들까지도 인기리에 수집되곤 했다. 그것을 아이들이 알고 어른들을 골탕 먹이는 것이다. 골목길 담벼락에 슬그머니 가짜를 내려놓고 숨어서 지켜보면, 이를 집어든 어른이 가짜란 걸 알고 내동댕이치는 모습이 그렇게 통쾌할 수 없었다. 자신에게 배정된 가짜 개똥을 몇 개 가지고 가던 유다는 풀섶에 그걸 냅다 던져버렸다. 불쌍한 죄인에게 장난질을 하다니. 양심이 도저히 허용하지 않았다.

"유다, 넌 어째 형만큼 용기가 없냐? 네 형은 벌써 양몰이를 거뜬히 해내지 않느냐?"

어린 시절 형의 뒤를 따라다니다가 싫증이 나면 구석에 박혀 시나고그에서 배운 율법을 외우곤 했던 자신을 나무라는 어머니의 목소리다.

형은 일찍이 양몰이를 마스터했다. 해질녘에 휘파람을 불어 이웃집 양들 사이에 섞인 자기네 양들만 모아들이는 일은 수월한 일이 아니다. 형이 하던 일을 동생이 이어서 해야 할 시기가 넘었음에도 유다는 여전히 나무그늘에 앉아 율법 외우는 일에만 열심이었다. 한번은 형이 나무랐다.

"유다, 율법은 외워서 어디에 쓰려는 거냐?"

그렇다. 먹을 수 있는 것도 아니고 팔아서 살림살이에 보탤 수 있는 것도 아니다. 하지만, 유다인들의 뼛속까지 스며든 율법인데! 유다는 이유 없이 형을 쏘아보았다. 유다인들이란…… 일테면 밀가루 포대와 율법 책이 물에 빠졌다 치자, 사흘을 굶었다 해도 그들은 미련 없이 밀가루 포대를 포기하고 율법 책을 건져낼 것이다.

사람들은 흔히 예수께서 베드로를 가장 사랑하셨다고 말한다. 하지만 요한복음에서는 애제자를 앞세운다. 예수께서 더 사랑하시던 제자가 있었다는 주장이다. 예수의 부활을 가정하는 빈 무덤 이야길 전해 듣고 제자들이 득달같이 달려갔다. 물론 애제자가 베드로보다 먼저 당도하여 무덤 안을 살펴본다. 최후의 만찬 때였다. 당신을 팔아넘길 사람이 여기에 함께 있다고 예수가 말하자 제자들은 술렁인다. 베드로는 그가 누군지 물어달라고 애제자에게 부탁을 한다. 물론 애제자는 예수의 바로 곁에 앉아서 만찬식탁을 즐기고 있었다. 예수가 대사제의 관저로 압송되었을 때 베드로가 안에 들어갈 수 있었던 것도 발이 넓었던 애제자의 도움을 받았기 때문이다. 그 애제자가 누굴까? 예수의 일행이 예루살렘으로 상경하던 길에 날이 저물어 사마리아의 한 마을에 유숙하게 되었다. 그러나 사마리아인들은 예언자 일행이 자신들에게 복을 빌어주기 위해 온 것이 아니란 걸 알고서 거부를 하자 요한이 나섰다.

"하늘에서 이 마을에 불벼락이 떨어지도록 기도할까요?"

제베데오의 아들 요한은 성격이 베드로만큼이나 급했던 어부 출신이다. 그래서 별명조차 천둥의 아들이다. 교육 수준이 일천했던 그를 요한복음의 저자로 볼 수는 없다. 혹시 그의 제자가 썼다면 몰라도……. 하여튼 다른 제자들은 모두 순교를 한데 비해 요한은 열 두 제자 가운데 유일하게 천수를 다하고 죽었다. 요한복음의 끝부분대로 예수의 뜻일까? 만일 예수의 사랑을 가장 많이 받은 애제자가 베드로가 아니라 요한이라면? 이런 주장들은 모두 복음서의 기록들이 서로서로 일치하지 않아서 가능한 추론이지만, 애제자 요한이 야고보의 형 요한이 아닌 다른 사람일 수도 있다는 가정에 이른다. 더구나 애제자가 베드로도 아니고 애제자 요한도 아니라고 한다면 복음서의 기록에서 비켜나 있는 제삼자일 수도 있을 것이다. 복음서의 기록들은 적어도 예수의 십자가형이 있은 지 40년 이후부터 쓰인 책들이고 따라서 모두가 '회상의 문서'다. 네 권의 책들이 일치하지 않는 이유도 바로 '회상의 문서'라는 데 있다. 오랜 세월 제자들은 묵상했을 것이다. 함께 지냈던 경이로운 스승을 여러 각도에서 재해석했을 것이며 성경(당시의 성경이란 셉투아진태(주: 칠십인 역 구약)를 말함)의 예언들을 비교하고 여러모로 분석도 했을 것이다. 신의 모습과 인간의 모습이 그토록 완벽하게 조화를 이룬 사람을 영원히 잊을 수 없었기에 여기저기 떠돌던 기록들을 수집하고 편집하여 복음서 기록에 착수했을 것이다. 젊음이 넘쳐흐른 호시절은 가버리고 제자들 가운데 대부분이 순교를 당했으며 그나마 남은 제자들도 백발이 성성한 노인이 되어버렸다. 살아서 스승의 재림을 보리라던 희망도 전설이 되어버렸다는 걸 깨달은 그들은 기록을 남기지 않으면 안 될 절박감에 빠졌을 것이다.

왜 예수는 갈릴래아에서 제자들을 선택했을까? 예수의 첫 설교는 수도 예루살렘의 성전이 아닌 나자렛의 회당에서 이루어졌다. 이사야서의 말씀을 선포했을 때 사람들은 떼거리로 들고 일어섰다. 그 구절의 끝부분만 보자.

"이 말씀이 오늘 이 자리에서 이루어졌다."

하느님의 뜻이 예수를 통해서 그 자리에서 이루어진다는 '현재화된 종말론'인데, 제법 배웠을 법한 경건한 분들이 가만히 있을 리 없다. 팔을 걷어붙인 그들을 피하여 예수는 갈릴래아로 내려갔다. 나자렛이 더 높은 곳에 위치해 있으므로 내려간다는 표현이 맞다. 따라서 예루살렘은 더 높은 곳에 위치해 있으므로 예루살렘에 가기 위해서는 올라간다는 표현이 맞을 것이다. 도피 중인 랍비께서는 당연히 제자들을 도피처인 갈릴래아에서 간택할 수밖에 없다. 미디안에 도피 중인 모세가 장가를 미디안의 처녀에게 든 사정과 비슷하다. 초기 열두 제자 중 눈에 띄는 사람은 출신이 다른 마태오와 유다이다. 그리고 작은 야고

보를 뺀 나머지는 모두 어부 출신일 것이다. 마태오는 가파르나움의 세관 관리였다. 그는 유식했을 것이다. 그렇다면 유다는? 어부였다는 기록은 없다. 그러면 어떻게 갈릴래아에서 제자단에 합류했을까? 그는 팔레스타나 남부의 작은 마을 가리옷 출신인데, 왜 갈릴래아로 왔으며, 왜 셈에 밝고 정확한 일처리로 회계를 책임질 만큼 예수의 신임을 얻었을까? 신임 정도가 아니라 사랑을 듬뿍 받은 것은 아닐까? 그는 율법교육을 받은 사람이었고 요즘 식으로 말하면 모임의 총무나 재무 역할인데, 성격이 바르고 치밀한 사람에게나 어울리는 직책이다. 희생을 위해 예루살렘에 입성한 날 저녁, 그러니까 유월절을 엿새 앞두고 예수는 베다니아로 갔다. 그곳엔 예루살렘에 올 때마다 종종 들르곤 한 마리아와 마르타 그리고 나자로 남매의 집이 있다. 이들로 말하자면 재가(在家)제자들인 셈인데, 나자로는 죽었다가 예수에 의해 무덤에서 소생한 유명인사가 되어있어 호기심에 찬 유다인들이 종종 구경하러 오곤 했다. 그날도 예수와 예수가 살려낸 나자로를 보기위해 유다인들이 떼로 몰려왔다. 소문은 예나 지금이나 무척이나 빠르다. 그런데 스승의 죽음을 예견해선지 마리아가 옥합을 깨뜨려 나르드 향유를 예수의 발에 붓고 자기의 머리카락으로 닦아드렸다. 이를 놓칠세라 유다가 핀잔했다.

"이 향유를 팔면 삼백 데나리온은 받을 것이고 그 돈을 가난한 사람들에게 나누어 준다면 더 유용할 텐데 낭비를 하다니!"

삼백 데나리온이란 돈은 노동자가 삼백일 간 매일 일하고 받은 삯을 한 푼 낙전 없이 저축해야 모을 수 있는 큰돈임에 틀림없다. 그만큼 합리적이었고 가난한 사람들을 먼저 생각하는 유다였다. 그러나 그는 잘못 짚었다. 물론 나머지 제자들도 말로 표현만 안 했을 뿐 유다의 의견에 동조했을 것이다. 스승의 해석에선 의미적으로 그것이 장례준비였다. 스승은 이렇게 말했다.

"가난한 사람은 언제나 너희와 함께 있겠지만 나는 그렇지 않다."

제자들이 알아들었을까? 어쩌면 그걸 이해하는 데 많은 세월이 걸렸으리라. 스승의 부활을 경험한 후에야 이해했거나 몇 년 혹은 몇 십 년 인고의 세월 후에야 깨달았을지 모른다. 스승을 따라다니는 동안 제자들은 수시로 다투었다. 서로 높다고, 서로 자신이 더 신뢰 받고 있다고……. 경쟁이라도 하듯 틈만 나면 자신을 내세웠다. 제베대오 부인은 아들의 성공을 위해 다른 제자들의 시샘에는 아랑곳하지 않고 훌륭하신 랍비 앞에 엎드렸다.

"당신이 왕국을 세우시는 날 제 아들 하나는 당신의 오른편에 다른 하나는 왼편에 앉혀주십시오."

그 시대에도 치맛바람은 있었다. 기가 막힌 스승은 이렇게 말했다.

"내가 마실 잔을 너희도 마실 수 있느냐?"

야고보와 요한은 깊은 뜻도 모르고 그저 합창하듯 예, 라고 대답했다고 한다. 동료들의 자리다툼을 보고 있던 유다는 무슨 생각을 했을까? 제자들은 한결같이 자신의 영달을 보장해줄 스승을 생각했다. 스승의 존재는 그 목적에 걸맞아야만 했다. 그런 세속적인 생각에서 벗어난 제자는 없었다. 야심이 없으면 남자가 아니다. 적어도 이천 년 전 이스라엘의 상황에서는 그랬다. 스승은 그런 제자들을 어떻게 교육시켜야 할지 자주 고민했을 것이다. 불과 칼, 도끼 등의 단어를 자주 사용한 이유도 거기에 있을 것이다.

용기 있는 남자란 무엇일까? 자신의 뜻을 초지일관 추진하는 사람이 용기 있는 사람이라고 예나 지금이나 말한다. 불굴의 정신으로 자신의 의지를 끝까지 밀고 나아가는 사나이의 아름다움. 유다는 적어도 말과 행동이 다른 사람은 아니었다. 세상에는 자기기만에 빠진 사람이 얼마나 많은가. 유다인 남자로서 자신이 희생제물로 바쳐지기 위해 네 다리가 한데 묶이는 어린 양과 같이 되기를 목표로 삼는 사람은 없다. 율법이 허용하는 바, 자신들의 죄는 동물들이 대신 지고 죽어주면 되는 것이다. 희생제물을 바치고 가볍게 걸어 나오면서도 자신이 진짜 그런 희생물이 된다는 가정은 추호도 하지 않지만……. 이천 년 전 오직 한 사람, 그는 오늘날 우리도 생각키 어려운 것을 실천했다.

"친구를 위하여 목숨을 바치는 것보다 더 큰 사랑은 없다."

무슨 말인지 알 듯 모를 듯한 표정을 짓고 있는 제자들에게 한 말이다. 그는 제자들을 둘러보며 친구라고 불렀다.

고통의 잔을 마실 시간이 어김없이 자꾸만 다가오고 있었다. 배반은 인간의 생리이다. 나쁜 습관이지만 자신의 생명을 유지하기 위해 어쩌면 본능이라고 해도 좋을 만큼 태도를 바꾸고 말을 뒤집는 게 인간이다. 예수가 십자가 위에서 외로이 숨을 거두었을 때에도 이런 현상은 예외 없이 일어났다. 제자들은 흩어져버렸다. 여자 몇 명과 요한만이 스승의 간곡한 부탁 때문이었는지는 모르지만 십자가 아래서 비를 맞으며 서 있었다.

주님은 살아계신 하느님의 아들 그리스도시라고, 제자 가운데 제일 먼저 고백했대서 교황의 수위권을 보장받았던 베드로도 예외는 아니어서 새벽닭이 울기 전에 세 번이나 스승을 모른다고, 거짓말이라면 천 벌이라고 받겠다고 침을 튀기면서 부인했다. 그런 그를 스승은 신뢰했고 부활한 후 천국의 열쇠를 맡겼다. 베드로가 당신이 그리스도라고 먼저 말해버린 것도 어쩌면 조급한 성격 때문이었는지 모른다. 오랜 묵상 끝에 나온 고백이라기보다 이미 떠돌고 있던 모범답안을 발설했을 수 있다. 칭찬 받고 싶어 하는 어린 학생처럼. 예수는 베드로의 대답이 정말 그의 가슴 깊이에서 우러난 것인지 궁금했을 것이다. 동료한테서 귀동냥한 실력은 아닌지……. 베드로는 덤벙대고 실수도 많이 했다. 더구나 자신의 느낌을 깊이 생각해보지 않고 즉시 행동으로 옮겨버리는 천진무구함도 지니고 있었다.

　한편 여기는 가야파의 집무실. 대사제 안나스와 그의 사위이자 그해의 대사제인 가야파가 마주 앉아있다. 가야파가 먼저 입을 열었다.
　"대사제께서 며칠 전 하신 말씀이 생각납니다. 한 사람이 온 백성을 대신해서 죽는 편이 더 낫다는 말씀 말입니다."
　"그래서 우리의 계획대로 이루어지지 않았나?"
　"그런데 계획에 조금 차질이 생겼습니다."
　"나도 알고 있다. 그 자가 다시 살아났다지? 그 소문을 믿나?"
　가야파는 한숨을 내쉰다.
　"제 눈으로 직접 확인할 수가 없어 안타깝습니다. 대사제 체면에 나자렛당 놈들의 모임에 기웃거릴 수도 없고요. 비선조직들도 무슨 꿍꿍인지 보고를 제대로들 하지 않고 있습니다."
　"그 고약한 자가 신념을 물은 나한테까지 훈계를 했었지. 놈에게 그때 면박을 당한 걸 생각하면 지금도 치가 떨린다."
　너무나 늙어서 늘어진 입술 사이로 새어 나오는 그의 음성은 묘지에서 올라오는 소리처럼 축축하고 음산하기만 하다.
　"지금이 세상의 끝 날도 아닌데 설마 다시 살아날 리가 있겠습니까?"
　마지막 날이라고 한, 예루살렘 성전의 수장이 '현재화된 종말론'이 아닌 '전통적인 종말론'을 믿고 있는 건 지극히 당연하다. 안나스가 도끼눈으로 사위 가야파를 노려본다.
　"그렇게도 두려운가? 귀신을 제압하는 기도는 어디에 쓰려는가. 자네의 평판과 지위가 아깝네 그려. 쯧쯧, 여기저기 줄을 대고 돈을 들여서 대사제 자리에 앉혀 주었더니 이젠 자신감 없는 소리나 하고 있을 텐가? 제발 체통을 세우게."

"관저의 종년이 이상한 이야길 하고 다녀서 신경이 쓰입니다."

"율법의 이름으로 내쳐버려."

"그런데 대사제 님! 나자로란 놈 기억하시죠?"

"베다니아에 산다는 노총각?"

"그 놈도 죽었다가 살아나 무덤 밖으로 걸어 나왔다는 소문이 파다합니다."

"각본에 의해 동굴 속에 누워 있다가 걸어 나올 수도 있다. 이젠 됐나?"

"사두가이나 바리사이 중에는 그 소문을 믿고 동조하는 자들이 있습니다."

"몹쓸 나자렛당 놈들! 모세의 율법을 욕되게 하는 자들은 반드시 찾아내어 처벌해야 한다. 무엄하게도 조상 대대로 지켜온 거룩한 율법을 짓밟고 유린까지 했다. 성전을 사흘 만에 다시 세운다는 게 말이나 되나? 더구나 안식일을 의도적으로 어기고 있는 놈들이다. 또 금식일을 지키지 않는 것은 말할 것도 없고 죄인의 구별을 없애버려 극심한 혼란을 초래했다."

뿌드득 하고 이를 가는 안나스의 입술이 뒤틀렸다.

"자기가 안식일의 주인이라고 했다잖습니까? 안식일이 사람을 위하여 있는 것이지 사람이 안식일을 위하여 있는 게 아니라면서."

안나스의 거무튀튀한 입술 끝이 쳐들리면서 쓴 웃음이 새어 나왔다.

"얼마나 그럴듯한 말인가? 언어의 유희로서 기막힌 술책이다. 내 지혜로운 머리가 다 혼동을 일으킬 지경이다. 생각해보게. 그자의 말에 놀아난 선량한 사람들이 안식일을 우습게 여기게 될 결과를! 다만 조상들을 뵐 낯이 없을 뿐이다. 성경엔 율법을 어기는 자에겐 죽음과 파멸이 있을 뿐이라고 쓰여 있다."

가야파의 두 눈에서 빛이 났다.

"대사제 님, 아무래도 나자로를 손봐야 할 것 같습니다."

당연하다는 듯 안나스는 고개를 끄덕인다.

"예수란 자에 대해 확실한 정보를 캐는 게 더 중요하다. 그리고……."

가야파는 다음 말이 나오기를 기다리며 안나스의 허연 수염발을 쳐다본다.

"산헤드린 의원 중에도 색깔이 확실치 않은 자들이 몇 있다."

"니코데모와 아리마태아 요셉, 또……."

"더 있을 것이다. 그들을 분리하여 의회에서 제명시켜야 한다. 전염병은 그 뿌리를 뽑을 때 확산을 막을 수 있는 것이 아닌가?"

"저항세력이 있을지도 모르는데."

"빌라도의 도움은 언제 쓰려는가? 그들을 제거하지 않으면 자네와 나의 장래도 어려워진다는 걸 모르나? 시신 도난의 책임을 무덤의 원주인과 연계시킬 수도 있다는 걸 생각해보게."

하지만 두 사람의 머릿속에 강하게 떠오르는 말이 하나 있었다.

지금은 이 세상이 심판을 받을 때다. 이제는 이 세상의 통치자가 쫓겨나게 되었다.

예루살렘에 입성하던 날 예수가 선포한 말이다. 스승을 적들에게 넘기기 전까지는 유다의 마음을 가장 휘어잡았던 말이었고, 삼 년의 공생활을 마감하고 드디어 권력을 잡는 초읽기에 들어간 시점에서 그 말은 유다의 기대를 잔뜩 부풀렸다. 실망을 해서 스승을 넘긴 건 아니었다. 웬일인지 스승은 집권의 날을 자꾸만 미루고 있었다. 개떼처럼 몰려온 율법학자들과 격론을 벌여 결전의 날이 오늘인가 싶으면 해질녘 베다니아로 가셨다가 그 다음 날 입성하여 성전의 환금상 탁자를 뒤엎고 동물들을 흩뜨려 드디어 오늘인가 싶으면 해질녘에 또 베다니아로 가시고, 또 다음날 더 심한 격론을 대사제들과 원로들을 상대로 벌이시므로 그날이 오늘인가 싶으면 나병환자 시몬의 집으로 가셨고…… 오죽하면 예루살렘 성전이 파괴될 거란 예언을 한 다음날 올리브 산에서 예수가 제자들과 함께 앉아 눈 아래 펼쳐진 대성전을 모두 바라보고 있을 때, 네 제자한테서 이런 질문을 받았을까?

"그런 일이 언제 일어나겠습니까? 그리고 어떤 징조가 나타나겠는지 말씀해주십시오."

하지만 스승은 제자들이 궁금해 하는 종말론에 대해 에둘러 답변했다. 끝까지 참는 사람은 구원을 받을 것이라고.

"그 날과 그 시간은 아무도 모른다. 하늘에 있는 천사도 모르고 사람의 아들도 모르고 오직 아버지만이 아신다. 그 때가 언제 닥칠지 모르니 항상 깨어 있어라."

아니, 스승도 모르다니! 그러면 무엇하러 삼 년씩이나 제자들을 모아 가르쳤단 말인가. 더구나 권좌에 앉을 천우신조의 기회가 목전에 닥쳐왔는데도 멈칫거리다니! 다른 제자들이라면 몰라도, 유다는 절대 포기할 수가 없었다. 초지일관 주님과 함께 새 나라의 건설을 위해 동고동락해오지 않았던가. 스승의 인품, 스승의 능력, 스승의 가문 등 어느 모로 보나 부족함이 없고 성경에도 다윗의 가문에서 새 왕이 나올 거라 예언되었지 않았던가. 동료들의 속내도 자기와 같을 것이라고 유다의 확신은 굳어만 같다.

"스승이 어떤 기폭제를 기다리시는지도 모른다."

혼자서 저절로 권좌에 오르는 왕은 역사에 없다. 어떤 분란이라든가, 혁명이라든가, 하극상이든 뭐든 일어나야 권력이 바뀌듯 그런 기폭의 순간에야 스승의 능력이 드러날 것이다. 공부를 많이 한 유다로서는 나름대로 분석하고 치밀하게 계산도 하면서 성경의 예언들을 짚어보았다. 확실했다. 어떤 계기가 필요한 것이다. 그래서 유다는 이성적이고 논리적으로 기회를 찾기 시작했다. 오로지 스승의 영광의 날을 위하여 이 한 몸 바쳐서 새 나라 새 날을 이룩하고야 말리라. 사실 이 세상의 통치자가 쫓겨나게 되었다는 스승의 말을 들은 날부터 유다는 노심초사 그 기회를 찾고 있었다. 때마침 고맙게도 과거에 함께 혁명당에 몸담았던 옛 동지들을 만날 수 있었다.

"가야파 대사제님을 만나보시게. 그분은 요즈음 새로운 메시아의 기운을 알아보셨네. 그래서 자네 스승에 대해 나름대로 연구하시고, 어떤 측면에서는 호감을 가지고 계신다네. 그래서 그분을 직접 만나보길 원하셔. 자네가 앞서 대사제 님을 만나보게."

약간의 의구심을 유다의 표정에서 읽은 동지가 덧붙였다.

"그분은 돈에 대해 지혜가 풍부한 분일세. 자넬 만나면 용돈으로 은돈 삼십 량을 주실 거야. 나도 며칠 전 삼십 량 받아왔지."

그는 돈 전대를 허리춤에서 꺼내어 유다에게 보여주었다. 돈에 대해서는 스승으로부터 귀에 못이 박히도록 들었다. 돈의 유용성에 대하여, 그리고 그 사악한 측면까지도……. 유다에게는 가야파 대사제를 만난다는 생각이 기대감으로 다가왔다.

그러나 결국 스승은 맥없이 가셨다. 그 세세한 과정을 유다로서는 잘 알지 못한다. 겟세마네 동산에서 스승과 인사를 나눈 다음 가야파의 관저로 가 새 세상이 펼쳐질 순간이 어서 오길 기다리고 있었으니까. 하지만 사건의 흐름이 심상치 않았다. 스승의 영광은 온데간데없고 일이 이상한 모양새로 뒤틀려버렸다. 미칠 듯 몸부림치던 유다는 그만 혼절하고 말았다. 그리고 금요일 낮에 관저의 경비병들한테서 예수가 처형당하는 걸 구경하고 왔다는 사실을 전해들은 데 이어 천둥번개가 치고 어둠이 갑자기 세상을 뒤덮었을 때 그는 스승의 죽음을 직감했다. 그때 유다는 또 혼절했다. 자신만 몰랐던 악마의 덫에 걸려든 것일까? 상처 입은 들짐승마냥 유다는 몸부림쳤다.

"오, 아도나이. 오, 아도나이. 오, 아도나이! 제 목숨을 거두어 주십시오."

가슴이 찢어지고 오장육부가 터져 나오는 단말마의 고통이 그를 휩쓸고 넘어뜨렸다. 유다는 울부짖다가 정신을 잃다가를 반복하였고, 가야파는 미쳐버린 그를 뒤뜰의 외진 방으로 옮기게 했다. 또 다른 음모 속으로 그를 몰아넣기 위해……

안개가 걷히고 햇살이 눈부시게 비쳐오고 있다. 침상에 앉은 유다는 눈이 부셔서 앞을 잘 보지 못한다. 누군가 그의 앞에 서있다.

"유다!"

자신을 부르는 사람을 보려고 하지만 눈이 부셔서 볼 수가 없다. 실명해버린 유다는 바닥에 발을 딛고 일어서며 두 눈을 마구 비벼댄다.

"누구십니까?"

대사제 가야파 같기도 하고 알렉산드리아에서 막 돌아온 형 같기도 하다. 어쩌면 돌아가신 아버지 같기도 했다.

"나를 보아라. 그리스도가 영광을 드러내기 전에 많은 고난을 받아야 한다고 하지 않았느냐? 그리스도는 부활했다."

그분은 두 팔을 활짝 펴 유다를 껴안는다. 따스한 체온이 유다를 감싼다. 아, 얼마나 따스한가. 유다는 순간 질식할 것만 같다. 하지만 흠칫한 유다는 물러서려다 침대에 걸려 쓰러지고 만다. 눈이 멀어서 그분 얼굴을 볼 수는 없지만 스승의 강한 체취다.

"저는 죄인입니다. 스승님을 팔아버린 극악무도한 사형수입니다. 제게서 떠나가 주십시오."

"유다, 나를 보아라. 내가 너를 가장 사랑하지 않았느냐? 내가 세상의 악을 이겼다."

"주님! 하느님!"

침대에서 허우적거리며 울부짖는 유다의 목소리를 밖에서 들은 경비병들이 뛰어 들어와 유다를 일으켜 세웠다. 밖은 이미 깜깜한 밤이다. 경비병 하나가 쏘아붙인다.

"이 미친놈 보게. 뭐라고 중얼대는지 도무지 알아들을 수가 없네그려."

두 경비병은 그의 옷을 벗기고는 서둘러 죄인의 옷으로 갈아 입혔다. 그들은 가야파에게 모종의 지시를 받았다.

"이 문둥이 옷이 네 놈에겐 제격이렷다!"

다른 경비병도 유다를 비웃었다

"죄 지은 자, 방울종도 달아야지. 그래야 사람들이 멀리서도 알아보지. 그럴싸하게 지팡이도 들려야 하고."

경비병들은 유다를 끌고나와 대기한 마차에 태웠다. 마차는 어둠 속으로 사라져갔다. 어디로 갔을까? 옹기장이의 밭으로? 아니면 멀리 사마리아나 갈릴래아로?

사라지는 마차를 숨어서 지켜보던 가야파가 혼자말로 중얼거렸다.

"정신만 멀쩡하다면 시신을 자신이 훔쳤다고 소문내는 임무가 제격인데. 그러면 성난 나자렛당 놈들 손을 빌려 저절로 제거될 테니까.

쩝, 미쳐버린 놈은 어차피 데리고 있어봐야 득 될 것이 없어. 하긴 미쳤으니까 목숨만은 구한 것이지. 멀리멀리 가거라. 그리고 다시는 나타나지 마라. 훗날 사람들이 너에 대해 뭐라고 기록할지 궁금하구나."

욕망을 팝니다

거리에서는 노브라에 팬티 차림의 여성들이
부쩍 늘었고 자료화면에서도 은밀한 곳을
더 이상 흐릿하게 처리하지 않았다. 플로리
다에선 오히려 팬티까지 벗어버린 모습이
나오기 시작했다.

텔레비전에서 병에 걸린 환자들의 인터뷰가 계속 흘러나왔다.

"이럴 수가 있습니까? 여자를 쳐다보고 싶지가 않아요. 치마만 봐도 설렜고 그것을 들치면 속은 어떨까, 은근히 상상하며 침을 삼키곤 했는데."

"저는 마누라와 매주 화요일과 금요일에 했는데요. 지난 화요일부터는 아예 발기가 안 됩니다. 억지로 하려고 용만 쓰다가 포기하고 비아그라를 처방받았지만 그래도 안 돼서 집에서 쫓겨날 지경입니다."

"나는 이 난국을 타개해보려고 누에가루를 택배로 신청했습니다. 하지만 아무리 먹고 또 먹어도 아랫도리가 미동을 안 해요. 아예 마음이 생기지 않습니다."

새벽 시간이었다. 부지런한 기자는 참담한 표정을 지은 채 동대문시장 안으로 더 깊숙이 이동하면서 취재를 계속했고, 그의 뒤를 촬영기사가 바짝 따라다녔다.

"근본적으로 남자에게 성욕이 전혀 생기지 않는다는 데 문제가 있는 것 같습니다. 여자들이 적극적으로 문제 해결에 나섰다는 소식이 있어 기자가 두 분을 만나보겠습니다."

"저는 남편이 그렇게 무능한 쪼그랑이인줄 몰랐어요. 축 처진 채 도무지 일어설 줄을 모르더라고요. 그래서 비상책을 써볼 생각입니다. 있잖아요. 성인숍에서 파는 야한 줄 팬티나 가터벨트를 입고 뜨거운 포즈로 남편을 유혹하는 것인데요.”

“나는 남친을 뿅 가게 하려고 밑이 터진 망사팬티를 구입했습니다. 그게 남친의 눈을 사정없이 자극하지 않을까요? 그리고 입술에 빨간 립스틱을 바르고 손톱과 발톱도 모조리 빨갛게 칠하고 벨리댄스를 배울 생각이에요.”

J시행 아침 6시 고속버스의 운전기사 머리 위에 매달린 TV화면에서 이런 어처구니없는 뉴스가 계속 흘러나오고 있었다. 영광은 눈을 질끈 감아버렸다. 정규방송이 시작되어 터진 그날의 첫 뉴스가 그 따위였다. 전 세계를 강타하고 있다는 ‘후천성 관음증 해체 증후군’, 참으로 이름조차 희한한 병이다. 관음증이라면…… 이성의 성행위나 신체 부위를 엿보는 병적인 성적 호기심을 말하던가? 멋쩍어진 영광은 등산모를 꾹꾹 눌러 썼다. 버스 승객 가운데 행여나 자신을 알아볼 사람이 있을까 싶어 그는 모자 앞부분을 한 번 더 깊숙이 누르고 선글라스를 꺼내들었다.

세상일은 알 수가 없다더니, 이 생판 처음 듣는 해괴망측한 병 때문에 영광이 CEO로 있는 회사가 부도나버렸다. 해안을 산책하다가 느닷없이 쓰나미에게 당한 꼴이라고나 할까. 믿는 도끼에 발등을 찍힌다더니 생각하면 할수록 어이가 없었다. 불과 일주일 전까지만 해도 ‘SSS 대표 김영광’이란 글씨가 또록또록 박힌 금박 명함을 내밀며 으쓱으쓱 폼을 잡은 것도 이젠 과거의 이야기가 되어버렸다. 10년 동안 혼신을 다해 광고업계의 다크호스로 키웠건만 식솔을 100명이나 거느린 그 튼튼하고 듬직한 회사가 하루아침에 거꾸러질 줄은 정말 꿈에도 생각하지 못했다.

‘끄응! 내가 부도를 내고 도망치는 놈이 되다니…….’

영광은 자존심을 질겅질겅 씹어댔다. 버스가 경부고속도로에 진입하여 한참을 달리는 동안 그는 자는 척 등받이에 바짝 기대고만 있을 뿐, 천리나 멀리 달아난 잠은 야속하게도 돌아올 줄을 몰랐다. 하지만 지금 신종 남성 질환이 전 세계를 강타하고 있는 것에 비하면 버스 속은 그야말로 딴 세상이다. 영광은 버스 안을 한 번 휘 둘러보았다. 반쯤은 쿨쿨 잠에 빠졌고 나머지 부스스한 사내들은 양복에 넥타이까지 착용한 채 불안하고 충혈된 눈을 필사적으로 굴리고 있었다. 오직 살아남겠다는 의욕으로 뭉친 그들은 모두가 하나같이 마지못한 지방 근무인 양 떨떠름한 얼굴이 피곤과 권태에 찌들어 보였다.

차가 톨게이트를 통과할 즈음 영광은 또 다시 뒤쪽을 돌아보았다. 등받이를 뒤로 젖히고 모두들 조용히 누워있는 게 꼭 섶에 오르기 전 잠자는 누에 모습이었다. 뽕잎을 실컷 먹고는 잠을 자기 위해 조용히 쉬고 있는 누에들, 저들은 지금 무슨 꿈을 꾸면서 희망을 키우고 있을까? 대학교 다니는 막내딸 등록금을 벌어오겠다는 꿈을 꿀까? 아니면 지방 한직일망정 열심히 적응했다가 기어이 서울 본사로 권토중래하겠다는 꿈을 꿀까.

J시는 사실 오랜 친구 진수네 집이 있는 곳이다. 어젯밤 그곳을 잠정적인 도피처로 생각하고 전화를 걸었을 때, 진수는 의외로 화통하게 대답했다.

"어쩐지 요 며칠 전 네가 꿈에 보이더구나. 보고 싶었는데 빨랑 내려와서 제발 좀 도와주라. 주문이 밀려 밤잠을 못 자."

J시에서 누에 사업을 하고 있는 진수네로 말하자면 벌써 2대째 가업이다. 대학 시절 어느 핸가 여름 방학 때 진수를 도와준 적이 있었는데 그땐 일주일 동안 주구장창 뽕잎을 따고 누에 똥 치우는 일도 하면서 은근히 진수를 비웃었다. 하지만 번지르르한 양복에 호사하던 자신의 처지와 꾀죄죄한 작업복 차림의 진수 처지가 불과 일주일 사이에

백팔십도 바뀌어버렸다. 누에가루 판매량이 폭발적으로 증가하여 로또 1등 당첨자가 부럽지 않은 진수다.

영광은 륙색에서 경제신문을 꺼냈다. 아까 아파트를 빠져나올 때 가져온 월요일자 신문은 1면에서부터 신종 남성 질환에 대한 기사 일색이었다. 자잘한 기업 소식이 나오는 면을 펼친 순간 그는 그만 가슴이 철렁했다. '중소기업 선두주자 SSS 부도'란 기사가 중간쯤에 나와 있었다. 10년의 창립 역사에도 불구하고 연매출이 100%씩 고속성장을 거듭해온 광고업계 다크호스 SSS가 그저께 5,000만 원의 어음을 막지 못해 최종 부도 처리되었다고……. 그따위 껌 값도 못 막았다는 사실에 영광은 얼굴이 죽도록 화끈거리고 자존심에 쥐가 날 지경이었다. 그는 더 이상 읽을 기력을 잃고 신문을 아무렇게나 접어 그물망에 처박았다. 사장 이하 모든 임원들이 도피중이란 내용이 신문에 나오지 않은 것만도 다행이었다.

지난 한 주는 정말 골이 깨지도록 미치고 환장할 날의 연속이었다. 신종 남성 질환의 공습을 미리 알 순 없었을까? 월요일에 받기로 한 광고 제작비 20억이 계약 위반을 이유로 회수되지 못한 것 때문에 화요일부터 내리 삼 일 동안 매일매일 많게는 수억 적게는 수천만 원씩 어음을 막느라 허둥댄 일은 정말 말할 수 없는 악몽이었다. 자기가 납품한 광고가 TV에 나오는 걸 눈으로 뻔히 보면서도 난 한 푼 건지지 못하는 하루하루가 그야말로 삼목형벌이었다.

그렇게 화요일, 수요일, 목요일의 악몽 같은 3일이 지나가고 금요일이 왔다. 새벽에 잠을 깬 영광은 고개를 꺾어 머리맡 병아리 사발시계부터 보았다. 눈을 더 붙여보려고 도로 누워봤지만 잠이 더 올 것 같지 않았고 머리는 지끈지끈하고 몸조차 물 먹은 솜덩이 같았다. 눈을 감아도 어음이 앞을 가로막았다. 사실 5,000만 원짜리 어음의 시한이 바로 그날 금요일이었다. 통장도 바닥났고 매형과 친구들한테 융통한 급전도 고갈되어 이젠 정말 막다른 골목에 다다른 느낌이었다.

울화통이 터진 그는 상체를 벌떡 일으켰다. 예전 같았으면 그날 있을 새로운 광고물 설명회나 촬영을 생각하느라 그 시각에 얼마나 가슴이 설레었던가. 하지만 최근 이삼 주 동안 광고 의뢰도 올 스톱되었고 한참 전에 계약된 것들조차 모두 무기한 연기가 되어버렸다. 그는 창 쪽으로 시선을 돌렸다. 지난주만 해도 아침에 일어나서 사뿐히 창가에 다가가 전동 커튼을 올리면 넓은 유리창을 통해서 눈부신 아침 햇살이 방안 가득 선연히 비쳐들지 않았던가. 침대에 앉은 채로 영광은 옆의 빈자리를 바라보았다. 팔등신 미녀 수정이가 떠나버린 지 6개월이나 흘렀지만, 그는 그날따라 옆구리에 괜스런 허전함을 느꼈다. 결과적으론 영리한 여자였다. 지금껏 자기와 살았다면 이런 상황에 얼마나 골이 아플까.

그가 침대에 도로 누워 꽉 막힌 통로를 이리저리 정리하는데, 딩동 딩동, 핸드폰이 울렸다. 회사 마케팅 및 홍보 담당 이사이자 고등학교 때부터 친구인 철우였다.

"김 대표, 벌써 일어났어? 절반이라도 건질 묘수를 찾아야 할까 봐. 우리가 바보였어. 바보니까 한 달 전부터 뉴욕에서 후천성 관음증 해체 증후군 어쩌고 하는 이상한 뉴스가 날아들 때 함부로 흘려들은 거지. 그리고 촬영할 때도 좀 이상했어. 여배우들 사탕이를 아무도 흘끔거리지 않더라니까. 가시내들이 우리나라 초일류 배우들 아니냐. 그것들이 보일 듯 말듯 초미니를 입고 활보하는 장면을 나야 그동안 좀 많이 봤냐. 뽑은 지 두 달도 안 된 촬영 보조들 있잖아. 그 총각 놈들이 눈길 한 번 주지 않더라니까!"

"지금 골이 빠개지려해서⋯⋯. 오후에 나갈게."

그렇게 대답하고 영광은 플립을 닫았다.

TV에 30초간 내보낼 광고였다. 빠른 템포로 배경 음악이 흐르고 날씬한 허리 아래에 인형 같은 다리를 쭉쭉 뻗으며 여자 배우가 길을 걷는다. 발랄하고 육감적인 허리 아래 부분의 움직임에 카메라 앵글이 맞추어져 선명하게 확대된다. 치마가 너무 짧아서 속이 보일 듯 말 듯 하다. 그녀의 등장에 동네 청년들이 사족을 못 쓴다. 농구공을 든 청년은 공을 놓치고, 담배피던 청년은 꽁초에 손가락을 데이고 만다. 자전거를 탄 청년이 가로수에 처박히는 순간 그녀는 자신의 집에서 옷을 벗는다. 바지를 내리는 동작에 시청자들은 침을 꼴깍 삼킨다. 하지만 속살이 드러나는 게 아니다. 그녀의 진짜 팬티가 나타난다. 맨살이 보이는 것처럼 만들어졌을 뿐 아니라, 몸매를 완전히 드러나게 하는 전혀 새로운 개념의 내의다. 입지 않은 것처럼 입는 팬티 '엑스', 이것이 올 들어 내의 업계에 돌풍을 일으킨 신개념 내의다.

숙취로 속이 울렁거리고 입 안이 영 까칠까칠했다. 영상 광고라는 게 이렇다. 기업의 요구에 맞추어 첫 광고 대본을 만들고, 설명회를 가져서 평가하고, 수정을 몇 십 번 거쳐 대본이 완성되면 그것을 기초로 해서 출연 배우들을 선정하고, 그쪽 매니저와 섭외를 하여 출연료가 정해지면 계약서를 작성한다. 촬영에 이은 광고방송이 도중에 어떤 이유로든 중단되었을 때는 배우들 사정과 광고사 사정에 따라 손해배상이 다르다.

따지고 보면 자신감에 넘쳐서 스스로 내건 계약 조건에 자기가 걸려든 것이었다. 영광은 고속버스의 의자를 뒤로 휙 젖혀 몸을 뉘었다. 비즈니스로 뻔질나게 외국에 나갈 때마다 이용했던 보잉 747 VIP석에 비하면 귀양행차나 다름없었다. 등짝이 불편해진 그는 몸을 이리저리 틀어보았다. 사실 그가 제작한 광고들은 5년간 모두 히트했다. 광고만 나갔다 하면 제품 판매량이 한 달 만에 반드시 오십 프로 이상 증가했고, 그래서 광고! 하면 'SSS 김영광 사장'이란 시쳇말이 장안에 떠돌았다. 그는 이미 광고업계의 마이다스였다. 무슨 뾰족한 비법이 있는 것도 아니다. 반드시 최고가 여배우를 썼고 섹시함을 최대한 드러내는 게 그의 광고 포인트다.

영광은 아침 내 뒹굴다가 라면을 끓여먹고 겨우 두 시에야 출근을 했다. 책상에 가지런히 놓인 언론사별 조간신문 가운데 하나를 막 집어든 순간이었다.

"대표님, 커피 드릴까요?"

민 이사가 상냥하게 다가왔다. 그래픽 이사로서 포토샵이니, 일러스트레이터, 플래시, 드림위버, 프리미어, 쿼크 익스프레스까지 두루두루 섭렵한 그녀가 그날따라 비서를 자처하고 나섰다. 30대 초반인 그녀의 늘씬한 각선미가 한 눈에 들어왔다. 영광은 품위를 지켜 생긋 고개를 끄덕이며 그녀의 얼굴을 훔쳐보았다. 예전엔 그녀의 미소 띤 입술 끝에 항상 유혹의 색깔이 물들어 있었건만 이상하게도 그날은 그게 보이질 않았다. 그녀가 몸매를 의도적으로 드러내며 돌아서는데도 아무런 느낌이 오지 않았다. 어쩌면 자신도 신종 질환에 걸린 건 아닐까, 영광은 절레절레 고개를 저었다.

"나도 이젠 늙었나봐. 술을 못 이기겠어."

"대표님도! 아직은 청춘이세요."

영광은 민 이사에게 손사래를 쳤다.

"민 이사, 요즘 전 세계를 휩쓰는 웃기는 뉴스 어떻게 생각해?"

"관음증 해체가 어쩌고 하는 말도 안 되는 병 말이죠? 호호호."

"이미 우리나라에도 상륙해서 번지고 있잖아. 출시된 첫 한 달 동안 엑스 판매량이 기본 판매량 대비 50% 상승은커녕 되레 30% 감소한 것만 봐도 틀림없이 그것 때문이야. 오늘 저녁에 긴급이사회를 소집해야겠어."

나가면서 그녀는 입술 끝을 살짝 올리며 한 번 더 요염한 미소를 흘렸다. 광고처럼 종합예술도 없을 것이다. 대략적인 기둥을 잡는 작업인 러프스케치를 먼저 하게 된다. 이때 브레인스토밍으로 도출된 아이디어로 종이에 레이아웃을 그리는데, 이를 스토리보드라고 한다. 스태프도 몇 명 있어야 한다. 광고를 총괄하는 A.E, 크리에이티브 총괄자인 C.D, 비주얼과 레이아웃을 담당하는 A.D, 카피라이터 등 몇 명의 스태프가 모여 항상 회의를 한다. 김영광은 사장이면서 광고 총괄책 A.E다. 스태프는 광고주와의 PPM(제작 전 회의)를 통해서 어떤 오리엔테이션을 설정하고 전체 일정을 협의한 다음 제작에 들어간다. 시연회 때 광고주의 의견을 다시 수렴하고 영상광고물 허가를 받고 나면 매체 방송사를 정하여 집행하는 것이다.

벌써 회사 분위기가 초상집인데 이런 잡친 기분으로 긴급회의를 소집해서 무슨 좋은 결과가 도출되랴, 하면서도 영광은 인터넷 포털에 접속하여 웹서핑을 시작했다. 역시나 전 세계의 주요 뉴스가 모두 신종 남성 질환이었다. 그는 아무 기사나 클릭하여 읽어보았다. 뉴욕의 남자들이 열흘 이상 섹스를 거부했고, 그 열흘 동안 콘돔과 비아그라, 러브젤이 전혀 팔리지 않았다고 적혀있었다. 파리에서도 마찬가지였다. 일주일 동안 섹스숍이 전혀 운영되지 않았고, 내국인은 물론 외국에서 온 관광객까지도 홍등가를 찾지 않았다는 것이다. 불란서 관광장관의 인터뷰 기사에 들어가 보았다. 그는 에이즈 확산이 중단되었고 남자들이 부인의 품으로 돌아가는 바람에 위대한 가톨릭 사회의 면모를 되찾기 시작했다고 기염을 토했다. 런던에서는 반라의 매춘부들이 길거리로 뛰쳐나와 열흘 동안 밥을 굶었다며 시위를 벌이고 있다고 쓰여 있었다. 동경에서는 게이샤들이 오랜만에 난을 치고 붓글씨를 쓰는 시간을 가졌으며 외상으로 초밥과 오뎅을 시켜먹고 있다고 나왔다.

민 이사가 내온 에스프레소를 홀짝이면서 영광은 이곳저곳 웹사이트에서 기사들을 찾아 다녔다. 이윽고 서울의 뉴스가 나왔다. 보건복지부 장관도 최근의 사태에 대한 입장을 발표했다. 최근에 외국에서 유행하고 있는 질병이 국내에 유입된 지 한 달가량 되었고 현재는 전국에 빠른 속도로 퍼져가고 있다는 내용이었다.

이윽고 압구정동 중식집에서 저녁식사 겸 긴급이사회가 소집되었지만 오후 4시 은행 마감시간에 회사가 부도처리 되었음을 아는지 모르는지 납덩어리에 짓눌린 듯한 무거운 분위기 탓에 아무도 선뜻 입을 열려 하지 않았다. 먼저 전채를 몇 점 먹은 영광이 입술을 떼었다.

"아까 퇴근 직전에 세계보건기구에서 이 신종질환을 후천성 관음증 해체 증후군이라고 명명했다는 뉴스가 나오더군요."

모두들 고개를 끄덕이자 영광이 설명을 이어갔다.

"영문 이니셜을 딴 AVDS라고 부르기로 했다는 내용인데, 한 달 전 제작한 '해뜰날'의 신제품 엑스 프로젝트가 벽에 부딪힌 것도 사실 이 AVDS 때문이란 분석입니다. 남자들이 이 신종 질환에 걸려 아름다운 여체를 외면함으로써 여성 스스로가 엑스를 구매하고픈 충동이 없어져버려 판매가 되레 급감을 하게 된 것입니다."

그래픽 담당 민 이사가 나섰다.

"엑스가 출시되자마자 재수 없이 AVDS가 유행하게 되었단 말씀인 것 같습니다만, 그 문제를 뺀 다른 요소는 없는지도 분석해야 한다고 생각합니다. 가령, 제품이 진정한 의미의 신상품 가치를 가지고 있느냐는 것입니다."

"무슨 말이죠?"

날카로워진 영광이 그녀의 표정을 읽으려 고개를 돌렸다.

"AVDS가 우리나라 남성들에게 이미 만연되어있다는 가정을 할 때 경쟁사의 제품 판매량도 감소해야 하거든요. 그런데 비밀리에 알아본 결과 엑스에 비하면 아주 조금만 감소했다는 것입니다. 왜 일까요?"

그녀의 얼굴에선 논리적이고 지적인 표정이 자르르 흘렀다. 커피를 끓여내면서 히프를 흔들던 유혹자와는 사뭇 다른 모습이었다. 몰래 비선조직을 운영하는 것이 기업의 생리지만 그 일을 하는 홍보과에서는 주로 자사 상품에 대한 시민들의 호감도나 대리점 비리 등을 알아내는 업무를 한다. 더구나 자기네 회사엔 홍보과도 비선조직도 없는데 민이사가 정말로 경쟁사의 판매량을 극비리에 알아보았을까? 인턴사원이나 사외 팀을 임시로 조직해서 조사했을지는 모르지만 일단은 의구심을 지그시 누른 영광이 목소리를 낮게 깔면서 무게를 잡았다.

"분석 결과가 있으면 말해 봐요."

"회장님, 우리 쪽 제품 엑스에 대한 정보를 경쟁사에서 미리 입수하여 대비책을 마련했다든지……."

신제품을 출시한 해뜰날에서 머리 쓸 문제를 왜 우리 광고회사가 하냐? 영광은 그 반론부터 떠올렸지만 반박하지 않았다. 다만 못 받은 20억에 대한 뼈아픈 미련 때문에 모든 분석이 그저 황당할 뿐이다. 민이사는 준비된 프로젝터를 켜고 벽면에 도표를 투시했다. 경쟁사의 전년도 월별 매출이었다. 11월부터 2월까지는 하향곡선이던 것이 3월부터는 가파른 상승곡선으로 바뀌었다가 5월부터는 다시 하향곡선이 시작되어 8월까지 계속되었다.

그녀의 설명이 계속되는 동안 펜에서 나오는 빨간 광선이 3월 매출액을 가리켰다.

"3, 4월과 9, 10월이 결국 이 제품의 한철이란 뜻입니다. 여기까지는 모두가 아는 정보죠. 자, 여기를 주목해주십시오. 해뜰날은 지난 12월에 우리 회사와 계약서를 작성했고 엑스의 출시도 3월에 맞춰져 있음을 참고하십시오. 여기엔 안 나왔지만 제가 알아본 올 3월의 경쟁사 경쟁 품목 매출은 24억입니다. 작년과 비슷하죠. 따라서 3월 출시 달 엑스의 매출이 24억의 30% 즉, 8억만 되었어도 우린 잔금 20억을 고스란히 받았을 것입니다."

이때 크리에이티브 총괄 이사 박철우가 나섰다.

"민 이사의 설명 중에 미안합니다만, 정말로 경쟁사의 3월 매출이 24억인지 아니면 그 이하인지 정확하게 아는 것이 선명하게 부각되는 첫 번째 과젭니다. 계약서의 단서 조항 1항에 의해서, 경쟁사 경쟁 품목의 3월 매출의 30%가 못되어 20억을 못 받지만, 4항에 보면 천재지변의 경우엔 절반은 받도록 되어 있거든요. 그리고 배우들과 영상제작사와 맺은 계약서에서 보면 천재지변 등의 돌발 상황인 이런 경우에 적용시킬 수 있는 배우들 출연료와 영상제작비 삭감 지불 조항이 나오거든요. 그렇게만 할 수 있다면 그들에게 지급할 8억을 반으로 줄일 수 있어 손해 액수를 훨씬 줄일 수 있습니다."

영광이 박철우 이사에게 의견을 제시했다.

"그러려면 먼저 이 신종 남성 질환이 천재지변에 해당되는지 법리 해석부터 내려져야 합니다. 로펌에서 법원에 소장을 제출하도록 해야 하는 문제죠. 하지만 이걸 생각해야 합니다. 정말 천재지변으로 판결이 났다고 봅시다. 그럴 경우에도 과연 그들에게 출연료를 절반만 지불할 거냐, 하는 문제가 심각하게 대두됩니다."

갑자기 조용해진 순간 민 이사가 침묵을 깨고 의견을 개진했다.

"절반 삭감을 했다간 다음 광고에 그들이 출연을 거절한다면 우리 회사도 끝장이란 말씀이시겠죠? 저도 동감입니다."

금요일의 토론은 그 정도에서 끝났다. 누구도 술을 입에 대려 하지 않았다. 은행 마감 시간에 자기 회사가 부도나버렸다는 걸 공식적으로 아는 유일한 사람, 영광이 좌중을 향해 엉뚱한 질문을 던졌다.

"여러분! 퀴즈 한번 맞추어봐. 가령 비가 올 징조를 찾는 건데. 서풍이 불면 비가 온다. 청개구리가 울면 비가 온다. 달무리가 지면 비가 온다. 나귀가 울면 비가 온다. 이상 네 가지 예시 가운데 틀린 것을 하나 찾을 수 있겠어?"

모두들 고개를 갸웃거렸다. 눈치 빠른 민 이사가 제일 먼저 영광을 빤히 쳐다보았다. 결국엔 아무도 대답을 하지 않아 퀴즈만 공수표가 되고 말았다. 영광이 자리를 정리했다.

"자, 퀴즈에 대한 답변은 다음 회식 때로 미루고 오늘은 이만 일어날까요?"

다음 회식 때라니. 부도가 난 회사의 대표가 하는 말은 모두가 뻥이다. 월요일 아침이면 회사에 난리가 날 것이고 모두가 잠적할 것이다. 영광은 오랜만에 회식 자리에서 먼저 빠져나왔다. 그날 저녁 9시 뉴스에서는 역시나 AVDS를 헤드라인 뉴스로 다루고 있었다. 앵커맨이 이마에 핏대를 올리며 내용을 전달했다.

"오늘 9시 뉴스는 어제에 이어 신종 남성 질환 AVDS 두 번째 특집으로 꾸몄습니다. 몸에 발열이나 통증도 없고 수면이나 식생활에 아무런 변화도 일으키지 않는 질병을 생각해보셨습니까? 관음증만 없어질 뿐 다른 어떤 신체 증상이 없다는 점에서 세기적인 질환이라고 할 수 있는데요. 바이러스 감염에 의한 것인지 아니면 물이나 음식에 의한 것인지, 공기전염인지, 전염경로가 명확하게 밝혀져 있지 않다는 말씀을 드립니다. 보건복지부와 국립의료원에서 나오신 전문가들과 본사 의학 전문기자와 함께 진행……."

광고 제작이 끝나 해뜰날과 SSS 임원진 모두 참석한 시사회에서였다. 해뜰날의 윤막동 회장은 제품 이름까지 지어줄 것을 부탁했다.

"김 대표, 후사할 테니, 이름 좀 한번 기똥차게 지어봐. 당신이나 나나 어차피 욕망을 파는 장사꾼 아닌가?"

하긴 제품이 이미 완벽한 경쟁력을 갖춘 이상 이름만 그럴싸하게 붙이면 날개 돋친 듯 팔릴 게 틀림없다. 미국이나 유럽 냄새가 나면서 우주적인 느낌이 들게 하면 되는데, 전에 잠시 고려했던 이름 '스나이퍼(저격수)'를 가장 먼저 생각했다. 하지만 사랑의 저격수를 연상시키기엔 턱없이 부족한 이름이었다. 피부에 찰싹 붙는 우주 시대의 속옷으로 추천된 다음 이름 '스키니'는 깡마른, 인색한 등 부정적인 의미가 많아서 탈락했다. 엑스를 넣어서 짓는 것도 좋을 것 같아 앞뒤 말을 뺀 채 그냥 엑스라고 떠올려 보았을 때다.

"윤 회장님, '엑스'라는 이름은 어떻겠습니까? 앞뒤에 아무런 수식어도 안 붙이고 그냥 '엑스'라고 하는 겁니다. 이름을 듣는 순간 그게 뭘까 궁금하잖아요."

해뜰날의 윤 회장은 흔쾌하게 오케이를 했다. 자기네가 지은 'Gertten(거뜬)'보다 훨씬 그럴듯한 멋진 이름이라고. 이 바닥에선 상품 이름을 잘 지어야 살아남는다면서.

깜박 깊은 잠에 빠졌다가 고속버스가 J시에 도착해서야 영광은 깨어났다.

"야, 연락 좀 하고 살자. 느닷없이 이게 뭐냐?"

터미널에서 기다리던 진수가 초췌한 모습으로 내린 영광의 어깨를 툭 쳤다. 아침 8시 반이었고 그곳 시간으로도 좀 이른 시각이었다.

"나 때문에 너무 일찍 일어났구나? 미안하다. 늦잠을 방해해서."

"아냐. 실은 항상 다섯 시에 일어난다. 신선한 뽕잎을 따기 위해서

지. 요즘 누에가루 장사가 장난이 아니다."

진수의 첫 마디부터가 영광을 기죽였다. 6시 차를 타기 위해 영광 자신도 5시에 일어난 걸 애써 설명하려 하지 않았다. 영광을 조수석에 태운 자동차는 곧바로 J시에서 가장 유명하다는 콩나물 국밥집으로 향했다. 영광은 거절하지 않았다. 후줄근한 방구석에서 걸신들린 듯 정신없이 국물을 뜨는 영광에게 진수가 물었다.

"영광아, 아침 뉴스에 비아그라 10알을 한꺼번에 삼킨 놈이 나오더라. AVDS란 병이 도대체 어떤 괴물이냐?"

"한 번에 10알을 먹으면 물건이 10배 세지나?"

"풋, 돌아가셨다고 나왔어. 마누라가 한꺼번에 10알을 먹어보라고 요구했다나 어쨌다나. 그러니까 뉴스거리지."

이윽고 자동차가 J시 근교 누에 농장으로 향했다. 부모님이 하던 사업을 자식 대에도 이어서 하는 친구가 되게 부러워 조수석에 앉은 영광은 진수를 몇 번이고 쳐다보았다. 누에 농장에서 뽕잎에 붙어있는 새까만 개미누에를 보고 영광이 질겁했다. 저렇게 작아 보여도 20일이면 다 커서 고치를 만든다고 진수가 설명했다. 방이 여러 개 있었다. 방 마다 성장 정도가 다른 누에들이 있었고 마지막 방 두 개에서는 하얀 나방들이 날개를 파닥이며 고치 주변을 돌아다니고 있어 영광이 고리눈을 떴다

"고치에서 막 나온 성충이구나? 그런데 왜 사람들은 눈에 불을 켜고 누에를 찾는 거냐?"

"그건 섹스를 오래 하는 곤충이기 때문이야. 45일간의 인생이 끝나면 나방이 되어 고치에서 나오고 마치 섹스를 하기 위해 태어난 존재처럼 곧바로 짝을 찾거든."

누에가루가 혈당치를 내려준다든지, 간 기능을 회복시켜준다든지

하는 것도 모두 과학적인 근거가 있긴 하지만 현실적으로 정력을 향상시켜준다는 믿음이 없다면 그렇게 많이 팔리지는 않을 거라고 진수가 열변을 토했다.

"신종 남성 질환이네 뭐네 해서 요즘 판매량이 급증했구나?"

영광이 슬쩍 해본 소리에 진수가 즉각 반응을 했다.

"정말로 20배나 급증했는데 어떻게 알았어? 너는 광고 사업이 잘 안 되냐?"

삶이란 살수록 눈치 채는 데 도사급이 되는 걸까. 진수는 이미 영광의 속사정을 파악하고 있었다.

"묻지 마라. 그놈의 신종 남성 질환 때문에 죽을 지경이다. 올해가 연매출 1,000억을 달성하는 해잖아. 창립 10년 만에 그것도 금자탑을 세우기 직전에 그만 고꾸라졌지 뭐냐."

"관음증이 없어지면 광고 사업이 안 되냐?"

진수도 깊이 생각해본 바 없는 모양이었다. 관음증과 광고 사업의 밀접한 상관관계를 떠올리느라 두 사람은 갑자기 할 말을 잃었다. 그때 진수의 핸드폰이 울렸다.

"네네, 해동산업 김진수입니다. 누에를 보내달라고요? 지난번 거래하고서 아직 한 달도 못 됐는데 벌써 동이 났다구요? 알았습니다. 지난번 양 그대로 보내드릴까요?"

통화를 끊기가 무섭게 진수의 핸드폰이 또 울렸다. 비슷한 내용의 통화가 오고가는 동안 영광은 자꾸만 초라해져갔다. 핸드폰을 잡은 진수의 목소리도 거드름을 피우듯 사뭇 무겁게 깔리고 있었다.

"허허허, 주문량을 제때 맞추지 못할 것 같습니다. 달라는 데가 하도 많아서 말입니다."

전화가 끝나자 진수는 입 끝이 귀에 걸릴 정도였다. 아니나 다를까 누에 농장의 사무실에 앉아서 TV 경제채널을 본 두 사람은 입을 쩍 벌리고 말았다. 비아그라 같은 발기부전 치료제를 생산하는 제약회사 주가가 연일 상종가였고, 누에 등 천연재료를 이용한 정력제 생산사들도 매출이 몇 배씩 늘어 정신을 못 차릴 정도였다. 진수가 손을 부들부들 떨었다.

"아니 이게 도대체 웬일이냐? 도저히 믿을 수가 없어. 누에가 없어서 못 파는 이 기분 모르지? 이게 꿈이냐 생시냐?"

'그래, 팔릴 때 많이 팔아라. 어쩌면 우린 욕망을 파는 사람들일지 모른다. 너는 천연 비아그라를 팔고 나는 남녀의 욕망에 불을 지피는 모티브를 파는 사람……'

영광이 속으로 중얼거렸다.

채널을 돌리자 뉴스가 온통 신종 남성 질환 소식으로 도배되다시피 했다. 진수가 갑자기 걱정스러운 표정으로 영광을 보았다.

"요즘 사실 나도 마누라 옆에 가기가 싫어. 혹시 저 무지막지한 병에 걸렸을까?"

"당근이지. 나도 이미 걸렸어. 우리 회사 민 이사라고 서른 막 넘은 쭉쭉빵빵한 가시나가 있어. 그것이 아주 작정하고 유혹을 해대는데, 요즘엔 눈에 들어오지도 않더라고. 그리고 수정이 있잖아. 요즘엔 전혀 보고 싶지가 않아."

하지만 진수의 훈수는 달랐다.

"부도난 놈이 여자 생각이 안 나는 게 지극히 정상이지. 뇌신경이 잔뜩 긴장해 있는데 하초신경이 쪽이나 쓰겠냐? 나는 지금 세월이 너무 좋아. 앞으로 한 십 년 동안은 발기가 안 되어도 좋으니까 이대로 사업만 잘 된다면 좋겠어."

"진수야, 나 말이야. 보름만 신세지면 안 될까? 제수 씨 보기에도 미안하고 하니까 아침에 등산 갔다가 해지면 내려올게. 네 농장 일에 괜히 방해 안 되도록 말이야. 일손이 딸리면 솔직히 말해주고. 밥값이라도 할 테니."

"알았으니 걱정 마라. 친구 좋다는 게 뭐냐? 그리고 우리 집 사람 눈치 볼 걱정은 안 해도 된다. 대한이라고 아들 녀석 있잖아. 그 밑에 민국이도 있고. 두 아들 녀석들 공부를 좀 시켜볼까 해서 마누라가 K시에 가 있잖아."

"참, 그렇지."

"말하자면 주말부부인 셈인데. 매주 가는 건 아니지만, 어쨌든 걱정 마라."

행여 수사기관에서 찾아올까 우려부터 할 법도 하지만 진수는 이해심 많게도 넉넉한 웃음으로 받아주었다. 누에 사육장에 딸린 빈 방 하나가 영광의 임시 숙소가 되었다. 인근 야산에서 끌어온 수도가 처마 밑까지 연결되어있어 다행이었고 누에의 찌끼 냄새가 나는 것쯤은 아예 문제도 안 되었다. 보름이란 기한도 어떤 확실한 게 있어서 정한 것이 아니다. 그저 등산을 하면서 뭔가 대책을 세울 수 있을 것 같은 막연한 기간이었다. 그날 해 질 녘에 산에서 내려왔을 때 정말로 진수가 손수 준비한 소담스런 밥상이 기다리고 있었다. 절실했기 때문일까. 저절로 기도가 나왔다. 따뜻한 손길과 잊고 살았던 미세한 부분들에서 삶의 은혜가 느껴지기 시작했다. 많은 돈을 벌어보겠답시고 하루하루가 어떻게 흘러가는지도 모른 채 앞만 보고 달려온 지난 10년 동안 단 한 번도 경험하지 못했었다.

진수와 함께 밥을 먹고서 설거지와 간단한 빨래를 한 다음, 몸을 씻고 나면 방에서 구닥다리 텔레비전을 켜놓고 뉴스 위주로 들여다 보다 잠에 빠져드는 게 일과처럼 되었다.

며칠 동안 방송사들이 앞을 다투어 보도하는 빅뉴스는 바로 신혼부부들의 이혼 소식이었다. 신혼여행 중에 남자들이 동침을 거부하는 바람에 여행에서 돌아오자마자 이혼하기로 한 커플이 수두룩하게 발생했다는 것이다. 심한 경우에는 여행 도중에 헤어지기도 했다. 그리고 서울의 지하철에서 여성을 대상으로 한 몹쓸 짓이 완전히 사라졌다는 뉴스가 나오고 여성단체에서 환영 성명이 발표되었다. 미아리 텍사스촌을 비롯한 전국의 홍등가에서 단 한 명의 고객도 확보하지 못했다고 발표되자 여성단체에서 또 환영하는 성명을 냈다. 하지만 여성에 대한 남자들의 관심이 사라지자 이상한 현상이 나타나기 시작했다. 여성 화장품의 매출이 급감해버리고 목욕탕 이용 고객이 절반 이하로 줄어버렸다. 미장원도 마찬가지고 백화점 의류코너도 마찬가지였다. 바지를 입는 여성의 수가 몰라보게 급증했다. 모든 소비재의 판매가 급감하자 생산도 덩달아 줄어들었다. 미상불 세계 경제 지표에 이상 기류가 보이기 시작했다. 유일하게 판매가 증가한 품목이 하나 생겨났다. 딜도……. 여성 자위기구 딜도를 선전하는 광고가 신문이나 잡지 그리고 유선 방송에 버젓이 등장하기 시작했다.

밤 9시 뉴스에서는 아예 신종 남성 질환 특집 코너가 신설됐다. 특집 코너에서 다룬 새 소식에 영광의 눈이 번쩍했다. 의사들로 구성된 학자들이 연구에 참여하여 원인규명에 나섰다는 뉴스였다. 항간에 나도는 바이러스 설을 확인하기 위해서 전국의 남자들 샘플을 5,000명 정도로 정하고 그들의 혈액과 체액에서 바이러스가 검출되는지가 큰 이슈가 되었다. 결과는 가능한 빨리 발표될 거라면서.

진수는 눈코 뜰 새 없이 바빴다. 누에들을 키우는 것 외에도 옆에 붙은 공장에서 만들어 지는 제품을 손수 관리했다. 건조기에서 나온 누에가 분쇄기에 들어가 빻아진 다음 상표가 찍힌 비닐봉투에 담겨 캔에 들어간다. 질소충전과 동시에 밀봉이 되면서 깡통이 완성된다. 이 모든 과정이 기계에 의해 자동으로 그저 척척 돌아갔다. 영광이 외진 방에서 TV에 집중하는 저녁 내 진수는 쉬지 않고 깡통들을 박스에 넣어 포장했다. 어른 키 두 배 높이로 쌓인 그것들은 다음날 택배 차가 와서 실어갔다.

나흘이 흘렀고 그동안 영광은 산 너머 절의 주지와 사귀어 그곳으로 거처를 옮길 구상을 하기 시작했다. 그날 밤 특집 코너에서는 잠자리를 요구하다 지친 부인에게 뭇매를 맞은 남자들 이야기와 법원마다 마누라 얼굴을 보기 싫다는 남자들로 인해 이혼이 급증하여 다른 재판은 뒤로 미루고 아예 이혼판결에만 매달린다는 소식과 외출할 이유가 없어진 여자들이 집안에 틀어박혀 먹어대기 때문에 식료품과 과일, 군것질의 판매량이 급상승했다는 소식 그리고 딜도 판매량이 1,000% 급증했다는 소식이 톱뉴스로 다루어졌다. 더욱 놀라운 건 이것이 전 세계에 공동된 현상이란 점이었다. 설상가상으로 각국의 무역 질서가 뒤흔들리고 세계 경제가 핵폭탄을 맞은 듯 급격한 디플레이션에 빠져들었다.

다음날에는 남녀가 평등해졌다고 성명을 낸 남성단체가 생겨났다. 인류가 그동안 쓸데없는 성욕으로 에너지를 낭비했다면서, 이제야말로 일에 전념할 수 있을 것이라고 성명은 기염을 토했다. 이윽고 종교단체들도 성명을 냈다. 이 위기는 그동안 인류가 저질러온 성적 방탕에 대한 하느님의 준엄한 심판이 내려진 것이라고, 이제야 인류는 성을 올바로 사용하게 되었다고……. 자막 뉴스로는 보형물을 집어넣은 남성들만이 섹스를 하게 되어 남자들이 보형물 삽입술을 신청하는 사례가 급격히 증가했다는 보도가 나왔다. 하지만 다른 보도에 따르면

150

공장에서든 사무실에서든 생산성은 더 떨어지기 시작했다. 사람들이 일을 하려 하지 않아 회사마다 비상이었다.

특집 코너에 출연한 한 학자가 설명했다.

"여성들의 성욕은 전혀 영향을 받지 않은 상태에서 남자들만 성욕이 사라진 것은 아주 특이한 현상입니다. 여성이 어떻게 매번 보조기구를 이용해서 만족합니까? 남자 없는 여성만의 오르가즘, 이것은 정말 큰 문제이고 인류역사상 가장 심각한 도전에 직면한 것입니다. 다행히 인공수정을 통한 분만은 계속 가능할 것으로 보지만 그것만으론 인류의 자손번식을 충분히 할 수가 없습니다. 말하자면 인류가 멸종의 위기에 직면한 것이지요."

해외소식 코너에서는 뉴욕의 콜걸 노조 회장의 인터뷰가 뉴스거리였다.

"전 세계 남자들아, 너희들 그러는 게 아냐. 꼴릴 때는 돈 들고 줄 섰던 것들이 이제 와서 껌 뱉듯이 하면 되냐? 우리가 지금 먹통대가리냐? 너희들 모두가 한 통속이 되어 짜고서 발을 막은 것 모를 줄 아는데. 두고 보라지. 꼭 보복하고 말테니까!"

그녀의 뒤에 빙 둘러 선 여성들이 아예 노팬티로 나선 것이 색달랐다. 국내 화면에서는 사타구니를 흐릿하게 처리해서 내보고 있었다. 다음 뉴스에서는 갑자기 늘어난 초미니 스커트의 등장을 다루었다. 뉴욕, 파리, 밀라노, 동경, 서울의 거리에서 여성들이 팬티가 과감하게 드러나는 초미니 스커트를 입기 시작했으며 이 현상은 초를 다투며 급격하게 늘어가고 있다는 내용이었다. 화면에도 서울의 명동을 활보하는 40대 여성 세 명의 모습이 나왔다.

"어? 팬티 위로 올라간 스커트도 다 있냐?"

공장 일을 잠시 쉬느라 영광의 방에서 함께 뉴스를 보던 진수가 벌린 입을 다물지 못했다. 영광은 갑자기 호흡이 가빠졌다. 여자들이 자신의 성적매력을 최대한 오픈시키기 시작한 것이라면 엑스의 판매량도 급증할 것이고 광고비도 회수할 수 있을 거란 희망 때문이었다. 영광은 허겁지겁 인터넷을 열어 경제 사이트에 들어가 보았다. 하지만 신제품 엑스를 출시한 해뜰날의 주식은 여전히 바닥 시세였다. 헛물만 켠 영광이 힘없이 진수에게 물었다.

"자넨 여자 치마를 보면 무슨 생각이 떠오르냐? 솔직담백하게 말해봐."

"흐음, 그 속에서 꿈틀대고 있을 몸뚱이를 상상한다. 됐냐?"

"하긴, 남자들의 끈끈한 시선이 없으면 핫팬츠나 미니스커트를 왜 입겠어?"

다음날은 TV에서 더 큰 뉴스가 흘러나왔다.

"시청자 여러분, 놀라지 마십시오. 세계 주요 도시마다 거리에서 노브라에 팬티만 걸친 여성들의 모습이 보이기 시작했습니다. 이들은 어엿한 가정주부들이고 학생들입니다. 그들이 왜 이런 도발적인 모습을 하게 되었는지는 속보가 들어오는 대로 보내드리겠습니다. 전 세계 학자들이 바이러스 원인설을 규명하기 위해 총력을 기울이는 가운데 나온 현상이어서 충격적이 아닐 수 없습니다. 현 시점에선 인플루엔자처럼 공기전염을 일으키는 바이러스에 의해 감염된다는 게 학계의 공통된 의견이고 보면 어서 빨리 정확한 원인이 밝혀져 더 이상의 혼란이 없어야 되겠습니다."

순간 영광에게 번쩍 스치는 게 있었다. 만일 바이러스가 원인이라면 쉽게 끝날 문제가 아니라는 것과 그걸 경우 백신이 나올 때까지 3년이고 5년이고 이런 현상이 지속될 거란 예측이었다. 그렇다면 자기네 사업은 이미 좋난 것이나 다름이 없다. 아무래도 욕망을 촉발시키는 광고의 약발이 더 이상은 먹혀들지 않을 것 같았다.

어이쿠! 영광은 머리를 쥐어 쌌다. 아니나 다를까 다음날 빅뉴스는 제약회사 주식의 상종가 행진이었다. 특히 백신을 생산하는 회사의 주식은 백 배 이상 뛰어오르는 기염을 토했다. 전날의 바이러스설 뉴스 때문이었다. 거리에서는 노브라에 팬티 차림의 여성들이 부쩍 늘었고 자료화면에서도 은밀한 곳을 더 이상 흐릿하게 처리하지 않았다. 플로리다에선 오히려 팬티까지 벗어버린 모습이 나오기 시작했다. 전라의 모습으로 길을 가던 여성이 기자가 들이댄 마이크에 대고 외쳤다.

"평범한 가정주부에요. 매주 교회에 나가고 있고요. 남편의 마음을 움직이기 위한 최후의 수단은 이것입니다. 이젠 창피할 것도 없어요. 어느 남자도 나의 알몸을 눈여겨보지 않는 마당에 아무렴 어떻습니까? 날씨도 더운데 되레 잘 되었잖아요?"

일주일째 되는 날 여성단체들이 잇달아 성명을 발표했다. 성적타락 운운하면서 침을 튀기며 남성들의 관음증을 공격했던 예전의 성명과는 사뭇 다른 내용이었다.

"여성들 스스로 노예라도 되겠다는 처사인지 안타깝습니다. 여성들 스스로 알몸을 만들어 버린 일에 대해 우리의 입장은 다음과 같습니다. 불행한 사태를 맞아 남성의 관음증을 자극해보려는 눈물겨운 노력은 가상하지만, 이럴 때일수록 끝까지 도덕심을 지켜주기를 진실로 권하는 바입니다."

종교단체들의 성명에서도 성적타락에 대한 하늘의 징벌 이야긴 쏙 들어가 버렸다.

"여성들은 남성을 존중해야합니다. 하느님께서는 천지를 창조하실 때 남자부터 만드셨음을 강조하고 싶습니다. 남자가 없음으로 해서 발생할 상황은 모든 면에서 여성들에게 불리합니다. 하느님께서 이 난국을 반드시 해결해주시도록 모두 마음을 모아 기도합시다. 그리고 이제부터라도 여성은 관음증을 유발시키려 노력하기보다는 좀 더 가정적이고 슬기로운 자세로 남편을 위해주도록 권합니다."

진수는 공장에서 박스 쌓는 일을 계속했다. 지루하지 않도록 옆에 켜놓은 라디오에서 흘러나온 뉴스에 진수가 헛웃음을 지었다.

"허허. 세상이 말세네. 남자들이 도둑놈들이네 늑대 같은 놈들이네 하면서 드라마고 영화고 걸핏하면 곤죽이 되도록 매도만 하던 것들이 이제 와서 도덕? 그리고 남편 존중이라니. 이거야 원!"

전 세계가 꼭 무척추 동물 기어가듯이 정치적으로나 경제적으로 흐느적거린 지 한 달이 되고서야 WHO(세계보건기구)의 특별성명이 발표됐다. 현지 시각 오후 2시, 한국은 오후 10시에 스위스 제네바에 있는 세계보건기구 본부에서 전 세계에 생중계되는 가운데 원고를 손에 든 사무총장이 텔레비전에 모습을 드러냈다.

"존경하는 세계 시민 여러분, 그동안 얼마나 걱정하셨습니까. 이 전대미문의 신종 남성 질환 AVDS의 원인은 아직 밝혀내지 못했습니다. 그동안 노벨상 수상자 의사들을 포함한 여러 석학들이 몇 개 그룹으로 나뉘어 연구를 시작했고, 그 결과 바이러스설과 스트레스설, 식품설 확인에 다소 진전이 있었습니다. 하지만 이 자리에서 밝힐 것은 최초로 발병을 한 뉴욕에서 자연치료 사례가 많이 발견되었다는 사실입니다. 뉴욕 환자의 약 30%가 이미 후유증 없이 나았습니다. 미국의 대도시와 유럽의 환자들에서도 자연치료 사례가 계속 늘어가고 있음이 매일 보고되고 있고요. 백신이나 치료약 개발이 필요 없이 저절로 나을 수 있다는 기쁜 소식을 세계 시민 여러분께 전합니다. 모두 기뻐해주십시오. 하지만 연구 그룹들은 질환의 원인 규명에 계속 박차를 가할 것을 약속드립니다."

꿈인지 생시인지 김영광은 먼저 자신의 뺨을 꼬집어보았다. 그리고는 벌떡 일어나 두 손을 번쩍 들어올렸다. 도피 생활 일주일 만에 날아든 쾌보가 아닐 수 없었다. 너무너무 흥분한 나머지 영광은 맨발로 공장에 달려갔다.

"만세! 만세! 오, 하느님. 감사합니다. 진수야, 뉴스 들었다면 제발 기뻐해주라! 미국에서부터 환자들이 자연적으로 치유되고 있다는 소식이야. 이제 우리 회사가 살아나게 됐어."

영광은 눈물을 흘렸다. 하지만 일손을 멈춘 진수는 오히려 시무룩한 표정이었다.

"자연치유? 거참, 누에가루가 이제 막 나가기 시작했는데 도루묵 되겠네. 제기랄! 이런 호황만 계속된다면 난 10년간 발기가 안 되어도 좋은데."

그날 저녁 뉴스에서는 뉴욕의 벌거벗었던 여성들이 옷을 정숙하게 차려입고 거리를 활보하는 모습이 소개되었다. 언제 그런 해괴망측한 병이 휩쓸고 지나갔냐 싶었다.

욕망을 팝니다

접시꽃

그의 눈 속에서 다시금 접시꽃이 출렁거렸
다. 한두 그루가 아니었다. 끝없이 펼쳐진
들판에 출렁이는 흰색, 빨간색, 자주색 키다
리 접시꽃 무리였다. 나는 또 반사적으로 카
메라를 만지작거렸다.

그해 여름은 미친 계절이었다. 정오를 막 넘긴 시각이었을까. 나는 남한강변에 있는 한 유리 건물 3층의 음악카페에서 강물을 향해 생맥주잔을 기울이며 하얀 거품을 날려 보내고 있었다. 마주앉은 최 선생이 수박 덩이만 한 1,000cc 잔을 번쩍 들어 올리며 내게 윙크를 했다. 머리카락을 올백으로 넘긴 넓은 그의 이마에 시선이 닿았다. 15년 전에 나와 함께 양평에서 군의관을 할 때보다 정수리만 조금 더 벗겨졌을 뿐, 생글거리는 게 그때 모습 그대로였다.

황금빛 햇살을 가르는 수상스키의 파열음이 멀어졌다가 다시금 가까워지곤 했다. 색유리창 너머 온통 꽃망울로 범벅이 된 배롱나무가 눈에 들어왔다. 아까 그 나무 아래서 카메라 셔터를 누르려는 순간 어깨를 떠미는 손길에 피사체를 놓쳤을 때였다.

"찍지 말아요!"

목소리가 들린 뒤쪽으로 삐딱 고개를 꺽은 내 앞에 최 선생이 서 있었다. 순간 깜짝 놀라 나는 내 눈을 의심했다.

"박요한 선생 맞죠?"

그가 천연덕스럽게 말을 건넸다. 최한서 선생이었다. 금기를 찍으면 안 돼, 하고 그가 재차 경고를 했다. 남의 작품에 소금을 뿌리는 사람이 최 선생님이라서 놀랐고 15년 만의 조우에 나는 무슨 말을 먼저 해야 할지 전전긍긍했다.

"찍으려는 게 물살 가르는 팔등신 미인이야? 아니면 버드나무 밑에 우울증 걸린 여자야?"

15년이 지났어도 그의 말투는 여전했다.

최 선생은 내게 무슨 과를 하는지부터 물었다.

"마취통증과 하고 있어요. 후배와 함께 공동개원해서 돌아가면서 쉬기도 하고 그럭저럭 꾸려가고 있고요."

의료 환경이 최악인 요즘엔 버틴다는 말보다 꾸려간다는 말이 더 말본새가 있을 것 같았다. 최 선생이 내 머리끝과 발끝을 보더니 대뜸 휴가는 언제 끝나느냐고 물었다. 내가 휴가 중인 걸 어떻게 알았을까. 그때나 지금이나 그의 눈썰미는 정확했다. 사단 군의관 가운데 그의 사격점수가 제일 높았던 것도 결코 우연은 아니었나 보다. 맥주 한 잔 할 시간은 있겠지? 하며 그가 나를 억지로 끌어 함께 카페로 올라왔다.

"정말 오랜만이야. 나도 바삐 살았지만……."

말하는 최 선생의 얼굴에 잔물결이 일었다.

"그때 외과 교실에 곧바로 들어가셨어요?"

내 질문에 그는 눈 끝을 치켜 올렸다.

"야, 그딴 이야기 집어치우고 맥주나 마셔! 이런 데 와서까지 병원 이야기냐?"

성격이 화통하기는 그때나 지금이나 여전했다. 우린 어느새 15년 전으로 돌아간 기분이었다.

창 너머 강가 수양버들 아래를 시선으로 더듬던 나는 선글라스를 낀 이목구비가 뚜렷한 그 여자를 금세 찾아냈다. 아까 하늘에 노출을 재고 찍는 흔히 말하는 실루엣 사진을 찍으려는 순간에 일을 그르치고 만 것이 자꾸 걸렸다. 그랬다면 여자와 버드나무는 검게 나오고 하늘에 새털구름이 펼쳐진 멋진 작품이 될 수도 있었다. 갑자기 최 선생이 내게 귀띔을 했다.

"아직도 우울증 환자를 찾고 있군. 아까 거의 포커스를 맞추었었지? 실은 저 여자 바이올리니스트야. 이 카페 주인이기도 하고. 밤이면 이곳에서 지고이네르바이젠을 켜곤 해. 색소폰 연주가 끝나면 말이야."

최 선생이 턱으로 무대 쪽을 가리켰다. 마침 기타리스트가 무대를 준비하는 게 보였다. 선들의 연결 상태를 확인하고 마이크의 높이와 음향을 테스트하느라 띵까띵까 몇 음절 퉁기더니 이내 연주에 들어 갔다.

나긋나긋 감미로운 남미 음악을 토해내는 그의 손길을 구경하느라 넋을 잃은 내게 최 선생이 쏟아냈다.

"연주자 장발 머리가 멋있군. 예술 한다는 놈들 이해가 안 되는 때가 있어. 저 너저분한 머리 꼬락서니 하고는! 쯧쯧, 감미로운 건 맞지만 그건 어디까지나 우리네 귀가 잘 구별하지 못하기 때문일 수 있어. 전문 가들은 즉각 찾아내지. 어느 부분에서 박자가 틀리고 어떤 곳에서 안 쉬었고, 어느 음절이 빠졌는지. 또 저 자식은 지금 우리 귀를 녹녹하게 만드는 기술만 기계처럼 반복하고 있을지 모른단 말씀이야. 실제로는 머릿속에서 딴 생각을 하는지도 모르지. 가령…… 애인의 젖가슴을 생각하거나 자취방 밀린 사글세를 걱정하고 있을지 모른단 말이지."

"프로니까 어떻게든 우리 귀만 잘 구슬리면 되지 않나요? 청중의 귓바퀴에다 미끌미끌 빠다칠만 잘 해주는 연주자면 오케이일 것 같은데."

내가 정색을 하고 묻자 최 선생이 즉각 반박했다.

"말하자면 그렇단 이야기지 당연한 걸 왜 물어?"

오후 3시 남한강은 무더위와 청록의 푸르름이 어우러져 사진 찍을 곳이 제법 여러 군데 눈에 띄었다.

"구도가 딱 들어맞는 곳이 왜 자꾸만 보이는 거죠?"

내가 물었다.

"그건 자네가 맥주를 마셨기 때문이야."

그의 해석이 재미있었다. 빛의 각도와 색조가 절묘하게 대비된 때문일 거라 생각하면서 나는 생맥주를 몇 모금 들이켰다. 그의 1,000cc 잔이 벌써 비었다. 최 선생이 웨이터를 찾느라 손을 번쩍 올리자 그 넓은 카페에서 어떻게 발견했는지 웨이터가 번개처럼 달려왔다.

"거참, 그 아저씨 시속 100km로 달려온 거 같아."

내가 농을 걸자 웨이터는 정말이라면서 자기 명함을 척 내밀었다. 거기에 그의 이름이 백길호(100km)라고 박혀있어 최 선생과 나는 그만 너털웃음을 터뜨리고 말았다.

"세상엔 말이 그대로 이루어지는 경우가 있어."

최 선생이 넉살을 피우는 사이 새 맥주잔이 그 앞에 놓였다.

"이 사람이 맥주를 소주 마시듯 하네. 어서 마시지 뭘 뭉그적거리나?"

눈을 흘기는 그의 핀잔에 내가 잔을 허겁지겁 치켜들었다. 우리는 잔을 짱 부딪친 다음 목구멍에 졸졸 부었다. 최 선생이 지적했다.

"자네 입가에 태평양 파도가 흔적을 남겼군."

입가에 묻은 거품에 대한 표현치곤 재미있었다.

"참! 선생님, 전에 소설을 쓰셨는데 어떻게 되었나요?"

나는 최 선생이 군의관 시절에 무슨 신문 신춘문예인가에 당선까지 하며 기염을 토했던 일을 기억해냈다. 그때? 흠, 하고 그는 콧방귀부터 뀌었다.

"그 후로도 몇 권 썼지. 베스트셀러를 써서 이름을 좀 날려볼까 했는데, 그게 좀 꼬이고 잘 안 되었네."

그의 말은 내게 궁금증을 더해 주었다. 10년 전 포대 의무실에서 최 선생의 단편소설 「그 여름날의 랩소디」 전문을 읽었을 때 얼마나 충격을 받았는지 모른다. 신문을 내려놓고 한동안은 말이 나오지 않았다. 여름의 한복판을 관통하는 뜨거운 사랑 이야기가 그렇게 진솔하게 심금을 울릴 줄이야. 그때부터 나는 그가 환생한 이효석 선생은 아닌지 군의관 회식 때마다 눈을 비벼가며 보고 또 보았다. 외과의사로만 알았던 그에게 그런 면모가 숨어있었다니, 정말 믿기지 않았다.

최 선생이 운을 떼며 입맛을 다셨다.

"장편 소설을 몇 권 발표했는데…… 그게 나의 삶이 되어버렸어. 말이 어떤 예시가 될 수 있는 건 소설이 현실을 그대로 투사한 것이란 이론과 상통해. 아까 말했듯이……."

맥주잔을 유심히 들여다보던 최 선생은 눈을 돌려 창 너머를 보았다. 여름빛은 정염을 불태우듯 수그러질 줄 모르는 기세로 남한강을 색칠하고 있었다. 우리는 거의 동시에 아까 우울증 걸린 여자라고 했던 카페 주인에게로 시선을 향했다. 흐드러진 수양버들 아래 고즈넉이 앉아 있는 그녀의 긴 머리칼과 넓은 이마, 잠자리 눈 같은 선글라스가 이국적이었다. 나는 그녀에 대해 궁금증이 들끓었지만 호기심을 지그시 누르고 최 선생을 바라보았다.

15년 전 신문에서 읽은 「그 여름날의 랩소디」를 떠올렸다. 소설 속 주인공은 중학교 선생님. 그가 경기도 어느 군 소재지 중학교에 전근된 지 얼마 안 되어 제자 여학생의 죽음과 마주치게 된다. 제자는 신장 질환을 서울의 큰 병원에서도 고치지 못하고 세상을 뜨고 만다. 그는 담임으로서 장례식에 참석하는데 거기서 만난 제자의 어머니가 옛 애인이다. 헤어진 지 15년 만의 해후랄까.

"그때 아마 제자의 어머니도 혼자였죠? 남편을 잃고 조용히 시골 텃

밭을 일구며 사는?"

내가 물었을 때 최 선생의 눈빛에서 얼핏 접시꽃이 보였다. 어라? 접시꽃이네? 하고 내가 감탄사를 입술 끝에 굴렸다. 소설엔, 소복 차림의 그녀와 함께 제자의 유분을 강물에 뿌리고 나서 집까지 바래다줄 때 그녀의 집 마당에 접시꽃이 가득 피어 출렁였다고 씌어 있었다. 나는 흰색, 붉은색, 자주색 접시꽃들을 눈앞에 그리며 카메라를 만지작거렸다.

"「그 여름날의 랩소디」 생각하고 있어? 죄다 읽었나 보군."

최 선생이 눈치를 챘는지 내 표정을 살폈다.

"그때 군의관 가운데 안 읽은 사람이 있다면 당연히 간첩이죠!"

나의 대꾸에 그가 빙긋 웃더니 남은 생맥주를 벌컥벌컥 들이키고는 천천히 말을 이었다.

"그건 집안 내력이었어. 신장 질환으로 남편과 딸을 잃은 것 말이야. 주인공 남잔 그녀가 접시꽃밭을 지나 안으로 들어가는 모습만 지켜보고 돌아서. 그리고 읍내 자신의 하숙방에 돌아오는 걸로 소설이 끝나잖아."

그 사이에 기타 연주가 끝났다. 무대는 비었고 스피커에선 LP음반이 돌아가기 시작했다. 내가 손목시계를 들여다보자 최 선생이 물었다.

"그래서 개업은 잘 되고 있어?"

"그냥 그런대로요. 선생님은요?"

"난 바로 대학에 들어갔잖아. 그리고 15년 만에 계급장을 떼고 나왔지."

"아, 그럼 어디에 오픈 하셨습니까?"

"허허, 아직. 지금은 이렇게 한량노릇이나 하고 있어. 오늘 저녁에 식사나 함께 할까? 내가 한 턱 쏠게."

"미안해서 어쩌죠? 저는 지금 한계령 넘어가야 하는 데."

내가 얼른 이유를 댔다. 속초에서 다른 사진작가들과 합류하기로 되어있다고.

"그럼 할 수 없지. 다음 기회로 미루어야지. 나를 버리고 가시는 임은 십리도 못가서 발병이…… 날지 안 날지는 모르지만 내 연락처는 여길세."

그가 명함을 건넸다.

소설가 최한서.

네모난 연갈색 종이 어디에도 그의 전문직은 인쇄되어 있지 않았다. 최 선생을 다시 올려다보았다.

밖에 나오니 후줄근한 등줄기에 땀이 비 오듯 흘러내리기 시작했다. 더위를 이겨보겠다고 생맥주를 1,000cc나 마신 꼴이 결국엔 그렇게 된 것이다. 술로 더위를 이겨보겠다고? 허허허, 내가 나를 속인 셈이 되어 실소하고 말았다. 무더위에 술을 마신 게 불에 기름 부은 격이 아니라면 무엇이란 말인가. 안에 있을 때 에어컨 바람 아래서 얼마나 시원하고 쾌적했던가. 문명이란, 그 혜택에서 벗어난 사람이 얼마나 초라한지 적나라하게 드러내는 괴력을 지닌 걸까. 그 웃기는 부조리를 실감하면서도 내 취한 눈은 다시금 수양버들 아래로 향했다. 하지만, 하얀 빈 의자만 덩그러니 남아있을 뿐 카페의 주인은 보이지 않았다. 어디로 갔을까? 눈을 씻고 보아도 그녀는 사라지고 없었다. 내 눈이 변했는지 빛의 각도가 변했는지 구도도 이미 많이 달라져 있어 아까 보아두었던 풍경들이 모두 밉상으로 변해버렸다.

태양이 빛을 거두어들이고 있었다. 갑자기 주변의 화창함이 먹물로 그린 화선지 그림마냥 우중충해졌다. 변덕스러운 한여름에랴! 자동차 시동을 걸면서도 나는 여전히 아쉬움을 버리지 못하고 있었다. 뭔가 마무리 짓지 못하고 떠나는 기분이랄까. 에어컨을 켜자 기분이 한결 좋아지기 시작했다. 맥주로 인한 취기가 조금은 가라앉았다 싶어 핸들을 돌렸다. 분명한 음주운전인줄 알면서도 액셀러레이터를 슬슬 밟기 시작했다. 한 번 더 버드나무 쪽을 흘깃거렸지만 그 여자를 다시 볼 순 없었다.

6번 국도를 달려 홍천까진 괜찮았다. 하지만 차가 중앙고속도로에 진입했을 쯤 비가 쏟아지기 시작했다. 그래도 꿋꿋하게 한 시간을 더 달려 춘천 IC에서 46번 국도로 진입하자 갑자기 천둥이 몰아치고 장대비가 퍼붓기 시작했다. 그때부턴 브러시를 가장 빠르게 작동시켜도 시야가 확보되지 않았다. 상향등을 켜고 점멸등까지 켠 채 살얼음을 걷듯 애쓴 끝에 결국엔 소양강 근처의 어느 낯선 가든 입구에 차를 세워야 했다. 양평에서 한계령까지 3시간, 한계령에서 속초까지 1시간이 소요될 것으로 느긋하게 계산한 데 잘못이 있었을까? FM 교통방송에선 강원도 산간지역에 내린 호우 경보에 대해 목소릴 높이고 있었다. 비올 확률이 오십 프로라고 들은 것 같은데, 하고 나는 내 귀를 의심했다. 장대비를 피하는 시간이 점차 길어지고 있었다. 삼십 분이 넘어가고 한 시간 가까이 되었을 때에야 나는 제대로 정신을 차렸다. 음주운전까지 하면서 무슨 똥배짱으로 이 폭우 속에 한계령을 넘어간다는 위험천만한 결심을 했을까? 나는 애꿎은 오봉산 방향을 자꾸만 흘겨보았다.

김마리아 선생한테서 아무런 전화가 오지 않아 더욱 불안해졌다. 그녀는 나와 동갑인 노처녀 사진작가다. 지리산 사진작가 모임에서 만나 그녀의 수상 실적에 감탄을 했다. 그녀는 대구에서 제법 바지런한 활동을 하고 있었는데 그게 내겐 신선한 채찍이 되었다. 내일 설악산에서 전국 작가 미팅을 하기 전에 대구 부산 팀과 서울 충남 팀이 오늘

밤 속초에서 만나기로 되어있었다.

문자 메시지를 보냈는데도 아무런 답장이 오지 않아 참다못해 전화를 걸었다.

"김 선생님? 오늘 10시에 속초에서 만나기로 한 것, 제대로 될지 모르겠어요. 지금 어디쯤 오고 계시죠?"

"저는예, 여기 추풍령입니더. 아까부터 비가 억수로 내리거든예. 지금예 차량 10대에 작가 선생님들 30명이 타고 있거든예. 가다보믄 시간이 조금 늦드래도 마 비슷한 시간쯤에 대지 않을까 싶네예. 아무 걱정 마시소."

"그렇군요. 여긴 장난이 아닙니다. 지나가는 비로 생각했는데 그게 아닌 것 같습니다."

순간 그녀의 목소리가 귀청을 울렸다.

"서울서 출발하시믄 영동고속도로 쭈욱 타고 오셔가꼬 강릉에서 빠져 쭈욱 올라가삐면 되는 긴데, 우째 한계령으로 코스를 정했습니꺼?"

"아! 그건, 양평에서 몇 장 건져보려 했던 거죠."

대답하는 순간에도 내 스스로 얼마나 나를 구박했는지 모른다. 속도 모르는 그녀의 대꾸가 웃겼다.

"그라믄 근처에서 주무시고 내일 천천히 오시면 안 되겠습니꺼?"

예쁜 얼굴 어디에 그런 야박스러움이 숨어있을까. 그녀의 말에 촉이 떨어지면서 내 맘을 몰라주는 그녀가 야속하기만 했다. 사실 내 계획은 그게 아니었다. 속초 대포항에서 밤바다를 마주하고 작가들끼리 한잔 하면서 더불어 회장단과 교류도 할 그 좋은 기회를 놓치기가 싫었다. 그녀가 소리쳤다.

"아직도 홍천입니꺼?"

"아니요, 홍천은 진즉 지났고 춘천 넘어 오봉산 근처입니다. 오는데

1시간 반 걸리고 여기서 비 피하느라 1시간을 더 까먹었어요."

"그래예? 목소리가 풀 죽은 것 보니까니, 옆에 예쁜 아가씨가 없는 모양이지예?"

"뭐라구요?"

"우짜먼좋노. 내는 지금 잘 생긴 머스마들 한 차 까뜩 태웠지 않습니꺼. 호호호."

젠장, 그녀의 너스레웃음에 실린 농담을 듣는 순간 카키색 군용차량들이 비상등을 켜고 나를 추월해 갔다. 나는 대충대충 전화를 끊고 그쪽을 쳐다보았다. 시동을 걸어 에어컨과 브러시를 작동시키자 성에가 사라지고 시야가 맑아졌다 싶은데 이번에는 경찰차들이 마구 달려가는 게 어쩐지 심상치 않아 보였다.

울컥 걱정이 치미는데 비는 여전한 기세로 줄기차게 쏟아져 내렸다. 날씨 때문인지 여름치곤 일찍 어두워졌지만 나는 기어코 출발을 감행했다. 죽기 아니면 까무러치기다, 하고 입술을 깨물었다. 용기가 팔팔했고 더 어둡기 전에 산을 넘어가야겠단 고집뿐이었다. 그 알량한 젊음 탓이겠지만 그게 얼마나 위험한 결정인지는 전혀 고려하지 않았다. 차량 수가 부쩍 줄어든 게 자꾸 눈에 걸리고, 산길에 접어들면서부터는 이상한 느낌이 등짝을 자꾸만 잡아당겼다.

아뿔싸. 10분도 채 못가서 오봉산 산사태 현장에 당도했다. 한계령은 아직 까마득히 멀었는데 나는 경찰 패트롤카와 군용차량의 제지를 받고 말았다.

"이봐요! 경고를 뭐로 알고 슬쩍 빠져나가는 거요?"

비옷 입은 경찰 하나가 플래시를 흔들며 득달같이 달려들었다.

"빨리 한계령에 가야 하는 데요! 정말 급해요!"

내 말에 듣는 척도 안 하는 그와 한바탕 붙고 싶을 지경이었다. 그냥 밀고 가버릴까, 아니면 돌아서야 할까, 갈피를 잡지 못하는 사이 그가 운전석 유리창을 주먹으로 쿵쿵 치면서 돌아가라 손짓을 해댔다. 폭우에 산사태까지…… 혹시 나쁜 징조는 아닐까, 갑자기 두려움이 몰려왔다. 설상가상 오른쪽 브러시가 작동이 안 되었다. 아까부터 이상하더니만 결국 그게 발목을 콱 붙잡았다. 칠, 팔 년을 타는 동안 단 한 번도 갈아본 적이 없는 그것이 이 고비에 주인에게 반란을 일으킨 것이다. 정비를 소홀히 한 죄에 대한 벌치곤 참으로 고통스러웠다. 차를 돌려 갓길에 세우고 급히 내려 윈도우 브러시를 만지작거리자 아까 그 경찰이 다가왔다.

"선생님, 이거 공업사에 가서 제대로 AS를 받아야 할 문제인 거 같습니다. 한계령 방향은 어차피 통제가 되었으니 56번 국도를 타고 내려가 44번을 타세요."

내게서 술 냄새가 나는지 그가 자꾸만 내 입을 쳐다보는 것 같아 등골이 서늘해졌다. 음주측정기를 들이댔다면 어찌 되었을까. 빗줄기와 산사태가 고마울 뿐이었다.

왼쪽 브러시만이라도 작동되는 것이 그나마 얼마나 감사한지 몰랐다. 춘천을 향해 서둘러 페달을 밟았다. 왼쪽 것마저 고장을 일으키면 그야말로 낭패가 될 것이다. 56번, 44번 국도를 달릴 의지가 꺾여가기 시작했다. 아니, 마음으론 자꾸만 양평을 향해 달려가고 있었다. 최 선생의 명함이 떠오르면서 쇠붙이가 자석에 끌려가듯 손이 왼쪽 가슴 주머니 속으로 쏙 빨려 들어갔다. 곧바로 전화를 걸었다.

"최 선생님, 지금 어디 계십니까?"

"어디긴, 양평 리버풀 호텔이지. 자넨 한계령 꼭대기에 올라가고 있나?"

"아닙니다. 여태 춘천을 못 벗어났어요. 산사태로 길이 막혀버렸습니다. 그래서……."

"허허, 아까 말이 현실이 되는 경우가 있다고 하지 않았어? 즉시 리버풀로 와. 내가 재워줄게."

"혹시 사모님이 옆에 계시면 불호령이 떨어질 텐데요?"

"이 사람이! 사모님이 뭐야? 나 이래봬도 노총각인데. 노우(NO)총각. 허허허허."

"그러면 그리로 가겠습니다. 어차피 아침에 공업사에 들릴 일도 있고 해서. 조금만 기다리시죠."

"이봐, 박 선생, 나를 버리고 가시는 임은 십리도 못가서 발병난다고! 기왕지사 맘 돌렸으면 빨랑빨랑 달려와."

이상한 날이었다. 내 자신이 꼭 부메랑이 된 기분이었다. 그쪽 방향으론 오줌도 절대 안 눈다고, 군의관 시절 침을 튀기면서 욕했던 양평 어디가 좋아서 지금 다시 기어들어왔을까? 나는 호텔 주차장에 차를 대면서 스스로에게 물었다. 철딱서니 없던 그 청춘엔 얼마나 그곳을 떠나고 싶었던가? 아까 먼빛으로 리버풀 호텔 간판이 보인 순간 꼭 밤바다를 표류하다 등대를 발견한 기분이었다. 호텔 출입구에 우뚝 서자 멀리 구불길 끝에 위치한 예의 그 카페가 보였다. 1km정도 떨어져 있을 그것은 어둠 속에서 반짝반짝 신비한 빛을 발산하고 있었다. 호텔 양식당에 혼자 앉아있는 최 선생을 발견했다.

"선생님, 양평은 빗줄기도 약하고 홍천에 비하면 천국이군요."

"이 사람, 천국은 의예과지, 본과는 지옥이고."

아마도 연속 마신 모양이었다. 조금 전까지 외로움에 떨었을 그의 모습을 내 눈이 금세 읽어냈다. 나는 최 선생 앞에 앉아 머리에서 물기를 떨어내며 잠시 부산을 떠는 척했다.

"일행 없으셨어요?"

내 눈이 그의 표정을 다시 살폈다.

"당연히 있지. 문인들인데, 주말까지 용문산에서 하계 문학교실이 있잖아. 자넨 지금 여름휴가일 테고……."

그랬다. 내가 여름휴가 중이란 걸, 최 선생은 잘도 맞추었다. 꽤 정확한 판단력, 그것이 내가 기억하고 있는 그의 재능이다.

그는 내게 멋진 비프스테이크를 주문해주었다. 야들야들한 송아지 구이를 자르면서 그는 자신의 이야기를 계속했다.

"난 말이야, 무단 조퇴생이야. 문학교실에 등록을 해놓고서 이탈을 했으니까. 허허, 자넨 옆가지로 삐져 나가는, 땡땡이치는 일, 잘 모르지? 착실해서 의과대학에 갔을 것이고, 짠지가 되도록 공부해서 유급을 한 번도 안 하고 졸업했을 거고, 그리고 전문의가 되기까지 한 번 흐트러짐도 없었을 거야. 맞지?"

추상같은 그의 시선 앞에서 나는 고개를 끄덕일 수밖에 없었다. 최근 삼 년 동안 사진을 배운 것이 외도라면 모를까.

"야, 사람 인생이 말이야, 굴곡도 있고 비뚤어지기도 해야 신(神)도 재미를 느낄 것 아닌가. 그분이 만든 모든 피조물이 궤도를 달리는 기차처럼 반듯하게만 움직인다면……. 너무 지루해서 견디실 수 없을 거야. 사람들이 좌충우돌하면서 사고를 쳐야 신도 적극적으로 개입을 하면서 벌도 주고 달래기도 했다가 말을 잘 듣는 놈에겐 축복을 내리실 것 아닐까?"

그의 눈 속에 다시금 한 무더기 접시꽃이 출렁였다. 내가 얼른 카메라를 만지작거리자 그는 이유를 알고 싶어했다.

"선생님에게서 접시꽃이 자꾸만 보입니다."

"아, 그거? 하하하하."

그는 폭소를 터뜨렸다.

"아주 오래 전에 읽은 소설 속의 일을 지금까지 기억하고 있다면 자네도 제정신이 아니군."

내가 카메라를 들어 그의 얼굴에 앵글을 맞추자, 최 선생은 '남의 과거사를 찍는 특제 골동품 카메라를 어디서 샀어?' 하면서 자세를 바로 잡아주었다. 찍을 테면 어디 한번 찍어봐라, 하는 포즈였다. 하지만 갑자기 꽃들이 사라져버렸다. 단 한 송이도 보이지 않았다.

"접시꽃들이 다 어디로 갔지?"

내가 중얼거리는데 뷰 파인더 속에서도 그의 웃는 표정은 간데없고 커다란 눈에 물기만 가득했다.

나는 카메라를 힘없이 내려놓고 레드와인을 벌컥벌컥 들이켰다.

"왜 안 찍었어?"

최 선생이 겉웃음을 지으며 다그쳤다.

"아, 그것이 말입니다. 어디론지 갑자기 사라져버렸어요. 전혀 보이지 않는데 어떻게 찍을 수가 있습니까?"

"그 사람 싱겁기는!"

그의 푸념을 귓바퀴에 굴리며 나는 그의 접시꽃에 완전히 매료되어버렸다. 아깐 왜 그가 울었을까? 무엇이 그로 하여금 독신으로 만들었으며 끝내 그를 소설가로 낙인찍었을까? 통쾌하게 웃어젖히는 그의 모습은 여전히 그를 멋진 인생 드라마의 주인공처럼 보이게 하는데, 비내리는 이 여름밤에 그는 왜 접시꽃을 가슴에 묻어두고 있는 것일까?

벌써 9시가 지나고 있었다. 최 선생의 눈빛은 더욱 광기를 뿜어냈다.

"용문산엔 언제 돌아가세요?"

"가고 싶으면 가고 가기 싫으면 안 가도 돼."

"그때 군의관들이 단편소설을 읽고서 많이 충격 받은 것 모르셨죠?"

"그랬어?"

"그 다음 이야길 좀 해주십시오. 이제 배도 빵빵해졌고 되게 궁금하네요."

그제야 최 선생이 담배를 한 대 꺼내어 칙, 하고 피워 물었다.

"단편소설에선 옛 애인을 집에 바래다주는 것으로 끝이 나지? 그런데 그 뒷이야기가 바로 장편소설에 계속돼. 출간한 게 외과교실에 들어간 지 5년쯤 되었을 때였나?"

"제목을 뭐라고 정했어요?"

"「그 여름빛의 그늘」, 싱겁지? 무슨 줄거리냐 하면, 원래 남자 주인공과 여자 주인공이 대학 선후배였고, 끔찍이도 서로 사랑한 사이였어. 하지만 결혼으로 이어지지 못했지. 운명이란 게 항상 호락호락하지 않은 거잖아. 남자가 2년 간 유학을 갔다 온 사이에 사달이 나고 만 것이야. 딴 남자가 나타났어."

'흔하디흔한 삼류 애정소설입니다.' 라고 했더라면 큰일이 날 뻔했다. 이어진 그의 말이 문제성을 던져주었다.

"'미필적 고의' 란 말 있잖아. 학교폭력으로 제자가 숨을 거두었다면 그 책임이 과연 담임에게 있을까? 비장파열을 일으킨 학생이 그날 저녁 자기 집에서 쓰러지고 말아."

내가 이의를 제기하며 따졌다.

"그럼 서서히 출혈이 일어나 뱃속에 피가 가득 차서 출혈로 인한 쇼크로 쓰러질 때까지 아무도 몰랐단 말인가요?"

"이상하게 그렇게 되었어. 담임선생인 그 여주인공이 종례시간에 딱 한 번 해쓱한 제자의 이마를 손으로 짚어본 것이 전부였어. 남학생의 아버진 담임을 고소했고, 법정 공방이 1년 동안 계속되었지. 학부형은 그녀를 절대 용서할 수 없다고, 그녀는 정말 미안하다고 밀고 당기는 싸움 끝에 그녀는 교단을 떠났고, 갈등은 학부형이 고소를 취하하면서 막을 내렸어."

큼, 하고 목을 터주며 그가 와인 잔을 내려놓았다.

"그리고 그녀가 학부형과 결혼을 해주었지. 홀아비였거든."

나는 스토리의 도약을 헤아리느라 잠시 숨을 죽었다.

"그러면 「그 여름날의 랩소디」에서 여주인공의 딸이 죽었는데 바로 이 두 사람 사이에 태어난?"

맞아! 하고 대답하면서 최 선생은 담배를 또 한 대 피워 물었다.

"선생님, 지금 이야기가 「그 여름날의 랩소디」 앞부분이군요?"

그는 담배를 길게 뿜어내며 고개를 끄덕였다.

순간 짚이는 게 있었다. 최 선생이 대학 교단을 떠난 시기가 바로 그 '미필적 고의'에 의한 사건 때문에 온 나라가 떠들썩할 때였다. 퇴원 환자 사망 사건으로 외과 주임인 최 선생이 법정에 섰고, 산소 호흡기에 의지하던 중환자의 보호자가 주치의의 권고를 무시하고 우겨서 퇴원허락을 받아 퇴원을 했다 해도 의학적 지식이 없는 보호자에 휘둘려 퇴원 사인을 해준 것은 생명을 도외시한 처사라는 판결이 내려졌다.

"미필적 고의에 의한 살인? 선생님, 그 미필적 고의에 의한……."

이 말을 꺼내자마자 최 선생이 거세게 손사래를 쳤다. 그가 단호하게 말했다.

"결과주의가 얼마나 의사들의 모가지를 비틀고 있나!"

그는 가슴 깊이 가라앉은 침전물이 뒤집히지 않도록 한 마디 말로 자신을 다스렸다.

"신사는 떠날 때를 아네!"

흥분이 가라앉자 그가 말을 이었다.

"그렇지! 「그 여름빛의 그늘」 이야길 하세. 소복 차림의 옛 애인을 집까지 바래준 다음 이야긴데. 사랑을 잃은 상처를 15년 동안 간직하며 살아온 남잔 어떻게 될까? 그녀의 아픔에 대해 처음엔 쌤통이라고 생각할 수도 있어. 하지만 원치 않은 방향으로 튕겨나간 그녀의 운명적 고통을 기뻐할 수만은 없었지. 몇 달 후에 그는 그녀를 찾아가 위로를 해주네. 불혹의 나이이고 비록 상처 때문에 독신으로 살아왔지만 이미 결혼을 포기한 그였기에 그녀가 어서 슬픔을 이기고 삶의 의미를 찾기만 바랄 뿐이지. 독자들의 기대와는 달리 다시 사랑하게 되는 일은 없어. 이젠 서로 충분히 성숙했다는 의미야. 둘은 종종 만나서 강변을 걸으며 우정을 나누는데, 어느 날 그녀가 실종이 되어버리네. 며칠 만에 시신이 한강 어디쯤에서 발견되자 경찰이 남자를 잡아가지. 자살이냐 살인이냐, 하는 문제가 불거졌어."

자살이었나요? 하고 묻자 최 선생은 즉시 아니, 라고 대답했다.

"그럼 누군가 살인을 저질렀단 말입니까? 혹시 그 남자 선생이?"

아니야, 하고 최 선생이 또 고개를 저었다.

"자살인지 타살인지 나도 모르겠어."

최 선생이 연기를 길게 내뿜으며 창밖의 어둠을 응시했다.

"죽기 전에 여자는 심한 죄책감에 시달렸어. 15년 동안 자신이 겪은 일들이 운명이 아니라고 몸부림칠수록 자꾸만 운명처럼 느껴졌기 때문이야. 15년 전 제자의 갑작스런 죽음과 담임이라는 이유로 책임을 추궁당한 법적소송, 그리고 생각지도 않은 결혼과 둘 사이에 태어난 자녀의 죽음. 그동안 일어난 이 모든 것의 부조리를 도저히 이해할 수가 없었어. 더구나 15년 전 미국에서 돌아와 자신의 부풀어 오른 배를 발견하고 놀라 나자빠진 옛 애인에게 얼마나 오랫동안 죄책감을 느꼈을까? 따라서 자기 딸이 제대로 성장하지 못하고 병사한 것이 자신이 받은 징벌이란 생각이 안 들었겠어?"

내가 의견을 제시했다.

"자살적 성격이 강하다는 뉘앙스로 들리지만, 한편으론 남자의 내면에서 일었을 적개심이랄까, 독신의 삶으로 내쫓긴 인생이 황당했을 것 같습니다."

최 선생이 비로소 빙그레 미소를 지었다.

"자네도 벌써 절반 소설가가 되었군. 사실 남자의 분노는 말할 수 없이 심했지. 2년간의 유학 끝에 돌아와 보니 애인이란 여잔 양평의 부호와 결혼해 있으니, 어쩌면 죽고 싶었겠지. 아무리 사연이 있었다 해도 앙갚음을 하고 말겠다는 본능과 용서하겠단 이성 사이에서 몸부림치며 입술을 악물고 숱한 밤을 지새웠지. 다행스럽게도 세월이 약이 되어 점차 이겨냈고 진실한 신앙인으로 거듭났지. 그런데도 그에게 살의가 있을 수 있을까?"

최 선생의 물음에 나는 대답 대신 잔잔한 미소를 지었다. 아마도 최종 판단은 독자의 몫으로 남겼을 거라 생각했다.

어느덧 10시를 넘기고 있었다.

"카페의 빨간 네온 색깔이 뚜렷해진 걸로 보아 밖에 비가 멈추었나 봐요."

내 시선이 창밖 어둠을 살폈다.

"박 선생, 지고이네르바이젠 들으러 갈까? 낮에 그 여자 찍으려다 못 찍었잖아."

나는 곧바로 눈을 흘겼지만 나도 모르게 최 선생 뒤를 따라 일어서고 있었다. 시원한 강바람 때문인지 그 여자의 바이올린을 듣는다는 기대감 때문인지 술이 확 깨어버렸다. 비는 완전히 멈추었다. 지금쯤 속초 대포항 횟집에서 남정네들이 김마리아 선생을 에워싸고 걸쭉한 농담을 횟감 삼아 소주잔을 기울이고 있을 것이다. 그녀에게 신경이 뻗치는 순간 숨이 탁 멎을 뻔했다. 비에 젖은 최 선생의 빨간 승용차 때문이었다. 강남의 제비들이 타는 것 같은 컨버터블 차를 타보는 건 처음이었고 날렵한 모양새에 나조차 간덩이가 부풀어 올랐다. 부르릉, 최 선생이 시동을 걸었다.

"선생님, 이건 명백한 음주운전입니다! 나까지 걸린다구요!"

"쌍, 끝까지 방해할 거야? 이 폭우가 쏟아진 끝의 맑은 공기를 맛보라고."

그가 버튼을 누르자 지붕이 벗겨져 뒤쪽으로 쏙 들어가 버렸다. 천천히 달리면 되지 뭘, 하면서 그가 핸들을 돌리기 시작했다. 취했음에도 운전 솜씨가 부드러웠다.

파반느. 빨간 네온 글씨가 선명했다. 카페의 이름에 현혹되어 시선이 잠시 고정되었다. 카페는 밤을 잊은 듯 밝은 빛을 주변에 골고루 나누어주고 있었다. 혼을 뺄 것 같은 색소폰 소리가 흐드러지게 새어나왔다.

"야, 좀 있음 그 여자 무대다! 지고이네르바이젠 연주를 하겠지. 어서 올라가자."

최 선생이 내 손목을 세게 잡아끌었다.

자리가 얼추 삼분의 일 정도 차 있었고 우리가 낮에 앉았던 공간은 여전히 비어 있었다. 우린 약속이라도 한 듯 그 자리에 도로 가 앉았다. 무대가 정면으로 보이는 자리여서 나는 무대에 올라가 앉는 그녀를 자세히 볼 수 있었다. 아까 들어오면서 시킨 와인 '샤또 딸보'를 내 잔에 따르는 최 선생의 눈빛이 반짝였다. 그녀가 바이올린을 들어 올리자 동시에 최 선생도 수첩과 볼펜을 꺼내들었다. 모두의 시선과 잡담이 잠시 멈춘 순간 그녀의 활이 경련을 일으키며 연주를 시작했다. 뒤로 잘 묶은 머리가 어깨까지 내려왔다. 감미롭게 시작한 리듬이 급격한 경사를 올라채면서 숨이 넘어갈 듯 떨었다가 다시 미끄러져 내리기를 반복했다. 그녀가 내면 깊숙한 응어리를 내뿜듯 오선지를 요리하는 동안 최 선생은 뭔가를 부지런히 적어 내려갔다. 어쩌면 그녀를 소재로 소설을 준비하는지도 몰랐다. 이윽고 연주가 끝나자 그녀는 사뿐히 일어나며 최 선생 쪽을 향해 가볍게 목례를 하고 미소를 지었다. 하지만 그녀의 저는 다리를 발견한 내가 그만 깜짝 놀라고 말았다.

"곡 어땠어?"

최 선생이 수첩을 접고 내게 물었다.

"충동적이고, 도발적이고, 추억을 불러일으킨다고나 할까요?"

나의 평가에 그가 즉시 핀잔했다.

"좋다, 나쁘다. 한 마디면 됐지 무슨 말이 그렇게 길어?"

'길긴요. 선생님 소설이 길고 졸리지 제 말이 길어요?' 이렇게 속으로만 대들면서 나는 그냥 미소를 안주 삼았다. 유리잔을 내려놓고서야 물었다.

"저분 정말 우울증인가요?"

"그럼, 게다가 맛이 좀 갔어. 그러니 날 좋아하는 거 아냐?"

"네? 자기를 좋아한다고 해서 돌았다고 치부해버리면 어떡해요?"

"하하하, 실제론 사연이 많은 여자야. 양평의 부호와 결혼했지만 남편이 돌아가셨지. 나와도 잘 알고 지낸 분인데 그렇게 되었어. 보트 사고가 있었거든. 그 일로 여자도 다리를 절잖아."

"자식들이 있을 텐데요?"

"아이를 못 낳아."

"그럼 잘 되었네요. 선생님을 좋아한다면서요."

"허허허, 그게 그렇게 쉬운 문제가 아냐."

미소를 거둔 최 선생이 와인을 두어 모금 더 마셨다. 최 선생이 창밖을 응시하는 동안 나는 우리가 양평에서 함께 한 군의관 시절을 더듬었다. 왜 내가 잊고 있었을까? 최 선생이 그 당시 사단장의 음대생 딸과 잠시 어찌고저찌고 했던 생각이 이제야 떠오르다니.

"선생님, 그때 사단장 딸 있었잖아요."

그 말에 최 선생이 즉각 신경질을 부렸다.

"자넨 나와 겨우 1년을 함께 근무했는데 아는 게 어찌 그리 많아?"

"1년이면 긴 세월이 아닙니까?"

그는 3년 가운데 두 번째 해를 사단에서 근무했고, 나는 3년 가운데 첫 해를 중위 계급장을 달고 지대장으로 근무했으니까 그와 나는 겨우 1년을 함께 근무한 셈이다. 젠장, 하고 그는 와인 잔을 또 들었다.

"선생님과 제가 그때 근무하는 동안 공통점이 있었다면 무엇일까요?"

"허허, 그러게. 나도 아까부터 그걸 생각하고 있었네. 그게 바로 뜨거운 정열과 용기가 아니었을까?"

나는 고개를 주억거렸다. 사실 우린 그 당시 너나없이 고독했고 순수했다. 격리된 부대에서 항상 외로움에 떨면서도 국방의 의무 앞에선 최선을 다했다. 환자가 발생해도 웬만한 병은 사단 의무대에서 치료를 끝내버렸다. 전문과목이 두루 갖추어져 있었기에 가능했다. 의무대 대소사에 적극 참여하여 아픔과 기쁨을 함께 나누었던 우리였기에 언제나 의기투합했다. 그와 나는 출신학교도 달랐는데 무엇에 씌웠는지 이상하게 서로 끌렸었다.

"제가 한밤중에 선생님을 깨운 일이 몇 번 있었는데 급성위경련 환자…… 또 헤르니아 환자 혹시 잊으셨죠?"

나는 그때 일을 떠올리며 입가에 웃음을 매달았다. 선생은 생각이 안 나는 듯 고개만 갸웃거리더니, 난 사단장 딸하고 연애질하느라 환자는 안중에도 없었어, 하고 농을 떨었다.

"아니, 그 음대생하고 예닐곱 살 또는 그 이상 차이가 나지 않았나요?"

"맞아, 기억력도 좋아. 하마터면 결혼까지 갈 뻔했는데……."

그는 말꼬리를 흐렸다.

"그때 더듬더듬 나팔도 불었잖아요!"

내가 장단을 맞추었다. 군의관 야유회 때 최 선생이 들고 온 색소폰은 엄청난 위력을 발휘했었다. 초보자여선지 취해선지 음정은 제멋대로였지만 우린 그가 그렇게 멋쟁이란 걸 그날 100% 인정했다.

그때였다. 언제 옷을 갈아입었는지 주인여자가 절름절름 다가왔다. 그녀는 최 선생 옆에 다소곳이 앉았다. 한눈에도 둘 사이가 보통이 아니란 걸 직감했다. 나는 호기심에 넘쳐 그녀를 살피기 시작했다. 문학교실엔 언제 돌아가실 거죠? 라고 묻는 그녀의 얼굴에는 수심이 가득했다. 몇 발짝 떨어져서 보기와는 달리 기미가 많이 낀 눈가엔 잔주름이 자잘하게 퍼져 있었다. 최 선생이 나를 소개했다.

"박요한 선생이라고 마취통증과 하는 분이셔."

처음 뵙겠습니다, 하고 내가 가볍게 고개를 숙이자 그녀도 엉거주춤 고개를 숙이며 어딘지 긴장하는 표정이었다. 예전에 이곳에서 군의관을 했어, 하는 최 선생의 소개말과 동시에 그녀의 표정은 더 굳어졌다. 혹시 사단장의 딸? 얼핏 떠오른 생각에 나도 당황했다. 대대 급까지 전달되지 않은 시시콜콜한 뒷이야기가 있을 것만 같았다. 조신하게 앉은 그녀는 긴장을 풀고 내게 미소를 지었다.

"아까 지고이네르바이젠, 감명 깊게 들었습니다."

내가 그녀의 잔에 와인을 따랐다. 아, 예. 그 대답 뿐, 그녀는 와인을 한 모금 입에 물면서도 우울한 표정을 내 감추지 않았다. 우수에 젖은 그녀의 모습에서 나는 한 춤추는 소녀를 생각해냈다. 비련의 주인공은 과거를 묻지 말라고 내게 요구하는 것 같았다. 그녀의 하얀 목 티셔츠에 반짝이는 십자가 목걸이에서 나의 감성이 고조되었다. 눈 끝에 액체가 반짝거렸다.

"슬픔을 간직하고 계시군요"

내가 말을 건넸는데도 그녀는 멀리 창밖의 어둠을 보고만 있었다. 이윽고 그녀가 입술을 떼었다.

"소설과 삶은 달라요. 삶은 훨씬 아프고 작위적인 첨가가 없거든요."

그녀는 거기까지 말하고는 일어나 휑하니 가버렸다. 당황한 나를 제지한 최 선생이 한 마디 했다.

"이럴 땐 내버려두는 게 상책이야. 자기를 소재로 소설이 쓰이는 게 싫다는 항의거든."

혹시 선생님이 첫사랑 아니었을까요? 하고 물으며 내가 무대 쪽을 올려 보자 최 선생의 설명이 가관이었다.

"그럴지도 모르지만 이미 음대 4학년이었잖아. 설마하니 내가 첫사랑이었겠어? 다만 나는 나의 길로, 자기는 자기 길로 갔을 뿐이야."

"선생님, 사단장의 딸이 여기서 카페를 운영한다니 감회가 새롭습니다. 윤 장군은 어디서 무엇을 하고 계실까요?"

그가 즉각 대답했다.

"이미 작고하셨어. 고혈압 합병증으로. 며칠 전 우연히 문인들과 함께 여기에 들렀는데 그녀가 먼저 날 알아보았어. 15년이나 흐른 세월만큼이나 나는 그녀를 전혀 알아볼 수 없었거든. 정서적으로나 신체적으로 많이 쇠약해 보이잖아. 몇 번이나 자살 시도가 있었다니까, 이해할 만하지."

"뭐가 그리 힘들었을까요?"

"원래 삶이란 게 힘든 거잖아. 그런다고 자살까진 좀 심했지? 남편이 원 스타로 예편하고 이 근방에서 제법 크게 활동했다지? 그런데 수상스키 보트가 뒤집혀서 그만……, 가버렸다는군. 그 후론 지고이네르바이젠에 붙들려 낮 시간에는 강가에서 그리고 밤에는 카페에서 시간을 보내고 있다니, 한 번 생각해봐."

"선생님은 왜 결혼하지 않으시죠?"

내가 묻자 기다렸다는 듯 그가 대답했다.

"첫사랑에 실패했기 때문일지도 몰라. 사랑이 끝난 다음 엄청난 고통이 엄습하는 이유는 사랑을 하는 동안은 통증에 둔해져 있기 때문이라는군. 누군가 말했어. 첫사랑에 실패하지 않은 사람은 소설가가 되지말라고."

하하하하, 그가 파안대소했다.

허허허, 내게도 해당되는가 싶어 나도 웃었다.

"도대체 어떤 여잔지 궁금하겠지?"

그의 눈 속에서 다시금 접시꽃이 출렁거렸다. 한두 그루가 아니었다. 끝없이 펼쳐진 들판에 출렁이는 흰색, 빨간색, 자주색 키다리 접시꽃 무리였다. 나는 또 반사적으로 카메라를 만지작거렸다. 동네 누나였어, 하고 그가 쓸쓸하게 웃어보였다. 그의 청년기 삶이 더듬어졌다. 최 선생은 첫사랑을 잊기 위해 의사가 되었는지도 모른다. 공부에 매진하여 아픔으로부터 도피하려고 얼마나 눈물겹도록 애를 썼을까? 그의 삶 속에 도드라진 옹두리에도 불구하고 의대 졸업과 전공의 생활을 마치고 군대에 와서까지 그는 첫사랑의 그림자를 떨치지 못했을 것이다. 그렇지 않았다면 무엇이 그를 사단장 딸과 이루지 못하게 만들었으며, 무엇이 그로 하여금 「그 여름날의 랩소디」를 쓰게 했단 말인가?

하지만 나와 함께 있는 동안 그는 선웃음일망정 매번 웃었고 자신이 접시꽃밭에 갇힌 것을 전혀 감추지 않았다.

내가 그런저런 생각을 정리하는 동안 그는 와인을 몇 모금 더 마시고는 내게 시선을 돌렸다.

"자네도 나와 마찬가지가 아닌가? 그러니까 혼자서 여행을 하겠지. 혼자 카메라 메고 다니는 젊은 작가치고 혼자 살지 않는 놈 없다니까. 결혼했어봐. 마누라가 당장 따라나설 것 아닌가."

내가 항변했다.

"선생님, 그때 신춘문예 당선 소식에 얼마나 충격을 받았는지 아세요? 저도 그때 가운을 확 벗어버릴까, 망설였던 것 같아요."

그가 말을 받았다.

"하지만 계속 입었잖아. 그러니까 자넨 우등생이야. 우등생이라면 우주에서 떨어진 등신 같은……?"

내가 키들거리자 그가 목소릴 높였다.

"어떻게 생각하든! 우리 의사들 말이야. 기도하느라 술 한 잔도 못하는 놈도 많고, 마누라 치마만 붙들고 곁눈질 한 번 못하는 놈도, 그리고 또 진료실 지키느라 외국여행 한 번 못가는 놈도 많아."

샤또 딸보를 두 병이나 비운 채 우리는 밖으로 나왔다. 우리의 얼굴은 이미 불쾌하게 물들었고 나는 취기에 흔들거리고 있었다. 시원한 여름밤 바람이 강 쪽에서 불어와 머리를 마구 빗질했다. 우리는 크게 소리 내어 웃어젖혔다. 얼마를 웃었는지 폐부의 먼지들이 모두 빠져나가고 온 세상이 품안에 들어오는 느낌이었다. 내가 그에게 소리쳤다.

"선생님의 그 소설이 절 사진작가로 만들었단 것 모르셨죠?"

최 선생은 놀라지 않았다.

"자넨 반란자야. 생각해봐. 가운 입은 놈 치고 가운에 갇히지 않은 놈이 몇이나 되나. 내 경우에도 요즘 원고지 칸에 자꾸만 갇히려고 해서 또 고민이야!"

최 선생의 넋두리를 끝으로 대화가 끊어졌다. 호텔로 돌아왔고 미리 예약해놓은 방까지 나를 데려다 준 다음 그는 돌아섰다. 반쯤 열린 문으로 그를 흘끔 보았을 때였다. 그가 갑자기 돌아서며 내게 외쳤다.

"현재에 충실하라구. 반란자에게 축복을! 카르페디엠.*"

그가 흔들거리며 손가락 권총을 만들어 내게로 향했다. 나는 눈을 비비고 다시 바라보았다. 최 선생이 접시꽃 무더기 속에서 활짝 웃는 모습으로 서 있었다.

---

*(라틴어)현재를 잡아라.

욕망을 팝니다

즐거운 유람선

바로 그때였다. 담뱃불을 붙이느라 고개를
숙인 차식의 턱을 만출의 육중한 주먹이 강
타했다. 차식이 벌렁 나자빠지면서 중심을
잃자 만출의 발길질이 이어졌다.

작열하는 태양 아래 파도가 시원하게 갈라졌다. 쾌속선 '마린 파라다이스 호(號)'의 갑판에 나온 사람들 표정이 환하기만 했다. 일상을 탈출했다는 게 얼마나 행복한 일인지……. 따지고 보면 모두가 하나같이 다람쥐 쳇바퀴 돌 듯 매일매일 반복되는 업무에 뒷골이 지끈거리고 목덜미에 경련이 일어날 지경이었다. 뱃머리에 부서진 파도가 물보라를 만들며 사방팔방 흩어지는 황홀한 광경을 쳐다보는 모두의 표정엔 앞으로 두 시간 후부터 펼쳐질 즐거움이 겹쳐졌다. 사실 두 시간 후가 아니다. 여행은 집을 나설 때부터 아니, 그게 결정된 작년 동창회 망년회 때부터 이미 시작되었다.

총무 배명호가 선글라스를 콧잔등 위로 바짝 치켜 올리며 옆에 선 회장 최정수를 흘끔 쳐다보았다.

"최 의원, 마누라 떼어놓고 와서 그런지 완전히 해방된 느낌일세. 허허."

명광고등학교 18회 기수 회장인 국회의원 최정수는 까만 선글라스를 쓴 채 곁눈질로 객실 안을 흘깃거렸다. 그 가운데 행여 지인은 없는지 그는 샅샅이 살폈다. 눌러 쓴 모자 덕분에 아직은 자신을 알아본 사람이 없는 것 같아 그는 안도의 한숨을 내쉬었다. 정수는 부친으로부터 지역구를 물려받았다. 선친이 4선의 위업을 달성한 것이 그에게도 유리하게 작용하여 곧바로 당선되었다. 총선이 끝나고부터 내리 3년 동안 한 번도 출조하지 못한 한을 이제야 풀게 되어 그는 기분이 그렇게 찢어질 수가 없었다. 며칠 전부터 새벽잠을 설친 것도 바로 그 이유 때문이었다. 손끝이 근질거리면서 팽팽한 낚싯줄에 따라 올라올 광어, 우럭, 노래미가 눈앞에서 어른거렸다.

"자넨, 언제 마누라 등쌀에서 벗어날 텐가? 아직도 아주머니 바가지가 여전한가 보군."

정수의 능갈스러운 말에 명호는 인상을 긁지 않았다. 국회의원이라고 별 수 있냐? 바가지 안 긁히는 놈 있으면 나와 보라고 그래! 하고 싶지만 너울가지가 좋은 그는 애매한 선웃음만 지었다. 명호로 말하면 연매출 수백억인 회사를 장인한테서 물려받았으니 바가지도 감지덕지라고 언젠가 생각하고서부턴 마누라 앞에서 항상 벌벌 기는 시늉을 했다. 명호가 슬그머니 화제를 돌렸다.

"민호 있잖아. 박민호. 그 자식 꼭 온다고 그렇게 침을 튀기면서 큰소리치더니 막상 선착장에 안 나타나고 말았어."

"영화란 게 원래 뻥이잖아. 영화배우는 얼마나 오죽하겠냐. 신경 끄라구. 기분 좋게 낚시할 생각이나 실컷 해."

영화배우 박민호는 명광고등학교 18회 3학년 6반 동창 가운데 가장 이름을 날린 인물이다. 20년 동안 그가 출연한 영화는 히트를 하지 않은 게 하나도 없었다. 그가 나온 영화는 관객 몰이에 절대로 실패하지 않는다는 것이 영화계의 법칙이 되어버렸고 거기에 걸맞게도 몸값이 천정부지였다.

"그 바쁜 놈을 왜 재무 시켰냐? 이러다간 여행이 제대로나 끝날지 모르겠네."

언제 나왔는지 박종만 검사가 바로 옆에서 투덜대며 까만 라이방을 추켜올렸다.

"이번 행사에서만 재무 시킨 거잖아. 비상임 특별 재무. 꼭 나오게 만들려고 감투를 씌운 건데. 어쨌든 사망자와 외국에 나간 놈 빼고 56명 전원 회비는 제대로 추렴했으니까 염려 놓으라고."

총무 명호가 종만을 다독였다. 직업은 못 속인다고 동창회 모임에서조차 종만은 가자미가 눈알 돌리듯 무슨 꼬투리는 없나, 퉁방울만한 눈알을 이리저리 굴렸다. 그렇게 빠지고 저렇게 빠졌음에도 열두명이 오붓하게 놀 수 있어 그나마 다행이었다. 어쨌거나 명호는 56명의 회비를 12명이 쓴다는 사실이 그렇게 기분 땡길 수 없었다. 불평등한 일이 벌어지고도 뒤탈이 없는 게 대한민국의 동문회들만이 가진 이상한 미덕이랄까. 끝나고 선물이나 하나씩 돌리면 오케이야, 하고 명호가 속다짐을 하며 하늘과 바다의 경계선은 어디쯤일까 가늠하려는 듯 시선을 멀리 던졌다.

이글거리는 태양과 코발트빛 하늘을 올려다 본 종만은 라이방 아래 눈을 지그시 감고 자신에게 배당된 민호네 영화 기획사 '달뜬'의 수사건을 떠올렸다. 처음엔 몹시 망설였었다. 하지만 베테랑 검사로서 준수한 용모와 능변 덕분에 중수부장에 오른 그다. 더구나 연예계 사건의 달인이란 명칭까지 달고 다니는 그여서 수뇌부의 명령을 마냥 피할 수만은 없었다. 공권력 행사도 행사지만 세인의 시선을 집중시켜온 스타 박민호의 내막을 파헤쳐 보고픈 욕심도 꽤 작용했다. 우선 기자들의 접근을 차단하고 나서 자료를 파악하기 시작했다. 알고 보니 장난이 아니었다. 민호의 솜씨가 혀를 내두를 정도로 수준급이랄까. '달뜬'을 상장하고 3개월 만에 주가를 열 배로 튀겼으니 세인의 관심이 폭발한 건 너무도 당연했다. 게다가 '박민호 펀드'까지 만들어서 수백억 자금을 조성하여 뉴욕과 런던의 유명 금융사에 투자까지 했으니 그야말로 대단한 귀재다. 거기까진 사기가 아니었다. 그 다음이 문제가 됐지만……. 수사의 중간 단계쯤에서 룸살롱 문제가 불거졌다. 버젓이 제3의 여자를 대표로 세워놓고서 영화기획사고 펀드고 수익금이 모두 그녀에게 입금되게끔 만들었다. 그녀가 바로 주수희였다. 주수희……. 종만은 생판 모르면서도 어쩐지 낯익은 것 같은 그 이름을 입술 끝에 굴려보았다.

"종만아, 혹시 고등학교 때 그 여자 생각하냐? 그 자리에 말뚝을 박고 서 있게."

소가 뒷걸음질에 생쥐 잡는다고, 하필 최정수 의원이 어릴 적 이야기를 꺼내고 나서자 곧바로 그게 이야깃거리가 되었다. 최정수 의원과 박종만 검사, 둘은 이웃 여고에 다니는 미모의 학생을 두고 서로 치열했던 학창시절 라이벌이었다. 무슨 생각이 들었는지 종만이 키들거렸다.

"도대체 언제 이야기야? 그 여학생 이름이 뭐였더라?"

더듬거리는 체했지만 '주화연'이란 이름은 결코 뇌리에서 지울 수 없는 이름이다. 낚싯줄에 광어 새끼 올라오듯 주화연이란 이름이 추억의 바다에서 쑥 따라 올라왔다. 정수도 희미한 추억의 비망록 속에서 환하게 미소 짓는 그녀의 얼굴을 떠올리며 입맛을 다셨다.

"치매 걸렸냐? 주화연이를 벌써 잊게. 지금은 어디서 뭘 하는지…… 쩝!"

두 사람은 잠시 생각에 빠졌다. 감청색 교복에 백옥 같이 하얀 칼라와 쭉 빠진 목을 가진 계란형 얼굴이 두 사람 눈앞에 스쳐갔다. 거기다 대리석 조각 같은 팔등신 나신(裸身)이 떠오르자 두 사람 모두 가슴이 턱 막혀왔다. 오래 전 이야기지만 서울로 진학하여 소식이 끊겼다가 미스 USA에 나가 2위까지 했대서 한동안 국내 매스컴에 오르내리던 그녀의 소식은 세월이 흐르면서 차츰 세인의 관심에서 멀어지고 말았다.

"어느 왕자가 데려갔는지 행복하겠지 뭐!"

"한국 미인은 미국에서도 미인이야!"

하지만 부친이 오산 미 공군기지 조바였던 주화연을 자신들의 아내와 비교할 수는 없다. 가문 따지고 학벌 계산해서 결혼한 정수와 종만은 할 말이 없다. 다만 피가 뜨거웠던 시절 그녀와의 짜릿한 추억만은 가슴 한편에 주홍글씨처럼 각인되어 있다. 격무와 피곤의 연속인 지금, 사회의 지도자 위치에 서서 꿈결 같은 과거의 일을 떠올리는 것 자체도 이런 유람선이 아니면 먼 나라 이야기다.

그때 총무 명호가 끼어들었다.

"야, 만출이 핸드폰에 박민호가 금방 문자를 보냈다는데 1시간 내 출발하겠대."

와우! 언제 모여들었는지 두 사람을 중심으로 빙 둘러싼 10명이 동시에 환호했다. 영화배우 박민호가 온다는 희소식에 분위기가 후끈 달아올랐다. 모두들 좋아하는 걸 보니 오늘의 히어로는 당연히 민호라는 둥, 남자들만 오기 다행이라며 만일 부부동반으로 왔더라면 민호 앞에서 여편네들이 모두 꼴깍 넘어가는 꼴을 어떻게 참느냐는 둥, 민호 녀석 이럴 때 혼자 오지 말고 물 괜찮은 애들로 12명만 데려오면 좋겠다는 둥, 물가에서 물 이야기를 왜 하냐는 둥, 12명 모두 한마디씩 해대며 낄낄대거나 쩝쩝 입맛들을 다셨다. 분위기가 한결 좋아져 은근히 술렁이기 시작했다. 총무인 명호가 대표로 호들갑스런 답신 메시지를 보냈다.

나 명호다. 기왕지사 물 좋은 애들 12명만 데리고 오면 안되겠니?

배가 크게 회전을 하자 사람들의 무게 중심이 한쪽으로 쏠렸다. K

섬에 거의 왔다는 의미였다. 이 섬은 새 정부 들어 출입금지가 해제되면서 뒤늦게 개발이 계획된 무인도다. 따라서 정기노선은 아직 없고 도청에서 허가를 받은 한정된 수에 한해서 비정기 배편이 마련되곤 했는데 배가 정규 항로에서 잠시 이탈하여 사람들을 내려놓고 돌아가는 방식이었다. 알 만한 사람은 다 가고 싶어 안달복달하는 이 섬을 이런 황금연휴에 놀러간다는 것도 당연히 국회의원 최정수의 입김이 아니면 성사될 수 없었다.

섬을 저만치 앞에 두고 유람선이 시동을 ㄲ자 꽁무니에 모터를 단 8인승 고무보트가 석 대 내려지고 텐트와 부식 등 짐과 함께 사람들이 넷씩 오르자 유람선이 출발을 하고 보트들도 쏜살같이 섬으로 내달렸다. 양평에서 수상스키 임대업을 하는 권만출이 동창들 셋을 미리 훈련시켜 놓아 보트에 짐을 내리고 출발하기까지 특전사 군인들이 작전을 하듯 일사천리로 진행됐다. 아직 선착시설이 없는 무인도에 보트로 상륙을 하고 내일 오후 해질녘쯤에 다시 그 위치에서 하얀 유람선에 오르는 영화 같은 장면은 평생 잊지 못하는 추억거리가 될 것이다.

모래사장에 도착하자마자 우선은 12명이 일렬로 늘어서서 기념사진부터 찍었다. 모두들 졸업 40주년 행사로 영원히 기억될 추억의 사진이 될 것으로 믿었다. 배경이 되어준 나지막한 야산에는 사람의 손길이 닿지 않은 온갖 초목이 자라고 있어 지중해의 여느 섬처럼 하얀 백사장과 완벽한 세트를 이루고 있었다. 밀물 때 물이 올라오지 않을 정도의 백사장 높이에 텐트 몇 개와 비치파라솔, 천막을 치고 식수와 부식거리를 정리하자 배가 고파지기 시작했다. 보트를 뭍으로 더 밀어 안전하게 이동시킨 만출이 총무에게 고함을 쳤다.

"민호 언제 오냐? 출발했는지 전화 한번 해봐. 이런 기회에 민호 요트 덕 좀 보면 모두가 좋잖아!"

여차하면 유람선 대신 호화 요트를 타고 돌아갈 수도 있다는 뜻이다. 명호가 핸드폰을 열어 번호를 꾹꾹 눌렀지만 통화 중이었다. 그러는 사이에 밥 준비가 되어 모두들 판초 위에 모여 들었다. 접이식 밥상에 총각김치와 감자탕, 삼겹살이 올라오고 당연하다는 듯 소주도 몇 병 올라왔다. 정수가 회장 자격으로 인사말에 나섰다. 매년 동창회 모임 때 만나긴 했지만 이렇게 오붓한 기회를 갖는 것도 처음이라고, 졸업하고 벌써 40년이나 흘렀다고, 이틀짜리 짧은 여행이지만 각 분야에서 중견으로 있는 우리들로서는 정말 금쪽같은 시간이라고, 편안하고 즐거운 시간이 되자고 설을 풀었다. 정수의 건배사가 이어졌다. 우정은 영원하다, 하고 선창하면 한 목소리로 복창합시다. 자, 우정은 영원하다! 우정은 영원하다! 쨍쨍쨍, 유리잔들이 부딪히고 목구멍에 술 넘어가는 소리가 두서없었다. 1반 담임 마경리 선생님 별명이 막걸리였고, 2반 담임 노준철 선생님은 녹슨 철, 3반 문경자 선생님은 문 걸자가 아니었나? 누군가 외치자 웃음보가 터져버렸다. 비록 할망구였지만 유일한 여선생님께 야한 별명을 붙인 놈이 누구냐고 떠들었다.

"박민호 아니면 누가 붙이겠냐?"

만출이 외치자 우우 하면서 야유가 터져 나왔다. 그 틈에 명호는 다시금 핸드폰을 꾹꾹 눌렀다. 지금쯤이면 민호가 앞바다에 왔을 성싶었다. 자가용 요트가 고장 났다면 수상비행기라도 타고 나타날 능력이 충분히 있는 친구다. 하지만 걸고 또 걸어도 신호만 갈 뿐 이상하게도 민호는 핸드폰을 받지 않았다.

"민호가 요트를 타고 온다면 우리 모두 기분 좋게 서해 바다를 누비는 건데!"

"박민호가 말이야 한번은 주화연이 하고 강남에 나타났거든!"

만출의 말에 주변이 갑자기 조용해지면서 종만의 귀가 쫑긋했다.

이어진 말에는 아예 안테나를 바짝 세웠다.

"주화연이라고, 명광여고에서 제일 끝내주는 퀸카 있었잖아. 나도 한때 좀 집적거렸는데. 그런데 말이야 그 애가 내민 명함에는 이름이 달리 붙어 있더란 말이야. 주수희, 괄호 치고 헬레나라고."

만출이 흘깃 박종만 검사의 눈치를 살폈다. 뜬소문이 수사에 결정적인 단서를 제공하는 예는 많지만, 주화연과 주수희가 동일인이라는 소리에 종만은 등줄기가 감전되는 듯 했다. 실상 보름 전부터 수사에 진전이 없었던 것이 바로 주수희라는 재미교포 때문이었다. 법적으로 미국인인 그녀는 체이스맨해튼 은행, 시티 은행 등을 통해 수시로 거액을 송금해서 진즉 수사선상에 올라와 있었다. 그녀가 주화연이라니! 잘못 들은 건 아닌지 종만은 고개를 갸웃거렸다. 아니, 실은 잘못 듣길 바랬다.

"그러니까, 옛 애인은 잘 나가는 여사장인데 너는 낮술이나 퍼마시고 흔들거리는 한심한 룸펜 신세란 이야기냐?"

누군가 큰 목소리로 나서며 만출에게 술잔을 권했다. 정차식이었다. 이번 행사를 위해 만출에게 모터보트 강습을 받은 퇴직자 3명 가운데 하나다. 으레 그렇듯 동창 모임이란 게 술이 들어가기 전에는 성공한 친구들이 큰소리를 치다가도 술이 몇 순배 돌고 나면 그때부턴 학창시절에 놀던 치들이 나서기 마련이다. 박종만이 눈살을 찌푸렸다. 폭력 전과가 붙어 다니는 놈으로 지방 지청에 근무할 때 자신에게 몇차례 신세를 진 일이 있었다.

"총무, 그 자식 아직도 통화 안 되냐?"

만출이 소리쳤다. 명호가 도리질을 하자 차식의 농담이 이어졌다.

"니미럴, 행여나 하고 손가락 빨고 있었는데. 쭉쭉빵빵한 년들 구경하긴 영 글렀나 보다! 이런 무인도에선 그거 있잖아. 블루라군이던가…… 그런 영화처럼 흐흐, 홀딱 벗고 뛰는 그런 원초적인 분위기에 젖어야 하는데."

"자아 자! 낮술 먹는 놈치고 제대로 된 놈 없어. 밥들 먹었으면 그만 일어나자구. '바다 팀'과 '산책 팀'으로 나누어 자연풍광을 즐기는 게 좋겠어. 어서들 일어나!"

명호의 말에 슬금슬금 판초가 치워지고 식기와 반찬들도 치워졌다. 퇴직자들이 나서서 잔반을 처리하고 정리하는 동안 산책 팀은 슬리퍼를 끌고 모래사장을 어슬렁어슬렁 걷기 시작했다. 대학 교수인 문철우는 시종일관 말없이 종만의 뒤만 따랐다. 산책 팀의 리더는 자연스레 박종만 검사의 몫이 되었다. 차식이 네모난 플라스틱 바구니에 과일과 음료수를 담고 보자기 끈을 만들어 둘러메고 질통꾼을 자처하고 나섰다. 네 명이 더 따라나선 덕분에 팀이 멋지게 구성되었다. 오염되지 않은 모래사장을 걷는 일은 도시인에겐 천상의 릴랙스다. 천천히 걷는다고 누가 나무라지도 않고, 기운이 펄펄한 두엇이 앞서 가든가 혹여 가다 쓰러져 모래사장에 주저앉는다 해도 문제 될 것이 없다. 시간이 마치 바다에서 막 건져 올린 무척추 생물처럼 느릿느릿 흘러가고 있었다.

"장자의 무위사상이던가? 그게 생각 나무만."

종만이 한마디 주절댔지만 아무도 대꾸하지 않았다. 오염되지 않은 바닷물에 발목을 담갔다가 껑충거리며 익살을 피우던 권만출이 종만에게 바짝 다가왔다.

"자기 부인 발 뻗쳐놓고 술 마시고 노래를 불렀다는 사람 아녀?"

"자네, 맥가이버 별명이 진짜 딱이구나. 언제 철학공부까지 했냐?"

만출이 이것저것 손댔다가 때려치우기를 반복한 바람에 못하는 게 없다는 의미에서 친구들이 붙여준 별명이 맥가이버다. 오늘은 고무보트를 운전하고 관리하는 책임을 맡고 있지만 그가 장자에 대해 알은체한 일이 종만에겐 가소로웠다. 이렇게 저렇게 살다 보니 곱창구이 집에서부터 고물상까지 안 해본 게 없다는 둥, 하지만 이런 탁 트인 자연에 나오고 보니 세상만사 모두가 뜬구름에 불과할 뿐이라는 둥, 만출이 군내를 뿜어내며 떠벌이는 동안 일행은 야산을 오르기 시작했다.

"야, 없는 길을 만들어가기가 이렇게 힘이 드는구나! 사람 발이 닿지 않은 곳이니 완전한 처녀림이고 우린 지금 처녀를 훼손하는 행위를 하는 겨!"

누군가의 농담에 모두들 한바탕 웃어댔다. 그들은 조금 더 오르기로 했다. 온갖 유교적 덕목이란 게 다 인간이 만들어낸 작위이므로 역시 자연의 원리에 순응하여 사는 것이 중요하다는 둥 종만과 만출의 이야기가 무르익을 쯤엔 여섯 명 모두 기슭에 돌출된 바위 옆에 이르렀다.

"야, 거대한 남근석이다!"

만출이 농담 삼아 떠들자 차식이 대들었다.

"끝이 철모 쓴 것 같지 않고 이렇게 뭉뚝한 데 남근석은 무슨?"

"너무 세게 하다가 부러져서 요렇게 되었다고 볼 수밖에!"

만출이 기고만장했다. 한바탕 웃음보따리가 풀린 다음 모두들 사진도 찍고 3km 정도 떨어졌다는 이웃 섬과 25km나 떨어졌다는 육지 쪽을 쳐다보면서 맘껏 풍광을 즐기는 동안 종만이 만출에게 속살거렸다.

"주수희 명함을 받은 게 언제였어? 그리고 그 명함 지금도 가지고 있냐?"

"닥치는 대로 살면서 일 년이 멀다하고 사무실을 옮긴 놈이 명함을 가지고 있겠냐? 하지만 두 눈으로 똑똑히 봤지. 그렇지 않음 예명까지 헬레나라고 지어갖고 다닌 걸 내가 어떻게 알겠어?"

하긴 헬레나란 이름은 처음 듣는다. 종만은 오랜 세월의 간극을 실감했다. 그녀를 품에 안았던 40년 전 기억이 바로 어제 일처럼 파노라마가 되어 눈앞에 흘러가건만 아무래도 화연이가 크게 일을 벌이고 있는 것만 같아 내심 긴장되었다. 하지만 현실은 현실이다. 화연이와 수희가 동일인이란 사실에 다시금 입맛을 다신 종만은 수사가 한 걸음 더 진척된 느낌이어서 은근히 달떴다. 어쨌거나 여행에 온 건 잘한 결정이었다. 그런데 박민호와 주화연의 관계는 뭐지? 그리고 박민호가 정말로 여기에 온다면, 결국엔 자기 손으로 구속할 친구 놈을 이틀 동안 어떻게 대해야 하나, 싶어 그게 은근히 걱정되기 시작했다. 친구들은 속도 모르고 떠들며 풍광을 즐기고 있었다. '저 가운데는 내가 박민호를 수사하고 있다는 사실을 아는 놈이 있을지 몰라.' 종만은 은근히 긴장했지만 설마하니 박민호가 올 성싶지는 않았다. '아랫돌 빼내어 윗돌 고이는 놈들이 연예인이야. 노예계약이라고 모가지가 쇠줄로 묶인 강아지처럼 소속사에 억매인 놈들인데, 제 맘대로 짬을 내어 놀러 온다고? 그리 쉽지 않을 거야. 인기를 먹고 사는 연기자가 황금 주말을 멋대로 쓸 수는 없을 걸?' 종만이 생각을 정리하는데 때마침 차식이 신음했다.

"아고, 나 지금 허리 부러져 죽겠다. 이쯤해서 먹고 내려가자!"

"맞아. 맞아! 공연히 없는 길 만드느라 힘 낭비하지 말고 우리 여기서 퍼질러 쉬자꾸나. 꼭대기까지 갈 이유도 없잖아. 괜히 허리 다치게 해서 예쁜 차식이 아주머니한테 고소당하면 어떡하려고?"

만출이 너스레를 떨며 차식의 등에 걸린 무거운 짐을 내려주었다. 야산의 중턱쯤에서 그들은 음료수며 과일을 하나씩 입에 물었다.

모래사장에서는 국회의원 김정수가 바다 팀 팀장이 되어 비치볼 놀이에 빠져있었다. 규칙을 지키라는 둥 어차피 숫자가 안 맞으니 처음부터 규칙은 없었다는 둥 농담 반 진담 반 게임을 진행하다가 명호가 큰소리로 왜장을 쳤다.

"야, 기운 없어서 못해 먹겠다. 우리가 지금 누굴 위해 여기 와서까지 땀을 흘리냐?"

그의 말에 모두가 손을 툭툭 털고 그늘로 기어들었다. 일단은 수박을 깨먹고 기운을 내기로 했다.

"우리끼리 먹으려니까 야산에 올라간 친구들한테 미안한데?"

누군가 한 마디 던지자 명호가 좌중을 웃기는 말로 울타리를 쳤다.

"미안하긴. 혹시 산에서 선녀들과 질펀하게 노는지 알아?"

"오살할. 무인도에 선녀는 무슨 선녀? 걔네들 사이다 콜라 복숭아까지 바작으로 한 짐 지고 올라가 지금쯤 실컷 먹고 있을 테니까 걱정 푹 놔라."

명호가 핸드폰을 열어 걱정스레 들여다보지만 액정화면에는 꼭대기에서 바닥까지 박민호 이름만이 연달아 찍혀 있다.

"자식, 전화 좀 받으면 어디 덧나냐?"

"혹시…… 박민호가 거짓말 한 것 아냐?"

정수가 명호를 떠보았다. 정수로 말하면 박민호 펀드에 10억 넘게 투자했다가 손해만 본 일이 물속의 암초처럼 자리 잡고 있다. 정수의 속마음을 아는지 모르는지 배명호가 나직이 대꾸했다.

"최 의원, 나 말이야. 열 장이나 날렸어. 박민호 펀드에 넣었다가."

순간 정수가 화들짝 놀라 선글라스를 벗어젖혔다. 그의 입에서 욕설이 금방이라도 튀어나올 듯하다가 결국엔 귓속말로 속삭이고 말았다.

"실은 나도 그랬어. 열 장씩이나. 그 일로 마누라한테 일 년 동안 담금질 당한 걸 생각하면 지금도 이가 갈린다."

"어째 이런 일이! 나도 회사 돈 퍼부었다가 사적인 운용 운운하는 이사들한테 어찌나 공격을 받았는지 마빡에 총탄 구멍이 숭숭 뚫려 고꾸라지는 기분이었다네."

"자네, 민호 오면 어떻게 할 건가?"

두 사람의 시선이 맞부딪친 순간 명호의 목소리가 기어들어가고 말았다.

"명색이 총문데 동창들 앞에서 내 입으론 차마 닦달할 수 없어. 그랬다간 모처럼 좋아진 분위기가 영영 깨어지고 말 거야. 공과 사를 구별해야지. 차라리 그 일, 아예 거론도 하지 말세. 그런 맘으로 민호를 오라고 한 것은 아니잖나. 어디까지나 얼굴 한번 보자는 거지."

"하긴."

정수도 고개를 끄덕이고 말았다. 어쩔 수 없었다. 그는 언제부턴가 사람의 마음이 꼭 양푼에 담긴 뜨물 같다는 생각을 해왔다. 법안 상정을 놓고 야당의원들과 벌인 드잡이에서도 그렇고 밤 시간을 이용한 막후교섭에서도 그랬다. 명경지수 같던 양푼의 물도 한번 사달이 났다 하면 그게 그렇게 단순하질 않았다. 그릇이 흔들릴수록 바닥에 가라앉았던 앙금이 설설 일어나면서 전체를 흐려버리는 꼴이 마치 지금의 심정과도 같다고 할까. 국회의원이 무슨 돈으로 투자를 했는지 언론의 주목을 받을까봐 문제 삼지 못하고 말았지만 지금 심통머리로는 박민호가 나타나기만 하면 멱살이라도 바투 움켜쥐고픈 심정이었다.

산책 팀도 돌아와 열두 명 모두 모래언덕에 앉아서 해가 서서히 수평선 너머로 가라앉는 모습을 지켜보았다. 어느새 썰물이었다. 쏴아 쏴아. 바다가 끊임없이 반복하여 모래사장을 훑는 작업도 대단했다. 자연 속의 인간이란 한없이 초라하기만 하다. 만출과 차식이 얼음박스를 열고 불고기 잰 걸 불판 위에 올리며 천연덕스럽게 떠들었다.

"총무야, 쭉쭉빵빵한 것들 언제 도착하나?"

몇이서 양주병을 까들고 엉금엉금 불판 주변으로 모여들기 시작했다.

"박민호가 그 애들을 데리고 오다가 삼천포로 빠져버렸나 봐."

"하긴 팔등신 미녀들을 열둘씩이나 데리고 오다 보면 딴 맘이 들지 않겠나? 정상적인 남자라면 그게 순서지."

어느새 몇 잔 마신 명호가 떠들었다. 연매출이 200억인 중소기업 사장으로서 모레 오후에 있을 제네럴 일렉트릭과의 납품 계약 건이 여전히 그의 덜미를 잡고 있었지만 낮에 불거진 그놈의 박민호 펀드 이야기에 잡친 기분은 영 돌아오질 않았다. 박민호가 올 거라 믿는 사람은 아무도 없지만 그래도 그게 연신 화두를 던지고 회갑을 일이 년 정도씩 앞둔 남자들에게 희망을 주고 있었다.

밥솥에서 뜸이 드는 구수한 냄새가 솔솔 흘러나오자 회가 동한 나머지 12명 모두 너나없이 젓가락을 집어 들었다. 파라솔의 동그란 선반에 김치와 양파, 통조림, 단무지가 올라오고 불고기가 놓이자 모두들 와자하니 덤벼들었다.

"야야, 우리 가운데 장로 없냐? 기도는 하고 먹어야지."

"동물들이 언제 기도하는 것 봤냐?"

"동물?"

"아침부터 여태껏 여자타령만 한 놈들이 동물이 아니면 뭐냐?"

"사내들이 다 그렇지 뭐."

농담이 꼬리를 무는 격의 없는 시간이다. 찰카닥 소리와 함께 그 모습을 사진에 담은 권만출이 큰소리로 떠들었다.

"조용, 조용! 모두들 잠시만 스톱! 더 취하기전에 내일 일정을 미리 전달하니까 잊지 말도록. 내일 오전에 스노클링과 패러세일링이 있고 오후엔 낚시가 있어. 그리고 오후 5시에 그 유람선이 데리러 올 거야. 만일 민호가 온다면 대신 요트를 타면 될 것이고. 모두 알았지?"

마치 만출이 진두지휘에 나선 폼이었다. 제법 빡빡하네그려. 스노 클링이 뭐야? 패러글라이딩은 알겠는데 패러세일링은 또 뭐야? 한 마디씩 주절거리는 소리도 점차 잦아들고 양주가 몇 순배 돌자 머릿속이 들 알딸딸해진 듯 코맹맹이 소리가 터져 나오기 시작했다.

"그 오사랄 놈은 왜 안 오는 거야? 요트를 탄 거야, 안 탄 거야?"

차식이 떠들자 모두의 시선이 그에게 쏠렸다. 요트라는 말에 다들 귀가 번쩍한 듯 분위기가 술렁였다.

"해는 졌고, 그러면 지금쯤 그 요트에서 열두 명이나 되는 미녀들하고…… 도취경에 빠졌단 말이냐?"

누군가 맞장구치자 차식이 더 크게 떠들었다.

"박민호 그 시러베아들 놈의 자식이 오기만 해봐. 멱을 따고 말테니까!"

차식이 옆에 놓인 과도를 집어 들자 분위기가 한순간에 얼어붙었다. 친구들이 나서서 과도를 빼앗고 다독이는데 그의 분노가 다시 터졌다.

"니들 진정한 친구라면 말리지마. 내 퇴직금을 한 푼도 빼지 않고 모두 그 자식 펀드에 퍼부어 날린 심정을 너희들이 만분의 일이라도 안다면 날 그냥 놔둬. 그 길로 마누라한테 이혼까지 당했다구."

친구들이 말리자 고래고래 소리치며 악을 쓰던 차식이 얼마 못 가 모래바닥에 털썩 주저앉았다. 이미 양주를 한 병이나 비운 그는 제풀에 쓰러져 잠이 들었다. 차식이 조용해지자 다른 친구들도 한두 마디씩 떠들었다. 난 3억. 난 5억. 난 10억……. 걸리지 않은 사람이 없을 정도로 다들 박민호 펀드에 투자했음이 밝혀지기 시작했다.

"오 마이 갓! 명광고등학교 18회 3학년 6반 출신치고 민호란 놈에게 안 걸려든 놈이 없구먼! 그 자식, 친구 돈을 제 주머닛돈으로 안 거야 뭐야?"

정수가 한탄을 하는데 종만이 분위기를 싹 바꾸어버렸다.

"난 아니다. 첫째, 공직자이고, 둘째, 그만한 자금도 없고 해서 난 안 했어."

반신반의하는 표정들이 종만을 빙 둘러쳤지만 그의 내면에서 일고 있는 찬바람을 알 까닭이 없는 친구들로서는 그저 술이나 먹고 한탄이나 할 수밖에 없었다.

"내가 가져온 포도주 시음은 언제 할 거냐?"

소믈리에 자격증까지 갖고 있는 명호가 떠들었다. 하지만 모두들 양주까지 퍼마셔 머리 꼭대기까지 두둥실 뜬 분위기에서 누구 하나 선뜻 포도주 마시자고 나서는 사람이 없었다. 명호의 무안을 위로할 겸 정수가 그를 다독여 물 빠진 갯벌로 산책을 나섰다. 취해서 텐트에 쓰러진 대여섯을 뺀 나머지 모두 랜턴을 챙겨 들고 두 사람을 따라 나섰다.

시원한 갯바람이 한 번씩 불어왔다. 어둠 속에서 갯바닥에 몸을 드러낸 조개도 줍고 도란도란 추억을 나누며 물 빠진 끝까지 걷기로 했다. 갑자기 철우가 소리쳤다.

"우리 저 끝까지 뛰어갔다 오자!"

좋다! 모두들 달음박질을 쳤다. 랜턴 빛이 마구 흔들리며 투닥 투닥 달리는 마찰음을 갯벌 위에 남기고 여섯 명이 어둠 속으로 사라졌다. 철우야! 종만아! 정수야! 만출아! 부르는 이름마다 허공을 높이 나르는 듯하다가 깜깜한 밤하늘에 흡수되고 말았다. 주화연의 이름을 부르고 싶어도 약속이라도 한 듯 모두들 입에 지퍼를 달았다. 아까 부른 이름들이 하늘로 올라가 별이 되었는지 갑자기 구름이 걷히면서 찬란한 별들이 펼쳐졌다.

"와! 하늘 좀 봐! 서울의 밤하늘과는 완전히 딴판이야!"

모두들 황홀하게 하늘의 별 밭을 보는데 갯벌 끝에서 이는 파도가 번쩍번쩍 야광을 드러냈다.

이윽고 모두들 돌아와 정해진 텐트에 들었다. 고색창연한 구닥다리 램프조차 꺼지자 무인도는 깊은 잠에 빠져들었다. 은하수와 별들의 축복을 받으며 서해 무인도의 밤은 그렇게 깊어갔다.

얼마나 잤을까. 바람이 몰아치는 소리와 후드득 후드득 텐트에 빗줄기 떨어지는 소리에 명호가 일어나 밖으로 기어 나왔다. 랜턴을 켜고 사방에 비추어 보니 어느새 밀물이 밀려들어 그들의 보금자리를 위협하고 있었다.

"기상! 기상! 큰일 났다. 어서들 일어나!"

체격 좋은 정수가 튀어나와 다른 랜턴을 켜고 함께 친구들을 깨웠다. 하나둘씩 일어나기 시작할 즈음 빗줄기가 더욱 굵어지며 기승을 부렸다. 번쩍 번쩍 번개까지 내려치기 시작했다. 양주에 취해 뻗었던 그들은 일어나는 동작도 굼떴고 창졸간에 어둠 속에서 어찌할 바를 모르고 우왕좌왕했다. 우선 텐트들을 걷고 바닷물에 젖은 부식거리를 챙긴 다음 천막과 간이의자, 비치파라솔 등을 대강 접은 그들은 고무보트를 찾아 나섰다. 거둔 짐들을 보트에 얹고 뭍으로 더 높이 밀고 올라갈 생각이었다.

"어? 고무보트가 없어졌다. 어떻게 된 거지?"

만출이 화들짝 놀라 울부짖었다. 큰 충격이었다. 어찌된 영문인지 세 대나 되는 고무보트가 모두 감쪽같이 사라지고 없었다. 충분히 생각해서 천막보다 높은 모래사장에 나란히 올려놓은 그것들이 바닷물에 쓸려 내려간 게 틀림없었다. 배명호가 모래바닥에 덜퍼덕 주저앉아버렸다. 하지만 정수를 비롯한 몇이서 적극적으로 찾아 나서기로 했다. 랜턴을 켠 채 근처 바다와 모래사장을 샅샅이 비추어보며 1시간 이상 수색했지만 힘만 들었지 말짱 헛일이었다. 더구나 섬의 반대편은 온통 바위로 뒤덮여있어 감히 가볼 엄두를 내지 못했다.

"여보게들, 걱정하지 말라구! 내일 유람선이 데리러 온댔잖아. 유람선에도 보트가 있을 테니까 이미 사라진 걸 너무 생각하지 않는 게 좋겠어."

만출이 정리를 하고 나서자 모두들 위안이 되어서 한숨을 놓았다. 비바람은 여전했다. 제법 굵은 빗줄기가 머리 위로 사정없이 쏟아져 내려 대충대충 수습한 이들은 우선 숲이 시작되는 곳의 경사진 바위 그늘로 들어가 옹색하게나마 천막과 텐트를 다시 치고 비에 젖은 몸을 닦았다. 영 맥이 풀려버렸고 모두가 물벼락을 맞은 장닭 꼴이었다. 램프에 불을 켜자 몇은 담배를 꺼내어 피워 물고 몇은 피부에 모기약을 바르느라 부산을 떨었다. 총무 배명호가 입을 열었다.

"꿈을 꾸었는데 꿈속에서도 내가 총무더라구. 아 글쎄, 민호가 요트를 타고 왔잖아. 커다란 요트에 열세 명이나 되는 미끈한 여성들을 태우고!"

"야! 나도 똑 같은 꿈을 꾸었어. 좀 이상한데, 어쩌다 같은 꿈을 꾼 거지?"

국회의원 최정수가 맞장구치자 검사 박종만도 반색을 하며 자신도 비슷한 꿈을 꾸었노라고 털어놓았다. 그때 권만출이 꽁초를 휙 던지면서 비딱하게 반발을 하고 나섰다.

"니기미. 그럼 너희들 셋이서만 비키니 걸들하고 뻑적지근하게 놀았단 말이야? 이거 좀 불공평하잖아?"

"만출아, 꿈에선 너도 아주 쭉쭉빵빵한 본드 걸을 끼고 놀았어."

배명호가 달래듯 설명했음에도 만출은 여전히 불퉁거리는 목소리였다.

"니들 말이야. 다른 건 나보다 앞서 있을진 몰라도 사회생활에선 나보다 한참 후배들이야. 한 가지만 말해주랴? 난 이미 고등학교 때 여잘 깔고 지냈다. 그 통에 공부는 땡치고 이 모양 이 꼴이 되었지만, 어쨌든 인생이란 게 그렇더라. 흐흐흐흐. 고 2때였는데, 여잘 처음 벗기기 전까진 그래도 난 정말 여자들이 천사인줄 알았어."

만출은 지금도 주화연의 석고 조각상 같은 몸매를 잊을 수가 없다. 명광고와 명광여고에서 일주일을 시차로 가을 축제가 열리는 연례행사가 있었고 하필 그룹사운드 드러머였던 만출이 보낸 전야제 초청장에 주화연이 친구들 몇 명을 데려와 플라타너스 나무 아래서 공연을 끝까지 지켜보았다. 전부터 시립도서관 마당에서 몇 차례 은근슬쩍 만나곤 했던 두 사람은 그날 주화연의 자취방에서 오롯이 둘만의 시간을 가졌다. 앙코르 곡까지 무려 다섯 곡이나 연주한 뒤라서 만출은 지쳐 있었지만 만출의 땀에 젖은 셔츠에서 솔솔 풍기는 남성 호르몬 냄새에 주화연이 녹아버렸다. 설익은 열매를 따는 행동이었지만 둘은 전혀 배워본 적이 없는 성인 흉내를 내고 말았다. 팽팽하게 부푼 만출의 몸이 자신의 몸 안으로 밀고 들어왔을 때, 주화연은 몸뚱이가 허공에 붕 뜨고 숨이 막혀 죽는 줄 알았다. 요에 남겨진 빨간 얼룩 때문에 당황했지만 그 후로도 둘은 종종 만나 남의 눈에 띄지 않는 으슥한 곳에서 속옷을 내리곤 했다. 공부가 될 리 없는 만출이 대학에 진학하지 못한 사이 주화연이 미국으로 떠나버려 두 사람은 남남이 되었고, 만출은 한동안 술로 세월을 탓하며 허공에 넋두리나 쏟아내는 폐인 비슷하게 되었다. 군을 제대하고서 만출은 이런 저런 일에 손을 댔는데 매번 돌아온 것은 빚을 독촉하는 내용증명뿐이었다. 그러던 것이 2년 전에 주화연이 귀국하면서부터 달라졌다. 만출이 바빠지기 시작했고 친구들 몰래 극비의 업무를 개시한 것이다.

양주까지 나발을 불듯 퍼마신 만출이어서 친구들 모두 그가 주정을 하는 것이려니, 하고 생각했다. 극명한 위기 상황에서도 섹스에서만은 눈을 번득이는 게 인간일까. 술을 마셨든 안 마셨든 무인도에 고립된 처지인데도 불구하고 만출의 문뱃내 앞에서 모두가 나름대로 자신의 첫 경험에 대해 기통차고 아름다운 순간들을 하나씩 떠올렸다.

"예쁜 여자들이야 모두가 남자에겐 그저 천사지. 만출이 말이 맞을 거야. 안 그래?"

종만이 입맛을 다시며 꿈속에 본 민호의 요트를 다시 떠올렸다. 민호가 데려온 여자 배우들이 여럿 있었다. 그런데 그 가운데 주화연이 있었고 그녀는 깜짝 반가워하며 자기 짝이 되어주었다. 그녀가 그의 귀에 대고 속살거렸다.

"종만 씨, 날 잊고 있었죠? 난 사실 종만 씨를 잊어본 적 없어요. 미국에서 사업하느라 그동안 많이 바빴던 것 이해해줄 거죠?"

종만은 법대 일학년 때를 회상했다. 입대를 앞두고 주화연이 미국에 간단 소식을 들었다. 종만은 그녀와 만나 가누지 못할 만큼 술을 마셔버렸다. 부잣집 아들이고 S법대생인 종만의 입대 기념이랄까. 주화연이 순순히 여관까지 따라와 주었다. 그날 종만은 에덴동산의 풋사과를 따는 기분으로 그녀의 몸을 열었다. 덜덜 떠는 손길 끝에서 우유빛 피부가 꿈질거릴 때 종만은 그녀의 배 위에서 그만 기절을 하고 말았다. 그녀가 더 적극적이었고 종만이 눈을 떴을 땐 주화연이 말을 타듯 자신을 찍어 누르고 있었다.

이번엔 국회의원 정수가 다리에 모기약을 바르면서 내뱉었다.

"테크노마 글씨가 또렷이 박힌 하얀 요트에서 내린 여자들, 캬! 난 꼭 로마 신화에 나오는 여신들이거나 요정들이 온 줄 알았어. 입이 절로 쩍 벌어지더라고."

그 역시 대학 2학년 때 입대를 했고 휴가 기간에 우연히 주화연을 만난 추억을 회상하고 있었다. 국회의원의 아들로서 최정수의 명성이 이미 장안의 젊은이들 사이에 짜하게 소문나 있던 차에 미국에 갔던 주화연이 집안 대사 때문에 잠시 귀국한 시기와 맞물린 것이다. 종종 안부전화라도 나누던 두 사람은 그날 워커힐에서 만나 함께 리도쇼를 보고 도박장에 들러 수백만 원을 까먹었다. 이미 사회인이 되었고 성숙한 안목까지 제법 갖춘 그들은 어른스럽게 행동을 하다 보니 호텔방까지 함께 들어가는 성인흉내를 내고 말았다. 격렬한 시간이 끝나고 흰 시트에 빨간 얼룩이 생기지 않은 것에 어리둥절한 최정수에게 주화연은 한 차례 더 알몸으로 돌진했다.

그리고 그로부터 1년 뒤에 주화연이 미스 유에스에이 2위에 등극한 소식이 전 세계 뉴스를 도배했다. 권만출, 박종만, 최정수로 이어진 풋사랑은 각자에겐 잊을 수 없는 첫 경험으로 뇌리에 깊숙이 남았다.

밤새 풍랑이 일고 비바람이 몰아치던 날씨도 새벽이 되면서 진정되었다. 희붐한 여명이 무인도에 찾아왔다. 바위에 의지가지 설치한 임시 천막과 텐트에서 새우잠을 잔 이들은 두들겨 맞은 듯 온몸이 쑤시고 걷기조차 힘이 들었다. 겨우겨우 몸을 일으켜 주위를 둘러보았지만 식량으로 쓸 만한 것들은 모두 떠내려 가버리고 라면 몇 봉지와 통조림 몇 개, 양주 한 병과 포도주 네 병만 남아 있었다. 어서 해라도 쨍 떠주면 좋으련만 후덥지근한 것이 아직도 굵은 빗줄기를 더 쏟을 심사로 보였다. 갑자기 권만출이 고함을 쳤다.

"기상! 기상! 얘들아, 어서 뭘 좀 먹고 갈 채비를 해야 할 것 같다."

짐이라야 대부분 지난밤에 떠내려가고 현재 입고 있는 옷가지 밖에 없었다. 하지만 모두들 일어나서 라면 두 개와 통조림 몇 개를 깠다. 모래에 파묻힌 가스버너를 찾아내 노력 끝에 불을 붙였지만 12명이 먹기엔 턱없이 부족한 식량이었다. 어제 쇠고기를 구웠던 불판이 볼썽사납게 반쯤 처박힌 바로 옆 모래밭에서 그들은 사이좋게 개밥 비슷한 '꽁치감자라면'을 나누어먹었다. 만출이 포도주를 까기 시작했다. 모두가 의아한 시선으로 쳐다보자 만출이 변명했다.

"배고플 땐 술도 훌륭한 음식이란 걸 모르냐? 너희들 빈 뱃속을 술로 채워본 일 없지?"

만출이 한 병을 입에 대고 나발을 불자 몇 명도 덩달아 포도주를 한 병씩 차지하고 나섰다. 정차식도 그 가운데 하나다. 정차식이 깐족거렸다.

"호주머니에선 먼지만 날리는데 빈 뱃속에 술이 졸졸 내려갈 때의 기분, 정말 끝내주지. 유람선은 몇 시에 오기로 했지?"

분위기가 완전히 폭삭 가라앉았지만 총무 배명호가 대답을 했다.

"오후 5시니까 그때까지만 잘 버티면 된다. 모두들 힘내. 아무래도 우리가 사전 준비 없이 너무 함부로 덤빈 것 같아."

명호의 설명에 만출이 즉각 이의를 제기했다.

"무슨 소리야? 준비는 제대로 했어. 우리가 자연의 힘을 잘 몰랐던 건 사실이지만 나름대로 준빈 제대로 했다구. 설마하니 바닷물에 몽땅 떠내려갈 거란 생각이나 했냐?"

자연의 힘이란 대목에서 모두들 힘없이 고개를 주억거렸다. 즐거워야할 여행 분위기가 깨진 게 영 맘에 안 들지만 그래도 우정 하나에 의지한 채 몇 시간만 더 참고 견디기로 했다. 정수는 내일 열릴 임시국회에서 특별 법안을 통과시켜야만 한다. 과반수 찬성이 나와야하므로 반드시 국회에 가야할 처지다. 종만은 서울에 돌아가는 대로 수사팀을 풀가동하여 '달뜬' 사건을 보강하고 증거가 확보되는 대로 곧바로 박민호를 구속할 생각을 굳혔다. 배명호는 내일로 약속된 제네럴 일렉트릭과의 중요한 계약에 제발 아무 지장이 없기를 간절히 기원했다. 대학 교수 문철우는 내일이 총장 선거 입후보자 등록 마감일이어서 꼭 내일 등록하러 가야만 한다. 경쟁자가 등록을 포기하도록 밀대를 시켜 매수해 놓은 이상 단독 후보가 될 것이다. 그래서 그는 어제부터 일체 의중을 드러내지 않은 채 무게만 잡고 있었다.

보름 전부터 매일 체크해온 일기예보가 이렇듯 완벽하게 빗나가 버릴 줄은 아무도 몰랐다. 배명호가 중앙기상대에 오늘의 날씨를 문의할 반짝 아이디어를 냈다. 하지만 물에 젖은 핸드폰은 담배 갑보다도 못한 고철이나 다름없었다. 배명호의 일그러진 표정에 모두들 가슴이 철렁했다. 너도 나도 후닥닥 자신의 핸드폰을 열어보았지만 모두다 새벽 난리통에 흠씬 젖어 한결같이 불통 상태였다. 분위기가 일순간 바짝 얼어 붙어버렸다. 극도의 공포심이랄까. 하지만 권만출이 크게 웃어젖혔다.

"하하하하. 학창시절엔 아무 쓸모없는 인간인줄 알았던 이 권만출이가 드디어 섬 구석에서 인간노릇을 하는구나. 자네들, 걱정하지 마시게. 의원님, 검사님, 그리고 미래의 총장님을 비롯해서 수백 억 재산가 사장님들! 내게 있는 핸드폰이 큰 기여를 하게 되었으니 맘 푹 놓으라구."

만출이 번호를 꾹꾹 눌러 중앙기상대를 연결했다.

"일기예보입니다. 오늘 오후 서해 모든 지역은 초속 15m의 강풍이 불겠으며 예상 파고는 5m 내지 7m로 선박의 통행이 전면 금지됐습니다. 날씨는 점차 흐려져 오후부터 서해 전역에서 비가 내리겠으며 비 올 확률은 80%, 예상 강우량은 100mm에서 150mm가 되겠습니다."

옆에서 바짝 귀를 대고 함께 듣던 명호가 사색이 되었다. 그의 표정 변화에 나머지 사람들도 모두가 좌불안석이었다. 사람은 극도의 공포나 긴장감을 느낄 때 안면근육이 경직되고 부교감신경은 항진되면서 혈액순환이 느려진다. 더구나 감정은 전염성이 강하므로 곧바로 곁에 있는 사람들에게 전파된다.

명호가 손을 덜덜 떨면서 주머니에서 미니수첩을 꺼냈다. 만출한테서 핸드폰을 건네받은 그는 유람선 회사가 있는 대천 본사에 전화를 걸었다.

"우린 비정기 노선으로 어제 J섬에 내렸습니다. '마린 파라다이스호'가 오후 4시에 우릴 태우러 여기에 오기로 되어있는데, 예정대로 꼭 올지 미리 확인 차 전화했습니다만……. 뭐라고요? 예보에 없는 일기불순으로 출항이 연기되었다구요? 그러면 안 되는데? 여기 국회의원……."

정수가 옆구리를 찔러 급히 말을 멈춘 명호는 힘이 빠지고 넋이 나갈 지경이었다. 정수도, 종만도, 철우도, 명호도 모두 죽을 맛이었다. 나머지도 모두 실망하여 수런거리기 시작했다. 그 사이 먹장구름이 하늘을 뒤덮었고 금세라도 주먹만 한 빗방울을 쏟아 부을 것처럼 으르렁거렸다. 돌풍이 휘익 — 하고 바다 쪽에서 불어오자 모두들 아연실색했다. 기어이 비가 주룩주룩 쏟아지기 시작했다. 산과 바다에 가서는 날씨에 대해 속단하지 말라고 누가 말했던가. 유람선이 오기는커녕 그들 모두 주린 배를 움켜쥔 채 빈속에 포도주와 양주를 마셔야만 했다. 스노클링, 패러세일링, 낚시질이 불가능하게 된 것은 말할 것도 없고 식수조차 점차 줄어들어가는 게 안타까울 뿐이었다.

칠흑 같은 밤이 찾아왔고 인정머리 없는 비는 쉬지 않고 쏟아져 내렸다. 낮에 천막과 텐트를 보강한 덕분에 비 맞는 일은 피했지만 불안감과 고통이 엄습하여 모두의 가슴을 내리눌렀다. 램프는 석유가 고갈되어 더 이상 켤 수 없었고 오스스한 몸을 보호할 요량으로 뭐든 닥치는 대로 껴입은 채 빙 둘러 앉아 서로서로 등을 맞대었다.

"아무래도 우리가 조난당한 것 같다. 어서 119에 전화를 해야겠어. 전화 좀 줘봐."

최정수가 벌떡 일어나 만출의 전화로 119를 누르는데 하필 방전이 거의 돼서 배터리 경고등이 깜박이고 있었다. '어서 받아라, 어서 받으라구. 제발!' 기도하는 심정으로 소리쳤지만 야속하게도 전원이 퍼벅 꺼져버렸다. 그야말로 완전한 고립이었다. 빗소리와 바람소리, 바닷물 부딪히는 소리뿐, 그 어디에도 불빛은 보이지 않았다. 라이터는 가지고 있었지만 어떻게 해볼 궁리가 떠오르지 않았다. 정수가 어둠 속에서 모래바닥에 덜퍼덕 주저앉으며 투덜댔다.

"내일 중요한 안건 표결이 있어서 내가 이러고 있으면 안 돼. 개방도 안 된 무인도에 놀러갔다는 게 매스컴에 알려지면 여론의 화살이 마구 쏟아질 텐데, 그걸 어떻게 막아내냐? 전화기도 모두 먹통이라서 국회의장이나 당대표에게 사정 이야길 할 수도 없고, 정말 복장이 터지는구먼! 에잇 씨발!"

이번에는 박종만 검사가 자기 가슴을 주먹으로 내려쳤다.

"나도 사실 할 일이 산더미 같이 쌓인 사람이야. 애당초 일기예보에선 곳에 따라 때때로 비가 오지만 맑은 날씨가 될 거라고 했었잖아. 쌍놈의 일기예보가 왜 이렇게 안 맞는 거냐? 기상청 놈의 새끼들 가만두나 봐라."

총무 배명호 사장이 엉거주춤하며 변명을 했다.

"내가 일기예보를 얼마나 챙기고 챙겨서 날짜를 잡았는데! 만출이도 차식이도 인정할 거야. 달력에 귀신이 붙지 않았다면 날씨가 어떻게 이렇게 변덕을 부릴 수 있는 거냐?"

그러자 만출이 이들을 잡도리하듯 쐐기를 박고 나섰다.

"웃기고들 있네. 여기서 나갈 수나 있을지 불확실한 판에 원족 나온 유치원생도 아니고 무슨 낭만적인 이야기들을 그렇게 하냐?"

박종만 검사가 화를 벌컥 내고 말았다.

"만출아! 너 이 자식, 그 따위 말이 어디 있냐? 웃기고 있다니. 우리가 그럼 이렇게 난감한 처지에 빠진 게 고소하다는 말 밖에 더 되냐?"

"허, 고소하다니. 그럼 천벌을 받지. 다만, 우리가 여길 온전히 빠져 나갈 수 있을까, 하는 문제로 너희들은 걱정 안 되냐?"

"너 그딴 말로 계속 비아냥거릴 거냐? 난 걱정 안 된다. 어쩔래?"

갑자기 어둠 속에서 주먹이 날아와 박종만의 얼굴에 작렬했다. 순간의 일이었다. 눈에서 불이 번쩍한 종만이 스티로폼 조각이 바닥에 떨어지듯 풀썩 주저앉고 말았다. 옆에 앉은 배명호가 종만을 얼른 감싸주었다. 이 개 같은 상황에 화가 벌컥 치민 종만이 벌떡 일어나 두 주먹을 불끈 쥐고 씩씩거리며 되받아칠 듯 오감을 집중했다. 명호가 후닥닥 라이터를 켜서 주변을 비쳐보았다. 분명히 열 명밖에 없었다. 조금 전까지 함께 말다툼을 벌인 권만출이 안 보였다. 그가 정차식을 데리고 사라진 게 틀림없었다. 하지만 그 빗속에 가스라이터 불빛에 의지하여 두 사람을 찾아 나선다는 것은 불가능했다. 종만이 부풀어 오른 눈 주위를 어루만지며 한숨을 내쉬었다.

"아무래도 자기들만 살아보겠다고 개별 행동을 한 것 같은데. 이건 나중에 결과가 안 좋을 수 있어. 심각한 조난으로 이어질 수 있다구."

열 명에게 갑작스런 공포심이 닥쳐왔다. 어둠이 주는 원초적인 두려움에 더해진 권만출에 대한 공포였다. 아무런 말도 없이 모습을 감춘 두 사람과 지금 상황과는 틀림없이 무슨 기막힌 관계가 있을 것 같았다.

권만출…… 권만출…….

두려운 친구의 이름을 입술에 굴리면서도 그들은 권만출이 2년 전 서울에서 주화연을 다시 만난 후로 함께 사기행각을 벌이고 있다는 사실을 전혀 모르고 있었다. 주화연이 그동안 미모를 바탕으로 뉴욕의 한인 로비스트로 성장했고 국제 무기 거래에 끼어들어 부를 축적했으며, '박민호 펀드' 등 모든 박민호의 자금을 뭉뚱그려 미국의 몇 개 금융사에 투자한 것이라든지, 강남의 룸살롱 등 박민호가 개설한 유흥업소 얼굴 마담으로 주화연이 들어앉은 것도 모두 박민호의 자금이 고스란히 체이스맨해튼, 시티은행, 골드만삭스 등에 분산 투자되는 데 역할을 하기위한 것이란 것까지도 전혀 알지 못하고 있었다. 결국은 박민호도 주화연의 손 안에서 놀아나는 송사리였다.

2년 전 권만출이 주화연에게 메리어트 호텔로 불려갔을 때다.

"만출 씨, 내가 왜 찾아왔는지 냄새를 맡았을 것 같은데, 내 말 그대로 믿어줘. 서울에서 새 사업을 시작했어. 놀라지 마. 배우 박민호의 돈을 내가 관리하기로 계약했어. 비밀이니까 그 이야긴 영원히 입속에 가둘 수 있지? 그리고 왜 만출 씨를 불렀냐, 하면 내 방패막이가 되어 달라는 부탁을 하려구. 물론 월급은 매달 지불하겠어. 때론 내 보디가드로, 때론 애인으로……!"

만출의 최근 행적과 주변 정보까지 꿰뚫은 그녀는 역시 그가 그 일에 적격자라 판단했다. 그녀가 만출의 앞에서 하나하나 옷을 벗어 내렸다. 만출은 여전히 그녀를 사랑하고 있었다. 나이 예순이 가까웠지만 그녀는 아직도 눈부신 미모를 간직하고 있었다. 40년 전 대리석 조각상처럼 보였던 그녀였고 그때 자기에게 처녀성까지 바친 일은 두고두고 가슴 떨리는 일로 남아 있었다.

지독한 비바람이 새벽에 멈추었다가 날이 새면서 다시 몰아치기 시작하더니 마치 장마라도 진 듯 계속되었다. 술도 동나고 이젠 마실 물도 더 남아있지 않았다. 그래서 천막에서 떨어지는 물을 받아 마시기로 했다. 아침에 있을 국회 표결이고 뭐고 한숨만 푹푹 나올 뿐 모두가 틀려버린 것이 확실했다.

비바람이 진정 국면에 접어들면서 한낮 시각쯤에 갑자기 권만출과 정차식이 나타났다. 10명 모두 분노에 찬 목소리로 두 사람을 몰아세웠다.

"도대체 이 어려운 때 어디로 사라진 거냐? 우릴 골려줄 셈이었냐? 아니면 너희만 살 생각이었냐?"

박종만이 만출의 멱살을 움켜쥐었다. 전날 어둠 속에서 주먹에 맞은 걸 생각해서 종만이 감정을 폭발시키기 직전이었다. 하지만 만출은 멱살을 뿌리치고 생선 회 뭉치를 내려놓았다.

"진정해. 너희를 골려줄 생각도 나 혼자서만 살 생각도 없어. 보트도 찾을 겸 너희들을 좀 먹이려고 섬 반대편으로 넘어갔어. 새벽부터 여태껏 잡은 건데 우선은 좀 먹어봐. 기운을 차려야 여기서 빠져나갈 수 있을 것 아냐? 솜씨가 좋지 않아서 횟집에서 뜬 것보단 못하지만 자연산은 확실하니까 믿고 먹어."

온통 바위뿐인 그곳을 어떻게 갔는지 상상조차 되지 않아 열 사람은 입을 벌렸다. 그들이 정신없이 회를 먹는 동안 만출이 눈에 핏발이 선 채 설명을 이어갔다.

"기쁜 소식이 하나 있다. 그곳 바위틈에서 고무보트 3대를 고스란히 찾아냈어. 거기 실린 물건들은 모두 사라졌지만."

열 명이 일제히 일어나 덩실덩실 춤을 추었다. 바다가 좀 잔잔해지면 여기서 제일 가까운 K도(島)까지 고무보트로 가보자, 면서 만출의 목소리가 더 차분해졌다.

"그러면 잠시 후에 섬 반대편으로 이동하겠다. 모두 알겠지?"

"너희가 이리로 올 때 고무보트를 타고 오지 그랬냐?"

"물론 그 말도 일리가 있어. 하지만 두 대는 엔진이 떨어져 나갔고 한 대에만 남아 있거든. 실은 연료를 아끼려고 그 위험한 바위를 넘어 여기로 온 거야. 이해가 가냐? 우리가 이 섬을 출발하면 두 대는 노를 저어야 한다. 물론 한 대에 남은 엔진의 힘으로 이동을 하면서 젓는 것이니까 힘은 좀 적게 들어갈 것이다. 저기를 좀 봐. 보일 듯 말 듯한 저 먼 곳이 우리가 도착할 K도다."

모두들 생선회를 씹으며 고개를 끄덕거렸다. 10명 모두 몰골이 말이 아니었다. 육지에서 처리해야 할 정말 중요한 일들을 모두 놓쳐버려 자포자기 심정이란 점도 그렇고, 제대로 씻지 못해 꾀죄죄하게 변한 모습과, 권위와는 어울리지 않게 아무런 옷이나 껴입고 있는 점도 그렇고, 마치 끼니를 해결하지 못한 6·25 때 피란민의 모습 그대로였다. 아무튼 권만출이 캡틴으로 나서는 것도 무리는 아닐 성 싶었다.

만출의 지휘에 따라 열한 명이 일어섰다. 그들은 텐트고 천막이고 버려둔 채 만출의 뒤를 쫓아 섬 반대편으로 건너가기 위해 갯바위들을 조심조심 오르락내리락했다. 내리 이틀을 굶은 터에 힘이 없어 번번이 미끄러지면서도 살아보겠다는 일념 하나로 만출의 뒤를 따라 큰 갯바위를 엉금엉금 넘고 또 넘었다. 하지만 한참을 가고 또 가도 고무보트가 보이지 않았다.

"만출아, 보트가 도대체 어디에 있는 거냐?"

최정수 의원이 간신히 갯바위 위에 선 채 만출을 돌아본 순간 중심을 잃고 바다에 빠져버렸다. 갯바위 사이로 널름거리는 파도에 휩싸인 정수는 바위에서 자꾸만 멀어져가면서 허우적거렸다. 맨 끝에서 정차식의 도움을 받으며 따라오던 박철우 교수도 놀라 발을 헛디디면서 파도에 휩쓸렸다. 정수도 철우도 파도 속에 이내 사라져버렸다. 순식간의 재난에 모두가 발을 동동 구르며 어쩔 줄을 몰랐다. 만출이 으르렁거리듯 고함을 쳤다.

"얘들아! 마음 독하게 먹어! 이런 상황에선 구하려드는 게 곧 죽음을 재촉하는 거야. 먼저 자신의 목숨부터 간수해! 알겠어?"

탈진하여 제 몸 하나 지탱하기도 힘든 데다 물에 빠진 친구를 눈앞에 보면서도 구할 수 없다는 사실이 절망적이었다. 아홉 명은 훌쩍훌쩍 울면서 앞으로 나아갔다.

"자, 여기 보트가 있어! 어서 와 보라구!"

만출이 외치는 그곳 갯바위 사이에 거짓말처럼 손바닥만 한 백사장이 조성되어 있고 거기에 보트 세 대가 엉켜 있었다. 모두들 울먹이면서도 희망에 찬 미소를 지었다. 보트에 붙어있던 나일론 줄을 잘라내 보트끼리 일렬로 연결한 다음 10명 모두가 비장한 표정으로 보트에 올랐다. 정차식은 가운데 보트에 오르고 혼자서 맨 앞 보트에 탄 만출이 엔진에 시동을 걸었다. 뒤쪽 두 대의 보트에 나뉘어 오른 사람들은 기진맥진하면서도 보트에 부착된 플라스틱 노를 떼어내 죽자 살자 저어댔다.

힘을 합친 세 대가 느릿느릿 파도를 헤치며 해안을 막 벗어나기 시작했을 때였다. 모두들 노를 젓느라 정차식이 칼은 빼드는 걸 보지 못했다. 날이 선 칼이 허공에서 번쩍였다. 엔진 출력을 갑자기 높이는 소리와 동시에 정차식이 만출의 보트로 옮겨 타면서 자기네 보트와 두 번째 보트를 연결한 로프에 칼질을 했다. 일이 벌어진 건 순식간이었다. 뒤에 붙어있던 보트 두 개가 중심을 잃고 벌렁 뒤집혔고 여덟 명 모두 비명을 지르며 바다에 빠져버렸다.

두 사람만 태운 보트가 유유히 큰 바퀴를 만들며 여덟 명이 물속으로 사라지는 주변을 맴돌았다. 이윽고 보트가 엔진을 멈추자 차식이 물속을 향해 중얼거렸다.

"미안하네. 주화연이를 손 댄 친구들……. 우린 서로 원한들이 많았지? 나중에 저승에서 만나면 화해하자구."

곧 이어 만출이 담배를 꺼내어 이빨로 물면서 덧붙였다.

"시발 새끼들. 돈 떼었다고 동네방네 나발 불고 다닐 일은 다시없겠군. 니들이 사회 지도급 인사라고? 네 놈들이 정말로 땀 흘려 번 돈이라면 내가 지게질이라도 해서 진즉 갚았다. 시발 새끼들아! 단 한 놈이라도 자식을 군대 보낸 놈이 있다면 내가 성을 갈았다니까."

안타까운 표정으로 엎어진 고무보트를 바라보던 차식도 담배를 꺼내 물었다. 바로 그때였다. 담뱃불을 붙이느라 고개를 숙인 차식의 턱을 만출의 육중한 주먹이 강타했다. 차식이 벌렁 나자빠지면서 중심을 잃자 만출의 발길질이 이어졌다. 바다에 빠진 차식이 파도에 휩쓸리면서 허우적거렸다.

"왜 이러는 거냐. 만출아! 허 헙, 어푸푸. 꿀꺽 꿀꺽."

차식의 모습이 사라지자 만출이 차가운 미소를 흘렸다.

"주화연이와 잠잔 건 그렇다 치고 퇴직금을 몽땅 펀드에 넣지만 않았어도 넌 살았어. 분별없는 쓰레기 같은 놈. 욕심이 죄를, 죄가 사망을 낳는 법이다. 책에 나온 말 가운데 틀린 말 봤냐?"

만출이 대포폰을 꺼내어 어딘가에 전화를 걸었다.

"주 회장? 만출이야. 모두 오케이. 민호 옆에 있지? 섬까진 2.5km 정도 남았을 텐데 지금 데리러 오라구. 그 미끈한 요트 좀 타고 싶구면. 나 엔진 떼어버리고 고무보트에 누워있을 거야. 조난당한 사람이잖아. 자, 그럼."

216

만출이 대포폰을 바다에 버렸고 동시에 주화연도 전화기를 멀리 던져버렸다.

다음날 빅뉴스가 전파를 타고 전국을 강타했다. 고등학교 졸업 40주년 기념 여행이 마지막 여행이 되었다면서, 유일한 생존자 권만출이 구사일생으로 구출된 내용이 상세히 보도됐다. 영화배우 박민호가 요트를 투입해 표류하던 친구를 구조한 의로운 일로 표창을 받게 되었다는 소식이 이어졌고, '박민호 카페'는 열성 팬들에 의해 일주일 이상 마비 상태였다.

욕망을 팝니다

폭설

아무래도 뭔가 잘못 돌아가고 있는 게 확실
했다. 종만은 매표구 쪽으로 다가가 유리 칸
막이에 얼굴을 바짝 디밀고 어둑한 안쪽을
살폈다. 정말 아무도 없었다. 주인 잃은 의
자들과 책상만이 덩그러니 남아 있었다.

그해 연말의 밤은 어느 것 하나 제대로 마무리된 것 없이 을씨년
스럽기만 한 분위기였다. 매서운 칼바람조차 휘이익– 휘위익– 소리
를 내며 군산역 광장의 눈발을 사방팔방으로 흩뜨리다가 한 번씩은 바
닥에 쌓인 눈까지도 깜깜한 허공중으로 쓸어 올리곤 했다. 12월 31일
밤 9시50분, 군산역은 100년 가까운 역사의 더께만큼이나 무거운 눈
을 뒤집어 쓴 채 그렇게 아주 특별한 밤을 맞고 있었다. 역사가 내일
1월 1일부로 이전하기 때문에 광장 건너편의 점포들도 대부분 철시하
고 겨우 서너 개만이 어둠 속에서 희끄무레하게 불을 밝히고 있다.

21시 51분에 도착할 마지막 군산선 통근열차가 기상 악화로 연착될
거란 긴급전통이 이미 팩스로 와 있었다. 길 건너 어디선가 마지막 운
행이란 의미를 붙인 자축 회식이 열리고 있어 대합실은 역무원 김무진
씨 혼자서만 지키고 있었다. 승객도 삼십 중반의 박종만 말고는 아무
도 없었다. 조금 전 울레줄레 도착한 네댓 명이 있었지만 심상치 않은
눈길로 여기저기 살피더니 뭐에 홀린 듯 조르르 플랫폼으로 나가버렸
다. 젖은 가슴에 가득히 아쉬움을 품고 온 그네들은 오늘부로 군산선
통근열차 운행이 끝난다고 입에서 입으로 혹은 매스컴을 통해서 듣고
달려온 추억 찾기 방문객 가운데 끄트머리였다.

성품이 목석같기만 한 역무원 김무진도 오늘만큼은 묘한 추억에 끌
려 가슴이 괘종시계의 추 마냥 자꾸만 요동쳤다. 텅 빈 대합실을 한 번

휘 돌아본 그의 시선이 음료수 자판기 두 대 앞에서 멈추었다. 그것들은 대합실의 드높은 천장 때문인지 오늘따라 유난히도 왜소하게 보였다. 이 밤이 가고 나면 이곳에 더 이상 여행객이 찾아오지 않을 거란 사실이 도무지 믿기지 않았다. 방송국서 나온 '다큐멘터리 제작팀'이 지금쯤 어디서 영상을 담아내고 있을지, 그는 전주역에서 군산역까지 12개나 되는 역들을 하나하나 짚어보다가 언뜻 열차소리가 들린 것 같아 귀를 팔마산 쪽으로 쫑긋했다. 실상 열차는 이미 도착 시간을 훨씬 넘기고 있었다. 예상치 않은 폭설 때문에 유선전화든 팩스든 모두 불통이 되어버렸고 기지국 사정으로 핸드폰조차 두절 상태였다.

무진과 종만 사이에 서름한 냉기가 두꺼운 벽을 만들고 있었다. 출입구에 가까이 선 종만은 칼바람이 유리문 틈서리로 들어올 때마다 들썩이는 머플러 끝을 손으로 한 번씩 여몄다. 무진이 서먹함을 깨뜨리고 종만에게 두어 발짝 다가갔다.

"누굴…… 기다리슈?"

기차를 탈 사람이냐고 묻는 대신 누굴 기다리는지 물은 건 무진 자신이 바로 누군가를 기다리고 있었기 때문이다.

"꼬마열차를 타려고요. 막차는 익산까지만 가죠?"

꼬마열차는 군산선 통근열차의 별칭이다. 무진이 고개를 끄덕이는 걸 종만이 데면데면하며 다시 물었다.

"오늘부로 노선이 폐지된다고 밖에 나붙었던데 그렇다면 내가 마지막 열차를 타는 셈이군요. 흠음, 표를 사야하는데 창구엔 왜 아무도 없는 거요?"

"여태 안 샀으면 기다려보슈! 행사에 참석들 하느라 좀 늦는 거 같은데."

무진은 종만의 시선을 피하며 창구 쪽을 흘끔거렸다. 매표창구는 불만 켜졌을 뿐 매표원이 보이지 않았다. 종만도 목 부위의 머플러 틈을 단단히 여미며 창구를 다시 살폈다. 손목시계가 9시 55분을 가리켰다. 진즉 도착해서 손님을 풀고 떠날 승객을 태울 시각이지만 열차는 여전히 오지 않고 있었다.

"이런 날은 연착되기 십상이오. 본청에서 진즉 공문도 보내왔소."

무진이 변명하듯 내뱉었다. 추억 찾기에 빠져 플랫폼에서 웃고 종알대며 카메라 플래시를 연신 터뜨리는 사람들은 그렇다손 치고 역무원으로서 그는 오늘 같은 추위와 눈보라엔 도저히 밖에서 열차를 기다릴 수가 없었다. 그는 눈대중으로도 오십 센티가 훨씬 넘는 눈이 쌓인 창밖의 세상을 걱정스레 두리번거렸다. 눈보라가 일궈내는 피리소리가 잠시 멈출 때면 대합실 깊숙이 떠밀려온 광풍이 매점의 알루미늄 셔터를 덜커덕덜커덕 때리는 불협화음이 장난이 아니었다. 무진은 깃발 두 개와 손전등을 옆구리에 끼고서 두 손을 호주머니에 깊숙이 쑤셔 넣은 채 모진 소음과 찬바람에 맞서고 있었지만 가슴속은 진즉부터 추억들이 얽히고설키는 영화 세트장이었다.

무진은 이번 막차를 떠나보냄과 동시에 자신도 영영 이곳을 떠난다는 사실이 막상 실감나지 않았다. 그녀는 지금쯤 대야역을 출발했을까? 대야에 사는 지체 장애인 명자 씨가 이번 마지막 열차를 타고 오기로 되어있었다. 김무진이 휘이 돌아보자 막 플랫폼에 내린 서른아홉 살 노처녀 명자 씨가 상체를 앞뒤로 심하게 내저으며 절름절름 개찰구를 거쳐 들어오는 모습이 보일 듯했다. 무진이 시선을 도로 음료수 자판기로 향했다. 그녀는 오랜 손때가 묻은 자판기를 아쉬운 듯 어루만지다가 전원을 끌 것이고 간단한 정리를 한 다음 자신과 함께 찻집으로 향할 것이다. 자신은 그녀에게 따뜻한 위로의 말을 하고 나서 그동안 저축해온 예금통장을 꺼낼 것이고, 깜짝 놀란 그녀에게 프러포즈를 할 것이다. 퇴직금으론 자그만 가게라도 함께 얻자고 덧붙이면서…….

며칠 전 동료들이 키득거리며 던진 말이 있었다.

"무진아, 말일 날 막차 번을 좀 서다오. 명자 씨가 자넬 만나러 틀림없이 올 테니까, 어차피 기다릴 거지?"

내일 1월 1일자로 동료들 모두 발령이 났고 무진만 어제 날짜로 퇴직을 한 상태였다. 사실 오늘 명자 씨에게 보여줄 통장에는 작은 평수의 아파트를 장만하기에 충분한 액수가 들어 있다. 마흔두 살 노총각 무진이 쾌히 동료들의 청을 들어준 것도 바로 이 때문이었다. 그는 호주머니 속의 예금통장을 검지손톱으로 지그시 긁어보았다. 소아마비라 해도 표정이 항상 밝은 명자 씨의 하얀 얼굴과 미소가 유리창에 어리자 무진은 창께로 성큼 다가갔다. 달포 전인가 사무실 청소를 마치고 자판기 정리를 하던 그녀가 말했었다.

"김 계장님, 12월 31일 막차 보내고 차 한 잔, 어때요? 눈이라도 펑펑 내려준다면 짱이겠죠?"

"좋아요. 내가 한 잔 사죠. 어차피 자판기 철수하러 올 거잖아요?"

퇴직한 다음날이란 건 문제도 되지 않았다. 무진은 감격하여 숨이 넘어갈 뻔했고, 그녀의 말이 꼭 프러포즈하는 표현으로 들렸다. 그때부터 그녀와 마주칠 때면 다른 역무원들과는 달리 무진은 자꾸만 쭈뼛거려지면서 온 몸이 긴장되곤 했다. 한번은 동료 하나가 그녀에게 '이 사람 진짜 노우(NO) 총각이야. 그래서 여자 몸이 어떻게 생겼는지 전혀 모를 테니까 누가 시집오든 크게 보시하는 셈이야.' 하고 깔깔대며 농을 걸었다. 어쨌거나 그녀와 한 번이라도 더 마주치기 위해 이런 저런 핑계거리로 자판기에서 캔 음료수를 빼어 마시는 것도 무진에겐 즐거움이었다. 그렇게 저렇게 따진다면 실상 혼자서만 은근히 가슴앓이를 해온 지 일 년이 넘었다. 이제 마지막 꼬마열차만 도착하면 거기서 명자 씨가 내릴 것이다. 하지만 성격이 무던한 무진은 막상 무슨 말로 프러포즈해야 할지 몰라 애꿎은 통장 갈피만 손톱으로 긁고 또 긁었다. 때마침 세차게 들이닥친 바람에 셔터가 덜커덩 덜커덩 아우성을 쳤다. 그것이 마치 폐질환자가 생의 마지막 발작을 하는 소리 같아 무진은 오만상을 찡그렸다. 그와 눈이 마주친 종만이 어깨를 쓱 들어 올렸다.

"나 혼잔가 봐요. 막차 타러 온 사람이."

종만이 포켓에서 만 원짜리 지폐를 꺼내어 흔들자 무진이 이내 도리질하며 손으로 매표창구를 가리켰다.

"거참…… 왜들 안 나타는 거지? 좀만 더 기다려보슈!"

플랫폼에 나갔던 네댓 명 방문객들이 혹시 열차를 탈 사람일지 몰라 무진은 그쪽으로도 시선을 몇 번이나 던졌다. 평소와는 달리 개찰구를 미리 열어놓은 건 방송국에서 나온 '마지막 꼬마열차' 다큐멘터리 제작 팀을 위한 것이었다. 하지만 방문객들은 고드름똥을 쌀 작정인 듯 밖에서 계속 수런거리기만 할 뿐이었다. 참고 있던 종만이 무진에게 성깔을 부렸다.

"이봐요! 왜 연착인지 어서 철도청에 전화 안하고 뭐하세요? 도착할 시간이 벌써 10분 가까이 지났는데."

뭉그적거리는 사람을 제일 싫어하는 그는 무진의 빛바랜 근무복과 모자가 거슬렸다. 형광등 불빛 때문에 그렇게 보이는 건 아닌지, 그는 눈시울을 갸름하게 좁혔다.

"전화고 팩스고 진즉부터 불통이오. 기지국이 폭설로 어떻게 되어버렸는지 핸드폰도 마찬가지고."

"인터넷은 어따 쓰는 물건이죠?"

"인터넷도 접속이 됐다 안 됐다 해요. 그런지 벌써 30분이나 되었소."

"내 원! 이럴 거면 열차시간표는 왜 있는 거야?"

화가 치밀었지만 라디에이터조차 꺼졌는지 대합실로 밀려드는 추위에 입술이 얼어붙어 더 질책하지 못했다. 역사는 다시금 적막해졌다. 종만이 곱은 두 손에 입김을 호호 부는 동안 역무원이 멋쩍게 내뱉었다.

"지독한 폭설이오. 이 근년엔 없던 아주 지독한……."

구스다운 파카 덕분에 상체만 따뜻할 뿐 아랫도리로 입은 청바지로는 냉기를 막기에 턱없이 부족했다. 얇은 근무복만 입은 역무원은 얼마나 추울까? 그를 흘끔 쳐다본 종만은 손목시계가 10시를 가리키자 아예 고함을 쳤다.

"쳇! 벌써 10분이나 오버되어 버렸네. 도대체 기차가 오는 거요, 안 오는 거요?"

"나도 모르겠소."

대답이 가관이었다. 애당초 어제로 당직 스케줄이 끝났건만 동료들과의 약속을 지키기 위해 무진은 무슨 일이 있어도 오늘 이 마지막 열차를 맞이하고 떠나보내는 일까지 완벽하게 마무리하겠단 결심을 하고 있었다.

"뭐 이따위가 있어! 이게 대한민국이요? 철도사업은 국가사업이 아닌가요?"

"미안하지만, 모르는 걸 모른다고 했을 뿐이오."

자기 딴엔 잔뜩 골이 난 말대꾸였다. 명자 씨가 어서 빨리 도착하길 기다리는 무진으로선 조바심이 자꾸 일어 가뜩이나 긴장한 상태다.

"아니 미안하다고 백 번 사과를 해도 모자랄 판에 되레 화를 내면 어쩌겠다는 거요? 당신 이름이나 알아둡시다. 내일 당장 철도청에……."

"부질없는 짓이오. 내가 선생한테 화를 낸 것도 아닌데 그럴 것까지 야. 그리고 난 이미 퇴직했소."

"뭐요? 퇴직한 사람이 근무를 서다니 돌았나?"

종만은 화가 머리털 끝까지 뻗쳐오르는 걸 겨우겨우 억눌렀다. 어쩌면 오늘 이 개떡 같은 도시를 영원히 떠나려는 자신에게 스스로 화를 내고 있는지도 몰랐다. 손목시계가 벌써 10시 5분을 가리키는데 허벅지와 장딴지 살을 뚫고 뼛속까지 스며드는 냉기에 입술은 바짝 얼어붙고 쌍방울조차 오그라드는 느낌이었다. 종만은 유리창 너머로 광장의 가로등 아래쯤에 시선을 던졌다. 어제 쓴 사직서가 아직도 그의 파카 속주머니에 들어있었다. 그는 그걸 신정 공휴일이 끝난 모레쯤 등기로 보낼 계획이었다. 오늘 아침 하숙집에서 패잔병 심정으로 가방을 꾸리다가 창밖을 내다보았을 땐 눈이 간간히 내렸는데 아까 겨우 잡은 택시에서 들은 뉴스로는 오늘 하루만 해도 50cm가 내렸다는 것이다. 종만이 역무원을 흘끔 보았다. 여전히 부동자세로 바깥만 주시하는 그의 모습이 정말로 꼴불견이었다.

대화가 끊어졌다. 차가운 눈보라가 대합실의 유리문을 거세게 밀치며 틈서리를 비집고 들어오곤 했다. 갑자기 털이 부얼부얼한 큼직한 개 한 마리가 광장 가로등 아래에 서 있는 게 보여서 눈이 번쩍한 종만은 창가로 바투 다가갔다. 아주 오래 전 산지기가 가져온 충견 복실이와 꼭 닮은 개다. 꼬리를 축 내리고 등과 머리에 눈을 듬뿍 이고 있는 동물은 이리저리 고개를 돌려 사방을 살피고 있었다. 충직하게 주인을 따르며 늙어간 그놈이 세상을 뜬 것은 종만이 군의관으로 있을 때였다. 의무대 회진을 막 끝낸 아침 시각에 집에서 전화가 왔고 슬픔에 겨운 어머니의 목소리가 수화기를 타고 흘러나왔다.

"복실이가 떠났다. 아침에 보니 누워있질 않겠냐. 꼬리를 흔들고 좋아라 덤빌 놈이 좀 이상하다싶어 살펴보았지. 세상을 뜬 겨. 그것이 우리 집에 그렇게 충성을 다 바쳤는데. 어째 속이 좀 짠하다."

종만이 다시 가로등 아래를 보았지만 개는 더 이상 보이질 않았다. 내가 환영을 보았나? 지독한 추위 때문에 혹시나 착시현상에 빠졌던 건 아닌지 종만은 잠시 혼란스러웠다. 눈발이 좀 성글어졌다 싶어 종만이 역무원에게 제안했다.

"기왕지사, 몸이나 덥히게 대포 한 잔 합시다!"

"고맙소만 나는 여길 떠나면 안 됩니다."

머쓱해진 종만이 다시 재촉했다.

"거참, 형씨도! 어차피 연착이라면서요. 기다리면 올 텐데, 뭐가 걱정이슈? 내가 한 잔 살 테니 퍼뜩 갔다 옵시다. 아까부터 저기 포장마차가 자꾸 손짓을 하는데."

손가락으로 유리창 너머를 가리키면서도 종만은 행여 털북숭이 개가 있을까, 그곳을 다시 살폈다. 손목시계를 들여다본 종만이 혼자 갈 결심을 하고 뚜벅뚜벅 문 쪽으로 걸음을 옮겼다. 유리문을 밀치자 바람과 함께 눈발이 사정없이 덤벼들었다. 그는 서둘러 광장 한복판으로 향했다. 무릎 팍 위까지 푹푹 빠져드는 바람에 그는 걸음마다 힘을 주어야했다. 광장 한 가운데에 우뚝 선 종만은 휘휘 사방을 둘러보았다. 알프스에서 양을 친다는 콜리 종과 비슷한 누런 털이 온 몸을 뒤덮은 큰 개였는데 주변을 아무리 살펴도 그놈은 보이질 않았다. 헛본 게 틀림없다면 그놈이 복실이의 환영이란 말인가? 하긴 옛 주인에게 꼬리치며 달려오지 않은 것만으로도 헛본 게 틀림없었다. 종만은 허연 입김을 허공중에 길게 내뿜었다. 어느새 눈보라가 또 한 차례 시작되었고 눈 입자들이 안경알 위에서 녹아내리는 바람에 시야가 엔간히 방해를 받는 게 아니었다. 즐비했던 포장마차들은 다 어디로 갔을까? 그는 고개를 꺾어 전에 종종 갔던 순댓국 골목을 흘겨보았다. 호시절엔 제법 술렁였던 골목이 오늘따라 불빛 하나 없이 어두컴컴하기만 했다.

포장을 들친 순간 종만은 고리눈을 떴다. 아까 플랫폼으로 나갔던 네댓 명 방문객들이 추위를 피해 거기서 술로 목을 축이고 있었다. 방한모에 아직 눈발이 나붙은 그들과 시선이 마주친 종만이 가벼운 목례를 하고는 안쪽을 살핀 순간 눈이 더 휘둥그레졌다. 빨강 양복에 하얀 중절모까지 쓴 작달막한 늙은 사내가 혼자서 소주를 마시고 있었다. 어쩔 수 없이 그의 옆 빈 의자에 털썩 앉은 종만의 눈에 들어온 것은 그가 마시고 밀쳐놓은 빈 소주병 두 개였다.

"젠장, 기차가 탈선을 했나. 여기 산 낙지하고……."

입이 얼어붙어 발음도 빨리 하지 못하는 종만을 흘끔 본 주인 남자의 눈빛이 예사롭지 않았다.

"술값 따로 낼 것 뭐 있소. 이걸 드시도록 하오."

붙임성도 좋게 옆의 늙은 사내가 술병을 집어 종만에게 권했다. 잘 차려입은 그의 멋들어진 정장이 날씨와는 영 어울리지 않았다. 고급스런 하얀 중절모에 빨강 양복, 흰 바지에 까만 지팡이까지…… 어딘지 세련된 듯도 보였으나 왜소한 키 때문에 영락없는 서커스단의 기도* 모습이었다. 허연 낯빛으로 보아 아직 취했을 성싶지 않은 그가 엉거주춤한 종만의 잔에 소주를 붓고 있었다.

"어이쿠! 고맙습니다."

종만이 그걸 들이키자 초면의 쑥스러움이 조금은 사라졌다. 종만의 접시에서 낙지 다리가 꼼지락거렸다.

"함께 드시죠."

---

*기도: 문지기

종만이 접시를 그쪽으로 밀자 빈 잔이 금세 또 채워졌다. 자세히 보니 그는 허리가 꺾인 볼품이 없는 꼽추였고 비싼 양복도 그의 몸에서 겉놀고 있었다. 종만이 손목시계의 시각을 확인하고 나서 두 번째 잔을 비우는 사이 그가 목에 두른 까만 나비넥타이를 만지작거리며 쉰 목소리로 강조했다.

"기차는 반드시 올 테니 걱정 마시오."

그 기차를 놓치면 이 도시를 다신 떠날 수 없을 것 같은 불안감 때문에 종만은 세 번째 잔을 한 입에 털어 부으며 손목시계를 다시 보았다.

"허, 젊은이! 뭐가 그리 급하오. 기차는 꼭 온다니까!"

왜 호들갑으로 술맛을 떨어뜨리느냐는 듯 꼽추가 역정을 부렸다. 자기 목에 연거푸 두 잔을 털어 넣은 꼽추가 태연하게 손을 뻗어 낙지 다리를 젓가락질했다. 안주를 삼키는가 싶더니 어느새 소주잔을 집어 들었다. 종만은 벌써 넉 잔째 잔을 비웠다. 벌써 또 하나의 빈병이 앞에 세워졌다. 포장마차의 열린 틈으로 밖의 어둠이 억센 눈발을 몰고 쳐들어왔다. 술기운에 몸이 후끈 더워지자 틈새를 비집는 칼바람 따윈 아무것도 아니었다. 종만은 행여 털북숭이 개가 광장에 있나 은근히 밖을 살폈다.

"뭘 찾고 있나?"

꼽추가 거칠게 물었다.

"개가 지금도 있나 하고요. 아까 광장에 서 있었거든요. 오래전에 키웠던 털북숭이 개가."

"실없는 사람 같으니. 이렇게 궂은날 그런 비싼 개가 왜 여길 찾아오겠어?"

괜한 신경질을 부리며 꼽추가 또 한 잔을 목구멍에 털어 넣었다. 포장마차 기둥에 고무줄로 묶인 라디오에선 뉴스속보가 흘러나오기 시작했다. 전국이 이십 년 만의 폭설로 항공기는 물론, 고속버스, 기차까지도 모두 마비가 되었다며 아나운서가 호들갑을 떨었다. 곧바로 종만이 투덜댔다.

"기찬 반드시 시간에 맞추어 오는 교통수단인데?"

"이런 벽창호를 봤나. 이십 년만의 폭설이란 소리 못 들었어? 폭설이래잖아. 폭설!"

"영감님, 연착이라면 몰라도 이런 두절이 어디 있어요? 벌써 18분이나 넘겼는데."

종만은 대합실에 홀로 남은 역무원을 떠올렸다. 그는 지금도 그 자리에 서 있을까? 그대로 두었다간 얼어 죽지나 않을까? 내과 의사인 종만의 직업정신에 가까운 기우였다.

"이 늙은 독립투사도 실은 기차를 기다리고 있네."

자신을 독립투사로 지칭한 영감의 목쉰 소리가 새통스러웠다. 옷차림 뿐 아니라 말본새조차 이상한 노인을 만난 것에 식겁한 종만은 어서 도시를 떠나고 싶을 뿐이었다. 이러다가 이 도시에 영영 갇혀버리는 건 아닐까 무척이나 불안했다.

"그래서 이렇게 멋지게 입으셨군요? 기차를 타기 위해서요."

하지만 꼽추는 앞에 놓인 소주를 단숨에 들이켠 다음에야 대꾸했다.

"그 어떤 어려움에도 기어코 위업을 달성하고 말거야!"

비장한 말을 내뱉으며 그는 말끝에 힘을 주었다. 실상 아까부터 자신의 입성을 눈여겨보는 종만의 시선 때문에 그는 자신의 까만 나비넥타이를 여러 번 다시 만지며 확인에 확인을 거듭했다. 주인 남자가 그제야 종만을 아는 체했다.

"보건소 의사 선생님이 꼭 이런 날 익산에 가실 일이라도 있으십니까?"

보건소 의사라고 포장마차 사장이 자신을 알아 본 것에 종만도 적이 놀랐다. 하지만 그를 기억해낼 수가 없었다. 이리저리 머릴 굴리며 안간힘을 썼지만 언제 치료한 사람인지 전혀 떠오르지 않긴 마찬가지였다. 게다가 혹독한 추위와 연거푸 마신 소주 때문에 그의 기억력은 더욱 떨어져가고 있었다.

"실은 그만 두려고 합니다. 3년 만에. 아직 사표를 제출한 건 아니지만…… 환자들이 너무 거칠어서요. 그래서 이 도시를 떠나는 겁니다."

보증을 잘못 섰단 이야길 할 수는 없었다. 불콰해진 종만이 파카의 속주머니에 손을 집어넣고 사직서 봉투를 만지작거렸다. 이 도시, 라는 단어에 꼽추와 주인 남자는 잠시 할 말을 잃었다. 네댓 명 추억 찾기 방문객들도 잔질을 멈추고 일제히 종만을 쳐다보았다. 세상엔 자기가 사는 도시를 좋아하는 사람도 싫어하는 사람도 있기 마련이지만 이밤 이 험악한 날씨에 이곳을 떠나겠다며 벼르는 두 사람을 보고 모두들 뜨악한 표정이었다. 콸콸콸콸, 꼽추가 소주를 따르는 소리가 포장마차의 천막에 부딪히는 바람소리와 어울려 묘한 감흥을 불러일으켰다. 또 한 차례 눈보라가 틈서리를 비집고 들어왔다.

"듣고 보니 선생은 떠나는 사람이고 난 누군가를 기다리는 사람이군."

꼽추의 목소리가 아까보다 쇳소리를 더하며 자신에게 향한 사람들의 시선을 털어냈다. 망팔의 나이로 보이는 깡마른 얼굴과 눈가에 골 깊은 주름이 두드러져 보이고 면도한지 수삼일은 되었을 수염이 잿빛 털끝을 삐쭉삐쭉 내밀고 있었다. 이미 전작을 했을 주인 남자가 새 병을 까서 종만의 잔을 채웠다.

"이 한 병은 선생께 그냥 드리는 거니까 괘념치 마슈."

쉰은 족히 넘어 보이는 그의 굵은 팔뚝에 박힌 하트 모양의 문신에 종만의 시선이 멈추었다. 도무지 기억나지 않는 얼굴이었다. 그렇다고 해서 이름이 무엇인지, 그리고 보건소에 왜 치료받으러 왔었는지 묻고 싶진 않았다. 하루에도 백여 명 가까이 밀물처럼 몰려왔다가 썰물이 되어 빠져나가는 판에 아주 특별한 환자라면 몰라도 일일이 기억할 수는 없다. 종만은 그가 따라준 소주를 한 입에 넘겨버렸다.

"서른 중반 정도? 술 좀 할 줄 아오?"

꼽추의 물음에 종만은 대답대신 그의 빈 잔에 술을 쳤다. 종만의 머릿속은 계속해서 시계를 그리며 분침을 따라가고 있었다. 바로 그 순간 놀랍게도 밖에서 열차 들어오는 소리가 들리는 듯했다.

"오! 영감님, 드디어 기차가 왔습니다!"

종만이 벌떡 일어서며 외쳤지만 노인은 핀잔을 쏟아냈다.

"젊은 놈이 귀조차 먹었나? 아예 헛소리를 듣는구면!"

주인 남자가 눈짓으로 꼽추의 말이 맞다는 신호를 보내왔다. 화들짝 기뻐하며 카메라를 챙기던 방문객 네 사람도 도로 털썩 주저앉았다.

"내가 정말 헛들었나?"

"술이나 먹어!"

꼽추의 재빠른 손이 어느새 종만의 잔을 또 채웠다. 열차가 플랫폼에 진입하면서 내는 쇠바퀴 구르는 소린 여전히 들리지 않았다. 종만의 귀엔 휘몰아치는 바람 소리 가운데 개 짖는 소리가 들렸다. 하지만 이젠 자신의 귀를 믿을 수가 없었다. 그럴 리 없어. 그 녀석이 다시 살아 올 수는 없어. 중얼거리는 사이 꼽추가 잔을 비워냈다.

"유식해 보이는 의사 선생, 오늘이 며칠인가?"

종만은 핸드폰을 꺼내어 31이라는 또렷한 숫자를 거듭 확인했다.

"올해의 마지막 날인 31일이 아닌가요?"

"맞을 거야. 그분이 12월 31일 마지막 열차로 오시겠다고 약속했거든."

꼽추가 까만 나비넥타이와 신사모자까지 쓴 이유가 드러났다. 누군가 '그분'이라고 불리는 귀한 방문객이 오기로 된 모양이었다. 그가 또 잔을 비워냈다. 포장마차 주인이 꼽추의 잔을 채우며 물었다.

"윤 선생님, 그분이 오늘 오실 거라면 왜 어제부터 나와 계셨습니까?"

그가 어제부터 여기서 죽치고 있었다는 사실에 종만의 눈이 휘둥그레졌다.

"애국지사께서 오실 날이 30일인지 31일인지 구별이 안 가. 약속하신 지가 벌써 60년이나 된 때문이지."

이런 알맹이 없는 대화에 신물이 난 종만이 나가려고 일어섰다.

"영감님, 벌써 도착했어야 할 시간입니다. 아까 열차시간표를 보았는데, 막차가 9시 51분에 도착해서 승객을 풀어놓았다가 새로운 승객을 태우고 10시 25분에 출발하잖습니까?"

"그분은 어제 9시 51분엔 오시지 않았어. 그래서 오늘 오실 것으로 믿을 수밖에."

"쯧쯧. 영감님, 지금은 10시 15분이라구요. 아시겠어요?"

그제야 영감이 깜짝 놀랐다.

"술 먹느라 열차 들어오는 걸 몰랐다면 큰 낭팬데! 어서 가 봐야지."

중얼거린 노인이 벌떡 일어서면서 넥타이를 어루만지고 하얀 중절모를 조심스레 고쳐 썼다.

"저도 어서 역에 가봐야겠습니다."

종만은 얇은 제복에 여태껏 홀로 서 있을 역무원이 자꾸만 걸렸다.

네 명의 남자들도 따라 부스스 일어서며 옷매무새를 가다듬었다.

언제 멈추었는지 눈보라가 멈추고 황량한 바람만이 광장을 맴돌았다. 고장 난 광장의 시계탑 시계가 9시 40분을 가리키고 있었다.

"하하하하. 저 시계를 보라고. 9시 51분에 도착할 기차니까 아직 시간이 안 되었잖아. 독립군 자금을 가져오실 분이 아직 도착하지 않은 게 확실해. 하하하하!"

꼽추 노인의 웃음이 눈 내린 광장에 메아리쳤다. 종만은 푹푹 빠지면서도 겅중겅중 뛰어서 역사로 향했다. 키가 종만의 허리께에 겨우 닿을 꼽추도 지팡이를 흔들며 온 힘을 다해 뒤쫓아 왔다. 역시나 텅 빈 대합실엔 역무원 무진만이 홀로 멍하니 서 있었다. 오들오들 떨며 손에 깃발 두 개와 손전등을 든 채였다.

"이봐요! 춥지도 않아요? 여태 여기서 이러고 기다렸습니까?"

소리치는 종만의 입에서는 김이 훅훅 쏟아져 나왔다. 역무원이 얼어붙은 입술로 겨우 대꾸했다.

"나도 잘 모르겠소."

허, 종만이 그를 흘겨보았다. 이런 굼벵이 같은……, 하는데 그의 명찰이 눈에 들어왔다. 김무진, 낡은 명찰에는 그렇게 박혀 있었다. 그제야 역무원의 입술이 열리기 시작했다.

"실은 나도 댁처럼 열차를 기다리고 있소. 애가 타도록. 여자가 오기로 되어 있거든. 최명자라고……."

역정을 내는 것 같기도 하고 목이 메는 것 같기도 한 역무원의 태도에 종만은 궁금증이 후끈 발동했다. 무진은 감정을 애써 억누르느라 깃발과 손전등을 바닥에 팽개칠 듯 말 듯 어색한 동작을 취하더니 도로 옆구리에 바짝 낀 채 두 손을 호주머니에 푹 쑤셔 넣었다. 그는 군산역에 처음 부임한 이십오 년 전 일을 막 떠올렸다. 대야에서 군산 역

전까지 새벽 장에 내다팔 푸성귀 자루를 나르던 모녀, 14살 먹은 절름발이 명자와 왜소한 일본 여인은 주변의 눈총을 충분히 받고도 남았다. 일본 유학생이었던 대야 출신 남편을 따라 한국에 왔지만 남편은 병사하고 그때 낳은 딸이 소아마비에 걸리고 만, 아련하고도 슬픈 옛이야기였다. 눈이 오나 비가 오나 새벽 장에 나온 모녀의 모습은 어머니 마사꼬의 죽음으로 더 이상 보이지 않았다. 그런데 절름발이 소녀가 계속해서 혼자 새벽 장에 나오자 역장이 나서서 자판기 설치를 독려하고 청소부로 채용해주었다.

종만은 추위에 움츠려든 무진의 초췌한 어깨에서 쓸쓸한 세월의 자국을 읽어냈다.

"오늘 보통 추운 날이 아닌데 그렇게 한 자리에 오래 서있음 얼어죽어요. 하도 걱정이 돼서 술 마시다 나왔잖아요."

"허허, 난 그렇게 쉽게 죽지 않아요."

대꾸하면서 그는 다시금 겨드랑이의 빨간 깃발을 빼들었다. 땟국으로 얼룩얼룩한 깃발에서 시선을 거둔 종만이 입김을 훅– 불어냈다.

"연착인데도 전화고 인터넷이고 불통이라면 도대체 어떻게 해야죠? 나 사실 오늘 그 기차를 꼭 타야 하는데."

"오긴 오겠지."

역무원의 무심한 대꾸에 실망한 종만이 벽에 걸린 열차 시간표를 올려다보자 역무원이 소리쳤다.

"볼 것도 없소. 이 노선은 여객운송이 이젠 끝이오."

"퇴직했다면서 왜 제복을 여태 입고 있는 거죠?"

"행여나 명자 씨가 날 못 찾을까봐……. 소아마비에 한 눈이 잘 안 보이거든."

얼어붙은 김무진의 목소리가 꼭 울먹이는 듯 들렸다. 벌써 10시 20분이었다. 아무래도 뭔가 잘못 돌아가고 있는 게 확실했다. 종만은 매표구 쪽으로 다가가 유리 칸막이에 얼굴을 바짝 디밀고 어둑한 안쪽을 살폈다. 정말 아무도 없었다. 주인 잃은 의자들과 책상만이 덩그러니 남아 있었다.

"그럼 앞 시간의 열차는 제대로 운행되었나요? 제 시간에 들어오고 제 시간에 떠났냐는 말입니다."

"물론이오. 제대로 운행되었소."

더 이상 싸울 수도 더 시비를 가릴 기력도 없었다. 보증을 잘못 선 일로 몇 달 동안 빚쟁이들과 드잡이를 했고 월급조차 차압당한 마당에 온갖 인간군상이 지겨웠다. 앞뒤가 맞지 않는 사람을 가장 경계해온 그로서는 오늘 밤 또 그런 류의 사람들을 만나고 있다는 게 불쾌하기만 했다. 유리문이 절로 삐걱거리며 다시금 광풍을 불러들였다.

"어, 또 한 바탕 시작할 모양이네?"

성큼성큼 역사를 나선 종만은 광장의 한복판으로 가 섰다. 취해선지 탱탱했던 다리에서 힘이 슬슬 빠져나가고 있었다. 아까 시계탑 아래서 웃음을 터뜨렸던 꼽추 영감의 모습은 어디에도 없었다. 종만은 행여 털북숭이 개라도 찾을까 휘휘 둘러보았지만 여전히 안 보이긴 마찬가지였다. 종만의 눈엔 온통 깜깜한 도시 그대로였다. 아까 듬성듬성 불을 밝혔던 가게들도 모조리 닫혀버렸고 역 앞에서 유일하게 그 포장마차 하나만이 희미하게 불을 밝히고 있었다. 그가 한두 걸음을 막 떼었을 때였다.

"선생, 아무래도 한잔 해야겠소!"

소리치며 역무원 무진이 달려왔다.

"소아마비에 사시가 있고 대야에 사는 노처녀라면 혹시 최명자 씨가 맞는지……? 모친이 마사꼬인."

"어떻게 아오?"

김무진이 황소 눈처럼 커다란 눈을 더욱 크게 치떴다. 최명자는 폐결핵까지 앓고 있어 매달 보건소에 오는 여성이다. 더구나 그녀의 모친 마사꼬도 폐결핵으로 사망했다는 오래된 기록이 최명자 환자의 차트에 남아 있어 종만이 기억하는 것이다.

"보건소 약을 매달 타가는 분인데 모를 리가 있겠습니까?"

"보건소 의사 선생이쇼?"

묻는 김무진의 머리가 지끈거렸다. 기차가 오지 않는 것은 곧 명자 씨가 오지 않는 것과 같은 의미다. 지금쯤 동료들은 어디로 2차를 갔을까? 자신은 명자 씨를 만나기 위해 '마지막 꼬마열차' 송별 회식에 불참을 자청했었다.

사라진 줄 알았던 꼽추를 포장마차에서 다시 만났다. 네 명의 남자들도 다시 돌아와 아까 그 자리에 똑같이 진을 치고 있었다. 놀랍게도 여전히 얼굴에 붉은 기운이 한 점도 없는 꼽추가 김무진을 환영하고 나섰다.

"역무원 선생, 이리 와 내 잔 받으시오. 후래삼배*요!"

연거푸 석 잔을 들이킨 무진의 시야에 웃음 짓는 명자의 얼굴이 스쳐갔다. 얼었던 몸이 녹으면서 그의 초점이 갑자기 흐려졌다.

"싱겁기는! 지금 울고 있소?"

꼽추가 자기 잔을 비워내며 코웃음을 쳤다. 사랑에 빠지면 중년 남자도 저토록 나약한 소년이 되는 걸까. 술기운이 종만의 머리끝까지 빠르게 올라왔다.

"우리더러 한 잔 하라고 연착하는 거야. 알겠어?"

---

*후래삼배: 술자리에 뒤늦게 온 사람에게 권하는 석 잔의 술

꼽추는 눈도 깜박하지 않은 채 떠들었다. 여전히 척척 자기 잔을 비워내는 그의 눈이 퀭한 면상 한 가운데에서 날카롭게 반짝거렸다. 취할수록 말짱해진다는 말이 그에게라면 딱 맞는 표현일 것 같았다. 역무원의 제복 앞가슴에 명찰이 아직도 매달려 있었다. 얼어붙은 피부며 눈 아래 다크써클까지 낀 그는 감정의 소용돌이와 연거푸 마신 술로 더욱 더 처량해 보였다. 이런 일에 익숙한 듯 꼽추가 잔을 번쩍 들어 역무원에게 또 권했다.

"왜정 땐 공무원이라면 꽤 높았지. 그런 의미에서 한 잔 더 권해도 되겠소?"

대답을 기다리고 자시고 할 것도 없이 꼽추가 빈 잔을 순식간에 채우자 김무진도 그걸 게 눈 감추듯 마셔버렸다.

"지금은 공무원이 아니요. 어제 그만 두었소."

"우라질! 그만 둔 놈들이 왜 이렇게 많아?"

꼽추가 왜장을 치는데 네 명의 남자들 가운데 하나가 벌떡 일어섰다.

"95년을 달린 군산선이고, 사실 저희들도 오늘 마지막 열차가 아쉬워 나와 본 사람들입니다. 네 사람 모두 여기서 처음 만났고요. 폭설이 내린다고 해서 이런 역사적인 날 구들장만 짊어지고 있을 순 없잖습니까?"

하긴 그래, 하면서 노인이 그에게도 술을 따르자 그의 목소리가 사뭇 감격으로 들끓었다.

"저는 꼬마열차를 타고 전주까지 통학한 학생이었습니다. 아내가 딸아이 몸 푸는 델 가서 오늘은 저만 왔지만, 실은 30년 전에 꼬마열차에서 아내를 만났거든요."

이번엔 옆의 다른 사람들이 젖은 목소리로 운을 뗐다.

"제 어머닌 해망동에서 생산궤짝을 몇 개씩 떼어 꼬마열차에 싣고 전주로 가서 소매를 하고 저녁에 오셨거든요. 벌써 20년 전 일입니다만 매일 아침 생선궤짝을 꼬마열차에 실어드리는 일은 제 몫이었어요."

"나는 트럭운전사입니다. 지입차로 생업을 이어가는데, 꿈이 있다면 차를 주차시킬 땅 30평을 장만하는 일입니다. 선친께선 20년 전 군산역 짐꾼이셨어요. 리어카로 곡식과 잡곡, 채소 등을 나랫이까지 실어다 주곤 하셨죠. 마지막 꼬마열차가 도착하는 시간까지 짐을 부탁하는 사람은 없나 두리번거리신 아버지의 모습이 눈에 선합니다."

"저는 여자중학교 국어 선생입니다. 25년 전에 꼬마열차로 여자 친구를 배웅한 것이 영영 이별길이 되어버렸습니다. 12월 말일이면 꼭 여기 나와 플랫폼에 서서 그녀를 기다려 봅니다. 유학 간 일본 땅에서 세상을 뜬 그녀를 해마다 기다린다고 기적이 일어날 리 없다는 걸 알면서도, 이렇게라도 나와 보지 않으면 정말 견딜 수가 없거든요."

국어 선생님의 눈시울이 젖어들었다. 그는 타인의 시선이 부담스러운지 소주잔을 단숨에 털어 넣었다. 불콰해진 무진이 소주잔을 들어 그들을 향해 외쳤다.

"이국땅에서 잠든…… 최명자의 어머니 마사꼬의 영원한 안식을 위해!"

그 순간 꼽추가 깜짝 놀랐다.

"마사꼬? 대야에 살던 마사꼬라면 그 여자를 어찌 아나? 부친이 군산경찰서 나카무라 형사였는데. 내 부친께서 그자에게 붙들려 옥고를 치르다 운명하셨지. 해방을 두 달 남기고서."

꼽추의 퀭한 눈조차 젖어들고 있었다. 해방 후 부모를 따라 일본으로 귀국한 그녀는 일본에서 만난 한국인 남편을 따라 한국에 돌아왔고 마흔이 넘어 최명자를 낳았다. 꼽추는 나카무라에게 보복하고자 일본까지 갔지만 그는 이미 세상을 떴고 유일한 핏줄인 마사꼬가 한국인 남편을 따라 귀국했다는 걸 알고 돌아왔다. 하지만 막상 마사꼬를 죽일 수 없었다. 한국인 남편도 세상을 떴고 그녀조차 폐결핵으로 고생하는 모습과 곁에 남겨진 장애자 딸을 본 순간 품에 숨긴 단도를 꺼낼 수가 없었다.

"나카무라 형사 이야긴 처음 듣습니다. 다만 최명자의 어머니 마사꼬 여사는 폐결핵으로……"

김무진은 말을 더 잇지 못했다. 마사꼬가 절름거리는 최명자를 데리고 꼬마열차에서 푸성귀 자루 몇 개를 끙끙대며 끌어내리는 이십 몇 년 전 모습이 시야를 가렸기 때문이다. 흥분한 꼽추가 플라스틱 의자에서 벌떡 일어나 잔을 치켜들었다.

"우리는 과연 무엇을 잃어버렸으며 무엇을 그리워하는가?"

시인이라도 된 듯 문장을 나열하면서도 꼽추는 자신의 비밀 사명이 들통날까봐 마음을 졸였다. 그는 다만 자기 아버지께 약속한 조국 독립의 꿈을 이뤄내지 못하고 있는 게 원통할 뿐이다. 자신의 혈관에 청산리에서 왜군을 격파하신 부친의 피가 흐르고 있음에 항상 자부심을 느껴온 그였다. 그의 눈앞에 칼날을 번쩍이며 왜군을 몰아붙이신 부친의 용맹한 기상이 스쳐 지나갔다.

"선친께선 청산리 전투에 참가하셨지."

그가 외치며 포장마차의 널판때기를 주먹으로 꽝 내려쳤다. 왜소한 체격 때문에 희화적인 꼴이 되고 말았지만 부릅뜬 두 눈의 안광에 누구도 감히 키들거릴 수는 없었다. 청산리 전투, 대한민국 독립운동사에 큰 활자로 남은 승전의 기억은 그렇게 대를 이어 꼽추의 뇌리에 콱 박혀 있었다. 종만이 감탄사를 연발했다.

"독립운동가의 후예시군요!"

"독립을 하루빨리 완성시켜야만 하오."

"선생님, 1945년 8월15일에 대한민국은 해방되었습니다. 독립했다고요!"

"자다가 봉창 두드리는 소리야. 우리가 언제 독립을 했단 말이야?"

너무도 떳떳하게 떠드는 바람에 모두들 행여 자신들이 틀린 것은 아닌지 생각을 더듬거렸다. 독도, 간도, 대마도 땅까지 따진다면야 영감의 말이 맞을지 모르지만 어쨌거나 참으로 용렬한 주장이었다. 꼽추의 눈에서 불길이 후끈 일어났다.

"상해를 출발하신 그분이 독립군 자금으로 쓰일 거금을 가지고 마지막 열차로 오시기로 되어 있소. 나와 함께 이 거룩한 사명을 수행할 생각은 없소? 당신, 의사라면서."

영감이 손가락으로 종만의 가슴팍을 가리켰다. 물론 의사라는 말이 맞지만 종만은 그가 독립운동 운운하는 부분에 동의할 수가 없었다.

"전 좀 더 생각해봐야겠어요."

종만의 대답이 기어들어가자 영감의 목소리가 더더욱 의기충천해졌다.

"그러면 어제 퇴직한 역무원 김무진 씨, 당신은 할 수 있겠지?"

"아닙니다. 나도 할 수 없어요. 지금 사랑하는 여잘 기다리고 있고, 얼어버린 몸을 녹이러 왔을 뿐이오. 이러다가 정말…… 정말 기차가 오면 그땐 내가 나가 깃발을 들고 어떻게 해주어야 할 것이 아닙니까? 그렇지 않으면 모두가 우왕좌왕 할 것이고 선생님이 기다리던 독립군 방문자도 애먼 곳으로 가버릴지 몰라요. 그리고 의사 선생도 까딱하다간 막차를 놓쳐서 이 도시를 영영 떠날 수 없을지 모르고요. 그리고 무엇보다도 명자 씨가 날 만나러 기차에서 내린다고 생각해보세요. 그런데 내가 없어서 실망하고 그냥 가버린다면 그건 일생일대 큰 불행이 될 것입니다."

"맞는 말인 것 같네. 그런 의미에서 마저 병을 비우고 나가자고."

꼽추 영감이 모자를 고쳐 쓰고 마지막 소주병을 들어 일곱 잔에 나누어 붓자 드디어 병이 바닥났다. 모두가 잔을 들고 일어서서 번차례로 건배사를 외쳤다. 이 도시를 떠나는 기념으로! 명자 씨가 꼭 오기를! 독립운동이 반드시 완수되기를! 사랑을 맺어준 꼬마열차를 영원히 기리며! 생선 궤짝으로 허리가 휜 어머니의 영혼이 천국에서나마 편안히 쉬시기를! 짐꾼 아들이 트럭 사장이 됐으니 성공인 셈인데, 날 키워준 아버지께 감사를! 일본 땅에 묻힌 여자 친구의 아름다운 얼굴이 가슴에서 영원히 지워지지 않기를! 일곱 사람은 각각 자신들의 소원을 기원하며 잔을 비워냈다.

갑자기 덜커덩, 하고 소음이 들리자 모두들 탄성을 지르며 환호했다.

"기차가 왔다! 기차가 왔다!"

일곱 사람은 덩실덩실 얼싸 안으며 포장마차를 빠져나왔다. 가장 먼저 달려간 건 김무진 씨였다. 그는 깃발과 손전등을 겨드랑이에서 꺼내어 마구 흔들며 달려갔다. 다음으로 뒤 따라 달린 건 꼽추 노인이었다. 어디서 힘이 나오는지 푹푹 빠지면서도 바지춤을 바짝 당긴 채 광장을 가로질러 뛰어갔다. 추억 찾기 방문객 4명도 뛰쳐나가고 종만도 포장마차를 빠져나와 광장에 섰다. 어디서들 오는지 기차를 타려는 사람들도 하나 둘씩 모여들고 있었다.

아주 짧게 갑자기 아무 소리도 들리지 않아 종만이 흠칫한 순간이었다.

삐이– 덜커덩 덜커덩.

다시금 철바퀴가 구르며 내는 우렁찬 쇳소리가 팔마산 쪽에서 들려왔다. 고장 난 시계탑의 시계가 우연히도 9시 51분을 가리키고 있었다. 손목시계를 쓱 들여다보고 10시30분임을 확인한 종만은 느긋하게 엠피쓰리를 꺼내어 이어폰을 귀에 꽂았다. 샌프란시스코에 가시면 머리에 꽃을 꽂으세요, 하고 오래 전 유행했던 팝송이 흘러나왔다. 가로등 아래서 털북숭이 개 하나가 역사로 천천히 걸어 들어가는 그의 뒷모습을 물끄러미 쳐다보았다.

욕망을 팝니다

망해사(望海寺)
가는 길

그날 순영과 밤을 지새우며 껌을 하도 씹어
서 턱관절이 무지 아프면서도 육체놀음에
풍당 빠진 것이 이제는 추억이 아니라 극심
한 악몽이다.

세상에 그냥 사라지는 것은 없다. 치매로 영영 망실해버린 게 아니라면 기억의 세계에서 소멸이란 단어가 없는 것처럼……. 가물어 바짝 말라버린 골짜기라 해도 풍성한 물줄기가 지치도록 흘렀던 시절이 영영 사라진 것이 아니듯, 까맣게 잊고 있던 기억들이 어느 날 홀연히 되살아난다 할지라도 결코 놀라면 안 된다. 다만 '업보'라고, 그게 아니면 '인연'이라고 이름 붙일 일만 남았을 뿐.

사실 망팔의 나이에 이르도록 박정섭은 성에 갇혀 있었다. 자기만의 영역……. 자신의 경험만을 믿고 자기 방식으로 세상을 판단해온 불가침의 성곽에 그 자신이 그토록 오래 갇혀 있었다는 걸 정섭은 오늘 처음 알았다.

이 첫새벽에 박정섭은 돌이켜 본다. 망해사 주지스님의 나지막한 종송(鐘頌) 염불 소리와 법당 처마 끝의 딸랑이는 풍경 소리가 마을 장닭들의 홰치는 소리에 실려 날아온다.

김제 성산 계곡의 시냇물에 반짝이던 윤슬과 까까머리 이등병 때 쓴 부모님 전 상서의 첫 머리가 기억의 깊은 데서 차례로 나타났다 사라진다. 소멸되지 않은 그것들이야말로 눈물과 한숨이 묻어나는 슬프고도 아픈 아름다움이었다.

아니다, 아니다, 깊숙이 숨은 더 큰 옹이가 있었다. 그것은 분홍 글씨로 앙가슴에 찍힌 낙인이었다. 완전히 잊었다고 생각해온, 아니 그

246

토록 잊길 원했던 것들이 오늘 울컥 멀미를 일으키며 시위하듯이 들고 일어선 것은 무슨 까닭일까?

사위가 희붐해진 이 새벽에 그는 망해사 앞뜰의 팽나무 아래서 홀로 덩그마니 앉아 눈물을 쏟는다. 눈물은 차츰 양이 많아져 홍수처럼 된다. 이윽고 견고한 저수지의 둑이 무너져 내리면서 엄청나게 큰 물기둥이 아프고 아름다운 가슴속 추억들을 삽시에 집어삼키고 정섭을 사정없이 내동댕이치고 만다. 인간사 인연취산(因緣聚散)이요, 눈에 보이는 게 한낱 꿈이라더니……. 지금이야말로 자신이 현실에서 꿈을 꾸고 있는 것인지 아니면 꿈속에서 현실을 보고 있는 것인지 알 수가 없다.

'그래. 세상에 그냥 사라지는 건 없겠지. 우물에 침을 뱉는 사람은 반드시 그 물을 마신다잖아.'

휘몰아치는 격정을 삭이며 그는 오래 전 일을 반추하기 시작했다. 그는 정말 오래 전 자신이 침 뱉은 우물물을 지금 자기 손으로 떠 마시고 있다는 생각이 들었다. 손수건을 꺼내어 눈물을 닦는데, 어디가 양심의 시작이고 끝인지 분간이 가지 않았다. 자기 자신이 아닌 것만 같고 마치 방향타가 고장 난 배에 탄 채 망망대해를 마냥 떠가는 심정이었다.

그는 어제 시작하여 오늘 새벽으로 이어진 이틀을 천천히 곱씹었다.

그러니까, 어제는 정말 평범하게 시작한 하루였다. 꽤 자란 종다리들이 푸드덕, 창공으로 솟아오르는 아침 시간에 올해로 일흔한 살이 된 정섭과 두 친구가 탄 승합차는 이미 6월의 만경(晚景) 들녘에 접어들고 있었다.

"야, 보리밭이다!"

낮은 언덕을 넘는 순간 승합차 조수석에 앉은 종만이 쉰 목소리로 감탄사를 내질렀다. 그의 목이 잠긴 건 밤늦도록 노래방에서 마이크를 잡은 때문이다. 교회 장로로서 오랜 세월 성가대에서 갈고닦은 실력을 김제의 한 노래방에서 아낌없이 발휘한 그를 두고 나무랄 사람은 아무도 없다.

"끝없이 펼쳐진 보리밭이구나!"

누군가의 감탄에 모두들 넋을 잃었다. 더구나 그 위에 굽이치는 노란 파도까지……! 간밤의 술로 흐리멍덩했던 정신이 번쩍 들면서 세 사람은 그만 마음을 송두리째 빼앗기고 말았다. 망해사(望海寺) 가는 길목에서 뭔가 상서로운 걸 만난 것만 같았다. 어쩌면 인생살이 수십 년 동안 잊고 지낸 보물을 이제야 문득 찾은 것인지도 몰랐다. 전라도 만경에 하늘과 맞닿은 보리밭이 있다는 사실을 세 사람 모두 잊고 있던 셈이다.

그 광활한 보리밭 끄트머리에 있을 망해사 쪽을 정섭이 얼른 시선으로 더듬는데 때마침 차창으로 바람 한 자락이 날아들었다.

"햐, 보리 내가 물씬 풍겨온다. 정말 구수하구먼!"

종만이 주절거리며 눈을 지그시 감고 심호흡하는 동안 그 말에 화답이라도 하듯 운전수가 시디플레이어를 톡 꺼버렸다. 스피커를 타고 메들리로 흘러나오던 싸구려 뽕짝 가요가 뚝 멈췄고, 전날 밤 광어회 파티에 이은 아침 해장술로 은근히 들썩였던 분위기도 착 가라앉아버렸다. 뒷좌석에서 철우가 말대꾸에 나섰다.

"야, 금간 색소폰! 보리밭 처음 보나?"

색소폰으로 불린 건 지난밤 노래방에서 색소폰 부는 흉내를 잘도 냈기 때문이다.

"그래. 생판 첨 본다면 어쩔래?"

"허허허, 캄보디아 촌놈에겐 경이롭겠지?"

"사돈 남 말 하시네. L·A 꼰대도 보리밭 구경 처음 하지?"

"그래 난생처음이다. 어쩔 건데?"

어긋나는 농담을 나누는 두 친구, 캄보디아에서 큰 농장을 하는 종만과 미국에서 사업을 하는 철우가 서로 티격태격하는 소릴 귓전에 흘려들으며 정섭은 눈을 질끈 감았다.

보리밭이 눈부시게 펼쳐진 풍경은 45년 전과 똑같았다. 그랬다. 그때도 씩씩하게 고개를 쳐든 그놈들은 알알이 노랗게 익은 알맹이를 머리에 이고서 거대한 군락을 이루며 드넓게 드넓게 펼쳐져 있었다. 마치 지평선 너머 바다에까지 맞닿을 듯이······.

정섭은 눈을 감은 채 가슴앓이를 했다.

"정섭 씬 보리와 밀, 구별할 줄 알아요?"

45년 전 그날 순영이 물었을 때, 정섭은 웃기려고 허투루 대답했었다.

"어렵게 생각할 것 없다구. 초여름에 먼저 수확하면 보리고, 나중에 수확하면 밀 아냐? 더 쉬운 방법도 있어. 빵 만들어서 먹어보면 금방 알아."

어머나! 하면서 그녀는 그때 새치름한 눈으로 정섭을 흘겨보았다. 빵집 '삼성당'에 근무하는 그녀로선 그 따위 어이없는 해석에 예민하게 반응할 수밖에 없다.

흔들리는 승합차 속에서 지그시 눈을 감은 정섭은 후회가 막심했다. 자신이 젊었을 적에 너무도 큰 실수를 저지른 것 같다고. 그것은 순영을 생각할 때마다 가슴 한 쪽에 여울지는 자책감이었다.

'설마 아무 일 없었겠지······.'

매번 그렇게 위안하면서도 자꾸만 켕겨드는 건 왜일까?

'혹시 아이가 생겼다면 진즉 순영이가 찾아왔든지 아이가 찾아왔을 거야.'

정섭은 반사적으로 움츠리며 기억으로부터 뒷걸음질 쳤다. 오래 전 도봉산 한 산사에 범종을 기증한 일도 사실은 그 죄악감 때문이었다. 죄를 씻기 위한 '성물의탁' 이랄까.

따지고 보면 그동안 순영을 잊고 지낸 것도 순전히 범종 덕분이었다. 벌써 20년 전이었으니까 제법 명성을 얻었고, 사업체의 수익도 가파른 상승곡선을 그리며 매년 쑥쑥 늘어만 가던 때였다.

좀 성공했다 싶은 어느 날, 정섭은 느닷없이 벽에 부딪혔다. 왠지 자꾸만 가슴이 답답하기만 하고 황무지 한 가운데서 길을 잃은 나그네 같은 절망감에 빠져들었다. 아내도 모르고 자식도 알아주지 않는 자신만의 과거사가 자꾸만 걸렸다. 형의 요절과, 중병에도 병원에 다닐 형편이 못된 아버지의 죽음, 그리고 거기에 순영이 문제까지…….

몇 달을 고민한 끝에 정섭은 친구들과 등산을 다니면서 자주 들렀던 도봉산 계곡의 '천진사' 노스님을 찾았다. 정섭은 전부터 종종 연꽃잎 차를 대접해주신 주지스님께 마음을 열었다.

"스님, 저는 불자는 아닙니다만, 실은 중병을 앓고 있습니다."

"허허허허, 한번 말씀해 보시지요."

정섭은 자신의 성장과정과 순영이 이야기까지 모두 설명하고 입술을 깨물었다.

"그걸 업보라고 합니다. 모든 중생은 업보가 있기 마련이지요. 그러니 때를 기다리면서 대자대비하신 부처님께 의지해보심이……."

"이 무거운 짐을 내려놓을 방도는 없겠습니까?"

"나무아미타불 관세음보살……. 종을 하나 만들어 보시지요. 종소리가 구천으로 달려가서 아버님과 형님께 시주님의 효심을 전해드리고, 현세에선 다른 중생들을 구원으로 이끈다면 좋지요."

그날 정섭은 범종을 만들어 불사할 것을 결심했다. 큰아들을 먼저 보낸 단말마의 고통을 드러내지 않으려고 병석에서도 애써 무표정했던 아버지의 모습을 생각해서라도 그는 즉석에서 불사를 약속했다. 세속의 고뇌를 씻는 청아한 종소리가 아버지와 형님께 전해진다면 더 이상 소원도 없을 것 같았다.

드디어 초파일 날 낯선 신도들 틈에 끼어 타종행사까지 마친 일로 정섭은 구원이라도 받은 듯 얼마나 홀가분했는지 모른다. 청년 시절에 철모르고 저지른 불장난으로 족쇄가 채워졌던 양심의 가책을 포함하여 그야말로 세속적인 죄악을 모두 벗어버린 느낌이었다.

하지만 이번엔 달랐다. 순영이 문제가 불현듯 되살아나 정섭의 멱살을 바투 잡고 조여 온 것이다. 심사가 결코 편치 않은 정섭은 승합차에서 눈을 감은 채로 고개를 절레절레 젓는다. 그때를 돌이켜보는 일은 항상 그렇듯 퍽이나 고통스런 일이다. 그래서 지금, 45년 만에 친구들과 함께 망해사를 찾아가는 발길은 마치 저승길을 제 발로 찾아가는 것이나 진배없다.

정섭이 어떻게든 이 진득진득한 잔상을 지워보려고 애를 쓰면 쓸수록 그것은 세상에서 제일 강력한 본드로 붙여놓은 듯 뇌리에 찰싹 달라붙은 채 떨어지지가 않았다.

정섭이 지지난달 칠순 잔치를 고향 김제에서 짜하게 했지만 세상엔 지각생이 꼭 있기 마련, 그때 빠진 친구 둘이서 기어이 정섭을 자기들 귀국 여행에 초대한 거였다. 어찌 정섭만 칠순이랴. 두 친구, 캄보디아에서 파인애플 농장을 하는 종만과 미국에서 사흘이 멀다 하고 대통령 골프나 쳐대는 철우도 실상 칠순을 기념한 의미였다.

"야, 왜 하필 망해사냐? 제주도에 가면 컨트리클럽도 많고, 경주엔 역사유적도 많잖아. 인천대교, 광안대교도 있는데……. 왜 하필?"

정섭이 심하게 반대했지만 국제전화의 저쪽 끝에서 두 친구가 요지

부동이었다. 먼저 어깃장을 놓은 건 종만이다.

"이상하구면. 한국 건축을 전공한 사람이 왜 그렇게 절을 싫어하냐? 나는 솔직히 언제부턴가 망해사가 되게 그립더라고. 그립다 못해 병이 날 지경이야."

철우도 마찬가지로 침을 튀겼다.

"망해사 가는 게 싫냐? 자네가 그럴수록 난 더 가고 싶은데? 제주도는 말이야. 행여 기상이변이라도 생겨 김포에 가는 비행기가 못 뜨면 델타항공 예약을 바꿔야 하잖아. 그리고 오래 전에 제주도에서 다금바리 회를 말이야, 바가지 쓴 일이 지금도 기분 나빠. 설악산은 산행을 해야 제 맛인데, 우리 나이가 좀 많냐? 그리고 경주는 수학여행 때마다 가봐서 식상하고. 그래서 말인데, 새로 오픈했다는 군산 컨트리클럽 구경도 할 겸, 정섭아, 우리도 칠순인데 네가 우릴 좀 모셔주면 안 되겠니?"

"거 참, 새퉁빠진 소리 다 듣겠네! 나도 사실 서울 생활이 바빠. 날 축하하러 온다면서, 너희들이 날 모셔야 순서가 아니냐?"

어떻게든 망해사가 선택되지 않도록 정섭은 잔뜩 찜부럭을 부렸다. 하지만 그럴수록 친구들도 되게 완강했다. 더욱이 외국에서 오랜만에 귀국하여 고향 가까운 데를 가보겠다는데 억지로 막을 수는 없는 일이다. 결국엔 여행 장소를 정한 자기들이 모든 경비를 책임지겠다고, 까지 해서 그러구러 망해사로 결정되었다.

정섭은 인천공항에 나가 두 사람을 태우고 고향 김제로 내려오자마자 자연산 광어회로 푸짐하게 대접했다. 정섭이 선뜻 계산을 하고 나서자 철우가 꺼병한 표정을 지었다.

"이게 웬 보시냐? 애당초 모든 비용을 우리가 대기로 했잖아."

"자네들도 칠순이잖아, 허허허허. 그런데 진짜 궁금한 게 있거든.

너희들 왜 하필 망해사에 가자고 한 거냐? 지금이라도 딴 데로 바꿀 생각은 없냐? 고향 구경이라면 어릴 때 놀러 다닌 격포도 있고 요즘 세계적으로 알려진 새만금도 있는데, 도대체가 무슨 꿍꿍이로 망해사 노랠 불렀는지 솔직히 말해."

"꿍꿍이라니. 벌써 잊었냐? 망해사와 우린 뗄 수 없는 관계란 걸."

이 무슨 조화란 말인가? '망해사와 뗄 수 없다'는 표현은 마치 책을 읽다가 자신의 운명을 예시하는 격언이라도 읽은 듯 정섭의 폐부를 사정없이 찔러댔다. 정섭은 순간 휘청하면서 가슴이 덜컥 내려앉고 말았다.

정섭 뿐 아니라 실상 불알친구 두 명 모두 망해사를 중심으로 아름답고 슬프게 얽힌 사연이 나름대로 하나씩은 있었다. 어쨌거나 세 명다 가슴 한복판에 망해사를 응어리로 간직하고 있는 게 분명했지만 정섭은 은근 슬쩍 딴전을 부렸다.

"너희들 절에서 결혼했던가? 철우는 성당 다니고, 종만이는 교회 장로잖아."

"허허, 그건 나중 일이지. 원래는……."

때마침 승합차 기사가 화장실에서 돌아오는 바람에 대화가 싹둑 잘리고 말았다. 노년층 대다수가 그렇듯 두 사람의 종교도 성장한 후에 도시에 적응하고 성공하는 과정에서 갖게 된 것일 뿐, 어릴 적엔 모두들 망해사 근처에서 맴돌았다.

꼭 망해사만 고집하다니……. 자식들, 귀신이 붙었나?

정섭이 마뜩찮은 표정으로 목덜미에 힘을 주는데 갑자기 앞이 시원하게시리 탁 트이며 들녘이 펼쳐진 것이다. 자신들이 탄 승합차가 자꾸만 그 속으로 빨려 들어가는 것만 같았다.

정섭은 친구들의 연이은 감탄사와 농담을 귓전에 흘려들으며 눈을 크게 흡떴다. 정말로……, 6월 만경 들녘의 끝없는 보리밭이 살랑살랑 부는 바람을 맞아 굽이굽이 물결을 만들어내고 있었다. 그것은 자연만이 보여줄 수 있는 천상의 잔치였고, 최상의 즉흥환상곡이었다. 눈부신 풍광에 취한 정섭이 눈꺼풀을 갸름하게 좁히는 동안 종만이 쉰 목소리로 흥얼거렸다.

"강나루 건너서 밀밭 길을. 구름에 달 가듯이 가는 나그네. 길은 외줄기 남도 삼백 리. 술 익는 마을마다 타는 저녁놀. 구름에 달 가듯 가는 나그네."

"익은 술은 어제 많이 마셨잖아!"

철우가 어긋놓으며 다른 시를 외우기 시작했다.

"나도 한 수 읊을 테니까 들어봐. 보리피리 불며 봄 언덕, 고향사(故鄕事) 그리워 피일– 닐니리, 보리피리 불며 꽃 청산(靑山) 어린 때 그리워 피일– 닐니리, 보리피리 불며 인환(人寰)의 거리 인간사 그리워 피일– 닐니리, 보리피리 불며 방랑의 기산하(幾山河) 눈물의 언덕을 지나 피일– 닐니리."

차 안이 갑자기 조용해졌다. 메들리 유행가는 진즉 꺼졌고 왕복 2차선 포장도로를 따라 달리는 승합차만이 불안정한 소음을 토해내며 끝없이 흔들거렸다. 기사가 나머지 차창을 모두 활짝 열어젖혔다. 보리밭을 스쳐온 5월의 찐 바람이 네 방향에서 차 안으로 후끈 달려들자 종만이 뒤돌아 소리쳤다.

"자네들 어려서 보리피리 많이 만들었지? 바로 엊그제 일처럼 생각나는군. 이삭이 팰 때 보릿대를 잘라서 몇 토막 내잖아. 그리고 입술로 질끈 깨물면 그것이 리드(진동판) 역할을 해주잖아."

가슴이 뭉클해진 종만이 격정을 못 이기고 한숨을 길게 내쉬자, 콧잔등이 시큰해진 철우가 휘파람을 불어 장단을 맞추었다.

"피일– 닐니리, 피일– 닐니리."

이제는 다시 그릴 수 없는 아련한 수채화 한 폭이다. 바람이 보리밭에 굽이치며 또 다시 노란 물결을 일으키는 모습에 세 사람은 연거푸 감탄한다.

"오! 햐!"

"피일– 닐니리, 피일– 닐니리."

철우가 다시 휘파람을 부는데 종만이 핀잔했다.

"야, 야! 혼자 사는 놈들 티내며 노는 게 너무 청승맞다. 이럴 때 오십 줄 과부나 하나씩 만났으면 소원도 없을 텐데."

세 사람 모두 실소를 금치 못했다. 어제도 점잖게 시작한 술자리가 점차 무르익어갈수록 향수에 젖은 옛이야기 일색이더니 노래방에 도착해서는 내내 과부타령이었다. 하지만 점잖게 나이 든 인생들이어서 끝내 도우미를 부르진 않았다.

"허, 만나서 뭐해? 늙을 말년에 인생 조지게? 본마누라한테 그렇게 당하고도 아직 정신 못 차렸냐?"

철우가 즉각 종만을 나무라며 침을 튀겼지만 그것은 어쩌면 자신을 잡도리하는 말일지도 모른다. 정섭을 빼고 두 친구가 혼자 된 지 벌써 10년 가까이 되었다.

"홀아비가 여자 좀 밝혔기로서니 발광을 할 이유는 또 뭐냐? 지가 하고 싶은데 못해서 안달이 난 거지?"

농담을 쏟아내던 종만이 갑자기 정섭을 돌아보았다.

"아니, 그런데 정섭이는 왜 아까부터 묵덕보살이냐? 속이 거북하냐? 체했으면 빨리 말해. 병원 가게."

정섭이 아무런 대꾸도 안 하자 철우가 야지랑을 떨었다.

"야, 우리 나이엔 체기만 있어도 뇌혈관 이상이거나 심장병일 수 있어. 아니면 가슴을 훑는 무슨 기막힌 생채기라도 있던가."

'생채기'란 표현에 종만이 흘깃 정섭을 돌아보았지만 정섭은 여전히 입을 꾹 다물고 있었다. 벌써 9시가 가까운 시각이고 아까 먹은 해장국 때문에 트림과 함께 시큰한 깍두기 냄새가 시도 때도 없이 올라오곤 했다. 대화가 잠시 멈추었나 싶은데 성질 급한 종만이 다시 떠들었다.

"하여튼 보리밭에 보리피리 시구에, 어째 속이 좀 짠하다. 여기가 우리가 태어난 김제 땅 맞냐?"

원래 군 단위였던 김제시로 말하자면, 그동안 큰 도로가 셀 수 없이 늘어났고 중심부엔 제법 높은 빌딩들이 앞을 다투어 들어서는 등 도심의 스카이라인도 많이 바뀌었다. 세월이 무섭다고들 하지 않던가. 그제야 대화를 멈춘 정섭과 종만, 철우는 누가 먼저랄 것 없이 자신들의 젊은 시절을 떠올리기 시작했다.

그때였다. 길가의 버스 승강장 차양 아래서 햇빛을 피하고 있던 20대 남녀가 깜짝 반가워하며 뛰어나왔다. 한순간이었다. 그네들이 손을 흔들며 겁도 없이 덤벼드는 바람에 승합차가 멈칫멈칫 했다.

"어르신, 혹시 망해사에 가시는 차라면 태워줄 수 있으십니까? 여자 친구가 발목을 접질려서……."

청년이 운전석과 조수석을 번갈아 살피며 통사정하자 종만이 눈을 번쩍 뜨고 호령했다.

"젊은이, 어서 타지 않고 뭐해?"

차에 오르면서 고맙다고 연신 고개를 주억거리는 젊은 연인들에게 세 사람의 시선이 일제히 쏠렸다.

"내가 그 나이 적엔 여자 친구를 불끈 업고 십 리도 뛰었는데?"

종만이 짓궂은 농을 걸자 청년은 질색했다.

"첨엔 좀 업고 걸었죠. 그런데 너무 힘들고 땀으로 범벅이 되어서 그만."

"어디서 오는 길인데?"

"전주에서요."

"요즘 젊은이들은 어디든지 승용차로 씽씽 달려가지 않나?"

"이런 좋은 날씨엔 걷는 것도 일탈이거든요. 심포에서 회나 먹을까 해서 버스를 타고 왔는데, 어디서 들었는지 망해사에서 사십구재가 있다면서 구경을 가자고 하도 조르는 바람에…… 사실 망해사 가는 길이 이름난 걷기 코스잖아요."

"망해사 가는 길이 일탈? 그리고 사십구재?"

망해사 가는 길이 이름난 코스란 말이 듣기에 좋았지만, '사십구재'라는 뜻밖의 단어에 모두들 움찔하며 귀가 쫑긋한 순간 저만치서 아낙네 둘이 나타나 태워달라는 듯 손을 마구 흔들어댔다.

"어이쿠, 또 망해사 가는 분들인가? 기왕지사 과부라면 좋겠네."

입빠른 종만이 주절거리는데 차가 멈추어 서자 그네들이 반갑게 덤벼들었다.

"아저씨들, 혹간 망해사 가는 차가 맞으면 조매 태워주실 수 있으라? 지각생이라 급해서 그럽니다."

"빨랑빨랑 타슈!"

종만이 사투리로 외치며 쾌재를 불렀다. 법복을 입었지만 선크림을 발랐는지 두꺼운 화장발에 챙이 긴 모자까지 갖춘 그녀들은 거칠 것이 없다. 종만과 철우가 여자들을 흘끔거리며 50대 후반인지 60대 초반인지 나이를 저울질 하는 동안 승합차에 오른 두 여자는 수인사를 하는 둥 마는 둥 자리부터 찾았다.

"이거 참 고맙네요. 시방 사십구재에 가는 길이 조매 늦었는디, 차

번호판을 보니께 서울서들 오셨구만요?"

늦어도 많이 늦은 듯한데 그녀들이 부산을 떠는 모양새부터가 어딘지 좀 설어 보였다.

"눈썰미가 좋군요. 옷깃만 스쳐도 인연이라는데 반갑습니다."

대표자로 나선 종만이 대꾸하며 내외를 가리느라 시선을 차창 밖으로 돌렸다. 종만의 눈에 넓게 펼쳐진 보리밭이 담뿍 들어왔다.

넉살좋게도 여자가 물었다.

"절에 가는 분들 맞는 갑지라?"

"맞아요. 그쪽도 널따란 보리밭이 기분 좋지 않나요?"

자기들 정서를 강요하듯 종만이 묻자 그녀들은 겸연쩍게 히죽거리며 서로서로 상대방 옆구리를 찔러댔다.

"정숙아, 네가 대답해."

"희주야, 네가 대답해. 어서!"

한동안 뭉그적거리는 두 여자의 특이한 잿빛 불자(佛子) 옷차림에 시선을 멈춘 정섭이 물었다.

"혹시……, 망자가 가족이신가 보죠?"

그제야 아낙 하나가 쭈뼛거리며 졸졸 설명을 했다.

"우리 시고모신데, 부산에서 혼자 살다가 돌아갔지라. 딱 아들 하나 낳아가꼬 그 아들 보고 평생을 살다가……."

숨기고픈 부분이라도 있는 듯 그녀는 말꼬리를 흐렸다. 하지만 정섭은 궁금증이 일었다.

"부산에도 절이 많을 텐데 왜 멀고 먼 김제 진봉에까지 와서 사십구재를 지내실까?"

오랜만에 터진 정섭의 질문에 두 친구가 입술을 삐죽거렸다.

"이봐, 친구. 부인 있는 사람이 자꾸 나서면 우린 뒷북이나 치라는 거야 뭐야?"

늙다리 남정네들의 농담에도 아랑곳하지 않고 그녀는 쉬 대답해주었다.

"고향이 을매나 그리웠으면 그럴까. 죽으니께 타향살이 끝내고 이제사 고향에 온 거 아닙니까."

"하긴……. 화장했나요, 매장했나요?"

질문을 계속 이어가는 정섭에게 종만이 조바심을 못 이기고 다시 경고했다.

"이보게, 자네는 마누라 있는 몸이니까. 이 분들께 괜한 흑심 품지 마."

잠시 키득거리는 분위기가 이어지고 그녀가 대답을 했다.

"부산서 화장했어요. 아들이 부산에서 한의원을 하는데 독실한 불자거든요. 거기서 사오십 년을 살았으니 아들만 부산 사람 맹글었지라."

망자는 여전한 이곳 사람이란 의미였다. 그렇게 오래 부산에서 산들 타향이 어찌 고향만 할까? 한데 절에서 재를 지낼 때는 아침 일찍 시작하는 법인데 왜 이 아줌씨들은 지각을 할까? 그네들의 속내를 도시 이해할 수가 없었다. 하긴 오십 년씩이나 먼 도시에서 산 남편의 고모에게 무슨 정이 있다고 새벽부터 나설까? 정섭은 그녀들을 돌아보며 천천히 고개를 끄덕였다.

어느덧 보리밭이 끝나고 차가 나지막한 산을 돌아 송림의 샛길로 진입했다. 망해사 전각의 지붕 부분이 살포시 보이고 승합차가 느릿느릿 좌우를 살피며 속도를 줄이기 시작할 즈음 법당 쪽에서 낭랑한 염불 소리가 흘러나왔다.

모두들 내릴 채비를 하는데 그제야 의문이 생긴 듯 한 여자가 눈을 빠끔 치켜떴다.

"그란디 선생님들은, 영가와 무슨 관계라도……?"

"세월아 네월아 그냥 구경삼아 왔을 뿐, 사십구재와는 아무 관계가 없어요."

종만이 대답하면서 은근히 그녀의 이목구미를 살폈다. 그것은 분명히 여자를 보는 남자의 시선이었다. 순간 여성의 육감이 발동했는지 그녀가 눈꼬리를 살짝 들어올렸다.

"그래요? 사실 요 근방엔 먹을 것도 많고 구경거리도 조매 많습니다."

종만과 철우가 그녀와 동행녀를 다시 흘깃 살피는데 불목하니가 헐레벌떡 달려왔다.

"지금 사십구재를 지내는 중이니 핸드폰은 진동으로 바꾸시고 경내에선 정숙해 주십시오. 혹시 재에 오신 분이라면 여기 식순이 있습니다. 조용히 뒷줄에 앉아주세요."

불목하니의 목소리가 조심스럽고 나지막하다. 향냄새를 묻혀 오던 염불 소리가 좀 더 커졌다. 모두들 승합차에서 조심조심 내리면서 절 특유의 분위기에 후끈 휩싸였다. 이쪽 일에 관심이 없는 운전기사는 담배에 불을 붙이며 송림 속으로 걸어가 버리고 젊은이 커플도 꾸벅, 감사 표시를 하고 가버렸다. 불목하니가 두 아주머니에게 알은체를 하며 반가워했다.

"불자님들, 오늘은 좀 늦으시군요. 여기 사십구재 식순이 있습니다."

운전기사를 뺀 나머지 사람을 모두 두 여자의 일행으로 착각한 불목하니가 식순이 박힌 에이포 절반 크기의 인쇄물을 하나씩 들려주는 바람에 세 늙정이들만 무르춤해졌다. 세 사람은 누가 먼저랄 것도 없이 종이를 받자마자 곧장 접었다가 불목하니의 시선을 피해 호주머니에 쑤셔 넣었다.

소나무 사이로 부는 상큼한 바람도 그렇고 오래 전의 추억 때문에 세 사람은 은근히 긴장했다. 벌써 반백년 가까이 지난 과거일이 이제 와서 새삼 무슨 영양가가 될까마는, 박하를 삼킨 듯 가슴 한 쪽에 싸한 느낌이 퍼진 건 분명했다.

식이 진행되고 있었지만 그쪽엔 관심이 없었다. 두 여자들과 젊은 이 커플은 진즉 법당으로 들어갔고 머쓱한 세 남자들만 서해바다 쪽을 보다가 향냄새가 솔솔 흘러나오는 법당 쪽을 한 번씩 흘끔거렸다. 법당의 현판 아래 '所薦亡 吳慈玉 靈駕 四十九齋 薦度齋(소천망 오자옥 영가 사십구재 천도재)'라고 한자로 적힌 자그마한 플래카드가 걸렸고, 청아한 독경 소리가 계속해서 경내에 울려 퍼졌다. 젊은 나이라면 두세 바퀴 돌면서 이곳저곳을 구석구석 살폈을 테지만, 그들은 그저 한동안 망연히 서 있다가 바다 쪽으로 천천히 걸음을 옮겼다.

이윽고 세 사람 다 범종각 옆 늙은 팽나무의 늘어진 가지가 만든 그늘 속 벤치에 앉았다. 입 밖에 꺼내진 않았지만 그들 모두 여자와 관련된 젊을 적 기억들 때문에 속내가 은근히 귀살스럽다. 그래서 한편으론 괜히 망해사에 왔나 싶은 생각이 들기 시작했다.

"언제 출발할 거냐?"

시큰둥한 철우가 정섭에게 묻는다.

"사십구재 끝나는 대로 출발하자구. 잘하면 여기서 점심 공양은 받을 수 있을 것 같아."

계산이 빠른 정섭의 답변에 종만이 장로 티를 내며 나지막이 타박했다.

"공짜 되게 좋아하는군! 그러다가 티업 시간에 늦을라. 자넨 염불 외는 소리가 지긋지긋하지도 않냐? 도대체 저 사십구재란 게 언제 끝나는 거야?"

사실 오후에 치기로 한 골프는 김제 시의회 의장으로 있는 종만의 후배를 넣어 팀을 만들었다. 정섭이 시계를 들여다보았다.

"전에 양산에서 보니까 대략 세 시간은 걸리더구먼. 아침 일찍 시작했을 테니까 한 시간 좀 못 남았을 것 같은데? 기왕지사 자연을 벗 삼아 세속 먼지나 털어내고 욕심이나 좀 씻고 가자구."

보리밭을 스쳐 왔을 바람이 이번에는 바다를 쓰다듬으며 잔물결을 일으켰다. 수면에서 황금빛으로 찬란하게 부서지는 햇빛이 눈부셔 그네들은 잠시 대화를 멈추었다. 정섭은 황홀하게 반짝이는 윤슬 위에 겹쳐진 순영의 얼굴에 눈을 질끈 감았다.

강산이 네댓 번 변하는 동안 새까맣던 더벅머리는 숱이 듬성듬성한 백발로 바뀌었지만, 그때나 지금이나 변하지 않은 건 보리밭과 절, 그리고 해면에 부서지는 햇살뿐이다.

정섭은 눈을 지그시 떴다. 아, 정말 그날도 오늘과 똑같았다! 사십구재가 진행되는 극락전(極樂殿)의 밝은 탱화를 먼빛으로 지켜보는 정섭의 가슴이 두근거렸다. 정말이지 극락전은 오래 잊고 지낸 어머니의 품처럼 따뜻한 자태다.

저기 새로 지은 요사채인가 보다, 하고 정섭은 안경을 바짝 잡아당겼다. 그는 말쑥한 새 기와집 '청조헌(聽潮軒)'의 현판을 찬찬히 보았다. 밀물과 썰물의 때를 귀로 들으며 정진하는 장소란 뜻이군, 하고 정섭은 해석했다.

아까부터 낙서전(樂西殿)이 계속해서 자기를 쳐다보는 것 같았다. 그러고 보니 무슨 이유에선지 정섭이 아까부터 낙서전을 회피하고 있던 셈이다. 하지만 정섭이 마음먹고 낙서전을 돌아본 순간 어지럼증이 일어나면서 가슴이 쿵쾅거리기 시작했다. 40년 전 그날처럼, 꼭 순영이가 낙서전 띠살문을 열고 걸어 나올 것만 같았다. 아니, 그녀는 이미 거기서 나와 밖에 서 있었다. 시원한 쌍꺼풀에 몸매가 오동통한 그녀의 이십대 적 모습이 정섭의 시야에 담뿍 들어왔다.

그녀와 팽나무 아래서 나눈 대화가 있었다.

"어머나! 정섭 씨, 여기 느티나무가 있네?"

"무슨! 팽나무야. 천 년도 넘었다는 말이 있어."

"호, 그렇다면 우리가 이십 몇 년 산 것은 아무 것도 아니잖아요."

사람이 자신과 고목나무의 나이를 견준다는 게 얼마나 무의미한 일인가! 정섭은 눈을 갸름하게 뜨고 사방에 귀를 기울였다. 순영의 목소리가 들릴 리 없지만 정섭은 지금 망해사 어디에서도 그녀를 느낄 수 있었다. 정섭은 두근거리는 가슴을 지그시 누른 채 그녀와 함께 걸었던 장소들을 시선으로 느릿느릿 더듬기 시작했다.

생각에 깊이 잠겼던 철우가 종만에게 물었다.

"우리 아예 법당에 들어가 차분하게 앉아서 구경하세. 이런 날이 아니면 언제 사십구재 보겠냐?"

하지만 종만은 넌지시 물리쳤다.

"법당에 들어가면 부처님께 엎드려 절을 하는 예의부터 갖추잖아. 너희들, 속이 많이 켕기는 사람들이나 그렇게 해."

교회 장로의 좁은 속이 드러나고 말았다. 철우가 즉각 빈정댔다.

"자네야말로 미란이 엄마하고 첫 데이트를 여기로 온 거 우리가 다 알아. 두 사람을 부처님이 맺어주신 셈인데 지금 무슨 말 같지 않은 소리 하는 거냐?"

종만이 깊은 숨을 몰아쉬었다. 나중에 미란이 엄마가 된 마누라와 처음 데이트를 한 곳이 이곳 망해사이고 보면 왜 자신이 여기에 오고 싶어 했는지 확실해졌다.

오십이 넘어서 캄보디아로 갔고 파인애플과 바나나 농장을 일궈서 돈을 꽤 벌었지만, 아내가 풍토병인 황열에 걸리는 바람에 사별하는 아픔을 당해야 했다. 그동안 10년을 혼자 살아오면서 종만은 인근에 큰 교회도 지어주었고, 초등학교를 지어 정부에 헌납하기도 했다.

그의 기사가 신문에 실릴 때마다 동창생들의 축하전화가 빗발쳤고 언젠가는 동창회보 기자가 직접 현지까지 찾아오기도 했다. 최정숙, 아내의 이름을 떠올리고 보니 종만은 오늘 새삼스럽게도 가슴에 여울이 졌다.

'이 팽나무 아래서 사랑을 속삭였지.' 하면서 종만은 젖은 눈으로 팽나무 우듬지를 올려다보았다. 옆에서 철우가 종알댔다.

"저 좋은 구경거리를 지금 안 보면 후회 많이 할 거야. 절만 안 하면 되잖아? 하긴 전혀 모르는 영혼에게 절을 하면 그 영혼도 절한 사람이 누군지 몰라 쩔쩔 맬 것 같아. 그러니까 절을 안 하는 것이 죽은 영혼이 사십구재에 집중하게 만드는 길이라고."

철우의 궤변이 먹혀들어서가 아니다. 먼저 일어난 건 정섭이었다. 정섭이 곧장 법당으로 향하자 엉겁결에 두 사람도 뒤쫓아 갔다. 극락전 법당 안에는 대략 서른 명 조금 넘는 수가 돌아가신 이의 넋을 기리며 조신하게 앉아 있고, 그 가운데는 아까 차에 태워준 20대 커플과 두 아낙네도 있었다. 정섭과 친구들은 맨 뒤에 자리 잡았다.

불상 앞에는 잘 차려진 제사상이 있고 꽃으로 단정히 치장한 가운데 망자의 사진도 어렴풋이 보였다. 식이 얼추 절반 이상 끝난 것 같아 한자 법어가 어지러이 적힌 만장들을 살필 때였다. 갑자기 분위기가 정돈되더니 한 스님이 고깔을 쓰고 가사 안에 흰 무명 장삼을 입은 모습으로 나타났다. 텔레비전에서나 볼 구경거리였다.

"어라? 아마도 나비춤을 추려는 것 같네."

종만이 귀엣말로 속삭이며 좋은 구경거리를 만난 듯 상체를 정섭 쪽으로 기울였다.

오랜만에 볼거리를 제대로 만났다 싶어 세 사람은 회가 동했다. 마침 저쪽에서부터 손에서 손으로 노란 종이 몇 장이 전해지고 정섭과 종만도 그걸 읽어보았다. 나비춤에 대한 해석이었다.

나비춤은 천상천하의 만물들 가운데 소생하지 못한 중생들을 불러 죄를 참회시키며 선업(善業)을 쌓게 할 목적으로 춘다. 따라서 그 움직임이 정중하고 엄격하여 무념(無念)으로 추는 것이며 그 춤사위는 정형화된 선(禪)을 상징한다.

드디어 춤이 시작되었다. 염불과 요령, 목탁, 북 소리에 맞추어 추는 춤사위에 모두가 넋을 잃을 정도였다. 숨을 죽인 세 사람은 눈을 휘둥그레 떴다. 스님의 발 디디는 것과 원을 그리는 동작, 손을 모았다 펼치거나, 허리를 굽혔다 펴는 동작에 모두들 숙연해졌다.

정섭은 스님 혼자서 외로이 추는 나비춤을 오늘 처음 보았다. 언젠가 건축학회가 열린 양산에서 보았던 나비춤에선 두 스님이 추었었다. 영가의 혼을 진혼하고 산 사람에게는 깨달음을 준다는 나비춤 의식이 진행되는 동안 정섭은 마치 자신이 나비춤을 추는 착각에 빠졌다. 자신이 나비가 되어 부처님과 중생들 앞에서 팔락팔락 나는 것이야말로 사바세계의 복잡한 고뇌를 떨쳐버리고 천상의 존재로 거듭나는 의미일 것이다. 형의 요절과 투병 끝에 돌아가신 아버지 그리고 말할 수 없이 힘겨웠던 집안 경제, 거기에 순영이 문제까지……

춤이 끝날 쯤엔 덧없는 인간사가 모두 정리되고 드디어 극락정토에 다다른 기분이었다. 정섭은 여전히 어떤 느낌에 빠져 있었고 사람들은 잠시 두리번거렸다. 종만과 철우도 좌우를 살피는데 얼핏 아까의 아낙네들과 시선을 주고받았다. 재주가 영가의 위패와 사진을 들고 상단 부처님을 향해 일어서더니 법주스님의 봉송게(奉送偈) 염불과 다른 스님들의 요령 흔드는 소리와 목탁 두드리는 소리에 맞추어 법당을 돌기 시작했다.

봉송고혼계유정(외로운 영혼이 되신 영가님을 전송하옵니다)

지옥아귀급방생(더불어 지옥, 아귀, 축생의 모든 유정들이여)

아어타일건도량(내가 다른 날에 도량을 세우리니)

불위본 서환래부(본래 서원 잊지 말고 혼아 돌아오소서)

거기까지만 정섭의 귀에 들어왔다. 염불 소리가 마치 동굴 속에서 듣는 것처럼 사방팔방에서 메아리로 되돌아 왔다. 몸뚱이가 허공에 부웅 뜬 것 같고 환청과 함께 어지럼증이 몰려와 정섭은 그만 다리를 휘청거리고 말았다. 하마터면 법당 바닥에 쓰러질 뻔한 정섭이 종만의 팔을 붙잡고 겨우 정신을 차리고 보니, 재주가 어느새 법주 스님을 따라 법당을 나서고 있었다.

사람들도 차례차례 일어나 재주의 뒤를 따라가기 시작했다. 법주스님은 계속해서 요령을 흔들고 목탁을 치면서 염불을 외웠다. 법주스님을 따라 재주와 참석자들 모두 법당과 도량을 한 바퀴 돌고는 소대(소각장)로 갔다.

법성원융무이상(법성은 원융하여 두 모습이 없으며)

제법부 동본래적(모든 것은 동요 않고 본래 고요해)

무명무 상절일체(이름도 모양도 모두 끊어졌나니)

중지소 지비여경(깨달은 지혜로 안 바라 다른 경지 아니네)

재주가 합장하자 불목하니가 위패와 옷을 소대에 집어넣고 불을 붙였다.

이로써 사십구재가 끝난 셈이었다.

금차지극지성 사십구재지우 탈상지신 위패…….

염불 소리가 은은한 가운데 불길이 후끈 올라오더니 활활 타면서 그 열기가 한참 동안이나 드셌다. 인생무상이랄까……. 모두들 깊이 침묵한 채 불기운이 차츰차츰 사그라지는 걸 지켜보았다.

결국 영가의 존재는 한줌의 재로 남고 말았다. 타는 동안 사람들은 너나없이 침묵하며 깊은 생각에 빠졌다. 탁 탁, 소리와 함께 위패와 옷이 소멸되는 대략 15분의 시간은 정말로 짧은 찰나에 불과했다. 한 줌의 재로 변하고 만 인생이야말로 얼마나 덧없는 것인가! 덧없으므로 한 줌의 재로 변한 것인가, 아니면 한 줌의 재로 변해버려 덧없는 것인가? 그 뜨거웠던 열망과 냉철했던 이성, 수십 년간 쌓아올린 이승의 공덕이 재 한 줌으로 바뀌어버리다니…….

모르는 사람의 사십구재지만 정섭은 그만 숙연해진 채 재주인 중년 남자를 물끄러미 쳐다보았다. 그의 훤칠한 이마에선 냉정한 기운마저 흘렀고 꾹 다문 입술은 영가와 이별한 아픔을 자신의 심장 깊숙이에 담고 있음을 느끼게 했다.

이젠 천도재가 다 끝났다. 슬픔과 단식으로 해쓱해진 재주와 시선이 마주친 정섭은 고개를 얼른 돌려 버렸다. 하지만 곤혹스런 일이 벌어진 건 세 사람이 일어설 때였다. 정섭이 갑자기 휘청, 하면서 땅바닥에 쓰러지고만 것이다. 분위기가 소란해지자 가장 먼저 달려온 사람은 엉뚱하게도 재주였다. 종만과 철우가 정섭을 떠메어 요사채로 옮겼다.

"어데 아프십니꺼? 선생님, 정신 좀 퍼뜩 차려 보이소. 괜안십니꺼?"

아직 법복 차림인 재주가 그를 마구 흔들어댔다. 철우가 찬 물을 대야에 퍼 나르는 동안 두 아낙들도 달려왔다. 일순간 정섭은 정신이 번쩍 들어 상체를 일으켰다.

"나는 괜찮소. 어젯밤 부어라 마셔라 좀 늦게 잤더니 피곤이 쌓인 것 같소."

한 아낙이 정섭에게 시원한 녹차를 건네며 재주에게 설명했다.

"만수 조카, 아까 날 절까지 태워 주신 분이셔. 아저씨도, 아까 차 속에서 통 말씀이 없으시더구만, 몸이 아파서 그랬던 거였수? 어쨌든 의사를 만났으니께, 운이 좋구면요. 걱정 푹 놓으시라고요!"

그녀는 오래 알고 지낸 이웃처럼 정섭에게 살근거렸다. 재주가 타월에 찬 물을 적셔 정섭의 이마에 얹더니 두 친구 분들에게는 사지를 주무르도록 했다. 우선 당장은 그 방법 밖에 없었다. 재주가 팔을 걷어붙이고 진맥하기 시작했을 때에야 정섭은 그가 한의사란 사실을 인식했다. 그가 노련하게 눈을 까보고 손목의 맥을 짚은 다음 발과 다리, 허리를 반듯이 펴서 몸 여기저기를 살피더니 자그맣게 중얼거렸다.

"소음인 체질을 각꼬 계시네예. 지가 보기엔 아마도 과로에 긴장한 탓인 것 같은데, 혹시 건곽란이라꼬 아십니꺼?"

"한의사 선생이슈?"

종만이 묻자 재주가 고개를 끄덕이며 잔잔한 미소로 대답했다.

"부산서 개업하고 있거든예."

"그 먼데서 오셨구랴?"

268

"사실 지는 망해사가 김제 진봉에 있다는 것도 몰랐십니더. 칠일재를 지낼라코 매주 오다 보니까니 참 아름답고 유서 깊은 절이 아닌교."

종만은 기억해냈다. 아까 차 속에서 아낙에게 들은, 죽어서야 그리운 고향에 돌아온 사연이……? 눈가에 잔주름이 가득한 초로의 재주한테서는 온화함이 잔뜩 묻어나고 있었다. 정섭이 몸을 벌떡 일으켰다.

"맞는 말이오. 바쁘신 분이 재가 끝났으면 어서 서둘러 부산에 가셔야 할 텐데, 내가 붙들어서 미안하오."

그 말을 미처 다 하지도 못하고 정섭은 다시 주저앉고 말았다. 일어선 순간 뱃가죽이 땅기고 머리가 핑 돌아 제대로 설 수조차 없었다. 옆에서 종만이 나서며 한의사의 팔을 꽉 부여잡았다.

"한의사 양반, 우린 아무래도 시내 병원에 가서 응급치료라도 받을까 하오. 잠시 고마웠소. 그럼."

하지만 한의사가 손사래를 쳤다.

"오늘이 일요일 아닙니꺼. 시내 응급실에 가시더라도 지가 차로 모시꼬 가야 의사로서 체면이 아닌교. 그냥 선생님들만 보내서야 되겠십니꺼? 부정맥에 심장조차 약하신 분인데예."

부정맥? 심장? 두 친구가 놀라 고리눈을 떴을 때 정섭이 실눈을 뜨고 대답했다.

"바로 맞추었소. 그래서 매일 약을 먹고 있거든."

한의사는 경우가 바른 사람인 것 같았다. 더구나 부정맥에 심장이 약한 걸 짚어낸 그의 의술에 놀라 철우와 종만은 혀를 내둘렀다. 그때 갑자기 밖에서 무슨 소리가 났다.

'우르르 쾅! 우두둑 우두둑!'

천둥소리와 함께 비가 쏟아지기 시작했다. 예상치 못한 사태에 모두들 말문이 막힌 사이 요사채 처마에 낙수가 졌다.

"비가 그치면 모셔다 드리꼬 지도 부산에 갈낍니더. 부산서 모셔온 스님 두 분도 있꼬 해서 꼭 가야 하거등예."

"좌우지간 고맙소. 꼭 보답하리다. 그런데 웬 비가 새퉁맞게도 이렇게 오지? 꼭 대야로 퍼붓는 것 같네."

빗줄기가 정말 장난이 아니었다. 정섭이 엉거주춤 하는데 마침 요사채 창살문이 살포시 열리며 나비춤 스님이 나타났다. 스님은 정섭을 말려 그냥 누워있게 했다.

"아! 안정 취하시소. 원장선생, 쪼매 전에 부산서 전화가 왔어예. 그기서도 큰 비가 오니까니 천천히 내일 오시라꼬. 으짜피 오늘은 일요일 아닌교. 이 장대비 속에 교통사고라도 나면 우짤낍니꺼?"

"일기예보에선 내일부터 보리장마가 진다겠는데……. 경상남도와 전라남도에."

한의사가 중얼거리며 시선을 밖으로 던지는 사이 스님이 두런거렸다.

"꼭 한여름 장맛비 쏟아 붓듯하네. 이라믄 보리가 몽땅 물에 잠길 낀데?"

추수를 앞둔 사전(寺田)의 보리가 걱정스런 스님은 한의사보다 더 울상이었다. 전화를 받느라 요사채와 낙서전을 들락거려 법복도 은근히 젖었거니와 스님의 파르라니 깎은 머리가 빗물자국으로 번들거렸다.

스님을 따라 나간 한의사가 손에 무엇을 좀 싸들고 돌아왔다. 주지스님이 쓰시던 쑥뜸을 급한 대로 우선 변통한 것이다. 그가 조심스레 이곳저곳 정섭의 혈을 헤쳐 쑥뜸 자리를 찾았다. 요사채는 이내 뜸 냄새와 연기로 자욱했다.

정섭이 눈을 스르르 감으며 막 잠에 빠져드는데 비몽사몽 중에 하필 굵직한 오랏줄이 보였다. 그것은 죄를 지은 자신의 양팔과 몸뚱이를 수십 년 동안 꽁꽁 묶어온 것이어서 정섭은 꿈틀, 잠짓을 했다. 다행스럽게도 지금 그 오랏줄이 스르르 풀리며 긴 숨이 돌아왔다.

안개 낀 포근한 봄이다. 겨우 중학생 나이인 자신과 또래의 여학생이 함께 김제 성산 아래 보리밭을 거닐고 있다. 누군지 얼굴이 확실치 않은 여학생이 정섭에게 보리피리를 만들어 달라며 보챈다. 정섭이 보릿대 몇 개를 꺾어 뚝딱 피리를 만든다.

"자기 것은 자기가 만들기다!"

정섭이 그녀에게 두 개를 내민다. 입술 닿을 부분에 침이 묻을세라 조심스럽다. 침이 묻으면 서로 입맞춤하는 것이 된다는 걸 아는 나이다. 그녀가 먼저 소리를 내본다.

"피일— 닐니리, 피일— 닐니리."

보리피리를 부는 그녀는 참 예쁘다. 정섭이 부는 피리가 더 높은 음을 토해낸다.

"삐일— 닐니리, 삐일— 닐니리."

그녀가 돌아선다.

"네 것 소리가 더 곱다. 바꾸자."

정섭은 그녀의 입술이 닿은 피리를 받아들지만 얼른 입에 대지 못한다. 이번에는 그녀가 높은 음을 내면서 달리기 시작한다. 바람이 훅 불어와 안개를 사방에 흩뜨리자 그녀의 모습이 보일락 말락 한다. 산 아래 후미진 모퉁이는 가끔씩 문둥이가 나타나는 곳이어서 동네사람들 모두가 꺼리는 곳이다. 하필 그녀가 그 방향으로 달려가고 있다.

"안 돼, 안 돼! 문둥이한테 잡히면 죽는단 말이야!"

아무리 외쳐도 그녀는 달려만 간다. 어느새 그녀는 보이지 않고 짙은 안개가 사위를 감싸기 시작한다.

정섭은 정신이 번쩍 들어 누운 채로 좌우를 살폈다. 왜 그런 꿈을 꾸었을까. 꿈속에 만난 소녀가 아무래도 순영이 같았다. 자신을 돌보던 한의사는 떠났는지 요사채는 조용하기만 하고 쏙뜸은 모두 꺼져 있었다. 마침 도란도란 마루에서들 이야기하는 소리가 들려왔다. 비 구경을 하는 종만과 아낙이 대화를 나누고 있었다.

"요로코롬 비가 억수로 오는디 골프 치실 수 있을까 모르것네라?"

"치는 사람도 있지. 하지만 나이 들어서는 그렇게 못해. 번개 맞으면 즉사하는데 비 맞으면서 공 칠 만큼 승부가 절실하지도 않거든."

"먹고 대학생은 아닌 것 같은디 무슨 일을 하신다요?"

"자그만 사업체를 하나 가지고 있소."

"호호호, 누구나 자그맣다는 식으로 한 자락 깔더라."

"허, 정말 자그마해. 돈 좀 번다고 그게 부처님 손바닥이 아니겠소?"

"아저씨, 불자세요?"

"교회 장로요."

"어마나, 놀래라! 나는 꼭 아저씨가 절에 오래 다니신 분인 줄 알았어라."

"뭘로 그래 보였소?"

"그냥요. 점잖고 말씀도 뜸하고……."

"그런데 아주머닌 재도 끝났고 허드렛일도 다 끝났으면 어서 집에 가야지 뭐하고 있소. 아직 할 일이 남아 있소?"

"그게……, 뭣이냐, 비도 요로코롬 심하게 오고……, 아주 어려서 한 번 보고 몇 십 년 만에 본 조카가 부산서 여기까정 왔는디 출발하는 걸 보고 가야 인사가 되지라?"

집에 일찍 가봤자 아무도 없다는 걸 그녀는 밝히지 않았다. 남편은 마누라만 남겨둔 채 진즉 세상을 떠나버렸고 자식들도 결혼해버려 사실 항상 적적한 삶이다.

"허허허, 예절이 많이 밝은 분이군."

"어머나, 저를 다 칭찬하시고!"

그녀가 잠시 부끄럼을 타는 목소리다.

"신랑한테 칭찬 안 들어요?"

"먼데 가셔서 신랑 읍서라. 아이고, 내가 시방 함부로 밝히믄 안 되는디. 더구나 외간 남자헌티."

"원래 김제 사람이오?"

"예."

"나도 실은 김제 출신이오. 고향 떠나 먼 데서 살다가 정말 오랜 만에 왔소. 함자나 알려주시오."

"문정숙입니다. 우리 아부지가 저를 정숙한 여자가 되라고 그러코롬 지어주셨나 봅니다. 호호호."

"나는 박종만이오. 깜짝 놀랐소. 사별한 아내와 이름이 어쩜 그렇게 똑같을 수가 있단 말이오. 최정숙이거든."

"네에? 오메!"

철우가 나타나는 바람에 두 사람의 대화가 거기서 멈추고 말았다. 철우가 우산을 뚝딱 접으며 요사채의 미닫이를 지그시 밀었다. 역시 옆에 문정숙의 친구가 서 있다. 철우가 마루 건너 정섭이 누운 방을 흘끔 거렸다. 팔작지붕을 이고 있는 누각만 빼고 요사채 '청조헌'의 모든 방들이 유리가 끼워진 미닫이문 덕분에 서로 통하게끔 되어 있어 정섭은 누운 채로도 그들을 볼 수가 있었다.

"정섭이 언제 깰까? 그냥 좀 쉬게 놔둘까? 좀 전에 김제 시의회 의장한테 전화가 왔네. 어차피 비 때문에 오늘 2시 티업은 틀렸고, 날짜를 다시 잡자는데, 일주일밖에 안 되는 휴가라서 말일세."

"못 치면 못 치는 거지 뭐. 골프 치는 사람들에겐 비가 항상 복병이야. 세상일이라는 게 으레 발목을 잡는 귀신이 있잖아. 그런데 자넨 여태 어디서 이 처자하고 재미 본 거야?"

종만의 추임새에 철우가 발끈하고 나섰다.

"사람 참, 누가 듣겠네. 삼성각(三聖閣)에서 여태 주지스님과 이야길 나누다 왔네. 내 생일 생시를 대니까 인생을 정확하게 맞추시더군. 자네도 한번 가 봐."

"예끼! 난 교회 장론데 사주나 토정비결 따윌 믿겠나? 그러니 스님을 만나 나눌 이야기도 없네. 혹시 비 내리는 서해 바다 구경이라면 몰라도."

종만이 일어서자 문정숙도 슬그머니 일어서며 유리창 너머로 만경강이 열리는 서해 바다 쪽을 바라보다가 한 마디 했다.

"선생님, 망해사 마당에서 보는 서해 바다 낙조는 참말로 일품이지라. 그란디 오늘따라 뭐땀시 비가 요로코롬 죽살이치게 오는지 모르것네요. 하늘이고 바다고 구별이 전혀 안 되어버리라."

철우가 나섰다.

"글쎄, 이걸 두고 간 날이 장날이라고 하잖소. 그런데 친구, 우리가 오늘 운전수를 전혀 챙기지 않은 거 알아? 아까서야 생각났어."

종만이 도끼눈을 뜨며 나무랐다.

"절에 오니까 생각나는 것도 많군그래. 그래서 이 처자하고 운전수 찾으러 다니는 척 솔밭을 헤맨 거야?"

"이 사람, 딜룽스럽기는! 함께 찾으러 다닌 건 맞지만 까마귀 맘을 먹진 않았네. 그런데 찾고 보니 운전수는 승합차 안에서 의자를 넓게 펼쳐놓고 쿨쿨 자고 있더라니까!"

"그렇다 치고, 기왕지사 옆의 분 소개나 하시게."

종만의 말발에 철우의 짝이 된 여자가 고갤 가볍게 숙였다.

"박희주라고 합니다. 선생님도 어서 가보세요. 주지스님이 지금 삼성각에서 부산서 오신 스님 두 분과 재주, 신자 몇 명과 함께 비에 대해 길고 긴 이야길 나누고 계세요."

박희주의 설명에 종만은 멋쩍은 듯 기지개를 활짝 키고는 삼성각이 어딘지 목을 삐죽이 내밀고 산 쪽을 흘끔거렸다.

"이 청조헌 바로 뒤 야산에 있어요. 걸음으로 일 분 정도 걸릴까?"

빗방울이 굵어져 종만이 우산을 활짝 펼쳐들자 문정숙도 따라 나섰다. 종만의 뒤에 대고 철우가 소리쳤다.

"나 오늘 괜찮은 도반을 만난 것 같아. 그래 보이지 않나?"

하지만 종만은 걸음을 멈추고 발딱 돌아보며 어깃장을 놓아버렸다.

"얼씨구, 벌써 죽이 맞았나?"

박희주가 아랑곳하지 않고 종만의 꼭뒤에 대고 나직이 소리쳤다.

"선생님, 점심공양 시간은 열두 십니다."

둘의 모습이 시야에서 사라지기가 무섭게 철우가 주절거렸다.

"저 친구, 캄보디아에서 망고 농장을 크게 하는 사람이야. 상처한 지 10년 되었지. 아주 정직하고 올곧게 사는 사람인데. 전량 일본과 한국에 수출해서 돈을 많이 벌었어. 강남에 빌딩도 있을 거야. 저렇게 착실하게 노력하여 부자가 된 친구가 있어 난 항상 뿌듯해. 그런데 아까 희주 씬 부산 스님한테 왜 자꾸만 해죽이 웃었는지……?"

그녀는 자신이 '씨'로 불린 데 대해 일단은 은근히 달떴다.

"어머나, 선생님도. 스님이 어찌나 웃기시던지 배꼽이 빠지려는 걸 겨우 참았어요. 하지만 해죽이 웃지는 않았어요. 전혀."

그녀는 웃는 듯하면서도 상대방을 날카롭게 살펴보는 특이한 표정을 가지고 있었다.

"나비춤 가르쳐 달라는 주지나, 그것을 짧은 시간 안에 모두 강의하려는 스님이나 모두가 좀 이상한 사람들 아냐?"

"그래도 기본 동작과 마음의 자세, 특히 스텝을 가르칠 땐 너무 진지해서 긴장했잖아요."

나비춤을 추었던 지선 스님의 설명이 철우의 귓바퀴에 다시금 맴돌았다.

'발을 정자형(丁字形)으로 딛는 것이 춤사위의 기본입니다. 원을 크게 도는 것은 원만(圓滿)을 상징하고, 손을 모았다 폈다 하는 것은 자비(慈悲)를 상징하고, 몸을 굽혔다가 폈다 반복하는 것은 귀의(歸依)를 상징합니다.'

"몇 년을 배워도 부족할 텐데 겨우 몇 시간 가지고 어떻게 다 배울 수 있겠어. 그건 그렇고 희주 씬 왜 여태 혼자 산 거야? 사랑을 이루지 못해 가슴에 품은 채 산 건가? 아님, 이상이 너무 높아 아예 남자를 쳐다보지 않았든지?"

"호호호, 선생님은 제게 왜 이렇게 관심이 많으세요? 겨우 몇 시간 되었을 뿐인데."

말투나 태도로 보아 교양이 있어 보이는 박희주는 철우의 막무가내를 너끈히 무너뜨리고 있었다. 그녀는 웃음 지을 때 입술이 열리려는 순간 영리하게도 얼른 손으로 가리곤 했다. 철우가 다른 말로 대신했다.

"아까 스님의 나비춤 강의에 사실 많이 놀랐어. 내 자신이 한국인으로 태어나 불교적인 분위기 속에 자랐으면서도 불교에 별로 아는 게 없어서 말이야. 혹시 희주 씨가 불심 지극한 신자라면 이런 기회에 불교에 대해 한 수 가르쳐 줘요."

그녀는 자신을 드러내지 않으려 다소곳하게 미소 지었다.

"호호호, 별 말씀을 다 하시는군요. 저도 잘은 모르지만 한 50년 절에 다니다 보니 얻어 들은 풍월은 있지요. 오늘이 사십구재 날이잖아요. 영가(靈駕)에겐 영혼이 구원받는 날이고, 우리들처럼 산 사람에겐 깨달음의 날입니다. 그만큼 오늘은 의미가 많은 날이라고 하더군요. 영가가 돌아가신 날부터 7일마다 한 번씩 재를 올리는데 재주, 그 한 의사 분 있잖아요. 부산에서 여기까지 매주 와서 우리와 함께 재를 지냈거든요. 그리고 그 일곱 번째 날 막재가 바로 오늘 사십구재였고요. 특별히 정성껏 차린 재물을 영가가 흠향할 수 있도록 넉넉하게 장만도 하고 특별한 예식도 하기 때문에 의식절차를 마치는 데 걸리는 시간도 조금은 길어요. 오늘은 특별히 나비춤도 있었고요. 몸을 벗어버린 영가가 49일 동안은 중음신(中陰神)으로 떠도는데, 몸을 가지고 있을 때 지은 업에 따라서 7일째마다 심판을 받게 되거든요. 그래서 칠 일마다 불공을 드려서 영가를 대신해 선근공덕을 지어주면 그 공덕으로 좋은 곳에 태어난다고 합니다. 그런데 명부시왕 중에 가장 대표적인 염라대왕께서 49일째 되는 날 심판을 하십니다. 지옥이냐, 좋은 곳에서 좋은 인연으로 다시 태어나느냐, 하는 심판이죠. 호호호."

그녀는 살포시 웃으며 입을 다시 가렸다.

"대단한 지식이군. 놀랍소. 보살 수준이라고 한다면 잘 표현이 된 건지 모르겠네?"

철우의 칭찬에 그녀는 조용히 웃기만 했다.

"오래전에 어린이 불교교실 선생이었어요. 호호호. 지장보살님 있잖아요. 장자에게 하신 말씀이 있어요. 미래에 현재의 모든 중생들이 명을 마칠 때 한 부처님 이름을 얻거나 한 보살님 이름을 얻으면 죄가 있든 없든 해탈하리라는…… 모든 이가 죽어서 49일이 지나면 업에 따라 과보를 받으므로 만일 과보를 받아 천백세중에 헤어날 길이 없으면 안 되기 때문에, 지극정성으로 사십구재를 베풀어 공양하면 목숨을 마친 이뿐 아니라 산 권속들까지도 이익을 얻을 것이라고⋯⋯."

어려운 토막 강의를 들은 철우는 자신이 천주교 신자임을 밝히고 나섰다.

"난 천주교 신자고 신앙생활에 열성적인 사람은 아니지만, 희주 씬 정말 보살 같군. 오늘 실은 개인적으로 아주 심각한 사정이 있어 여기 오게 되었지. 마누랄 여기서 처음 만났거든. 저기 팽나무 아래서."

철우가 손을 들어 나무를 가리켰다. 그리고 보니 정섭도, 종만도, 철우도 예외 없이 망해사에서 사랑을 나눈 사연이 서로들 일치하고 있었다. 희주는 고개만 끄덕일 뿐 아무런 대답도 하지 않았다. 철우의 이야기가 이어졌다.

"미국 필라델피아에서 세상을 떴소. 묘도 거기 있고. 벌써 9년이 되었는데, 몇 년 전부터 망해사 생각이 너무너무 간절했다오. 여기 꼭 와서 아내와 처음 만난 곳에 서 보고 아내의 영혼과 어떤 교감이라도 나누고 싶어서."

철우의 목소리가 이상해지자 희주가 얼른 자기 손수건을 건넸다.

"듣기에 좀 미안해서⋯⋯."

"나는 김제 사람이고 아낸 인천에서 여기에 놀러온 사람이었소. 친구들과 함께. 카메라가 귀하던 시절에 사진을 찍어 우편으로 보내준 것이 인연의 시작이었지. 카메라가 우릴 맺어준 중매쟁이인 셈이야."

"호호호."

희주가 나직이 웃으며 또 손으로 입을 가렸다. 다시금 후드득, 빗방울이 떨어지기 시작하는데 철우가 정섭이 누워있는 방 쪽을 돌아보았다.

"건축사무소를 하는 저 친구도 청년 시절에 잠시 사귄 여자가 있었는데 아마 그 추억 땜에 우리 청을 거절하지 못하고 따라 나섰거든. 그 응어리가 어쩌면 오늘 가슴을 콱 막아버리고 급체까지 일으킨 것이 아닐까?"

사연 없는 사람이 세상에 어디 있을까? 희주가 조심스레 입을 열었다.

"젊을 적 가슴의 심한 회오리는 응어리가 되어 영원히 남을 것 같아요. 저는 가끔씩 늙은 소나무의 옹이를 생각합니다. 풍진 세월을 살면서 아픔이 옹이로 남아 나무 속살 깊숙이 박혀있지 않습니까?"

"혹시 사람의 경우엔 그 옹이가 나중에 사리가 된다는 말이 맞나?"

"글쎄요. 스님께 한번 물어봐 드릴까요?"

마침 왁자지껄 삼성각 쪽에서 인기척이 나는 것으로 보아 점심시간에 맞추어 스님들과 한의사가 내려오는 것 같았다. 우산을 든 주지스님이 앞장서고 그 뒤를 두 스님과 한의사 선생, 그리고 종만과 정숙, 불자들 몇이 따라 내려오고 있었다.

요사 청조헌의 몸채에서 기억자로 튀어나온 팔작지붕 누각으로 모두들 들어가는데 정숙이 뒤쳐진 척 하더니 철우와 희주에게 다가왔다.

"선생님도 동석하시죠. 곧 식사를 준비해 올리겠습니다. 그리고 저기 누워계신 분은 어떻게 해야 할지……?"

정숙의 말에 희주가 후닥닥 팔을 걷어붙였다.

"내가 유미죽을 끓여볼게."

"옴메나! 저분께 드리려고 유미죽을? 옴메나! 남사스러워라!"

정숙이 도리머리를 흔들며 반농담조로 빈정거리자 희주가 눈을 흘겼다. 유미죽은 부처님이 고행하다 기진맥진했을 때 수자타라는 여자가 끓여 공양했다는 음식이다.

"얘는! 모든 사람 대하기를 부처님 대하듯 하라고 아까 주지스님께 법문을 듣고서도 그러니?"

"호호호호. 하긴……, 부처님이 수자타와 뭐 쪼까 그렇고 그런 뭐가 있다고 해서 제자들이 몽땅 도망가 버린 큰 사건이 있었는디?"

희주가 2500년 전 일을 마치 자기 눈으로 본 듯 잘도 주워섬기는 정숙을 새치름한 표정으로 다시 보았다.

"그럼 제가 유미죽 끓이는 동안 세 분 먼저 스님들과 함께 드세요."

잠시 어색한 사이 철우가 정리를 하고 나섰다.

"이렇게 아니라 아예 우리 모두 정섭이와 함께 유미죽을 먹으면 어떨까요?"

희주의 귓불이 불그레하게 변하자 정숙이 눈을 흘겼다.

"좋죠. 스님들과 식사하려면 쪼매 껄끄러운디. 잘 되었네."

정섭은 방에 드러누운 채 친구들의 대화를 모두 들으면서도 몸을 쉬 일으킬 수가 없었다. 절구통만 한 쇳덩이를 매달아놓은 듯 몸뚱이가 천근만근 무겁기만 했다. 드디어 종만이 미닫이를 스르르 밀고 건너와 정섭을 흔들었다.

"정섭아, 유미죽을 끓여준다니까 조금만 더 누워있어. 야, 대단하더라. 나비춤에 대해서 한참을 배웠는데, 캬! 그리고 주지스님 법력도 대단하더구먼."

정섭이 눈을 반쯤 뜨고 가시 돋친 말을 던졌다.

"너 그러다 불교로 개종하겠다."

"미쳤냐? 난 교회 장로야!"

두 아낙네가 청조헌 부엌에 들어간 사이 다른 봉사자들이 상을 차려 스님들을 공양하기 시작했다. 잠시 동안 종만과 철우도 정섭 옆에 누워 휴식하기로 했다. 언제 불을 땠는지 온기 없이 미적지근하기만 한 구들장은 따뜻함을 느끼기엔 퍽 모자랐다. 오래 지나지 않아 희주가 납작소반에 죽을 받쳐 들고 이쪽 방으로 건너왔다.

"자, 이젠 몸을 좀 일으켜봐. 좀 어떠냐? 빈속일 테니 죽 한 그릇이 야 괜찮겠지?"

종만과 철우가 부축하여 정섭의 상체를 일으켰다.

"고맙다, 친구들."

정섭이 먼저 반 숟가락 정도 떠먹어 보았다. 이게 유미죽인가요? 하 고 정섭이 힘없이 묻자 희주가 미소를 지었다.

"우유, 연근, 쌀, 찰보리 가루, 잣, 죽염만 있으면 돼요. 드실 만하세 요?"

정섭이 미소로 대답하는 순간 하필 시야에 순영의 얼굴이 또 겹쳐 왔다. 그 당시 청조헌은 단칸으로 된 볼품없는 요사채였다. 그곳이 순 영과 정섭의 첫날밤 장소였다. 갑자기 절 이름 '천진사'가 번뜩 스쳐 갔다. 죄책감을 느낄 때마다 자주 떠오르는 이름, 천진사…….

20여 년 전 등산길에 자주 들른 서울의 도봉산 계곡 '천진사'에 범 종을 기증한 일이 또 생각났다. 건축사로 성공은 했지만 어려서 찢어 지게 가난했고, 성장과정에서 집안 문제 등 복잡하지 않은 게 하나도 없던 속사정을 모두 주지스님께 고백했을 때, 주지는 뜻밖에도 범종을 기증하라고 했었다. 청아한 타종 소리에 중생이 깨달음을 얻을 수 있 도록……. 아니, 가난 때문에 제대로 치료받지 못하고 돌아가신 아버 님과 요절한 형님이 구천에서 들을 수 있도록…….

사실 가난이야 사천오백만 한민족 모두의 뼈아픈 과거가 아니던가. 특히나 6·25 동난 후부터 5·16까지 컴컴한 터널 같은 시기를 몸도 허 약한 아버지가 어떻게 열 명도 넘는 식솔을 이끌고 빠져나왔는지 지금 도 도무지 상상이 안 되긴 마찬가지다. 그때 주지스님께 순영에 대한 죄책감도 낱낱이 고백했을 때 스님은 진지하게 언급했다.

"모든 중생은 업보가 있기 마련이지요. 때를 기다리면서 대자대비하신 부처님께 의지해보심이……"

바로 지금이 그 '때'인가? 당시엔 깊이 생각해보지 않은 '때'의 의미가 정섭의 가슴에 바짝 다가왔다. 유미죽을 떠먹는 동안 정섭은 계속 순영이 생각뿐이다. 정섭은 자신의 가난과 성공 사이에 샌드위치처럼 끼어있는 순영이 문제를 어떻게든 매듭짓고 싶다. 그릇을 다 비우고 숟가락을 내려놓은 정섭은 아련한 시선으로 유리창 밖의 빗줄기를 쳐다보았다.

식사를 마친 주지스님이 이쪽으로 건너온 것은 빗줄기가 좀 성글다 싶을 때였다. 정섭이 상체를 넙죽 수그렸다.

"아이쿠, 스님! 구경하러 온 사람이 사십구재 방해만 놓고 이렇게 신세까지 져서 정말 죄송합니다."

"아! 편안히 계세요. 죽을 드려서 오히려 대접이 소홀한 것 같습니다."

도둑이 제 발 저린다고 했던가. 주지스님의 후덕한 미소에 정섭은 되레 긴장했다. 45년 전 망해사 주지스님도 늦은 시각에 찾아온 자신과 순영을 나무라기보다는 웅숭깊게 맞이했었다.

오래지 않아 정섭이 결심한 듯 몸을 벌떡 일으켰다.

"이젠 많이 좋아진 것 같아서 그만 일어나야겠습니다. 감사합니다."

하지만 정섭은 다시 퍽석 주저앉고 말았다. 몸이 여전히 물을 잔뜩 머금은 솜이불 같고 어지럼증이 머리꼭지에서 빙빙 맴을 돌고 있었다. 아무래도 심상치 않은지 주지스님이 말리며 손사래를 쳤다.

"아까 동료 분께 들었습니다. 서울에서 건축사 사무실을 하고 계신다구요. 외국에 사는 친구 분들이 찾아와 이런 귀한 시간을 내셨다면 기왕지사 이 풍광 좋은 사찰에서 푹 쉬었다 가시는 것도 좋을 듯합니다. 그렇지 않아도 재주께서 초저녁에 쑥뜸을 더 해주신다고 한 것 같던데……."

"아무래도 응급실로 가야 할 것 같습니다만. 미안합니다."

정섭은 철우의 팔에 의지하여 억지로 일어났다. 이 망해사를 어서 떠나야만 회복도 빨리 되고 마음의 고통도 줄어들 것 같았다. 정섭은 비틀거리면서도 도리구찌 모자를 집어 머리에 쓰고 주섬주섬 점퍼를 걸쳤다. 정섭이 마루에 앉아 신발을 신기 시작하자 주지스님이 다시 만류했다.

"도반님, 그만 좌정하십시오. 소승은 이런 만남도, 이런 대화도, 더구나 치료까지, 이 모든 것에……, '억겁의 인연'이라는 법어를 들이대진 않겠습니다. 다만 몸이라도 좀 더 추스르고 가시는 게 어떨까요?"

주지의 간절한 읍소에 정섭은 마루에 도로 주저앉고 말았다. 여전한 어지럼증 때문에 간신히 신발 끈을 매던 터였다. 그는 자신을 도반이라 불러준 주지를 가만히 돌아보며 '억겁의 인연'이란 말을 음미했다. 하지만 주지의 해맑은 눈과 마주쳤을 땐 이상스럽게도 속이 울렁거렸다. 때마침 한의사가 이쪽으로 건너오다가 화들짝 놀라 달려왔다.

"어이쿠 선생님, 벌써 가실 채비를 차리셨십니꺼? 기왕에 쑥뜸을 한 번만 더 뜨시면 좋을 듯 싶은데예."

정섭은 도리어 자신을 붙드는 한의사를 향해 감정을 드러냈다.

"어서 부산에 가셔야 할 분이 이렇게 한가하게 지체해서야 되겠습니까?"

"선생님, 아까 들으니까니 유미죽을 드셨다코요. 위를 계속 비워두었어야 했는데, 아무 생각 없이 그냥 음식을 드시면 우짤낍니꺼? 환자의 자의적인 판단과 행동이 치료에 을매나 적인지 모르십니꺼?"

정섭은 한의사의 단호한 목소리가 고까웠다.

"젠장, 지금 날 훈계하는 거요? 나도 세상을 살 만큼 산 사람인데."

"훈계라꼬요? 당연히 아닙니더. 하지만 지가 지금 어르신의 주치의로서 감히 말씀드리는 것이 아닌교? 멋대로 판단하지 말꼬 제발 의사 말을 쪼매 받아들이시소."

"내가 언제 당신을 주치의로 삼았는데?"

정섭이 의사를 날카롭게 흘겨보았다. 아까 자신의 부정맥과 심장병을 족집게처럼 짚어냈던 한의사의 깊은 실력이고 뭐고 그 순간만큼은 정섭의 눈에 보이는 게 없었다.

"화를 좀 가라앉히시소."

"그래서 날 어떻게 할 참인데?"

"지는 부산에 내일 가기로 이미 맘을 정했습니더. 의사로서 급한 환자를 두꼬 그냥 떠날 순 없지예. 어차피 병원도 삼우제까진 휴진이거든예. 선생님도 오늘 하룻밤만 더 여기서 지내셔야겠십니더."

순간 감정이 격해지면서 어떤 강렬한 분노가 정섭의 가슴에서 솟구쳤다.

"당신 돌팔이 아냐?"

"돌팔이 눈에는 돌팔이로 보이는 게 사물의 이칩니더. 무학대사와 이 태조의 대화를 아실낀데예?"

"이 자식이 보자보자 하니까 되게 껍적거리는구만!"

이상했다. 자신의 입에서 욕설이 튀어나올 줄은 정섭도 미처 몰랐다. 가슴 한복판에서 차가운 얼음덩이와 펄펄 끓는 뜨거운 물이 마구 뒤섞이는 것 같아 정섭 스스로도 제어가 안 되었다. 하지만 정섭은 이내 눈앞이 깜깜해지면서 그만 혼절을 하고 말았다. 비몽사몽간에 누군가 달려오고 나가는 소리가 들렸다.

수리수리 마하수리 수수리 사바하. 수리수리 마하수리 수수리 사바하. 수리수리 마하수리 수수리 사바하. 나무사만다 못다남 옴 도로도로지미 사바하. 나무사만다 못다남 옴 도로도로지미 사바하. 나무사만다 못다남 옴 도로도로지미 사바하.

　쓰러진 채 정섭은 목탁소리와 법음을 들었다. 그는 차츰차츰 깊은 잠에 빠져들었다. 한동안 불경을 외운 주지스님이 두 손 모아 합장하고는 목탁을 내려놓았다.

　"친구 분들, 이분이 한의사 선생의 치료를 조금만 더 받도록 친구 분들이 나서서 좀 설득해 주십사, 소승이 간절히 부탁드립니다."

　종만과 철우는 고개를 끄덕였다. 주지스님의 간청을 마냥 거부할 수만은 없었다. 더구나 심장병과 부정맥까지 정확하게 맞힌 한의사다. 주지가 나가고 옆에 와 있던 나비춤 스님 둘도 팔작 누각으로 가버리자 종만과 정숙, 철우와 희주만 남았다.

　철우가 그녀에게 다가 앉으며 진지하게 물었다.

　"희주 씨, 아까 스님이 외우신 염불이 무슨 뜻이오?"

　"범패 말입니까? 그것은 '정구업진언', 말하자면 입으로 지은 업을 맑게 씻어 달라는 진언입니다. 그리고 두 번째 문장은, 오방의 모든 신은 평안한 마음으로 경문을 들어달라는 부탁입니다."

　"그렇다면 이 친구가 입으로 죄를 지어 쓰러진 것이오?"

　"글쎄요. 그건 부처님만이 아시겠죠."

　시간이 자꾸만 흘러가고 있었다. 비가 내리다 말다를 반복하더니 어둠이 몰려올 기미를 보이기 시작했다. 쑥뜸 준비를 해가지고 들어온 한의사가 네 사람에게 권했다.

　"제가 좀 지키고 있을 테니까 네 분은 좀 쉬시면 어떻겠십니꺼?"

철우가 하품을 하면서 중얼거렸다.

"이거 미안해서 어쩌나? 정섭인 그렇다 치고, 난 침대 없는 곳에선 잠을 못 자."

종만이 기다렸다는 듯 맞장구를 쳤다.

"나도 마찬가지야. 전주에 깨끗한 호텔이 있다는데 우리 거기서 자고 내일 아침에 정섭일 데리러 올까?"

두 사람은 슬그머니 일어섰다. 종만이 철우의 대답도 기다리지 않고 핸드폰을 꾹꾹 눌렀다.

"최 기사, 점심 어떻게 했어? 뭐라고? 심포항에서 생선탕 사먹었다고? 젠장, 절에 왔으면 사찰 음식으로다가 공양을 받고 가야 제 맛 아냐? 아, 아! 알았으니까, 앞으로 20분 후에 전주로 출발하자고. 자네도 어차피 엉덩이가 근질거리는 걸 종일토록 참느라 힘들었지?"

전화를 끈 그는 114에 호텔번호를 물어 즉각 예약을 했다.

"자, 정숙 씨, 그리고 희주 씨, 오늘 우리와 함께 전주에 구경 갑시다. 그리고 신사로서 약속하건대, 꼭 김제에 태워다주면 되지 않겠소?"

종만은 타고난 넉살로 그네들과 마치 오래 사귄 사이인 양 떠들어댔다. 두 여성은 서로 시선을 교환하다가 정숙이 먼저 고개를 살짝 끄덕였다.

"좋아요. 그 대신 꼭 9시에 출발해서 김제에 데려다 준단 약속은 할 수 있죠?"

"그럼! 당연히. 우린 신산데에- 오늘 이 특별한 사십구재 덕분에 도반들을 만났으니 이 또한 큰 기쁨이 아니겠소?"

종만이 정섭을 잘 눕히면서 베개는 제대로 벴는지 확인도 하고 종이에 몇 글자 적어 옆에 놓았다.

286

우린 침대 없는 곳에선 등이 배겨서 못 자는 거 알지? 자네 병을 족집게처
럼 짚은 한의사께 잘 치료 받아. 내일 아침 일찍 데리러 올게.

마침 비도 멈추었고 하늘도 점차 개고 있었다.

이윽고 그들을 모두 태운 승합차가 출발했다. 혼자 남은 정섭이지
만 오감만은 활발히 살아 있었다. 마치 가수면(假睡眠) 상태에 빠져 있
다고나 할까.

정섭은 꿈도 아니고 생시도 아닌 혼곤한 상태에서 20대 적으로 돌
아갔다. 원피스 차림인 순영은 빵집 삼성당에 새로 근무하기 시작한
아가씨다. 주인아주머니의 조카로 여름방학 동안만 그것도 낮 시간에
만 일한다고 했다. 정섭이 커피를 시켜놓고 은근슬쩍 틈나길 기다리다
가 순영과 눈을 맞추었다.

"미스 오!"

"쉿! 우리 이모가 보시면 야단맞아요."

그녀는 정섭 앞에 빵 대신 모닝커피를 내려놓았다. 커피에 달걀이
들어간 모닝커피. 오후 시간인데도 정섭에게만 제공된 달걀은 겉으론
전혀 표시가 나지 않았다. 정섭은 커피 잔 속의 달걀을 후루룩 삼키고
는 그녀에게 윙크를 보냈다. 친구들과의 내기 경쟁에서 기선을 잡았다
는 판단에 행복감이 솟구친 그는 메모지를 접어 물잔 받침에 끼워놓고
일어섰다.

오늘 10시 초이스 제과점. 애타게 기다리겠소. 박정섭.

여느 손님처럼 정섭이 나가며 카운터에 계산을 하는 동안에도 순영
은 정섭에게 특별한 사인을 주지 않았다. 그녀가 약속 장소에 올지 안

올지는 확실치 않지만 벌써 2주째 작업을 걸고 있었고 특별히 오늘은 그녀가 이모에게 들킬까 눈치를 많이 살폈다는 데서 희망이 생겼다.

10시가 조금 못 되어 초이스 제과점 인근 공중전화 부스에서 정섭은 전화를 걸어 친구한테 중간보고를 했다. 핸드폰이 없던 시절엔 당연히 유선전화다.

"야, 너희들 일 년 치 술값 낼 준비나 해!"

따지고 보면 불장난이 시작된 건 불과 2주 전이다. 건축과를 다니다 군대에 갔다 온 정섭에게 복학까지 6개월이란 시간이 생겼다. 6개월은 퍽 긴 기간인데도 요즘과는 달리 토익 공부나 특별한 취미활동 등 프로그램으로 자기 역량을 키우는 시대가 아니었다. 친구래야 정섭을 포함해서 모두 다섯 명이었고, 정말 끝내주게 예쁜 서빙 아가씨가 삼성당 빵집에 새로 왔다는 소문에 우르르 몰려들 갔다. 그들은 단팥죽이나 소보로 빵, 우유, 커피 등을 시켜놓고서 속내를 숨긴 채 서로 내기를 했다.

"누구든 저 아가씨에게 먼저 도장을 찍는 사람은 일 년 술값이 공짜다."

우리 가운데 누가 저 양귀비를 먼저 안을 것이냐? 그들은 절세미인을 앞에 두고 꼴깍꼴깍 침만 삼켰다.

정섭은 시계를 자꾸 보면서 행여나 하고 순영을 기다렸다. 반신반의 하면서 출입문 쪽을 보던 정섭은 깜짝 놀랐다. 거짓말처럼 정각 10시에 제과점 문을 스르륵 열면서 순영이 들어섰다. 어느 짬에 미장원엘 다녀왔는지 머리를 짧게 자르고 바다색 블라우스를 입은 그녀가 핸드백을 어깨에 걸어 한층 멋스럽게 보이는 포즈를 취하며 안쪽을 살피다가 정섭을 발견했다. 정섭이 엉거주춤 손을 번쩍 들었다.

용기 있는 척을 했지만 정섭은 은근히 떨었다. 난생 처음 예쁜 여자와 마주 앉아 빵을 주문하고 보니 여간 긴장되는 게 아니었다.

"정섭 씨? 이름이 참 듬직해요."

그녀가 미소를 지으며 눈을 반짝였다.

"자기 이름은 언제 가르쳐줄 거죠?"

"자신 있으면 함 맞추어 봐요."

스무 고개를 하면서 좌충우돌 끝에 그녀의 이름이 순영이란 걸 알아냈다. 순영……, 정섭은 그녀의 이름을 입술에 굴리며 행복감에 빠져들었다. 이름만 떠올려도 손목이라도 잡은 듯 기분이 좋아지는 새파란 나이다.

"주인아주머니가 이모님이오?"

"정확히 말하면 이모가 아니세요. 혈연관계는 없어요. 우리 엄마와 오랜 친분이 있고 내가 대학을 휴학하고 집에 있으니까 딱 한 달만 도와 달라고 해서."

그 무슨 이빨 까는 소리냐는 거부감이 발딱 고갤 들었지만 정섭은 꾹 참고서 전부 믿는다는 표정을 지었다. 졸병 시절 최 중사에게 배운 '실전 연애 기술' 지침에 따른 것이었다.

"여자가 남자 앞에서 지껄이는 말은 모두가 거짓말이라고 생각하면 돼. 자기 품위를 높이려고 후까시(부풀리기) 넣는 것이거든."

전방부대 후문 앞 막걸리 집에서 최 중사가 그렇게 가르쳤다. 그는 이미 열 명도 더 되는 읍내 화류계 여성들을 애인으로 거느리고 있어 그 당시 사단 내에서 최고로 잘 나가는 인기 스타였다.

"순영 씨, 우리 계속 만나야 하는데 한 달만 근무하면 안 되잖아. 주인아주머니께 부탁해서 일을 몇 달만 더 하자고 해."

"어머머, 안 돼요. 복학해서 학교를 다녀야죠. 정섭 씬 지금 몇 학년이죠?"

"내가 흠흠, 삼 학년이지. 이봐, 나도 대학만 졸업했다 하면 건축회사 과장으로 들어가는 건 일도 아냐. 그때가 되면 순영 씨는 과장 사모님이네?"

정섭은 첫 만남부터 아무 말이나 지껄이며 줄기차게 대시했다. 그녀의 마음만 사로잡을 수 있다면 거짓말이든 참말이든 가리지 않았다. 제과점을 나오면서 계산은 물론 생과자까지 듬뿍 싸주는 만용을 부렸다.

찢어지게 가난했기 때문에 부잣집 아들인 친구한테 급전을 융통한 것이지만, 과연 그녀의 입술을 며칠 만에 빼앗을지, 그리고 그녀 속옷을 벗기는 건 언제나 가능할지 뜨거운 목표를 마음속 깊이깊이 숨기며 능갈을 쳤다.

매주 두 차례씩 그녀의 퇴근시간에 맞춰 초이스 제과점에서 만났고 그녀가 삼성당을 그만 둔 날 드디어 데이트 장소를 바꿨다. 월명산 중턱에서 그녀와 나란히 앉아 중앙로와 시청의 야경을 내려다보면서 은근히 허리에 손을 넣고 끌어당기자 그녀가 못이긴 체 끌려왔다. 그래도 그는 입술을 빼앗지 않았다. 다만 그녀가 자신의 어깨에 머리를 기댄 것만으로 만족했다.

손바닥이 땀으로 흥건하고 가슴이 마구 쿵쾅거렸지만 꾹 억누르고 욕망을 숨겼다. 그리고 일주일이 더 지난 날 바로 그 자리에서 그녀의 입술을 훔쳤다. 아주 짧고 강렬한 키스를 그녀는 기다렸다는 듯 받아들였다.

"순영 씨, 빵집도 그만 두었고 요즘 그 많은 시간을 뭐하고 지내?"

"책 읽고, 한의원에 침 맞으러 다녀요. 아픈 데가 있어서."

처음 듣는 이야기에 정섭은 화들짝 놀라는 시늉을 했다. 네가 내 관심을 끌려고 아프단 거짓말을 지어낸 거지? 정섭은 속으로 그렇게 생각했다.

"어디가 아픈데? 가슴이 아픈 건 나도 낫게 할 수 있거든."

태연한 해석에 그녀가 대꾸했다.

"정말 숨이 가쁘고 가끔씩은 가슴팍이 아파요."

"아, 그건 아주 간단한 병이야. 남자가 그리워서 속병 난 거라고. 새 타령 있잖아. 낮에 우는 저 새는 배가 고파 우는 새, 밤에 우는 이 몸은 임 그리워 우는 새."

정섭은 자신을 진맥하는 한의사의 손길에 움찔했다. 몽환의 끝자락에서 깨어난 그는 죄책감에 다시 괴로워했다. 기어이 무너뜨리고 그리고 잊어버린 여자 오순영……. 그것은 처음부터 의도된 무책임한 광시곡이었고, '영원히'란 단어를 아무렇지도 않게 들먹이며 함부로 바닷가 모래밭에 쌓았다가 일부러 밀물에 쓸리도록 방치한 모래성이었다. 45년 전의 그 나쁜 추억이 오늘 까탈을 부려 정섭을 쓰러뜨렸는지도 모른다.

한의사는 노련한 솜씨로 정섭의 몸 여러 군데 혈을 꾹꾹 눌러 지압하면서 친근하게 말을 건넸다.

"선생님, 주변이 조용하니까니 쪼매 편안하신교?"

자신이 잠들지 않은 걸 한의사가 어떻게 알아차렸을까? 정섭은 적이 놀라 상체를 벌떡 일으켰다.

"아, 내가 깜박 졸았군. 명의를 만나 신세를 지는 것 같소."

아까 화를 내며 핏대를 올리던 모습과는 180도 달라진 정섭의 태도에 한의사가 잔잔한 미소를 지었다.

"편안케 법복으로 갈아입는 그기 어떠시겠십니꺼?"

정섭은 그가 시키는 대로 개량 법복으로 갈아입고 요 위에 다시 누웠다. 한의사가 쑥뜸 놓을 자리를 살피느라 정섭의 몸 여러 군데를 다시 헤적거렸다. 이윽고 연기가 피어오르고 쑥 타는 냄새가 방 안에 그 득해지는 동안 정섭은 한의사의 손놀림에 신경을 집중했다. 마침내 그가 일어나 마루로 통하는 미닫이와 마루에서 밖으로 나가는 미닫이를 조금씩 열어 연기가 빠져나가게끔 해놓고는 다시금 정섭의 옆에 돌아와 좌정했다.

얼마쯤 있다가 정섭이 눈을 살포시 뜨고 물었다.

"한의사 양반 지금 무엇하고 있소?"

"수행을 하는 중입니더. 호흡을 다스리면서 마음을 비우고 있십니더."

정섭은 곁눈질로 슬그머니 한의사를 올려다보았다. 한의사는 눈을 감고 가부좌를 틀고 있었다. 정섭은 무슨 말을 더 물어보려다 그만 두고 눈을 감았다. 이윽고 해가 지고 있었다. 비는 그쳤지만 맑게 갠 서쪽 하늘이 조금 번해지는 듯싶더니 그것도 잠시, 정말로 어둠이 몰려오기 시작했다.

순영과의 첫 키스를 떠올리며 정섭은 양심이 가시에 찔리는 아픔을 느꼈다. 의도적으로 막차를 놓친 걸 빤히 알면서도 순영이 망해사 요사채에 따라온 이유는 무엇이었을까? 검은 머리가 파뿌리가 되도록……, 하룻밤 풋사랑으로 가볍게 끝내는 장난이 아니길 진심으로 바랐을까? 첫 키스를 나눈 날에도 그는 그녀의 몸에 손을 대지 않았다. 호텔이 없던 시절 여관에서 그녀와 단둘이 맥주를 마시면서도 정섭은 그녀의 몸에 손도 까딱하지 않았고, 그것 하나만으로도 그녀는 감탄했다. 요사채 청조헌은 둘이서 만리장성을 쌓은 곳이다. 보리가 누렇게 익은 6월 그날 노스님이 어둑어둑한 시각에 찾아든 두 젊은 남녀를 향해 화를 내는 대신 들릴락 말락 하게 혀를 끌끌 찼다.

"쯧쯧, 젊음이 환하게 꽃피었구먼. 보리밭이 한창일 때 자연의 섭리에서 부처님의 가르침을 찾을 수 있으면 좋으련만. 수리수리 마하수리 수수리 사바하. 수리수리 마하수리 수수리 사바하.”

하지만 무슨 생각이 드셨는지 불목하니를 시켜 식사와 잠자리를 봐주도록 했다. 땅거미가 진 6월의 송림은 정말로 새들의 세상이었다. 둥지를 찾아가는 새들의 울음이 계속 이어졌다. 밖에서 간혹 들리던 사람들의 오고 가는 발소리가 뜸할 즈음 한의사가 나지막이 말을 건넸다. 한의사는 그 긴 시간 동안 정섭의 곁에서 가부좌를 틀고 있었던 것이다.

“선생님, 이제 일어나 보이소. 한결 좋아졌을 낍니다. 한번 마당에 나가 기지개를 활짝 펴보이소. 가뿐할 낍니다.”

정섭은 자리를 박차고 일어나 밖으로 나갔다. 서해바다의 낙조라든지, 색깔 고운 까치놀은 진즉 사그라지고 초어스름만이 사위를 뒤덮고 있었다. 초저녁 공기를 깊이 흡입하자 정말 살 것 같아 정섭은 팔을 좌우로 흔들어 보았다.

“이제 괜찮으십니까? 다 나으신 듯 용안이 환해지셨습니다.”

주지스님이었다. 정섭이 조신하게 머릴 숙이자 주지스님이 다가와 옆에 앉았다.

“물의를 일으켜서 죄송합니다. 박정섭이라고, 이름을 그대로 붙인 건축사 사무소를 서울에서 열고 있고, 고향이 김젠데 우연찮게 옛 친구들과 구경삼아 온 것이 이렇게 되어버렸습니다. 정말 알 수 없는 게 인연인 것 같습니다. 망해사를 45년 만에 찾아온 것을 그렇게 밖에 달리 설명할 길이 없군요. 그런데 절은 45년 전 그때와 별반 달라진 게 없어요. 요사채와 해우소를 새로 지은 것 말고는……”

“허허, 소승보다 먼저 망해사에 오셨던 도반을 몰라 뵈었습니다. 오늘 사십구재와는 정말로 아무런 관계가 없으시군요?”

"당연히 없지요. 전혀 몰랐는데, 외국에서 사업하는 친구들이 제 칠순을 축하하러 고향엘 내려왔다가 우연찮게도 함께 망해사까지 오게 된 것입니다."

"어이쿠, 벌써 망팔의 연세가? 훨씬 젊게 보았습니다. 소승이 아직 법력이 부족해서……."

포근한 미소를 지으며 주지스님이 합장을 했다.

"별 말씀을. 항상 젊게 살려는 생각이긴 합니다만. 스님께 한 가지 여쭈어도 될지 모르겠습니다. 업보란 것이, 그것을 되돌리려면 고통이 많이 따르는 것입니까?"

주지는 대답에 앞서 조용히 호흡부터 내뱉었다.

"불자가 아니시군요. 제가 드릴 말씀은 수행을 하여 매듭을 풀어야 한다는 것입니다. 그렇지 않으면 삶에서 많은 문제에 부딪히게 됩니다. 먼저 성찰을 통하여 자신의 존재를 깨닫는 게 필요하겠지요."

대화가 끊어졌다. 희부옇게 보이던 서해 수평선마저 완전히 어두워져 해면과 하늘의 구별이 없어져버렸다. 뭐랄까, 정섭은 지금 스님께 되게 꾸지람을 들은 기분이었다. 저녁식사 시간이 다 되었기 때문에 정섭은 주지스님과 한의사를 따라 요사채로 돌아왔다. 다만 정섭에겐 또 유미죽이 올라왔다. 옆의 밥상에서 낮에 나비춤을 춘 지선 스님이 말을 붙였다.

"서울서 건축사무소를 하신다고요?"

"그렇습니다. 원래 서양 건축을 전공했는데 요즘은 한옥에 대해 연구하고 있습니다만."

지선스님이 화들짝 반가워하며 자신을 소개했다.

"소승 지선입니다. 한때나마 불사에 관여한 적이 있었는데 그때 궁금한 점이 꽤 많이 있었습니다. 한옥에 있어서 처마가 있는 의미를 어떻게 해석해야 합니까?"

전문가를 테스트하는 것인지 아니면 전문가라 인정해서 진지하게 묻는 것인지 그건 확실치 않았다.

"뭐랄까. 그것은 빛을 다스리는 일과 깊은 관계가 있다고 봅니다. 즉 채광이죠. 한옥에서는 처마 안쪽 면을 하얗게 회칠합니다. 하늘을 커다란 전등이라고 한번 가정해보십시오."

"허허!"

지선 스님의 동료 스님도 감탄하여 숟가락질을 멈추고 고개를 끄덕였다.

"하늘에서 마당으로 떨어지는 빛이 있습니다. 거기서 처마에 반사된 다음 방 안으로 들어오거든요. 처마의 각도가 아주 중요합니다. 계절마다 다른 각도의 태양빛이 하늘에서 내려오므로 방 안으로 전달되는 반사각도의 역동성을 모두 아우른 각도가 있을 것입니다. 제대로 된 한옥이라면 반드시 그 점을 고려합니다. 남향을 중시하는 것도 그런 맥락에섭니다. 부엌이 서향으로 있으면 음식이 쉬 상하지 않습니까?"

주지스님이 미소를 지으며 추임새를 넣었다.

"건축사에게 듣는 법어라서 맛이 전혀 다른 것 같습니다. 소승도 궁금했던 점이 있는데, 서양 건축과는 완벽하게 구별되는 한국 건축만의 특징을 여쭈어도 되겠습니까?"

"별 말씀을 다 하십니다. 저는 불교의 불자도 모르는 사람입니다만, 오늘은 특별한 날인 것 같습니다. 나비춤을 보았지, 건곽란이 나서 유미죽 공양을 받았지, 한의사 재주께 치료까지 받았으니……, 뭐랄까, 오늘 같은 독특한 체험을 할 기회가 앞으로 다시 올까, 하는 생각입니다."

하하하하. 모두가 나직이 웃음을 흘렸다. 정섭의 설명이 이어졌다.

"서양 건축에서는 땅이 있고 거기에 무엇을 짓습니다. 하지만 한국 건축은 땅을 집으로 만듭니다. 집이라는 공간이 협소한 건물에 국한되어 있지 않고 산천, 숲 등의 주변 경관과 함께 입체적인 개념을 가진다는 것이죠. 한옥은 자연을 품어 안으려는 생태적 속성을 가지고 있거든요. 너무 자연스럽게 축조되어서 인공미를 가한 느낌이 전혀 들지 않아 보이는 '소쇄원'을 보십시오. 다시 말해 서양 건축에서는 '있음'을 기본으로 하고 있는 데 반해, 한국 건축에서는 '없음'이라는 범주를 기본으로 하고 있다고 봅니다. 서양의 건축물을 사람이 살기 위한 가구라고 한다면, 한국 건축에서는 사람이 자연 또는 하늘의 섭리와 함께 존재하는 개념입니다. 더불어 있기 때문에 없다는……, 개념을 이해하셨을 겁니다. 따라서 한옥에서 대청마루는 사실 넓은 의자입니다. 한 두 사람 혹은 서너 명이 앉는 서양 의자와 많이 다르죠? 대청마루는 적은 수든 많은 수든 동시에 앉을 수 있습니다. 항상 열려있고 비어있죠."

주지스님이 박자를 맞추듯 추임새를 넣었다.

"소유의 개념이 아니라 비우는 개념, 더불어 있는 개념이란 점에서 불교와 서로 통하는군요!"

"그런가요? 허허, 사실 오늘 저도 큰 걸 배웠습니다. 정구업진언이라든지 업보의 개념이라든지, 거의 반백년 만에 온 이곳에서 이렇게 큰 지식을 얻을 줄은 전혀 몰랐거든요."

"허허허, 정말 길고 긴 세월의 간극이군요?"

주지스님과 정섭의 따스한 시선이 교차했다.

"객기로 넘쳐나던 젊을 때였습니다. 그땐 요사 청조헌이 아주 작았는데 거기서 하룻밤 신세를 졌습니다. 지금 심경이 뭐랄까……, 어떤 업보 혹은 운명이랄까, 하는 느낌을 지울 수가 없습니다. 그래서 '나무아미타불 관세음보살'을 오늘 누워서 쑥뜸 치료를 받는 동안 수도 없이 외웠는데, 이 문장이 맞는지 모르겠습니다."

고개를 끄덕인 주지스님이 차분차분 설명하기 시작했다.

"허허, 나무아미타불은 부처님 이름인 '아미타불'을 불러 깨달음으로 부처님께 돌아간다는 뜻입니다. 관세음보살도 '관세음'이라는 보살 이름을 불러 영원한 깨달음을 바라는 기원입니다. 굳이 우리말로 번역하면 '인생의 참뜻을 깨우치고 영원한 생명으로' 정도가 될까요?"

정섭은 낮부터 궁금히 여겼던 점을 물었다.

"낮에 사십구재에서 봉송고혼계유정? 이라고 외우시던데 무슨 뜻이온지……?"

"허허, 건축사 선생님께선 진리에 퍽 목말라 계신 것 같습니다. 실은 석문의범(釋門儀範)에 있는 염불게송인데요, 사십구재를 올릴 때 돌아가신 영가님을 위해 읽어주는 마지막 법문구절입니다. 오늘날의 의미로 해석하면 '사십구재의 공덕과 불보살의 본원력으로 영가님은 반드시 극락세계에 태어난다. 그래서 아미타부처님의 설법을 많이 듣고 고통이 없는 행복의 나라에서 안주하라.' 정도가 될 겁니다. 설명이 잘 되었는지요?"

"뜻을 깊이 새기겠습니다. 오늘 배운 진리가 하도 커서 제 작은 가슴에 모두 담을 수가 없을 것 같습니다."

조용히 고개를 숙이는 정섭의 눈이 젖어들었다.

"충분히 담으실 수 있을 겁니다. 소승은 그리 믿지요. 사람은 누구나 가슴에 우주를 품고 있지 않습니까? 허허허허."

가슴에 우주를 품고 있다는 말에 이어진 주지스님의 흔쾌한 웃음소리가 마치 자기 마음을 두드리는 법고(法鼓) 소리와도 같아 정섭은 잠시 어리둥절했다. 한의사의 얼굴이 형광등 불빛 아래 환하게 빛나고 있었다. 한의사가 제안했다.

"스님, 이제 상을 물리고 푸얼차 한 잔씩 하시는 그기 어떻겠십니꺼?"

"좋지요! 속이 냉할 때 특히 잘 맞을 겁니다. 한의사 선생님의 깊으신 뜻이 이제야 떠오릅니다. 혹시 건축사 선생님을 위한 배려가 아닙니까?"

"잘 보셨십니더. 지도 오늘 건축사 선생님께 한국 건축의 큰 개념을 배운기라예. 덕분에 제 좁은 시야가 활짝 넓어졌십니더."

잠시 후에 푸얼차가 준비되고 다기가 모습을 드러냈다. 한의사가 나서서 직접 물을 끓이고 잘게 부순 발효차를 넣어 첫 물을 버리고 새 물을 부어 더 끓이더니 드디어 찻잔에 부었다. 그윽한 차 향기가 방 안에 가득했고, 해맑은 갈색 액체를 몇 모금 마신 정섭은 속이 많이 편안해졌다.

지선 스님이 직접 저녁예불을 알리는 범종을 치기 시작했고 서른세 번의 타종 소리에 정섭은 온 몸이 가벼웠다. 이윽고 정섭은 예불에 참석하여 한의사 뒤에 앉아 조용히 예불 과정을 지켜보았다.

예불이 끝나고 정섭은 마당을 서성이며 저녁나절의 시원한 바람을 들이켰다. 기분도 완전히 개운해져 비온 후 갠 하늘만큼이나 상쾌했다. 간혹 새들의 울음이 어둠 속 공간을 날카롭게 휘젓고 지나갔다. 45년 전 마당에서 보았던 하늘 가득한 별과 은하수는 이제 없다. 대기오염이라든지 비가 왔던 날씨 탓에 그런 낭만까지 맛볼 수는 없는 일이다.

물김치에 나물 몇 가지와 흰 쌀밥이 전부인 사찰음식을 순영과 나누어 먹고 팽나무 아래서 도란도란 나눈 대화들이 한 마디 한 토씨도 빠지지 않고 떠올랐다. 기억력이란 것이 참 이상했다. 요즘 들어선 어제 있었던 일도 잘 기억하지 못하는 데 수십 년 전의 기억은 텔레비전에서 다큐멘터리 재방송을 돌리듯이 명확하기만 했다.

그날 순영과 밤을 지새우며 껌을 하도 씹어서 턱관절이 무지 아프면서도 육체놀음에 풍당 빠진 것이 이제는 추억이 아니라 극심한 악몽이다. 그러고도 다음날 첫 버스로 태연하게 군산에 돌아왔고, 그날 저녁 친구들한테 거나하게 술까지 얻어 마신 것이 '일 년 공짜 술'의 첫 시작이었다. 친구들 모두 놀라 입을 짝 벌렸다. 아무도 반대의견을 제시하지 못했다. 완전한 승리였고 친구들도 두 말 않고 항복했다. 그리고 매주 순영과 철부지 육체놀음을 계속했다. 월명산 아래 향촌 여관에서였다. 부부나 다름없는 관계가 석 달 만에 끝날 때까지 정섭에겐 꿈을 꾸는 듯한 나날이었다.

"정섭 오빠, 나 복학해야 해. 앞으로 어떡하지?"

어떡하다니. 향촌 여관에서 뜨거운 일을 벌이고 난 후에 자리끼를 들이키는 정섭을 향해 벽바라기로 누운 그녀가 뇌까렸을 때 정섭은 뒤통수를 크게 한 대 얻어맞은 느낌이었다. 결혼 같은, 새로운 단계로 격상을 요구하는 그녀의 '권리 선언'에 정섭은 부르르 떨었다. 이젠 불장난을 끝내야 할 텐데……, 정말 아무 탈 없이 끝내는 기술이 필요했다. 머리를 아주 정교하게 굴리는 일만 남은 셈이다. 통금 직전 그녀를 집에 바래다준 정섭은 고통의 나락에 떨어지는 기분이었다. 위험천만한 술내기로 자신을 내몬 친구들을 원망하기엔 너무 늦어버렸다. 가게에서 산 소주로 남의 집 처마 밑에서 세 병씩이나 나발을 불며 결혼을 하느냐, 장난으로 끝내느냐, 속앓이를 했지만 도무지 결론을 내릴 수가 없었다. 고민거리를 짊어진 채 집에 들어갔지만 시간이 너무 늦어 아침에야 어머니께 조용조용 설명을 했다.

"참한 여성을 하나 사귀고 있는데 제 나이도 있고 하니 결혼을 하면 어떨까요?"

하지만 며느리 감이 외간 남자들에게 얼굴을 보이는 일을 했다는 이유로 어머니는 완강하게 내치셨다.

"산딸기 옆에 있는 뱀은 안 보이냐? 빵집서 일한 여자를 며느리로 맞을 순 없다. 눈에 흙이 들어와도 절대 허락할 수 없어!"

아버진 작고하셨고 홀몸으로 일인 오역의 버거운 삶을 짊어지신 어머니를 생각해서라도 정섭은 마음을 돌려야 했다. 사태를 안 그녀가 며칠 후 정섭에게 먼저 전화를 걸었다. 그녀의 눈동자가 올바로 박혀 있지 않았다.

그녀는 그를 끌고 예의 향촌 여관으로 가 소주부터 마셨다. 그리고는 옷을 하나둘 벗기 시작했다. 브래지어를 벗고 팬티까지 내린 그녀가 자신의 손목을 향해 면도날을 집어 들었다. 어둠 속에서 면도날이 번쩍한 순간 정섭이 그녀의 손목을 재빨리 붙들었다.

"날 망가뜨린 원수에게 이젠 복수만 남았어! 복수만 남았다구!"

면도날을 빼앗긴 그녀가 울부짖었다. 정섭이 칼을 치우고 무릎을 꿇었다.

"순영아, 난 정말 널 사랑해. 제발 깊이 생각해봐. 너도 날 사랑하잖아. 그런데 어머님이 반대하시는 거야. 내가 반대하는 게 아니라구. 우리 차라리 미국으로 튀어버릴까? 네가 오케이만 한다면 내일이라도 밀항선을 타자. 우리의 사랑이 방해받지 않는 곳으로 가자구."

거짓말이었지만 그 순간 그렇게 둘러댈 수밖에 없었다. 순영이 울면서 옷을 입기 시작했고 방을 나서면서 독한 말 한 마디를 던졌다.

"두고 봐. 반드시 후회할 테니까."

45년 만에 그녀의 마지막 말이 되살아나 그의 가슴에 생채기를 냈다. 그 면도날이 되살아나 지금 자신의 가슴을 그어대는 기분이었다. 그날 후로는 그녀를 다시 보지 못했고 가슴 한켠에 불순물처럼 붙어 다녔던 오순영 이름 석 자도 반백년에 가까운 세월 동안 거의 지워졌다. 하지만 큰 오산이었다. 세상에 흔적도 없이 사라지는 건 없는 법이다. 아픈 기억이 세월의 물살에 씻겨버리기는커녕 이렇듯 바윗돌처럼 무겁게 업이 되어 정섭을 짓누르고 있는데…… 오히려 불쑥불쑥 떠오르곤 하는 것이 있다면 혹시나 그녀가 자기 씨를 잉태하지는 않았는지, 하는 조바심이다.

마당을 몇 바퀴 돌고는 다시 요사채로 돌아온 정섭을 한의사가 맞이했다.

"선생님, 바람 쐬시니까니 훨씬 나으신교?"

"그렇소. 선생 덕분이요. 이젠 비도 멎었고 이 정도 비라면 보리 작황에 아무 영향이 없을 거요."

"보리예?"

"아까 낮에 지선 스님도 걱정하셨는데, 못 들었소?"

"아ー 예!"

"아까 낮엔 보리장마 지듯 제법 쏟아 부었잖소. 오늘까지 이 절에 일곱 번이나 왔다면서 만경 들녘에 넘실대는 보리가 안 보이던가요?"

한의사는 대답을 하지 않은 채 자신의 요를 정섭의 요 옆에 나란히 깔았다. 탁자 등을 끄고 보니 순간 어둠이 방 안에 가득했다. 부스럭부스럭, 한의사가 옆에 눕고 정섭만 앉아서 멍하니 벽을 쳐다보았다.

"사실은예, 어머니 사십구재 준비에만 골똘히 신경 쓰느라꼬 보리밭을 전혀 보지 못했십니더. 내일 아침엔 신경 써서 꼭 한 번 살펴봐야 겠네예."

"난 이번이 두 번째 길인데, 오늘 아침 절에 오다가 길 양 편에 드넓게 펼쳐진 보리밭을 보았소. 45년 전과 똑같아 가슴이 뭉클하더군."

"45년이예? 사십오 년……. 거 참 으시게 긴 시간이 아닙니꺼? 서울에서 활동하느라 그간 한 번도 오실 기회가 없으셨는교?"

"말하자면……."

"제 나이가 쉰이 못 되었는데예, 지금에 이르토록 무엇을 했는지 도대체가 무슨 공덕을 쌓았는지 오늘 재를 지내면서 부처님 앞에 막상 내놓을 게 별로 없어각꼬 참말로 면구스러웠십니더. 그래선지 45년이란 말씀을 들으니까니 감이 팍 오네예."

요사채 밖은 어둠에 빠져 있었다. 모두들 고단한 하루를 끝내고 깊은 수면에 빠진 듯 적막하기만 했다. 젊은이도 지나온 자기 삶을 고민하는데 자기야말로 망팔의 나이에 이를 때까지 과연 무엇을 했는지 정섭은 부끄럽기만 했다. 밤을 도와 활동하는 새들이 활개를 치는 소리가 나고 이슥한 야밤에 먼 여행을 떠나는 놈들의 울음도 어쩌다 한 번씩 들려왔다.

"어쩌다 한의사가 되었소? 의사 공부하기가 무척 고단했을 텐데?"

"별 말씀을예. 공분 좀 잘 했어예. 그래서 한의사가 되긴 했는데, 어머님께 잘 해드리지 못한 것이 지금 와서 이렇케 마음이 아프꼬 힘이 들 줄은 몰랐십니더."

한의사의 말이 끊어진 것이 아마도 그가 눈물을 흘리는 것 같아 정섭은 헛기침을 했다.

"큼큼, 참 효심도 좋은 젊은이요. 내 큰 아들놈은 서울서 대학원까지 나와 올해로 마흔 둘이요. 자식이 둘이나 되는 놈이 공부한단 핑계로 여태 부모한테 돈을 타서 쓰고 있으니 좀 한심하지 않소? 작은 놈은 노래한다고 그룹을 결성하여 집에 들어오지도 않고."

"지 어머님은 몸이 여기저기 자주 아프셨십니더. 그래각꼬 항상 침을 맞고 한약을 썼지예. 어쩌면 지가 한의사가 된 것도 거기에 이유가 있을 것 같십니더."

정섭은 순간 돌아가신 자기 어머니를 회상했다. 그 가난했던 시절에 고달픈 삶을 지혜롭게 넘긴 어머니의 모습을 기억할라치면 꼭 생각나는 게 틀국수다. 중고등학교 시절 국수집에서 종이봉투에 담긴 노란 국수를 사 나르는 일은 정섭의 몫이었다.

그리고 괴롭지만 부인할 수 없는 또 하나의 진실이 있었다. 아버지의 부재로 떠안은 고생살이였지만, 무척 바지런한 어머니는 양단, 유동, 모보단, 지지미 등을 몇 필씩 머리에 이고서 관공서와 은행을 떠돌았었다.

"선생도 원래 독실한 불교 신자요?"

"독실하기로 말하면 어머님을 따라가기가 족탈불급이 아닙니꺼. 지가 할 수 있는 것이 절에 시주를 좀 많이 하는 것 말고 있겠십니꺼? 지는 그저 부처님 법문을 퍼지게 하는 목탁소리에 불과한 존재가 아닌교."

언뜻 언젠가 들은 이야기가 스치며 정섭의 등줄기를 타고 전율을 일으켰다. 목탁을 만들 때 고목 진 살구나무를 웅덩이에 사계절 동안 처넣었다가 꺼내어 여러 번 삶고 또 삶아야 목탁으로서 제 소리가 난다는 이야기였다.

아뿔싸! 정섭이 감탄했다. 한의사는 보통 불자가 아니다.

"한 가지 물읍시다. 부처님은 우리 중생에게 부처가 되라고 설파하셨소?"

"천상천하 유아독존이니까네 부처님은 '나를 믿어라' 라꼬 설파하진 않으셨지만도, 우리들 각자가 부처가 되려는 노력을 하는 것이지예. 부처가 된다는 기는 부처님이 어떻게 살았는지 아는 일에서 시작하는 그기 아닌교. 부처가 음식을 잘못 먹어 죽을 지경이 되었을 때도 '내는 아직도 길을 찾고 있다' 꼬 말씀하셨십니더. 사실 생로병사의 수수께끼를 풀라꼬 출가했는데 아직 진리를 찾지 못했다는 고백이 아니면 뭡니꺼?"

"허허, 재미가 있소. 도대체 길이란 게 뭐요? 그리고 진리는 또 뭐요?"

어—흠, 하고 한의사가 하품하느라 얼른 답변하지 못했다.

"만물이 스스로 생겨나서 때가 되면 변이하고 소멸되듯이 우주도 다시 공으로 돌아간다는 것이지예. 이것을 윤회라캅니더. 그런데 인간 스스로 업에 따라 결과를 창조하거든예. 죄를 지으면 몇 갑절 갚아야 하는데 이를 인과응보라꼬 보면 될 것 같십니더. 그래서 고행과 참선으로 끝임 없이 속죄해야 한다꼬 배웠십니더."

업이란 말에 정섭은 말문이 막혀버렸다.

"선생, 고향이 어디요?"

"부산입니더."

"부친은 오늘 안 오신 것 같던데?"

"진즉 돌아가셨십니더. 지가 아주 어릴 때……."

어떤 감정이 그의 내면을 휘저었을까. 한의사의 말끝이 조금 떨린 걸 정섭이 느끼고서 괜한 이야길 꺼냈다 싶었다.

"그럼 사십구재를 부산에서 하지 왜 이 먼 곳까지 모시게 되었소?"

"그기 어머님의 소원이셨십니더. 망해사에서 재를 지내라꼬. 저로선 생소한 곳이지만도 어머님은 항상 나무아미타불 관세음보살, 하꼬 외우셨지예. 업이 있어서 당신이 그리 고생하신다꼬 가끔 말씀하시곤 했십니더."

왜 하필 순영이가 떠올랐을까? 정섭은 하마터면 한의사에게 자신의 고통스런 속마음을 꺼낼 뻔했다.

"하긴 사람이 어떻게 업이 없겠소. 그런데 한국 건축을 연구해온 사람으로서 불교가 심오하단 생각이 들었소. 아까 주지스님 말씀도 있었지만 그 '없음'이란 개념 말이오. 너무도 불교적이 아니오?"

"한국 건축에 대해 아까 선생님 말씀을 감명 깊게 들었는데예, 정말 불교적인 개념인 것 같십니더."

한의사가 또 다시 하품을 했다. 정섭은 문득 그의 이름이 궁금했다.

"내일 떠나시기 전에 명함이라도 한 장 주고 가시오. 부산에 가면 한 번 감사의 뜻이라도 전하고 싶어서……, 아니면 내가 바빠서 그리 못하면 존함이라도 알아서 가끔 감사의 기원이라도 할 수 있게 말이오."

"인간사 인연취산(因緣聚散)일 낀데, 꼭 그러실 필요가 있겠십니꺼?"

"인연취산이라……. 그래도……."

"그리 특별한 이름도 아닙니더. 박만수라코, 병원이름도 박만수 한의원이지예. 남포동 국제시장 입구에 있고예."

"내 이름은……, 박정섭이오."

이름을 밝히는 순간 하필이면 한의사가 하품을 크게 했다. 이어서 밖에서 야행성 조류의 울음이 허공을 스치며 날카롭게 울렸다. 남들이 모두 혼곤한 잠에 빠져 있을 때 혼자서 밤을 설치며 날아다니는 놈이었다.

대화가 멎고 정섭은 머릿속으로 그 야행성 조류의 비행궤도를 추적했다. 이 늦은 시각 자신처럼 혼자 남아 밤하늘을 나는 놈은 도대체 무슨 사연을 가슴에 담고 있단 말인가?

이윽고 한의사의 코고는 소리가 들리더니 어떤 규칙성을 가지고 드르렁거리기 시작했다. 49일 동안 얼마나 피곤했을까? 마지막 사십구재 치른 날 하필 새퉁맞은 노인네 뒤치다꺼리까지 떠맡아 피곤에 빠진 한의사를 정섭은 측은하게 생각했다.

'그래. 푹 쉬게나. 나까지 짐이 되어 미안하이.'

정섭은 그의 숙면을 기원했다. 그러고 보니 본이 어딘지, 돌아가신 아버지 함자가 무엇인지 한 번 물을 걸 그랬다 싶었다. 아니, 낮에 얼굴이라도 자세히 보아둘 일이었다고 정섭은 후회를 했다.

도무지 잠들 수가 없었다. 오지 않는 잠을 억지로 청할 수는 없는 일이지만 정섭은 멀뚱멀뚱 뜬 눈으로 밤을 지새울 판이다. 옆에서 곯아떨어진 한의사의 나직한 코골이도 참을 만하고, 밀물과 썰물의 때를 귀로 들으며 정진하라는 요사채 '청조헌'의 이름 뜻 그대로, 밖에서 바닷물 들어오는 소리와 창공을 나는 습새의 울음도 듣기 좋거니와, 산들바람에 땡그랑거리는 풍경소리도 일품이다. 이 생각 저 생각으로 정섭은 밤새 뒤척이며 꿈결 언저리를 자꾸만 맴돌았다.

오래 전 정섭은 천진사 스님께 자신을 이렇게 폭로했다.

"스님, 제 인생을 도대체 어떻게 말씀드려야 합니까? 부친은 일찍 작고하셨고 위로 계신 형님도 청년 시절에 세상을 떴습니다. 고등학교도 졸업하지 못한 나이에 아버지가 세상을 뜨셨고…… 그래서 몸도 성치 않은 어머니를 모시고 동생들을 거느리며 집안을 끌어가야 하는 선장이 된 것입니다. 무척 고단한 생활이었습니다. 대학 다닐 땐 항상 등록금 때문에 방방거렸습니다. 어머님이 얼마나 고생을 하셨는지 책으로 쓰면 열 권은 될 겁니다. 제가 20대에 친구들과 술내기를 하다가 남의 귀한 딸을 망쳐놓은 일이 있었는데 그게 항상 걸립니다. 어떻게 수습을 해야 합니까?"

천진사 노스님은 얼굴에 잔잔한 미소를 짓기만 했다.

"모든 중생은 업보가 있기 마련입니다. 때를 기다리면서 대자대비하신 부처님께 의지해보시지요. 나무아미타불 관세음보살. 종을 하나 만들어 보심이……. 청아한 종소리가 구천으로 달려가서 아버님과 형님께 시주님의 효심을 전해드리고, 현세에선 다른 중생들을 구원으로 이끈다면 좋지요."

비몽사몽간 어느덧 꼭두새벽이었다. 정섭은 무슨 소린가에 퍼뜩 깨어났다. 새벽예불을 알리는 쇳송 소리였다.

원차종 성변법계(원컨대 이 종소리가 법계에 두루 퍼져)

철위유 암실개명(지옥 있는 철위산 깊은 어둠이 모두 밝아지고)

삼도이고파도산(지옥 아귀 축생 삼악도가 고통을 여의고 도산지옥이 깨지며)

일체중 생성정각(모든 중생이 올바로 깨치게 될 지어다)

정섭은 반사적으로 몸을 일으켰다. 언제 일어났는지 한의사가 보이지 않아 정섭은 사방을 두리번거리다가 밖으로 나왔다. 범종각 옆 약수터에서 찬물을 한 컵 가득 받아 마시고 흐르는 물로 얼굴을 적셔 선잠을 쫓았다. 법당으로 가보니 주지스님과 수행승으로 보이는 낯선 스님 둘, 불목하니와 신도로 보이는 사람들 열댓 명 정도가 예불을 막 시작하고 있었다.

정섭은 허겁지겁 한의사를 찾았다. 하지만 한의사도 나비춤 스님 두 분도 전혀 보이질 않았다. 그의 허둥대는 모습을 발견한 불목하니가 어서 와서 예불 드리라고 손짓을 해댔다. 맨 구석에 앉아서 예불을 드리는 동안에도 정섭은 계속해서 한의사를 찾느라 두리번거렸다. 보례진언으로 시작한 예불은 천수경, 계청, 신묘장구대다라니 진언권공 등을 거치고 마지막으로 마하반야바라밀다심경을 외우는 것으로 끝이 났다.

목탁소리가 끝나고, 절을 깊이 한 다음 일어선 주지스님이 정섭을 반가이 맞았다.

"어이쿠 선생님, 고단하실 텐데 새벽예불까지 하셨습니까?"

"예, 부처님께 감사드릴 겸. 마음도 비울 겸. 나무아미타불 관세음보살."

정섭이 깊이 고개 숙이며 합장했다.

"참, 두 분 스님과 한의사 선생님은 비도 멈추었고 해서 밤 12시 쯤 출발했습니다. 행여 깨실까봐 인사드리지 못하고 가서 죄송하다며……. 아마 지금쯤 본사에서 예불을 마쳤을 것 같습니다. 선생님, 아직 피곤하실 텐데 더 쉬십시오. 소승도 잠시 쉬겠습니다."

멍하니 선 정섭이 핸드폰 진동음을 듣고 요사채로 뛰어 들어갔다. 탁자등을 켜자 방 안이 환해졌다. 새벽부터 무슨 문자 메시지인가 싶어 정섭은 돋보기를 꺼내어 쓰고 화면을 열었다.

그 처자들은 어제 보냈고, 우린 지금 전주 호텔에서 막 출발했네. 어제 만난 도반들한테 배운 화엄경 한 구절일세. 꽃은 꽃을 버려야 열매가 되고 강은 강을 버려야 바다에 이른다. 좋지? 행여 잠에 방해가 될까 싶어 문자로 보내네. 철우.

돌아보니 한의사의 요와 이불은 이미 개켜져 있었고, 아직도 바닥에 펼쳐져 있는 자신의 요 귀퉁이에 명함이 하나 놓여 있었다. 아까는 어두워서 미처 발견하지 못했다. 정섭은 돋보기를 쓴 채 명함을 들여다보았다.

한의학 박사 박만수

뒤집어 보니 그가 적은 육필 몇 글자가 있었다.

좋으신 분을 만나 좋은 법을 배우고 갑니다.

작은 종잇조각이지만 소중한 인연이었다 싶어 정섭은 명함을 다시 들여다보았다. 곧 여명이 밝아올 터에 잠은 진즉 멀찌감치 달아나버렸고 어제 난리굿을 친 건곽란도 깨끗이 나아버려 흔적조차 없었다.

정섭이 벽에 걸린 양복 호주머니에 명함을 넣기 위해 손을 쑥 집어넣은 순간, 무슨 종이가 잡혀 그것을 불쑥 꺼내 들었다. 어제는 별 생각 없이 받아 아무렇게나 구겨 넣은 사십구재 안내장이었다. 무심코 접힌 부분을 펼치자 굵게 인쇄된 글씨가 눈에 들어왔다. 순간 정섭의 두 눈이 번쩍 했다. 어제는 보이지 않았던 괄호 안에 든 두 글자 때문이었다.

소천망 오자옥(순영) 영가 사십구재 천도재

"이럴 수가! 오자옥이 오순영?"
정섭은 부들부들 떨다가 손에서 종이를 놓치며 무너지듯 바닥에 가라앉았다. 숨조차 덜컥 막힌 그는 방바닥을 엉금엉금 기었다.
"이럴 수가! 내가 지금 꿈을 꾸고 있나?"
겨우겨우 자세를 수습한 정섭은 허겁지겁 미닫이를 열고 맨발로 뛰어나갔다. 하지만 법당 앞뜰은 아무런 기척도 없고 희붐하기만 했다.
정섭은 마당 한 가운데 선돌이 된 채 망연히 섰다. 갑자기 한 줄기

바람이 송림 쪽에서 불어와 바다로 빠져나갔다. 보리밭을 스치고 온 바람인 듯 그것은 푹 익은 보리 내음을 가득 품고 있었다. 뒤이어 새벽 안개가 밀려 내려오기 시작했다. 정섭은 지금이 꿈인지 생신지 구별할 수가 없어 팽나무 아래 벤치에 털썩 앉았다. ❧

환멸적 현실과 심미적 삶

- 이선구 소설집 『욕망을 팝니다』

이덕화(평택대학교 교수, 평론가)

후기 산업사회에서의 서사

현실적 삶에 대해 더 이상 인간이 기대할 수 없을 때, 즉 이상과 현실의 간극이 멀어질 때, 소설의 서사에서 나타나는 것은 현실과의 분리이다.

이선구의 작품 속에서 나타나는 현실은 우리 일상을 둘러싸고 있는 일상적 삶이 배경이 아니라, 작가의 관념 속의 현실, 자신만의 세계를 지향하고 있다. 「빛나는 나의 별이여」, 「어둠 속에도 거울이 있을까」, 「욕망을 팝니다」, 「즐거운 유람선」 등 대부분의 작품이 작가의 의식의 반영으로서 창조해낸 허구 세계이다.

이런 작품 경향은 후기 산업 사회에 들어오면서, 인간의 삶이 주체적으로 이루어지기 보다는 자본과 권력 등의 외부적 요인에 의해서 삶이 조정되는 현상에 의해서 결과 된다.

이런 작품 속의 인물들은 현실을 타개하기 위해 어떤 것도 할 수 없는 인물들이다. 「욕망을 팝니다」, 「빛나라 나의 별이여」, 「어둠 속에도 거울이 있을까」, 「즐거운 유람선」 등 작품의 인물들은 작품 속의 돌발된 사태에 대해 속수무책이다. 알 수 없는 어떤 힘에 의해 돌발된 사태가 갑자기 사라지기도 하고, 그렇지 않으면 속수무책으로 당할 수밖에 없다.

물론 작품 속의 돌발된 사태는 인간의 무력함을 드러내기 위한 상징적인 삶의 구조를 작품 속에 반영한 것이다. 즉 인간의 삶이 인간과 인간에 대한 본질적인 관계에 의해서 규정되어지는 것이 아니라 다른 그 무엇, 자본의 힘이든 인습적인 관계든, 그로 인해 규정지어진 어떤 것에 의해서 인간들은 우왕좌왕하게 된다.

사지가 팽팽한 긴장감으로 벌벌 떨리기 시작했다. 나는 완벽하게 고립되었고 놈들이 안전사고를 방치했다는 판단에 신경질이 폭발했다. 내가 할 수 있는 행동은 우선 제자리에서 두 팔로 허공을 마구 휘젓는 일이었다. 만일 옆에 놈이 있었다면 잡히는 즉시 숨통을 끊어놓았을 것이다. 상처 입은 야생동물처럼 나는 마구 구시렁거렸다. 망할 자식! 찢어 죽일 놈! 갈아마셔도 시원치 않을 놈! 하지만 내뱉은 욕설마다 메아리로 웅웅 돌아오곤 하는 게 마치 내가 내 자신에게 욕설을 퍼붓는 꼴이었다.

– ①「어둠 속에도 거울이 있을까」 중에서

그날밤 특집 코너에서는 잠자리를 요구하다 지친 부인에게 뭇매를 맞은 남자들 이야기와 법원마다 마누라 얼굴을 보기 싫다는 남자들로 인해 이혼이 급증하여 다른 재판은 뒤로 미루고 이에 이혼판결에만 매달린다는 소식과 외출할 이유가 없어진 여자들이 집안에 틀어박혀 먹어대기 때문에 식료품과 과일, 군것질의 판매량이 급상승했다는 소식 그리고 딜도 판매량이 1,000% 급증했다는 소식이 톱뉴스로 다루어졌다. 더욱 놀라운 건 이것이 전 세계에 공동된 현상이란 점이었다. 설상가상으로 각국의 무역 질서가 뒤흔들리고 세계 경제가 핵폭탄을 맞은 듯 급격한 디플레이션에 빠져들었다.

– ②「욕망을 팝니다」 중에서

위의 인용문 ①, ②에서 보여주는 것처럼 작품 속의 돌발사태, 인용문 ①에서는 동굴 체험학습 시간에 갑자기 낭떠러지로 떨어진 동굴에서 바깥세상으로 나올 방법이 없는 속수무책인 인물의 모습을 보여주는가 하면, 인용문 ②에서는 전 세계의 남자가 다 걸린 '후천성 관음증 해체 증후군'이라는 병으로 무역 질서가 흔들리고 디플레이션에 빠져들었는데도 그 원인이 무엇인지 대책을 어떻게 강구해야 하는지 속수무책이다.

그러나 어느 시점에서 갑자기 해소된다. 인용문 ①에서는 어둠 속에서도 모든 것을 감각에 의존해서 사는 장님 덕분에 탈출이 가능했고, 인용문 ②에서는 어느 날 갑자기 그 증후가 사라졌다.

이 두 작품 다 인간의 의지나 이성이 돌발사태를 만났을 때 얼마나 무기력한가를 보여주는 글이다. 자초지종을 알 수 없는 현실에 의해서 흔들리는 주체의 방황을 통해서, 후기 산업 자본주의 사회에서의 삶에 대해 결정력을 행사할 수 없는 무기력한 무의식 주체를 보여준다고 할 수 있다. 이런 경향은 위의 대부분의 작품에서 마찬가지이다.

현실에 따른 서사의 방향

환멸적 현실

소설을 사회적 삶에 대한 질문으로 이해하면, 소설과 사회의 상응

관계에서 이선구의 삶의 독법은 어떻게 읽혀질 수 있을까. 소설을 또 개인적 삶의 질문으로 이해한다면 그의 소설에서 자주 만나게 되는 의외성은 어디에서 오는 것일까. 가장 개인적인 곳에서 사회적인 문제의식을 캐어내는 이선구의 소설은 개인과 사회와의 상호연관을 섬세하게 살피는 독특한 영역을 갖고 있다.

이선구 작품들에서는 작품마다 작품을 추동하는 천재지변, '보리장마' 혹은 '폭풍', '후천성 관음증 해체 증후군', '폭설' 등의 의외성, 혹은 복병이 자주 나타난다. 이런 작품의 의외성은 작품의 결말에 영향을 주는 작품의 중요한 요소이기도 하고, 또 개인과 사회를 해석하는 열쇠가 되기도 한다.

이런 의외성에 의해 사건이 추동된다는 것은 작가의 현실에 대한 신뢰가 전제되지 않는다는 것이고, 이것은 현실을 버티고 있는 일상적 삶을 무시한다는 것이다. 즉 작가는 어떤 이유에 의해서건 현실에 환멸을 느끼고 있음을 보여준다.

현실을 환멸 하는 소설에서는 일체의 인물의 내면성은 좌절의 필연성을 운명으로 삼는다. 모든 작품 속의 인물의 운명은 단지 하나의 에피소드에 불과하다. 이런 인물들이 만들어내는 서사는 서로 이질적이고 고립적인 수많은 에피소드로 구성되어 있다.

이선구의 작품에서 현실은 제1의 자연에 대한 낯설음으로서의 제2의 자연, 관습적 세계를 대상으로 한 환멸적 현실을 주로 보여준다. 이런 작가 의식의 투영으로서의 현실은 인간 스스로가 만든 환경이 인간에게는 이제 그들이 안주할 고향이 아니라 감옥이 되어버렸다는 체험이 투영된 현실이다.

루카치[1]의 말대로 '소설은 신에 의해서 버림받은 세계의 서사시'이다. 삶의 의미는 결코 현실에 침투할 수 없고, 현실 또한 아무런 본질적인 의미도 없는 무로 붕괴되어 버리는 환멸의 현실을 이선구는 작품에서 잘 드러내고 있다. 특히 「즐거운 유람선」과 「빛나라 나의 별이여」에서는 환멸적 현실이 잘 드러난다.

「즐거운 유람선」은 동창들에게 사기행각으로 펀드를 들게 해 그 돈을 가로챈 동창 일당들이 유람선으로 동창회 친구들을 유인, 무인도섬으로 끌고 가 펀드에 가입한 친구들을 몽땅 익사케 하는 내용이다. 돈의 욕망에 사로잡혀 있을수록 인물의 내면성을 잃어버리는 타락한 현실을 이 작품은 배경으로 하고 있다.

이 작품의 인물들은 펀드를 가입한 사람들이나 펀드에 가입하게 유인한 사람이나 모두 자본주의 사회에서 탈주체화된 인물이다. 즉 이 작품에서 물질은 현실에 절대적인 힘을 가지고 있지만 인물들의 내면은 물질에 의해서 소외되어 있는 인물이다.

현실 역시 구체적인 세부적 진실을 드러내는 일상적 현실이 아니라 동창이라는 관계라는 것만으로 몇 억씩의 돈을 가입하고 자신의 전 재산을 맡기는 추상화된 현실이다.

이 작품에서 또 유람선을 타고 무인도에 도착했지만, 갑자기 폭풍우를 만나 돌아갈 길마저 차단되어 몰살당했다는 것은 인물간의 갈등

---

1) 헝가리 문학가, 철학자

을 조기에 차단, 서사의 추상성까지 보인다.

> "나도 사실 할 일이 산더미 같이 쌓인 사람이야. 애당초 일기예보에선 곳
> 에 따라 때때로 비가 오지만 맑은 날씨가 될 거라고 했었잖아. 쌍놈의 일
> 기예보가 왜 이렇게 안맞는 거야? 기상청 놈의 새끼들 가만 두나 봐라."
>
> ― 「즐거운 유람선」 중에서

　위의 인용문에서 보는 것처럼 일기예보를 보고 열심히 체크하고
준비한 야유회건만 무인도에 도착했을 때는 폭풍우가 들이닥쳐, 사
기꾼 중 한 명인 만출에 의해서 바다 속에 몰살시킬 기회를 제공한
다. 이런 의외성을 띤 천재지변은 이선구의 작품에서 중요한 작품의
요소가 된다.
　「빛나라 나의 별이여」 역시 육지와 섬이라고 하는 대치구도를 통하
여 보여주는 작품이다. 「즐거운 유람선」에서는 육지에서 무인도 섬으
로 유람 온 동창들의 서사를 통하여, 물질과 타락의 근거가 되는 육지
와 인간의 문명의 힘이 미치지 못하는 순수 자연의 세계, 무인도의 대
립 구도를 통하여 순수 세계의 자연조차 물질적인 타락의 영향을 받지
않을 수 없음을 보여주는 서사라고 한다면, 「빛나라 나의 별이여」 역
시 자유가 있고 물질이 풍부한 육지, '뉴헤븐'이라는 곳으로부터 떠밀
려온 쓰레기로 뒤덮여 있고 온갖 범죄의 온상인 섬을 대치관계 속에서
보여준다.

민주도(民主島)는 어디를 둘러봐도 쓰레기 천지였다. 버려진 물건들이 아무렇게나 쌓여 군데군데 높고 낮은 봉우리를 형성한 그곳은 마치 제3세계 국가의 수도 외곽에 형성된 끝이 보이지 않는 쓰레기 투기장을 연상시켰다. 규칙성이 상실된 곳에 걸맞게도 냄새도 장난이 아니었다. 그것은 각종 가전제품과 플라스틱류, 온갖 의류들, 가구에서 떨어져 나온 나무 조각들, 쇠붙이 나부랭이, 골판지, 동물 뼈다귀 따위가 애당초 무슨 용도였는지 모를 흐물흐물한 물질들과 함께 뒤섞여 종합적으로 만들어내는 악취였다. 더구나 냄새는 바람의 방향에 따라 해감내가 되었다가 때론 분변 냄새, 혹은 도축장 하수관 냄새 따위로 뒤바뀌곤 했다. 섬 주민들은 가까운 육지인 뉴헤븐에서 버려진 쓰레기 더미가 이곳으로 도착하는 족족 열심히 뒤적이며 쓸모 있는 걸 찾는 일로 하루하루를 보내고 있다.

– 「빛나라 나의 별이여」 중에서

위의 인용문은 마치 난지도 쓰레기장을 방불케 할 정도로 '뉴헤븐'이라는 육지에서 흘러온 쓰레기로 뒤덮여 있는 섬 '민주도'의 묘사 부분이다. 이런 쓰레기하치장 같은 섬은 한 개인의 주관적 독단에 의한 폭력이 행사되는 곳이다. 즉 30년 후에 연금으로 돌려준다는 명목으로 남의 노력을 가로채는 폭력집단이 지배하는 세계이다.

이 작품의 섬은 전지구적 자본주의의 확산으로, 국가가 독점하는 합법적 폭력, 자본주의의 초과착취 등 구조적 폭력이 지배하는 세계이다. 그러한 구조적 폭력 아래 대상화된 헐벗고 굶주린 버려진 주민들은 인간도 짐승도 아닌 추방된 자이다. 인간과 짐승 사이 비식별역, 늑대인간 즉 늑대로 변한 인간이자 인간으로 변한 늑대이다.

또 이 작품 속의 폭력집단은 권력화된 주권자이다. 그들은 그들의 사업 진행에 방해가 되는 인물을 가차 없이 없애버린다. 거기에는 망설임이 전혀 없다. 즉 이 작품에서 모든 사람을 잠재적인 호모 사케르들로 간주하는 자가 바로 주권자이며, 또 모든 사람들에게 주권자로 행세하는 자 역시 호모 사케르이다.

'민주도'는 희생 제의를 성대히 치르지 않고도 살해가 가능한 영역이다. 신성한 생명 즉 살해할 수 있지만 희생물로 바칠 수 없는 생명이란 바로 이러한 영역 속에 포섭되어 있는 생명을 말한다.

본질적으로 법적, 정치적 질서의 일시적인 정지인 이 섬의 예외 상태는 이제 점점 더 분명하게 그러한 정치적 질서 속에 더 이상 기입되지 않는 '벌거벗은 생명'이 거주하는 인정적인 공간적 기반으로 바뀐다. '벌거벗은 생명'과 국민국가가 점점 분리되는 것이 이 섬의 정치적 현실이며, 이 간극은 수용소라는 예외 상태를 만들어낸다.[2]

시체에서 발굴한 금붙이를 가져오는 사람에게는 폭력단을 지배하는 칠룡이가 여자와 잠자리를 제공하고, 조금이라도 금붙이를 가로채는 자는 죽음을 불사해야 한다. 섬의 불법적 현실을 취재하기 위해 뉴헤븐에서 들어온 '빛나라'라는 여기자마저 살해되어 한 더미의 쓰레기로 화했다.

주민들은 폭력집단이 할당해준 목표 달성을 위해 죽어라고 일만 해

---

2) 조르조 아감벤,『호모 사케르』, 330p

야 한다. 주민들은 피부병으로 노란 물이 흘러내리는 사람, 등이 굽었거나 어깨나 팔뚝이 균형을 잃고 제 위치에서 벗어난 사람, 쿨럭쿨럭 기침을 하는 사람으로 모두 죽음과 가까이 있다.

이 작품의 대부분의 인물들은 우리가 통상 인간 존재에게 부여하는 권리와 희망을 거의 대부분 박탈당했다. 하지만 그럼에도 생물학적으로 여전히 살아있다는 바로 그 이유 때문에 생과 사, 내부와 외부의 경계지역으로 내몰렸는데, 그곳에서 이들은 단지 '벌거벗은 생명'에 불과했다.

몇 명을 정점으로 하는 폭력집단이 사회를 지배하고, 억압을 종용하는 사회, 조직적인 집단이 주권적 폭력을 휘두르며 사회 전체를 죽음의 수용소로 만든다. 돈이 국가의 법보다 우선순위인 자본주의 국가에서 법은 국가라는 상징적 존재일 뿐이다.

행방불명된 여기자 '빛나라'는 법으로부터 버림받은 것이며, 생명과 법, 외부와 내부의 구분이 불가능한 비식별역에 노출되어 위험에 처해 있다. 아감벤에 의하면 고대 게르말에 의해서 유래된 '추방된', 혹은 '배제된'이라는 말은 동시에 '도망가게 내버려 두다'라는 의미를 동시에 지니고 있어 생명을 내버림으로써 생명을 자신의 추방령 속에 끌어안는다는 데 있다고 했다.[3] 그래서 비식별 영역은 폭력이 법으로 이행하고 법이 폭력으로 이행하는 경계로 탈영역화된 지점이라고 할 수 있다.

---

3) 조르조 아감벤, 『호모 사케르』, 79~89p

이런 환멸적 현실을 벗어나 물질이 풍요롭고 자유가 보장된 뉴헤븐이란 곳을 가기 위해서는 바다의 센 물길을 버텨내어야 한다. 다른 작품에서 만나게 되는 천재지변의 의외성은 이 작품에서는 인간의 의지에 의해서 이겨내어야만 하는 '센 물결'로 서사화 된다.

인간의 의지와 반대의 급류인 센 물결은 자유와 물질적 풍요는 쉽게 손에 쥐어주지 않는 인간이 쟁취해야만 얻을 수 있는 것이라는 것을 시사한다. 두 작품에서 인물이 환경을 지배하지 못한다는 것은 폭력적 상황의 현실에 맞서는 인물이 주체성을 가질 수 없기 때문이다. 「빛나라 나의 별이여」의 종식이가 오직 할 수 있는 일은 센 물결이라고 상징화된 자유의지를 기르는 길밖에 없는 것이다.

예외적 현실

「욕망을 팝니다」, 「어둠 속에도 거울이 있을까」는 작가의 관념을 작품으로 형상화한 작품들이기 때문에 예외적 현실이 작품을 구성하는 핵심이 된다. 「욕망을 팝니다」의 작품 속의 남자들이 '후천성 관음증 해체 증후군'이라는 병에 걸려 성적 욕망을 전혀 느끼지 못하기 때문에 광고사업을 하고 있는 초점인물은 부도 위기에 있다.

남자들이 성적 욕망을 전혀 느끼지 못하기 때문에 여성들은 남자를 유혹하기 위해 팬티보다 더 짧은 미니 치마를 입는 등 별의별 노력을 하지만 실효성을 거두지 못하다 어느 날 갑자기 그 현상은 사라져 버렸다.

초점인물은 다시 사업을 재개한다는 서사과정을 보여준다. 이런 의외성을 보여주는 현실을 통하여 인간의 무력함과 한계를 보여줄 뿐이다. 인간의 노력으로 할 수 있는 일은 아무것도 없기 때문이다. 단지 이 의외적 현실을 통하여 인간에 대한 성찰을 가능하게 한다.

「어둠 속에도 거울이 있을까」의 인물들 역시 우연히 '장님 체험행사'에 참여했다가 한 오라기의 빛도 들어오지 않는 동굴에 갇히는 색다른 경험을 하게 된다. 그 사건을 통해서 인물들은 자신의 내면적 성찰을 하는 계기를 발견한다. 인간이 처한 환경에서의 위기관리와 그 막힌 현실에서 또 다른 자신의 모습을 통해서 자신을 성찰하게 된 것이다.

그리고 의도적으로 자신이 꽉 막힌 폐광에 갇히게 함으로써 진정한 인간의 내면을 성찰하고자 한 고등학교의 은사를 동굴 속에서 만남으로써 인간에 대한 새로운 인식에 도달한다. 즉 자기 자신을 비롯한 인간의 이중성을 깨달으며 인간은 결국 자유와 평화를 찾아 홀로 걷는 외로운 고독자라는 것을 깨닫는다.

이 두 작품에서의 예외적 현실에서 인간이 할 수 있는 일은 제한적이다. 「욕망을 팝니다」에서 인물은 '후천성 관음증 해체 증후군'이 어떻게 발생했으며, 어떻게 그 병을 퇴치할 수 있는 길을 알지 못한다. 단지 인물의 사업인 광고 사업의 악화만 염려될 뿐이다. 그래서 이 작품에서 작가는 단지 '후천성 관음증 해체 증후군'이 일어난 이후 남성들과 여성들의 반응에 서사의 초점을 맞추고 있을 뿐이다.

또 「어둠 속에도 거울이 있을까」에서도 마찬가지이다. 그 행사에 참여하기 위해 핸드폰을 비롯한 모든 것을 입구에서 맡기고 들어온 상황 속에서 대치적 현재, 한 줄기의 빛도 들어오지 않는 상황에서 인간들이 할 수 있는 일은 그 동굴 속에 갇히게 된 자신에 대한 혹은 그것을 추천한 아내에 대한 원망과 분노와 억울함 등의 다양한 감정을 통한 자기성찰이다.

작가는 왜 이런 예외적 현실을 작품의 배경으로 했을까? 이선구는 '작가의 말'에서 문학을 '비효율'이라는 말로 요약했다. 그런 비효율의 문학을 통해서 최첨단 도시 뉴욕의 범죄자들을 대상으로 인문학 프로그램이 성공하고 있고, 바로 이 문학을 통해서 꿈을 공급하고 있다고 덧붙이고 있다.

소설의 완결성은 주관적인 완결성이다. 이 말은 작가의 주관적 세계가 하나의 우주를 형성하고 그 우주를 통해 작가는 자신의 의식을 전달한다. 작가는 삶으로부터 한 조각을 떼어내 그것을 전체 삶과는 대조되는 하나의 환경으로 바꾸어 놓는 것이다.

두 작품에서 보여주는 것은 예외적 현실을 다루고 있음에도 소설의 현실을 드러내는 삶의 전체성은 인간 내부에 어떠한 초월적인 중심도 드러내는 법이 없다. 단지 인물이 주관의 일체의 삶인 일상성으로부터, 혹은 필연적으로 주어지는 경험적 사실로부터 분리되어 인간이 그 상황에서 체험할 수 있는 내재적 체험, 순수한 삶의 경지에까지 끌어 올린다는 것이다.

「어둠 속에도 거울이 있을까」에서 마지막으로 동굴에 빠진 장님의 입으로부터 '오랜 세월 저는 제 자신으로부터 자유로워지는 연습을 해왔습니다. 불구의 몸뚱이에 갇혀버린 자유의지를 해방시키는 훈련이었죠. 매일매일 저는 새장에서 새를 꺼내어 푸른 하늘에 날려 보내는 연습을 해왔습니다.' 라는 고백을 통해서 볼 수 있는 것처럼, 동굴 속에 빠진 예외적 현실은 인간의 내재적 체험을 거쳐 인간의 순수의지에 대한 새로운 인식을 보여 주기 위한 것이다. 그것은 또 마지막 시에서도 드러난다.

> 나는 홀로 길을 가네.
> 돌투성이 길은 안개 속에서 어렴풋이 빛나고,
> 사막의 밤은 적막하여 신의 목소리마저 들릴 듯한데,
> 별들은 다른 별들에게 말을 거네.
> 무엇이 내게 그리 힘들고 고통스러운가.
> 나는 무엇을 기다리고 있는가.
> 내가 후회할 만한 것이 있던가.
> 나는 이미 삶에서 아무것도 바라지 않으며,
> 과거에 한 점 후회도 없네.
> 그저 자유와 평화를 찾아 다 잊고 잠들고 싶을 뿐.
>
> — 「어둠 속에도 거울이 있을까」 중에서
>
> (이 시는 작가가 러시아민요에서 따온 것을 재인용)

이 작품의 인물들이 아무리 예외적 현실 속에 빠졌다고 해도 작품의 인물들은 언제나 삶을 살아가는 경험적 주체들이다. 일상적 삶을

영위하는 필부에게 삶 그 자체에서의 내재적 성찰은 결국 순수한 세계, 서정적 감동 속에서 겸허와 관망, 그리고 본질적 자기성찰에 도달하게 되는 것이다.

벼랑에 선 일상

후기 산업사회에서는 가정도 자본과 권력에 의해 점령당한 채, 산업사회의 이전의 원초적 세계, 자연의 생명력과 함께 호흡하던 전원적인 세계로 돌아가고자 하나, 이미 자본주의의의 무의식적 주체를 가지고 있는 인물에게는 불가능하다. 「내게서 냄새가 난다」, 「보리장마」는 이런 일상의 흔들리는 풍경을 보여주는 작품이다.

「내게서 냄새가 난다」의 '나'는 7년 동안 계장에서 머물면서 진급 스트레스로 직장을 그만두고 싶으나 아내의 만류로 참고 사는 인물이다. 그런 인물이 상무에게 받은 백만 원 상품권은 무기력한 자신을 새롭게 평가하는 계기로 작용한다.

이미 이 작품에서 '나'는 돈과 권력에 의해서 포획당한 인물로서 받은 상품권에 황감해 하고 상품권을 준 상무에게 쩔쩔매는 인물이다. 상무에게 상품권을 받아 제자리로 돌아온 사무실에서는 '어디서 냄새가 난다는 것'으로 사무실은 온통 혼란을 피우는데도 산업사회의 무의식적 주체인 '나'는 정작 자신에게서 정당한 대가가 아닌 뇌물성 상품권을 받아 구린내가 난다는 것을 눈치채지 못한다.

'나'는 알루미늄을 수출하는 일본의 나카무라 상사에 근무하는 아내의 사촌동생의 나카무라 상사에 알루미늄 수입이 낙착되면 영점 영일 프로의 이윤을 떼어준다는 약속을 아내로부터 듣는다. 그 이윤을 상무와 자신들이 반반씩만 나누어도 일 년에 8억이 들어온다는 환상에 들떠 일본의 나카무라와 협약이 되도록 절치부심하는 인물이다.

그러나 사장의 친척이라는 상무가 이미 그 정보를 입수했고, 협약이 되도록 절치부심한 '나'와 협약이 되면 영점 영일 프로의 반인 8억으로 32평 아파트에서 60평으로 이사 가고 싶은 욕망에 들떠있는 '나'의 아내는 소외된 채 협약은 이루어진다.

이 작품에서 상무는 돈과 권력을 가진 인물로 자신이 가진 돈과 권력을 이용, 모든 것을 장악하는 인물이다. 또 '나'의 아내는 철저히 '돈'에 의해 포획당한 인물로 '나'를 조정하고 감시하는 인물이다. 이런 상황 속에서 '나'는 사물화 될 수밖에 없는 인물이다.

돈과 권력에 의해서 평가되는 사회에서 돈과 권력이 수반되지 않는 가정은 벼랑에 선 해체될 위기의 가정일 수밖에 없다. 특히 돈과 권력에 약한 무의식적 주체일 경우에는 더더욱 위험하다.

「보리장마」는 변호사로 서울 로펌에 근무하는 아들의 부모가 사는 농촌을 배경으로 한 작품이다. 이 작품에서는 자연과 인간, 동물까지도 하나의 생명체로 존중받고 대접받는 산업화 이전의 원초적 세계를 배경으로 하고 있다. '명철'의 부모는 20년 동안 키워 온 암소 순식이의 힘든 출산을 돕다 결국 죽게 되자 가족을 잃은 것처럼 슬픔에 빠진다.

후득 후드득 후드득. 보리장마 빗줄기가 거센 밤중에 순식이는 소리 없이 갔다. 식구들 모두에게 행복을 주었던 든든한 짐승이 영영 오지 못할 길을 떠나다니. 가족을 잃은 것만 같아 춘실은 울음을 그칠 수가 없었다. 용규가 어두운 허공을 향해 처연히 넋두리했다.

"야까 전에 꿈을 꾸었는데 순식이란 놈이 무지개를 타고 올라가는겨. 무지개 꿈은 좋은 것이잖여?"

— 「보리장마」 중에서

위의 인용문에서 보여주는 것처럼 암소 순식이의 죽음 앞에서 두 노부부는 가족을 잃은 것처럼 애도한다. 그리고 명철이 아버지 용규는 꿈까지 꾼다. 이 작품에서의 암소 순식이를 포함한 모든 가족은 돈과 권력에 의해 포획당한 인물이 아니고, 자연이 주는 조그마한 생명체에도 관심과 애정을 쏟는 유기적인 세계 속에 사는 인물들이다.

아버지 용규는 명철이 어머니 춘실이의 불임에도 소리 없이 대처하는 인물이다. 즉 미혼녀로 명철을 낳다 죽은 누이동생 대신 명철을 거두어 누구도 아내의 불임을 눈치 채지 못하게 자신들의 아이로 입양, 명철을 훌륭하게 키워낸다.

그러나 이런 유토피아적인 모습을 한 전원 세계 속에 산업 사회의 돈과 권력에 의해 포획당한 도시인 명철이 등장함으로써 전원적인 무드는 보리장마가 전원적인 풍경을 위협하듯 위기를 불러온다.

사법고시에 합격해 유명한 로펌에 근무하고, 결혼 이후로 고향과 부모를 등진 아들 명철에게 용규 부부는 이질감을 느낀다. 명철은 어릴 때 동네 사람들의 수군거림이 생각나 고향을 잊고 싶었지만, 아내와 이혼 후 가족은 고향의 부모밖에 없다. 아내의 위자료로 살던 집을 주고 새로 살 집에 부모님의 명의가 필요한 것이다. 이 작품의 아들 명철 역시 이미 돈과 자본에 포획당한 인물로 순수 시대의 전원적인 세계 속에 사는 부모님의 삶을 위협하는 인물이다.

> "죄송한데 아버지, 저…… 이참에 인생…… 새로 시작해야할까 봐요."
> 가슴이 철렁한 용규가 할 말을 잃었다가 겨우 목청을 가다듬었다.
> "그래서 야마 우리 넷이서 살자고 한겨?"
> 명철이 대답 대신 고개를 끄덕이자 용규도 춘실도 억장이 무너지고 말았다. 용규의 품을 빠져나온 송아지가 갓등 불빛 아래서 비틀비틀 걸음마를 하는데 추적추적 내리는 비는 도무지 멈추지 않을 기세였다.
>
> ─ 「보리장마」중에서

위의 인용문은 이 작품의 마지막 서술이다. 산업 자본의 돈과 권력은 고향의 전원 세계까지 파고들어 올 수밖에 없다. 고향에 살던 2세들이 산업 사회의 주역이기 때문이다. 순수시대의 마지막 보루인 고향의 전원 세계 역시 '추적추적 내리는 비는 도무지 멈추지 않을 기세였다'라는 구절을 통해 해체될 수밖에 없음을 이 작품은 상징적으로 보여주고 있다. 이제 이런 전원적 세계는 추억을 통해서만 찾아야 한다.

토포필리아적 세계

이선구의 위의 대부분의 작품에서 드러나는 후기 산업 사회에서의 무의식적 주체에 의해서 순수 자연의 세계는 해체되고 인간의 삶이 피폐해진 삶을 그리고 있다면, 「망해사 가는 길」, 「폭설」, 「접시꽃」에서는 한 장소를 중심으로 과거의 아름다웠던 추억을 집합, 순수의 세계를 다시 회복하고 있다.

토포필리아는 모든 인간이 본능적으로 가지고 있는 '장소'에 대한 강렬한 애착의 정서를 일컫는다. 토포필리아는 대체로 인간과 장소 사이의 정서적인 유대 및 결손을 포함하는 개념으로 정의된다. 이런 토포필리아 정서는 자신이 태어나고 자란 물리적 환경으로서, 고향에 대해 갖는 애착과 그리움의 정서가 토포필리아의 전형적인 정서이다.

토포필리아를 재현하고자 할 때는 대체로 공간, 장소, 풍경과 결부된 그런 추억의 현장으로 거슬러 올라가는 회화적 서술기법이 동원될 수밖에 없다. 그러니까 토포필리아는 시간적으로나 공간적으로 그 대상과 멀리 떨어져 있을 때 기억 또는 회상을 매개로 하여 재현되는 것이 일반적이다.4)

「망해사 가는 길」은 45년 만에 만난 친구들과 함께 어릴 때의 추억이 어려 있는 '망해사'를 찾으면서, 과거를 회상하는 형식으로 쓰인

---

4) 토포필리아는 중국계 미국인인 이 후안(Yi Fuan)이라는 인물이 장소성에 대해 전착, 토포 장소라는 용어와 필리아 사랑 혹은 애착이라는 뜻을 결합한 토포필리아라는 용어를 통해 인간이 가지고 있는 고향을 찾는 인간의 보편심리를 분석했다.

서사이다. 서술 화자에게 '망해사'는 젊었을 때 잘못된 과오로 상처를 준 여인에 대한 회환과 추억이 어려 있는 장소다.

「폭설」에서 역시 일제 강점기부터 군산과 영고쇠락을 같이 해온 군산역의 폐쇄를 앞두고 군산역과 얽힌 과거의 회환이 서사의 중심이 되고 있다. 「접시꽃」역시 과거 서술화자의 군의관 시절의 아름다웠던 추억에 관한 추억을 회상기법으로 서술하고 있다. 「망해사 가는 길」의 서술화자는 다음과 같이 서술하고 있다.

> 사실 망팔의 나이에 이르도록 박정섭은 성에 갇혀 있었다. 자기만의 영역…… 자신의 경험만을 믿고 자기 방식으로 세상을 판단해온 불가침의 성곽에 그 자신이 그토록 오래 갇혀 있었다는 걸 정섭은 오늘 처음 알았다.
>
> ─「망해사 가는 길」중에서

위의 인용문은 미국 LA에서 혹은 캄보디아에서 살다 45년 만에 귀국한 친구들과 함께 고향에 있는 절 '망해사'를 향해 가는 도중, 서술화자는 지금까지 자신의 인생이 아집 속에 갇혀 살아온 세월이었음을 깨닫는다. 그러면서 망해사로 가는 도중에 지나치는 풍경을 통하여 과거의 회상에 젖는다.

회상은 지나간 삶을 개관하고 간직하는 특별한 형태의 체험된 시간이다. 이 특별한 체험된 시간을 통하여 서술화자는 자신이 젊었을 때 사랑해 육체적인 관계까지 가졌지만, 어머니의 결혼 반대로 떠났던 여인에 대한 회상을 통하여 자신의 잘못을 깨닫는다.

서술 화자에게 '망해사'는 그 여인과 친밀한 경험을 공유한 장소이지만 자신이 배반했다는 아픈 상처를 건드리는 회환의 장소이기도 한다. 서사 과정 속에 보여주는 일련의 과정이 그 여인과의 관계 속에서 회상되고 사건이 발생한다. 이런 서술 과정은 '망해사'로 가는 도중에 진행되는 서술 과정으로 '망해사'의 토포필리아가 없으면 서사 과정이 이루어 질 수 없는 서술의 형태를 나타내고 있다.

「폭설」역시 마찬가지이다. 100년의 역사를 지니고 있는 '군산선 통근열차'의 마지막 운행의 기차를 보기 위해 몰려 온 사람들의 '군산선 통근열차'에 관한 토포필리아가 바로 「폭설」이라는 작품의 정서를 이루고 있다.

12월 31일 밤 9시 51분에 도착될 예정인 군산역에서는 마지막 기차가 폭설로 인한 연착으로 군산역에 관한 갖가지의 추억을 공유한 사람들의 이야기가 작품의 서사 내용을 이루고 있다.

초점 인물의 한 사람인 역무원 김무진 역시 군산역 통근열차의 마지막 운행만 지켜보고, 이미 사표를 제출해 다음날 1월 1일자로 퇴직을 할 예정이다.

그는 군산역 통근열차의 마지막을 장식하기 위해 그동안 지켜봐왔던 지체장애인 명자 씨에게 프러포즈를 할 생각으로 아파트 한 채를 살 수 있는 돈이 들어 있는 통장을 들고 마지막 열차를 기다리고 있다.

열차를 기다리는 사람들은 처음에는 초조하게 짜증나하던 기차의 연착에 대해, 차츰 삼삼오오 술집으로 몰려가 술을 앞에 놓고 군산역에 얽힌 추억들을 풀어놓기 시작한다.

'군산역 통근열차'와 함께 몇 십 년 살아 온 김무진과 '군산역 통근열차'에 대한 친밀한 경험을 공유하고 있는 사람들을 통해 '군산역 통근열차'의 구체적 형상을 획득하게 된다.

기차역이라고 하는 장소가 가지고 있는 정서, 떠남과 만남, 기다림이 교차되고, 이별과 그리움이 교차되는 군산역 통근열차가 가지고 있는 토포필리아는 폭설이라는 기상이변으로 시간이 연장되면서 더욱 더 극대화된다.

「접시꽃」의 배경 역시 양평은 초점화자가 의사 초년병으로서 열정과 꿈을 가졌던 시절의 추억을 담고 있는 장소이다. 초점 화자가 최근 최악 상태의 의료 환경 속에서 휴가를 맞아, 15년 전 군의관 시절의 선배와의 양평에서의 우연한 만남은 그 시절의 추억을 더욱 불러일으킨다.

취미로 사진을 찍는 초점 화자가 양평을 찾은 것은 설악산에서 있을 사진작가 동우회 모임 때문이었다. 설악산에 가는 도중에 잠깐 들른 양평에서 최 선생을 우연히 만나 과거 추억을 공감하고 속초로 출발하지만, 의외의 폭풍과 함께 동반된 소낙비로 인한 산사태를 맞는다. 서술화자는 다시 양평으로 차를 돌릴 수밖에 없게 되고, 최 선생과의 추억담은 다시 이어진다.

두 사람의 만남은 자연히 과거 15년 전의 양평 군의관 시절에 공유했던 추억으로 이어진다. 추억의 중심에는 군의관이면서 문학청년이었던 최 선생의 어느 신춘문예 당선작인 「그 여름날의 랩소디」가 있었다.

화자는 15년 동안 대학 병원에 근무하다 그만두고 나와 아직 결혼도 하지 않은 채 룸펜 생활을 하며 작품 활동을 한다는 최 선배의 삶에 지대한 관심을 가진다. 서술화자가 최 선배의 삶에 그토록 관심을 가지는 것은 양평에서의 군의관 시절에 보여준 문학적인 열정 때문이다.

　또 최근 전망이 밝지 않는 의료 환경으로 초점화자는 더욱 더 다른 길을 걷는 최 선생의 삶에 관심을 가지게 된다. 초점화자의 기억 속에 포착된 지난날 양평에서의 최 선생의 모습은 15년 전의 시간적 거리와는 별개로 심리적인 차원에서 초점화자와 매우 근접한 거리에 있다. 즉 최 선생의 15년 전의 세세한 모습을 다 기억할뿐만이나 세부적 내용까지도 자세히 알고 있다. 이는 최 선생의 양평에서의 과거의 추억과 현재의 모습을 더욱 밀착시킴으로써 자신의 과거와 현재를 조망하고자하는 초점화자의 소망이 담겨 있다.

　젊었을 때의 꿈과 열정이 어려 있고, 고통과 기쁨이 얽혀있는 양평이라는 토포필리아는 바로 젊었을 때의 추억의 장소로서 최 선생을 생각하면 접시꽃이 떠오르는 고향과 같은 공간이다.

　이 작품 초점화자의 최 선생과 얽힌 과거에 대한 세세한 기억은 마치 양평의 미시적 지도처럼 거미줄을 그으며 양평의 토포필리아를 형성한다. 추억으로 형성되는 양평의 어느 장소, 공간, 풍경, 인물을 통하여 최 선생과 초점화자는 서로간의 몰입을 경험하게 된다.

결론 - 풍부한 삶의 경험으로서 의외성

이선구의 작품에서는 서사 자체가 일상에서 경험하기 힘든 예외적 현실을 상정, 그런 현실을 만났을 때의 인간의 심리적 메커니즘을 서사화 한다든가, 돌발사태에 대한 인간의 적응력을 서사화 과정으로 그린 작품들이 있는가 하면, 일상적 삶을 그린 「폭설」에서 폭설이라든가, 「보리장마」에서 줄기차게 내리는 보리장마나, 「즐거운 유람선」의 폭풍우, 「접시꽃」의 폭풍과 폭우, 「어둠 속에도 거울이 있을까」에서 동굴로의 추락, 「욕망을 팝니다」의 돌발적인 후천성 관음증 해체 증후군 등, 다양한 의외성이 작품의 서사를 촉발시키기도, 지연시키기도 한다. 작가의 이런 의외성은 인간의 삶을 풍부하게 하는 요소로서 작용한다.

> "야, 사람 인생이 말이야, 굴곡도 있고 비뚤어지기도 해야 신(神)도 재미를 느낄 것 아닌가. 그분이 만든 모든 피조물이 궤도를 달리는 기차처럼 반듯하게만 움직인다면……, 너무 지루해서 견디실 수 없을 거야. 사람들이 좌충우돌하면서 사고를 쳐야 신도 적극적으로 개입을 하면서 벌도 주고 달래기도 했다가 말을 잘 듣는 놈에겐 축복을 내리실 것 아닐까?"
> 그의 눈 속에 다시금 한 무더기 접시꽃이 출렁였다. 내가 얼른 카메라를 만지작거리자 그는 이유를 알고 싶어했다.
>
> - 「접시꽃」중에서

위의 인용문에서 보여주는 것처럼, 작가의 작품 속에 드러난 의외성은 바로 인생의 다양한 삶의 경험을 위한 전제로서의 의외성이라 할 수 있다. 「접시꽃」의 서사과정에서 드러난 것처럼, 대학병원 근무하는 전도양양한 의사가 그만두고 소설가로 살아간다든가, 다양한 전력의 연애 경험이 비록 고통과 비애를 주지만 그런 것들을 통해 깊은 심리적 체험은 삶을 더욱 더 폭넓은 세계로 향하게 한다.

정해진 삶의 궤도를 벗어난 의외성은 작품의 현실을 떠난 실제 현실에서는 불가능하다. 실제 현실에서는 가족을 부양해야 하고, 먹고 살아야 하는 치사하지만 일상을 견디어야하는 버팀목을 가지고 있어야 한다. 그러나 소설의 현실에서는 다양하게 실험할 수 있다.

작가는 그런 예외적 현실 혹은 일상에서 빚어지는 의외성을 작품 속에서 실험함으로써 일상에서 경험할 수 없는 삶의 풍부함을 경험하게 하기 위한 것이 아닌가 생각된다.

작가가 예수의 제자 중에서 예외적인 인물 유다를 서사화했다는 것도 같은 맥락에서 이해 될 수 있다. 유다의 배반을 통해 신의 아들인 예수의 존재가 더 크게 부각되었기 때문이다. 즉 이선구 작품에서 인물의 삶의 도정에서 나타나는 의외성은 삶을 완숙에 이르도록 하는 계기로서의 의외성이다.

욕망을 팝니다